MOEWIG
SCIENCE FICTION

Zum Buch

Die Menschheit hat sich im All ausgebreitet. Die Erfindung des Transmitters garantiert nicht nur den Zusammenhalt der interstellaren Kulturen, sondern hat auch die Raumfahrt fast völlig verdrängt. Die Erschließung neuer Welten ist aber nur möglich, wenn man einen Transmitter dorthin bringt, und dazu benötigt man ein Raumschiff.
Die Besatzungen dieser Raumschiffe werden Späher genannt und sind Außenseiter der Gesellschaft. Überlichtschnelle Reisen durch das Weltall können nur solche Männer und Frauen ertragen, die als Kind einer risikoreichen Operation unterzogen wurden. Viele sterben daran, und wer überlebt, ist steril. Um ihre Schiffsbesatzungen zu ergänzen, kaufen die Späher Kinder von den Planetenbewohnern – manchmal rauben sie diese auch einfach.
Die Späher sind Vagabunden des Alls, ohne Heimat; sie werden bewundert und gehaßt, und seit ihrer frühesten Kindheit sind sie verdammt zu einer Reise ohne Ende.

Zur Autorin

Marion Zimmer Bradley, Jahrgang 1930, entdeckte ihre Liebe zur Science-Fiction-Literatur bereits im Alter von 16 Jahren. Ihre erste eigene Story erschien 1953 in dem Magazin *Vortex SF,* und schon ihr erster Kurzroman *Bird of Prey* (1957) war nicht nur ein Volltreffer – er legte auch den Grundstein für den großangelegten Zyklus um *Darkover,* den Planeten der blutroten Sonne, mit dem die Autorin zu Weltruhm gelangte.
Mit zunehmendem Erfolg und der damit verbundenen Selbständigkeit, dem Zwang zur SF-Massenproduktion entronnen, konnte Marion Zimmer Bradley die Qualität ihrer Romane immer weiter verbessern und auf die Probleme eingehen, die ihr am Herzen liegen – so die Stellung der Frau in der SF und die Beziehungen der Geschlechter unter völlig neuen Bedingungen. Heute ist Marion Zimmer Bradley die mit Abstand bekannteste, erfolgreichste und beliebteste SF-Autorin der Welt. Um ihre *Darkover*-Romane hat sich längst ein regelrechter Kult gebildet, der auch in Deutschland immer mehr Anhänger gewinnt.

Marion Zimmer Bradley

REISE OHNE ENDE

MOEWIG

MOEWIG Band Nr. 3548
Verlagsunion Erich Pabel-Arthur Moewig KG, Rastatt

6. Auflage
Titel der Originalausgabe: Endless Universe
Aus dem Amerikanischen von Wolfgang Crass
Die Übersetzung des Textes von Shirlley zu Beginn des zweiten Teils stammt von D. Vringe, entnommen aus „Lyrik der englischen Romantik“, herausgegeben von Siegfried Schmidt, Winkler Verlag, München 1967

Umschlagentwurf und -gestaltung: Franz Wöllzenmüller, München
Umschlagillustration: Marion und Doris Arnemann
Verkaufspreis inkl. gesetzl. Mehrwertsteuer
Auslieferung in Österreich:
Pressegroßvertrieb Salzburg Ges. m. b. H., Niederalm 300, A-5081 Anif
Printed in Germany 1989
Druck und Bindung: Elsnerdruck, Berlin
ISBN 3-8118-3548-3

„'s ist nicht zu spät, eine bessere Welt zu suchen."

Tennyson

Erster Teil

Planeten sind zum Weggehen da

1

Planeten sind zum Weggehen da.

Das ist ein alter Spruch bei den Spähern. Bisher konnte ich das nie glauben.

Er war mir nie wirklich klargeworden.

Nie wieder. Es wird dir nie wirklich klar, was nie bedeutet. Das ist ein Wort, das man ständig benutzt, aber es bedeutet… es bedeutet nie. NIE. Nie in all den Millionen von Milliarden von Trillionen von…

Reiß dich zusammen, verdammt noch mal!

Auf diesem Planeten hatte sich alles verändert, aber nicht der Entwurf des Späherschiffs: Es war nun von innen beleuchtet und silbern umrissen; ein gefesselter Titan, der sich als Schatten gegen die dunkle Masse des Bergs abzeichnete, welcher sich hinter der neuen Stadt erhob.

Die Stadt selbst war noch im Rohbau, eine Fülle von Trägern und Narben in dem aufgerissenen roten Lehm der Planetenoberfläche. Gildoran hatte den Umriß des riesigen Schiffs vor dem Berg zum ersten Mal vor zwei Jahren nach Planetenzeit gesehen – bevor sich die Stadt, bevor sich irgend etwas dort erhoben hatte – und seitdem jeden Tag, aber jetzt hatte er das Gefühl, als hätte er es noch nie gesehen. Alles hatte scharfe Umrisse, als hätte sich die Luft aufgelöst und als könnte er die scharfen Konturen des Weltraums sehen.

Nie wieder.

Ich war verrückt, als ich geglaubt habe, irgend etwas könnte sich verändern.

Wie konnte Janni mir das nur antun?

Ich hatte geglaubt, sie sei anders.

Jeder dumme Jüngling glaubt das von der ersten Frau, die er gern hat.

Gildoran ging durch die Tore. Sie wurden zwar noch bewacht, aber das war nur eine Formalität. Auf jedem Planeten, den Gildoran gekannt hatte – er konnte sich an vier in zweiundzwanzig Jahren biologischer Zeit erinnern – hatten die Erdwürmer die Späherschiffe gemieden.

Ich entschied mich für Janni. Ich dachte, sie würde fühlen wie ich. Staunen und ehrfürchtige Bewunderung. Sie aber war gelangweilt. Ich hätte es damals schon wissen müssen, aber ich war nur geschmeichelt, weil ich dachte, sie wollte lieber allein mit mir sein. Vielleicht wollte sie das auch. Damals.

Jetzt kommt es mir vor, als sei das schon sehr lange her.

Die Wache machte sich nicht die Mühe, sich die angebotene Identifikationsscheibe näher anzusehen. Sie war sowieso eine Formalität. Gildorans Identifikation war wie bei allen Spähern sein Gesicht. Er wußte, was man über sie munkelte, aber Gildoran war sein Leben lang darauf trainiert worden, es für unter seiner Würde zu halten, das zu bemerken oder den Anschein zu erwecken, sich daran zu erinnern.

Ich erinnere mich aber daran. Meidet sie, sagt man. Meidet die Späher. Paßt auf eure Kinder auf. Sie rauben eure Kinder, rauben eure Frauen. Ich hätte Janni nicht geraubt, aber ich wäre vielleicht bei ihr geblieben.

Er ging mit dem arroganten Stolz aller Späher. Er war sich stolz des Unterschieds bewußt, der ihn heraushob – schonungslos heraushob, hätte ein Planetenbewohner vielleicht gesagt – aus den wimmelnden Menschenmassen der Stadt und aus dem Personal, das das Schiff belud. Er war zwei Meter dreißig groß, selbst für einen Späher eine stolze Größe, weil er seine Kindheit und Jugend in minimaler Schwerkraft zugebracht hatte. Die weiße – papierweiße – Haut und das gebleichte weiße Haar hatten ihre Farbe durch jahrelange harte Strahlung verloren. Er wußte, daß es da noch mehr Unterschiede gab, die bis in die Knochen, das Mark, die Zellen, die Gene reichten. Darüber dachte er nie nach, aber er wußte seit seiner Kindheit, daß die anderen sie nie vergaßen.

Janni hatte sie nicht vergessen.
Keinen Augenblick lang.

Das Bedienungspersonal am Schiff teilte sich. Die Leute wichen kaum merklich zurück, als er an ihnen vorbeiging, aber das spielte sich nur am Rande seines Bewußtseins ab. Es wäre ihm nur aufgefallen, wenn sie es nicht getan hätten.

Hatte sie nur einen Exoten gesucht? Hatte sie nur sein ungewöhnliches Aussehen angezogen? Nicht romantische Gefühle, sondern die perverse Lust an dem Bizarren, dem Fremden, der Mißgeburt? Brüsteten sich Frauen wie Janni des Spähers, den sie als Liebhaber hatten, wie sie sich vielleicht der romantischen Eroberung eines Gladiatoren von Vega 18 brüsteten?

Gildoran verspürte eine leichte Übelkeit und ging zu seinem Zufluchtsort, dem Schiff.

Es ist schön, schöner als irgend etwas, was sie hier je bauen werden, aber es gehört nicht hierher. Ich auch nicht, und ich weiß es.

Die Stadt hinter ihm wimmelte von Leben, von Menschen aller Rassen, von Paramenschen und nichtmenschlichem Leben, dem Leben einer Galaxis, das den Transmitter erreicht hatte und für das die Grenzen von Zeit oder Raum nicht mehr galten. Das Leben zeigte sich in allen Größen, Gestalten, Farben und Hüllen. Isolation und Streitigkeiten waren verschwunden. In der Geschichte war Transport – von Leuten, von Gütern und Dienstleistungen und Ideen – für Menschen und Nichtmenschen schon immer der Engpaß gewesen, der die Menschheit zu gleichmäßigem Wachstum verurteilte, seitdem das Bewußtsein sich zu rühren begonnen hatte. Seitdem jedoch der Transmitter existierte, hatte das Bewußtsein der Galaxis diese Grenze hinter sich gelassen, und nun gab es keine Grenzen mehr.

Oder nur noch eine Grenze. Die Schnelligkeit der Späher.

Ohne uns wäre von dem hier nichts da. Aber wir sind trotzdem noch Mißgeburten. Wir leben in der Zeit und der Entfernung. Sie leben in der Freiheit von ihnen. Aber nur unseretwegen.

Die Aussicht auf einen Planeten, der neu geöffnet werden sollte, auf die Erschließung und Erforschung einer neuen Welt, auf die Eröffnung neuer Arbeitsmärkte, auf neue Projekte und Produkte, auf neue Aufgaben aller Art, vom Betrieb einer Maschine für die Herstellung eines Kanalisationssystems bis zum Verkauf von Frauen für Arbeit und Vergnügen, hatte sie von der ersten Minute an, in der die Transmitterkabinen in das galaktische Netz eingeschaltet worden waren, in Schwärmen hierhergebracht. Hier in der Stadt hinter ihm waren große rote Männer von Antares und kleine bläuliche Männer von Aldebaran, Männer mit Pelzen von Corona Borealis sechs und Männer mit Schuppen von Wega 14, und da waren Frauen, die für jeden von ihnen paßten und für mehr noch. Jede neue, gerade geöffnete Welt war so. Ein Jahrmarkt von neuem Leben für die Jungen und von zweiten – oder dritten oder dreiundzwanzigsten – Chancen für die Alten; für die Misfits, die Jäger nach neuen Wonnen, für die Erfolgreichen auf der Suche nach neuen Erfolgen und für die Versager, die die Hoffnung noch nicht aufgegeben hatten, daß es *dieses* Mal der ganz große Erfolg werden würde.

Gildoran aber ging durch sie hindurch. Sie waren ihm gleichgültig. Er machte sich nicht einmal die Mühe, sich nach der Stadt umzudrehen.

Da gibt es für mich jetzt nichts mehr. Da hat es nie etwas gegeben. Nur Janni, und jetzt weiß ich, daß sie nie wirklich da war. Nicht für mich.

Er hatte mit dieser Welt nichts mehr zu tun. Wenn auf einer Welt einmal der Transmitter aufgebaut war, waren die Späher damit fertig. Für das Späherschiff, das die Welt gefunden, untersucht, für die Einrichtung des Transmitters vorbereitet und offiziell geöffnet hatte, blieb hier nichts mehr zu tun. Nichts, heißt das, außer die riesige Gebühr vom Zentrum zu kassieren und abzuheben, um noch eine Welt zu finden. Es war Zeit, sich aufzumachen.

Dort draußen gibt es noch mehr Welten, die warten. Eine ganze Menge davon.

Ja, verdammt noch mal, und auf allen gibt es Frauen.

Jemand rief Gildoran mit seinem Namen, und er sah sich um und erkannte über der Menge das weißgebleichte Haar und die sternenbesetzten Stirnbänder von der *Samtfalter*. Er ging langsamer, um sich von ihnen einholen zu lassen.

Raban war doppelt so alt wie Gildoran, ein Mann in den Vierzigern – biologische Zeit natürlich, obwohl er nach Sternenzeit – oder objektiver Berechnung wahrscheinlich schon vor einigen hundert Jahren geboren war –, mit den kleinen Sternen auf der Schulter und den Ärmeln, die anzeigten, daß er zur Schiffsführung gehörte. Ramie war ein kleines blondes Mädchen, und ihre großen dunklen Augen zeigten, daß sie zu einer der pigmentierten Rassen gehört haben mußte, bevor die Strahlung auf dem Schiff ihr Werk getan hatte. Nun waren ihre Haut und ihr Haar durchscheinend blaß, wie bei Gildoran, aber die Augen hatten ihre Eigenart bewahrt, und ihre Stimme hatte einen leichten melodischen Klang.

„Es dauert jetzt nicht mehr lange, oder?"

„Ungefähr um Mitternacht", sagte Raban. „Tut es dir leid, daß es weitergeht?"

Leid, großer Gott, eine Trennung wie der Tod, nie wieder, nie wieder... O Janni, Janni, Janni...

Gildoran zwang sich ein Lächeln ab, obwohl es steif wirkte. „Du machst wohl Witze. Das war mal ein schöner Planet, und jetzt schau dir nur an, was sie daraus gemacht haben." Er deutete auf den Lärm und die Narben von den Bauarbeiten hinter ihnen. „Wie ein großer häßlicher Pilz, der über Nacht hochgeschossen ist."

Ramie wies auf den Nachthimmel hinter ihr. Hinter den verschwommenen ersten Lichtern waren jenseits des Berges im Sonnenuntergang einige blasse Sterne auszumachen.

„Dort draußen gibt es noch Massen von anderen Welten. Eines wird im Universum wohl nie knapp, und das sind Planeten." Sie lächelte Gildoran schüchtern zu. „Warum bist du nicht bei der offiziellen Abschiedsfeier?"

„Warum bist du denn nicht dort?" Sie lachten alle. Raban sagte ernst: „Ich habe schon allen Göttern gedankt, von denen ich je gehört habe – und außerdem noch einigen, die ich für diese Gelegenheit erfunden habe –, daß ich noch immer wichtig genug bin, um solchen Angelegenheiten aus dem Weg gehen zu können."

„Ich wäre fast hingegangen“, sagte Ramie. „Diese Welt hier war schließlich ein paar Jahre lang meine Heimat. Im Grunde genommen bin ich hier aufgewachsen. Eigentlich sollte mir das etwas bedeuten, auch wenn ich nicht genau weiß, was das ist. Außerdem ist es ein merkwürdiges Gefühl, wenn man sich klarmacht, daß man sie nie wiedersehen wird – oder zumindest niemanden, den man darauf gekannt hat... selbst dann, wenn wir nur sechs Monate oder weniger im Raum bleiben und auf einer Welt mit einem Transmitter landen würden, um hierher zurückzukommen, wären hier auf dem Planeten fünfzig oder sechzig Jahre herum, und die Mädchen, mit denen ich gespielt habe, wären Großmütter.“

Nie wieder...

Gildoran sagte leise: „Ich weiß. Mir ist das auch aufgegangen.“

„Planeten sind zum Weggehen da“, meinte Raban. „Für einen Späher jedenfalls. Nach einiger Zeit...“ Gildoran spürte, daß er sie irgendwie trösten wollte, obwohl seine Stimme hart und emotionslos war, „bist du so weit, daß sie für dich alle gleich aussehen.“

Sie verfielen in Schweigen und gingen über die große, unbebaute Fläche am Fuß des Bergs auf das Schiff zu, und Gildoran dachte über Planeten nach. Vor diesem hier waren sie *tatsächlich* alle gleich gewesen, und vielleicht würde das wieder so werden. Er kannte jetzt vier. Er zählte dabei natürlich die Welt nicht mit, auf der er geboren war, obwohl er sich an sie nicht erinnerte. Er wußte selbstverständlich, wo sie war, wie das jeder zu wissen schien, obwohl es schlechtes Benehmen war, jemanden wissen zu lassen, daß man es wußte. Für einen Späher war das Schiff die Heimatwelt, und der Planet, auf dem man geboren oder gezüchtet oder kultiviert oder ausgebrütet worden war, war etwas, von dem man erwartete, daß er es vergaß.

Er war Gildoran, und seine Welt war die *Samtfalter*. Das war alles, was er war. Für immer. Seine offizielle legale Identifikation lautete SF Gildoran, genau wie Raban SF Gilraban und Ramie SF Gilramie waren. Die einzigen Landsleute, die er hatte, waren jene, die vor ihren Namen das Präfix *SF Gil-* trugen.

Eine andere Welt nämlich hatten sie nicht. Es war unmöglich, zu irgendeinem Planeten zurückzukehren, nachdem sie ihn einmal verlassen hatten; der gnadenlose Fluß der Zeit und ihre Verschiebung außerhalb des Sonnensystems brachte es mit sich, daß sie, wenn sie ihr Schiff einmal von einem Planeten abhoben, ihn Generationen später in der Zukunft und völlig unkenntlich erleben würden, wenn sie ihn wieder aufsuchen und dort landen könnten.

Während man jedoch auf einem Planeten lebte, war man von dem unaufhaltsamen Fluß der Zeit befreit. Man konnte heute hier und morgen auf Wega 19 sein, und drei Stunden später konnte man sich in eine Transmitterkabine stellen und war wieder hier oder auf Aldebaran oder Antares, und nur drei Stunden wären vergangen. (Ach ja, sicher gab es in der Kabine eine Verzögerung von einer Dreiviertelsekunde. Das hatte etwas mit der Verschiebung der Galaxis zu tun.) Außerhalb der Magnetfelder des Planeten war diese Freiheit von der Zeit und der sofortige Transport zu jeder beliebigen Stelle der Galaxis nicht mehr gegeben. Man verbrachte sechs Wochen, sechs Monate, ein Jahr im Weltraum und wurde nur nach der eigenen biologischen Uhr älter. Die Zellen alterten sechs Monate oder ein Jahr. Die Galaxis aber machte währenddessen allein weiter; das Netz der durch den Transmitter verbundenen Planeten glitt vorüber, und wenn man wieder auf einem Planeten landete, waren nach der Sternenzeit achtzig oder hundert Jahre vergangen.

Wenn man also wegging, sich von einem Planeten verabschiedete, so war das stets für immer. Die neuen Welten konnten schön sein oder schrecklich, aber sie waren immer neu und fremd; und die alten Welten waren, wenn man den Schock auf sich nahm und zurückging, ebenfalls neu und fremd. Was die Galaxis anbetraf, war man unsterblich, aber man wurde immer wieder von dem losgerissen, was man vorher gekannt hatte...

Gildoran drehte sich zu Raban um und fragte ihn plötzlich: „Ist es immer so? Wird jede neue Welt verdorben – jedesmal? Finden wir nur dafür neue Welten, damit die Leute dann herkommen können, um sie zu zerstören und zu verbrauchen?“

Raban lachte, aber die beiden Jüngeren konnten erkennen, wie ernst seine Augen waren. Er sagte: „Du mußt daran denken, daß sie es nicht ‚verderben‘ nennen, sondern Entwicklung, Zivilisation. Die meisten Leute haben es gern, wenn ihre Welt ein wenig bebaut ist. Du darfst sie nicht verurteilen.“

Am Fuß des großen Schiffs schüttelte er sich sorgfältig den Schmutz von den Füßen und sagte lachend: „Vielleicht ist die Zivilisation ja gar nicht so schlecht. Ich habe mir schon oft überlegt, warum wir uns von ihnen den Weg zum Schiff nicht betonieren lassen. Wir mußten diesen ja schließlich zwei Jahre lang benutzen, und jedesmal ruiniere ich mir die Schuhe dabei!"

Er deutete seitwärts. „Seht mal, die Bedienungsmannschaft nimmt schon das Gerüst ab. Wir werden wahrscheinlich bis Mitternacht die Starterlaubnis bekommen. Ich weiß, daß eigentlich jeder bis um zehn wieder an Bord sein sollte. Jetzt müssen sie wahrscheinlich im letzten Augenblick noch eine Menge Besorgungen für jedermann erledigen."

Er schwenkte die Leiter hoch. Gildoran und Ramie folgten ihm langsamer und drehten sich um, damit sie auf die Leute heruntersehen konnten, die Material und Vorräte in die unteren Luken einluden. Kleine Buden, Freizeiteinheiten, alles wurde abgerissen und mit gigantischen Kränen und Maschinen weggekarrt. Die Leiter selbst würde schließlich auch verschwinden.

Gildoran kletterte neben dem Mädchen die Leiter hoch und stieg in die vertrauten blaßvergoldeten, kühl beleuchteten Gänge des unteren Bereichs ein. Sie traten in einen Gravitationsschacht und schwebten zum Wohnbereich hoch. Raban, der allein mit irgend etwas beschäftigt war, stieg unter ihnen aus; die beiden Jüngeren merkten eigentlich nichts davon. Er war älter und hatte, zumindest technisch gesehen, eine gewisse Autorität über sie, so daß sie sich freier fühlten, wenn er nicht da war. Sie unterhielten sich jedoch nicht. Gildoran war in herzzerreißenden bedauernden Erinnerungen versunken, und auch das Mädchen sagte nichts.

Ich möchte gerne wissen, ob jeder etwas hat, wovon er den Abschied nicht ertragen kann, aber doch weiß, daß er sein muß.

Ramie hatte Freunde hier – sie hat von ihnen gesprochen –, und möglicherweise hat sie auch Liebhaber gehabt.

Ist es immer so? Für jeden?

Davon spricht nie jemand, aber so muß es sein.

Auf der vierten Ebene blieben sie vor einem Schaltbrett mit einer Uhr darin stehen, drückten ihre Identitätsscheiben dagegen und beobachteten die Muster – unverkennbar wie Fingerabdrücke – auf dem Sichtschirm. Eine angenehme Stimme kam aus der Konsole:

„Du wirst auf der Brückenebene gebraucht, Ramie. Gildoran, würdest du dich bitte auf der Kinderstation melden."

„Heute abend Dienst? Dann müssen wir wohl doch früher abheben, als ich gedacht habe", meinte Gildoran dazu, und Ramie kicherte. „Sie müssen das Ding neu programmiert haben. Früher hat es nicht so schön *bitte* gesagt. Rushka hat wohl eine neue Psycho-Einweisung bekommen." Sie trat in einen Aufzug, und Gildoran nahm ein Transportband in der entgegengesetzten Richtung. Verdammt, war er jetzt für Dienst in der Kinderstation vorgesehen? Der Gedanke paßte ihm nicht sehr. Eigentlich mochte er Kinder ganz gern, und die Kleinen, die da groß wurden, hielten in den langen Perioden zwischen den Sternen die Langeweile vom Schiff fern; trotzdem hatte er sie lieber, wenn sie erst einmal stubenrein waren und sprechen konnten!

Auf der anderen Seite kam er wohl wie alle anderen einmal an die Reihe. Er verspürte den leisen atavistischen Wunsch, sie würden das den Frauen überlassen – sie sollten zumindest biologisch gesehen einen Instinkt dafür haben –, aber es war ihm klar, daß eine solche Vorstellung lächerlich war, und ganz besonders an Bord.

Die Kinderstation lag auf der Ebene des Schiffs, die die stärkste Gravitation hatte, wenn sie im Raum waren. Außerdem bot sie optimale Bedingungen, was Beleuchtung, Luft, Dekoration und Versorgung anbetraf. Gildoran blieb einen Augenblick lang vor dem durchsichtigen Glas stehen, bevor er hineinging, und sah einer kleinen Gruppe von drei Kindern – eines von neun Jahren und zwei von fünf Jahren – zu, die auf dem Boden saßen, ihr Abendessen verzehrten und gespannt der Geschichte lauschten, die ihnen von einem der riesigen, struppigen braunen Humanoiden erzählt wurde, die aus einem Grund, den niemand auf dem Schiff kannte, den Namen Puhbären trugen. Eines der großen Wesen sah Gildoran durch die Wand hindurch. Er gab den Kindern durch ein Zeichen zu verstehen, sie sollten weiteressen, und kam trotz der zusätzlichen Sauerstoffrationen in der Kindersstation schwerfällig und keuchend zur Tür gewatschelt. Wenn das Schiff im Raum war und niedrigere Gravitation darin herrschte, waren sie gelenkig und sehr beweglich, aber auf einem Planeten waren sie schwerfällig und schleppten sich nur langsam umher.

Der Puhbär sagte in seiner süßen, silbernen Stimme: „Gildoran,

Rae braucht dich in der Verwaltung der Kinderstation. Könntest du direkt dorthin zurückkehren und die Kinder nicht stören?“

„In Ordnung. Vielen Dank, Puh“, sagte er mit einem freundlichen Lächeln. Wahrscheinlich war es so etwas wie ein ererbtes Gedächtnis oder etwas Ähnliches, aber die Puhbären waren für alle das perfekte Mutterbild. Vielleicht, dachte er, hat sich das auch nur eingeprägt; sie sind schließlich die ersten Mütter, die jeder Späher zu Gesicht bekommt. Sie waren die einzige Rasse, die vom Weltraum nicht gebleicht wurde, und ihr langhaariges, dunkles Fell blieb unberührt und hartnäckig dunkelbraun. Sie waren auf jedem Späherschiff die Spezialisten/Experten für die Kinder.

In der Verwaltung blätterte Gilrae – dieses Jahr biologischer Offizier – durch ein Bündel von Berichten und runzelte darüber die Stirn. Sie hatte die Kleidung schon abgelegt, die sie auf dem Planeten getragen hatte und die Schiffsbekleidung der Späher angelegt, die aus einem schmalen stützenden Streifen um die Brust und einem kurzen Rock bestand. Um ihre Knöchel hatte sie dünne Riemensandalen geschnallt. Ihr Alter war schwer zu schätzen, und seitdem Gildoran sie kannte, hatte sie sich nicht verändert. Sie war seine erste Lehrerin gewesen, als er acht Jahre alt war, aber sie sah kaum älter als Ramie aus. Nun aber trug ihr Gesicht harte Linien, und Gildoran meinte überrascht festzustellen, daß sie geweint hatte.

Hat sie hier etwas – oder jemanden – gefunden, das oder den zurückzulassen sie nicht ertragen kann?

Sie hob den Kopf und sagte: „Doran, du bist ja schon früh zurück. Ich dachte, du wärst bei der offiziellen Abschiedsfeier.“

„Ich hatte es eigentlich vor, aber im letzten Augenblick habe ich mich dann doch anders entschieden.“

Sie deutete auf die Berichte vor sich. „Dieses Mal werden wir knapp an Mannschaftsmitgliedern sein, Doran. Ich habe gerade eine Meldung bekommen. Gilmarin ist per Transmitter zur Zentralverwaltung gegangen – sie hatten uns benachrichtigt, daß neue Sternkarten da sind –, und dabei muß er irgendeinen Fehler gemacht haben; er ist verschwunden. Und Giltallen ist...“ Sie hörte auf zu sprechen und schluckte schwer. „Er hat eine Botschaft hinterlassen. Er kommt nicht wieder.“

Gildoran spürte, wie ihm bei dieser Antwort der Atem stockte.

„Tallen. Wie konnte er nur? Er ist bei uns seit – wie alt ist er? Er ist *alt*…"

„So was kommt vor." Jetzt verstand Gildoran Raes Tränen. Er spürte eine plötzliche intensive Aufwallung von Loyalität und ging zu der älteren Frau hin und legte seine Arme um sie. „Du darfst nicht weinen, Rae. Vielleicht ändert er seine Meinung ja noch, es sind immerhin noch zwei Stunden bis…"

„Das wird er nicht tun. Er redet ja schon seit Jahren davon… wenn ein Planet dich erst einmal einfängt…" Rae schluchzte einmal, nahm sich aber dann zusammen, um die Kontrolle über sich selbst wiederzufinden. Sie sagte ruhig: „Wir können ihn nicht verurteilen."

Ich schon. Ich kann es. Auch ich war versucht. Trotzdem stehe ich jetzt hier…

Rae sagte: „Ich habe schon gedacht, wir würden dich auch verlieren, Gildoran."

Er schüttelte wortlos den Kopf. Jetzt, da er sich wieder an Bord und zwischen den vertrauten Dingen seines Lebens aufhielt, schien Janni nur noch eine kurze Verrücktheit zu sein.

Anders, kein Teil von meiner Welt…

„Planeten sind zum Weggehen da", sagte er.

Sie lächelte kaum merklich und dünn. „Bist du da sicher? Ich muß dich nämlich wieder losschicken, nach draußen. Alle anderen werden für den Check beim Abheben gebraucht. Warst du schon einmal in der Brutstation auf Antares Vier?"

„Sind wir so knapp?"

Rae nickte und sah sich nach einem kleinen Mädchen von zwölf Jahren um, das sich mit den Berichten beschäftigte. „Gillori, ich bin am Verdursten. Renn doch bitte los und hol mir was zu trinken, mein Schatz." Das Kind rannte aus der Abteilung heraus, und Rae sagte: „Wir sind verdammt knapp dran, Doran. Du weißt ja, daß von der letzten Gruppe nur zwei überlebt haben, und von der davor nur eines. Lori ist zwölf, das heißt, daß sie in einem Jahr mit ihrer Lehre anfangen kann, aber wir haben Pech gehabt. In unserer Mannschaft sind nur noch vierzig Leute, und wir haben nur vier Kinder unter fünfzehn. Außerdem... du weißt genausogut wie ich, daß einige von den Alten keine fünfzehn Jahre lang mehr vollen Dienst tun können. Eigentlich benötigen wir vier oder fünf junge Leute, die zur Übernahme bereit sind."

Doran nickte. Er war seit seiner Kindheit dazu erzogen worden, in Zeiträumen von fünf, acht oder zehn Jahren für einen Flug zu denken.

„Du wirst die Reise zur Brutstation auf dich nehmen müssen."

Gildoran fuhr überrascht auf. Unter normalen Umständen wurden nur ältere Besatzungsmitglieder auf längere Reisen mit dem Transmitter geschickt. Gilrae aber redete, als sei dies ein kurzer Sprung zum nächsten Planeten, um dort Obst für das Abendessen zu holen.

„Die Zentralverwaltung hat der *Samtfalter* einen Spezialkredit zur Verfügung gestellt", sagte sie, „und außerdem ist die Brutstation auf Antares zur Zusammenarbeit mit uns bereit. Wir brauchen mindestens sechs Babys; du mußt versuchen, welche zu bekommen, die sechs Wochen alt sind, mit voller biologischer Aufzucht – und geboren, nicht gebrütet."

Gildoran schluckte. Er sagte: „Wie im Namen von sechzehn Galaxien soll ich es schaffen, sechs heulende Bälger durch vier Transmittersprünge zu *tragen?*"

Gilrae lachte. „Du mußt natürlich einen Babytransporter mieten. Und nimm Ramie mit." Ihr Gesicht wurde plötzlich sehr ernst. „Doran. Laß dir von der Zentrale eine Route ausarbeiten. Wir nehmen an, daß Gilmarin versucht hat, sich selbst eine Route auszuarbeiten, und daß es ihn auf eine von den Welten verschlagen hat, auf denen sie immer noch die Späher... nicht mögen. Vergiß das nie: Ein Stein wird geworfen, sechs Stunden Verspätung – und du bist weg. Genausogut könntest du hundert Jahre entfernt sein."

Ihre Worte ernüchterten Gildoran wie eine Dusche mit Eiswasser. Das wußte er schon sein ganzes Leben lang... *wenn du den Abflug verpaßt, bist du für immer weg.* Gilmarin jedoch war sein Spielkamerad gewesen – er stammte von der gleichen Welt wie Gildoran, hatte die zahlreichen Operationen überstanden, die den Spähern das Überleben im Weltraum gestatteten, und in der Kinderstation war er sein Freund gewesen, bis sie zehn waren, und er war es seitdem geblieben – und jetzt war er weg; unwiederbringlich weg, auf irgendeiner von den Tausenden von bewohnten Welten im Raum verloren…

„Rae, könnten wir nicht einen Suchauftrag hinter ihm herschikken, ihn von jemandem verfolgen lassen? Die Zentrale könnte seine Transmitterkoordinaten verfolgen…“

Raes blasses, schmales Gesicht spannte sich. Sie war wie alle Späher ohne Farbe, aber ihre Augen waren groß und violett, und jetzt schienen sie ihr gesamtes Gesicht auszufüllen. Sie sagte fast flüsternd: „Wir haben es versucht, Doran. Kein Glück. Wir haben die Koordinaten drei Planeten lang verfolgt, und auf Lassellis Welt sind wir in einen Aufruhr hineingekommen. Mitten darin muß er gelandet sein. Gilhart und ich konnten nur noch sehen, daß wir wegkamen. Hart hat den Antrag gestellt, Lassellis Welt für Späher zu sperren, aber das ist, als würde man einen Schild einschalten, wenn der Meteoritenschwarm vorbei ist.“ Sie griff nach seiner Hand. Ihre Finger waren schlank und hart, und sie schienen leicht zu zittern. Sie sagte: „Komm Lassellis Welt nicht zu nahe, Doran. Geh direkt zur Brutstation und komm direkt zurück. Wir können es uns nicht leisten, dich auch noch zu verlieren.“

Gildoran fühlte sich schwach und krank, als er zur Brückenebene hinaufging, um Ramie kommen zu lassen.

Und er hatte es sich tatsächlich überlegt, ob er seinen Leuten davonlaufen sollte, wo sie jetzt so in der Bedrängnis waren?

Wo Gilmarin fort und Giltallen desertiert war?

Bestürzung und Zorn kämpften in ihm miteinander.

Auf manchen Welten hassen sie uns, nur weil wir ihre ungewollten… ihre überflüssigen Kinder genommen haben. Wir können selbst keine Kinder haben. Der Raum hat uns steril gemacht; wir würden Ungeheuer zeugen. Wenn wir von den Planeten, die wir öffnen, keine Leute bekommen, dann müssen wir aufhören, zwischen den Sternen herumzufliegen…

Und dann würden keine neuen Welten mehr geöffnet werden.

Und die Menschheit braucht eine Grenze. Wenn sie diese nicht hat, selbst wenn die bekannten Welten sich über die gesamte Galaxis erstrecken, dann stagniert die Menschheit geistig und wird verrückt.

Dieses Wissen war es, das den Menschen vor Tausenden von Jahren in den Weltraum gedrängt hat. Dieses Wissen war es, das ihn aus den wimmelnden, verhungernden, überfüllten Welten des ersten Systems gehoben hat, ihn in den alten Tagen der Generationenschiffe vor der Entwicklung des Einstein-Antriebs in den interstellaren Raum gejagt hat, in ständiger Bewegung nach außen. Das war es, was die Menschheit dazu gebracht hat, den Transmitter zu erfinden; jenes verzweifelte Bedürfnis nach einer Grenze, zu wissen, daß sie immer weiter nach außen reichen konnten.

Zu einer neuen Welt konnte jedoch niemand mit einem Transmitter reisen, bevor der Transmitter dort nicht zuvor aufgebaut worden war. Es war unmöglich, einen Transmitter zu schicken. Wenn erst einmal der *erste* Transmitter auf einer Welt stand, konnte alles dorthin gebracht werden: Menschen, Nachschub, Baumaterial, alles, was es auf irgendeiner Welt gab, die schon einen Transmitter besaß.

Trotzdem mußten noch neue Welten gefunden werden.

Und die Späher fanden sie. Allein die Späher flogen noch mit der Geschwindigkeit des Einstein-Antriebs zwischen den Sternen, der für sie die Zeit veränderte, damit sie auf den Planeten die Transmitter für die endlose Expansion der Menschheit nach außen aufstellen konnten.

Und weil wir früher Kinder rauben mußten, hassen sie uns.

Wir müssen sie stehlen, um sie betteln oder sie kaufen.

Und wenn sie mit uns gehen, sind sie für immer weg.

FÜR IMMER.

Auf der Brückenebene trat er aus dem Fahrstuhl.

Auf der Brücke waren sechs Mannschaftsmitglieder mit den Computern beschäftigt; Gildoran überbrachte seine Botschaft, und der Jahreskapitän, Gilharrad (der so alt war, daß selbst Gildoran sich nicht vorstellen konnte, wie viele Jahre Planetenzeit das wären), entließ Ramie, damit sie ihn begleiten konnte. Seine Augen, zwischen Falten fast verschwunden, reichten in unendliche Erinnerungen zurück.

„Als ich so alt wie du war, wäre ich bei einer Raubexpedition nach Kindern einmal fast umgebracht worden“, sagte er und streckte eine vertrocknete Hand aus, die leicht zitterte. „Schau mal, den Finger hier habe ich durch einen Messerstich verloren, und das ist nach Planetenzeit so lange her, daß sie damals noch nicht einmal die Regeneration kannten, mit deren Hilfe ich mir einen neuen hätte wachsen lassen können. Bei dem Unternehmen haben wir neunzehn Babys erwischt und sind über drei Welten hergefallen. Das war natürlich ganz früher, als von zehn acht beim ersten Start gestorben sind, und von dreißig hat nur eines länger als einen Monat lang gelebt. Wir haben ihnen damals noch nicht einmal einen Namen gegeben, bevor wir nicht wußten, ob sie es schaffen oder nicht. Die Leute aber, die haben sich nicht sehr geändert. Auf den meisten Welten bringen sie uns immer noch gern um, wenn wir sie um ihre Kinder bitten. Sogar wenn es um die überflüssigen Kinder geht, die sie nicht haben wollen. Auf den meisten Welten sind wir nur noch eine Legende, aber eine Legende, die sie hassen." Er verstummte, und seine alten Augen glitten wieder in die Ferne. Gildoran verspürte einen obskuren Drang, den alten Mann zu trösten und sagte: „Dieses Mal haben wir es mit lizenzierten Brutstationen zu tun. Wir können einfach einkaufen, was wir brauchen, und zwar von Leuten, die das Recht haben zu verkaufen."

Harrad sagte mit dumpfer Bitterkeit: „Auch Sklaverei. Wart's nur ab. Auf der einen Welt sind sie vielleicht gerade in einer aufgeklärten Periode – oder einer zynischen. Wenn du bei der nächsten Landung wieder hinkommst – nach sechzig, achtzig Jahren Planetenzeit –, da mache ich jede Wette, daß sie *Kein Verkauf an Späher* auf ihre Lizenz gedruckt haben." Er machte eine schwache Bewegung zur Tür. „Macht euch besser auf den Weg, ihr zwei. ihr braucht wahrscheinlich eine lange Zeit, und wir starten um Mitternacht."

2

Gildoran und Gilramie traten am oberen Punkt der Leiter aus dem Schiff. Sie waren nun mit Vielzweck-Reiseumhängen bekleidet. Es war von Welt zu Welt sehr verschieden, was an Kleidung als schicklich galt, so daß jeder Typ, wie immer er auch psychisch geprägt war, eine Welt finden konnte, die ihn zufriedenstellte. Auf manchen Planeten war Nacktheit üblich, und Kleider betrachtete man als leicht beleidigend, als hätte man etwas zu verbergen; auf anderen Planeten war man der Ansicht, daß zuviel entblößte Haut den Sexualtrieb abstumpfen und das Vergnügen zerstören würde und daß Bekleidung während der Alltagsbeschäftigungen die Enthüllung in intimeren Situationen interessanter machte. Die Reiseumhänge aber akzeptierte man überall als Zeichen dessen, daß die Träger nur auf der Durchreise waren und nicht vorsätzlich lokale Gebräuche verletzten.

Während sie zu den hohen, düsteren Pfeilern der Transmitterstation gingen, sah Gildoran zu der Stadt im Rohbau hinüber. War Janni noch da? Es machte ihm jetzt nichts mehr aus; ihr Abschied war zu endgültig gewesen, um ihm noch Hoffnung auf ein Wiedersehen zu lassen. Ganz gleich, inzwischen konnte sie vierzehn Planeten weit weg oder am anderen Ende der Galaxis sein. Seit die Reisemöglichkeiten unbeschränkt und für jedermann verfügbar waren, konnte nur noch das Verlangen Liebende beieinanderhalten; und das hatte im Fall von Janni versagt. Gildoran kehrte der Stadt erbarmungslos den Rücken zu und richtete seine Aufmerksamkeit auf Ramie, die klein und lächelnd neben ihm herging.

„Hat Rae etwas davon gesagt, ob wir Jungen oder Mädchen holen sollen, Doran?“

„Was macht das schon aus?“ Gildoran lächelte zu ihr herab. „Es ist sowieso nur Zufall.“ Auf den Späherschiffen wurden beide Geschlechter für alle Aufgaben von der Navigation bis zum Dienst in der Kinderstation eingesetzt, und man wußte außerdem vorher nie, wie viele überleben würden. Gildoran und Gilmarin hatten zu einer Gruppe von sieben gehört, die aus vier Mädchen und drei Jungen bestanden hatte; zwei Jungen hatten überlebt. Sie würden wahrscheinlich vier Mädchen und drei Jungen holen. Wenn sie Glück hatten, überlebten je zwei die ersten beiden Monate im Raum; statistisch war die Überlebensrate inzwischen so, daß zwei von dreien überlebten. In zwölf Jahren würden die Überlebenden ihre Lehre für jede Aufgabe auf dem Schiff antreten. Ganz gleich, was sie waren, Jungen oder Mädchen, sie würden Späher werden.

Die beiden Späher gingen, groß und blaß, von ihren Reiseumhängen verhüllt, durch den Bogen am Eingang zur Transmitterstation. Da es bereits so spät am Abend war, hatte sich die Menge etwas gelichtet; die Schlangen vor den Kabinen waren um einiges kürzer geworden. Einige fröhliche Paare, die einen leicht zerstreuten Eindruck machten und auf dem Weg zu – oder von – einem vergnügten Abend irgendwohin waren. Der eine oder andere vereinzelte Wanderer, mit dem üblichen verwirrten Ausdruck auf dem Gesicht – Wanderer wählten den gefährlichen Weg, beliebige Koordinaten zu wählen, weil sie die Erregung suchten, unbekannte Welten zu betreten. Eine Gruppe verschlafen aussehender Jugendlicher, die für eine Führung unter der Leitung von zwei großen grünhäutigen Gouvernanten ankamen; eine weitere Gruppe, wahrscheinlich von Abenteurern, die für einen Überlebenskurs auf diesen fremden Planeten gekommen waren.

Gildoran blieb bei einer Informationskabine stehen und drückte seine Identitätsscheibe an die dafür vorgesehene Platte. Er wählte den Code der Routen-Abteilung, und nach der üblichen Verzögerung von einer Dreiviertelsekunde fragte eine hohle Stimme in Universal: „Art der Route, bitte."

„Eine sichere Route für Späher nach Antares Vier, bitte."

Wieder die Verzögerung, und dann begann der Computer die verlangte Information in Gruppen von Koordinaten für den Transmitter auszuspucken. Gildoran warf eine kleine Münze in den Schlitz – die Auskunft war umsonst, wollte man aber diese Auskunft ausgedruckt haben, so kostete dies eine kleine Gebühr –, weil er das Risiko nicht auf sich nehmen wollte, daß er eventuell einen wesentlichen Teil der Koordinaten vergaß und auf einem Planeten ankam, der sechshundert Lichtjahre von seinem eigentlichen Ziel entfernt war.

Sie betraten die verglaste und grün beleuchtete Transmitterkabine und sahen ohne sonderliche Aufmerksamkeit die Bestimmungen an, die in den beiden offiziellen Sprachen der galaktischen Zivilisation an der Wand hingen:

FEST AUF DER SCHEIBE STEHEN

DENKEN SIE DARAN, IHRE IDENTITÄTSSCHEIBE BEIM VERLASSEN DER KABINE MITZUNEHMEN

KINDER UNTER EINEM JAHR UND UNAUSGEBILDETE TIERE MÜSSEN IN GEPRÜFTEN SKINNER-BOXEN TRANSPORTIERT WERDEN

ÄLTERE ODER HILFSBEDÜRFTIGE REISENDE SOLLTEN EINE ÜBERLEBENSHILFE FÜR DIE EVENTUELLE

VERBESSERUNG DER SAUERSTOFFVERHÄLTNISSE UNTER UNBEKANNTEN UMWELTBEDINGUNGEN GRIFFBEREIT ZUR HAND HABEN

DER TRANSPORT VON MEHR ALS DREI ERWACHSENEN WESEN IN EINER KABINE IST UNTERSAGT

DIESE KABINE IST NUR FÜR PERSONENTRANSPORT VORGESEHEN. FÜR DEN TRANSPORT VON LASTEN ODER HAUSHALTSGÜTERN, DIE DAS GENEHMIGTE GEWICHT VON ACHTZIG UNIVERSALKILO ÜBERSCHREITEN, BENUTZEN SIE BITTE DIE KABINEN IM HINTEREN TEIL DER STATION

GERÄTE MIT NUKLEARANTRIEB DÜRFEN NUR MIT DER SPEZIALGENEHMIGUNG DES ZIELPLANETEN TRANSPORTIERT WERDEN

Er drückte sorgfältig die Knöpfe für den ersten Koordinatensatz. Ein Warnlicht leuchtete auf, und für einen kurzen Augenblick wurde die Kabine dunkel.

Gildoran spürte jedesmal, wenn er den Transmitter benutzte, für kurze Zeit den erweiterten Raum. Er hatte es sich schon dann und wann überlegt, ob das mit der geistigen Disziplin der Späher oder seiner Vertrautheit mit dem Gefühl der Zeitverschiebung in dem Schiff zu tun hatte oder ob es nur eine Halluzination, eine zufällige Stimulierung von Gehirnzellen durch den Transmitter war. Die Transmitter bezogen ihre Energie für den Betrieb schließlich aus dem Gewebe des Weltraums selbst, aus der Materie, die frei zwischen den Sonnensystemen schwebte. Er kannte den Grund dafür nicht; er wußte auch nicht, ob die anderen Späher es ebenfalls spürten oder ob das Phänomen von allen bemerkt wurde, die den Transmitter benutzten.

Er wußte nur, daß immer in dem Augenblick, in dem die Kabine dunkel wurde, in der kurzen Verzögerung, die eine genaue Gleichzeitigkeit verhinderte…

Die Kabine wurde dunkel. Ein scharfes Schwindelgefühl stach ihm in die Nasenwurzel, in seinem Gehirn leuchtete kurz ein buntes Gewirr von Farben auf, hinter seinen Augen blitzte ein Lichtstrudel auf seiner Netzhaut auf, das den Nebeneffekten der Droge nicht unähnlich war, die dafür sorgte, daß sie während der Zeitverschie-

bung ihre geistige Gesundheit behielten; und wieder das seltsame Gefühl, als stünde er zwischen umherschwirrenden Atomen – oder Galaxien...

Ein kurzer Ruck wie ein momentaner, nicht unangenehmer Elektroschock; dann kam er wieder zur Ruhe (*hatte er sich überhaupt bewegt?*) und wußte, daß eine Dreiviertelsekunde vergangen war. Er stand in einer anderen Transmitterkabine, in der ihn die gleichen Bestimmungen ermahnten, nur daß sie dieses Mal mit elektrisch-blauem Notlicht beleuchtet war, die Wände aus grünem statt aus blauem Glas bestanden und er vier Lichtjahre von dem Planeten entfernt war, den er gerade verlassen hatte. Er schüttelte leicht den Kopf, sah zu Gilramie hinüber – sah auch sie ein wenig benommen aus? – und auf den Computerdruck, um die Koordinaten für das nächste Stück ihrer Route herauszufinden. Genaugenommen war die Länge der Transmittersprünge nicht beschränkt, aber die meisten Leute empfanden es als unangenehm, mehr als vier Lichtjahre auf einmal zu springen, und aus irgendeinem unbekannten Grund steigerte sich der Energieverbrauch jenseits dieser Grenze exponential, so daß Sprünge, die über diese Entfernung hinausgingen, nicht empfohlen wurden, wenn es sich nicht um besonders wichtige Personen handelte. Sprünge, die zu lang waren, wirkten aus einem psychologischen Grund, den noch niemand hatte ergründen können. Aus diesem Grund wurden lange Reisen in Sprünge von vier Lichtjahren aufgeteilt, soweit dies möglich war. Vielleicht, dachte Gildoran, ist der menschliche Geist nicht in der Lage, mit der Vorstellung von Sprüngen fertig zu werden, die viel weiter als vier Lichtjahre reichen.

Nach vier weiteren Sprüngen und den mit ihnen verbundenen kurzen Perioden von Dunkelheit erreichten sie den Planeten Antares Vier, auf dem sich die Brutstation befand. Eine Karte des Planeten und ein Sprung mit einem Kurzstreckentransmitter brachte sie an eine Stelle, die nur einige Straßen davon entfernt lag.

Sie war ein großes Gebäude aus Glas und Metall. Fließende Werbesprüche schwebten in der Luft um sie herum, und dreidimensionale Projektionen von Babys waren inzwischen zu sehen. Es waren scheinbar Hunderte von niedlichen kleinen Kindern, die in jeder Größe, Farbe und in jedem menschlichen Phänotyp auf sie herablächelten. Ramie lächelte über die körperlosen Kinder und sagte: „Ich möchte bloß wissen, ob sie alle so süß sind wie diese da. Haben sie eigentlich keine, die unfreundlich sind, oder welche, die brüllen?"

Gildoran lächelte. „Auf jeden Fall nicht in der Reklame."

Ein neutraler Servomech bat sie herein und sagte mit einer sanften, kultivierten Stimme: „Willkommen, verehrte Wesen und zukünftige Eltern. Würden Sie bitte in diesem Bereich warten? Eines von unseren Handelswesen wird sich in Kürze um Sie kümmern. In der Zwischenzeit könnten Sie sich diese Broschüren ansehen, in denen wir Sie über neueste Leistungen aufklären." Die biegsamen Metallarme des Servos reichten ihnen einige Blätter, und der Servo glitt davon. Gildoran sah sich eines davon an:

> „HEUTE bietet Ihnen Ihre beliebteste BRUTSTATION eine VÖLLIG NEUE LEISTUNG an! Haben Sie es satt, sechs Monate lang auf das Kind Ihrer Bestellung zu warten? Frauen, Sie können neun Monaten verpaßter Vergnügen, lästigen Geburten und selbstmörderischen und gefährlichen Depressionen nach der Geburt aus dem Weg gehen! Sie haben sich entschlossen, lieber nicht zu adoptieren. Was machen Sie also jetzt? JETZT können Sie sich zu einem einfachen, problemlosen und schmerzfreien Besuch entschließen und uns Ihren von einer bis vier Wochen alten Fötus überlassen. Für eine bescheidene Gebühr haben Sie die Garantie, daß der Schock der Geburt, Schäden durch sie oder Mißbildungen nicht auftreten werden. Falls Ihr Kind aus irgendeinem Grund nicht absolut perfekt sein sollte, übernehmen wir das Ausbrüten eines anderen Kindes von Ihnen UMSONST!

Kleiner gedruckt hieß es:

> DNS-Chirurgie, garantierte Talente oder Wahl des Geschlechts für eine kleine zusätzliche Gebühr. Bitte fragen Sie nach Sonderangeboten aus nicht abgeholten oder zurückgegebenen Brütungen.

Ramie blätterte die gleiche Broschüre durch. „Das nützt uns nichts. Wir brauchen Geborene, keine Gebrüteten, und mit einem vollen Monat biologischer Aufzucht."

Gildoran nickte. „Rae hat mir die Bedingungen genannt. Ramie, erkundige dich mal nach musikalischem Talent. Wenn wir Tallen wirklich verloren haben..." Er sprach nicht weiter, und er brauchte es auch nicht. Giltallen war der beste Musiker auf der *Samtfalter* gewesen – mit Ausnahme von Rae selbst. Er sah sich im Warteraum um, der ebenfalls mit Reklameprojektionen gefüllt war, die in der Luft schwebten und niedliche lächelnde Kinder zeigten.

Ein kleiner, gedrungener Mann kam geschäftig hereingetänzelt. „Seien Sie gegrüßt, zukünftige Eltern! Was kann ich heute für Sie tun – oh, Späher. Ich nehme an, Sie benötigen eine größere Menge?"

Gildoran fragte nach musikalischen Talenten, und das Gesicht des kleinen Mannes leuchtete auf.

„Na so was, rein zufällig habe ich genau das, was Sie brauchen. Die Mutter war eine erstklassige Harfenspielerin, die ihr Studium auf Capella Neun bei Ligettini damit finanziert hat, daß sie mir fünf Kinder überlassen hat – jedes Jahr eines. Sie hat immer das ganze Jahr studiert, ist hierhergekommen, hat sie geboren und sie den vollen Monat biologisch ernährt – es handelt sich hier um absolut erstklassige Ware – und sich anschließend wieder mit dem Sperma von bedeutend musikalischen Genies befruchten lassen, die alle den Potenzfaktor neun hatten. Dann ist sie wieder abgereist und hat während ihrer Schwangerschaft weiterstudiert. Sie waren alle außer dem einen hier schon vorher verkauft, und manche sind schon vier Jahre im voraus bestellt worden. Das letzte Paar aber wollte so gern ein Mädchen, und sie hat einen Jungen geboren. Sie kommen von einem dieser Planeten mit religiösen Fanatikern, und bei ihnen ist operative Geschlechtsumwandlung verboten. Eigentlich zerreißt es einem das Herz, aber auf der anderen Seite kann ich Ihnen dieses absolut einmalige Angebot machen..." Er nannte eine Stellar-Summe, die Gildoran nicht allzu unverschämt erschien. Er sah Ramie an.

„Wollen wir das nicht nehmen?" sagte sie. „Rae hätte soviel Freude daran."

Der kleine Mann blätterte in einer Akte, und sein Gesicht verzog sich bedauernd. „Das tut mir leid, verehrte Wesen", sagte er zerknirscht. „Dies hier wird nur mit Auflagen verkauft. Hier steht es: Verkauf nur an ein stabiles Paar – keine Leute aus der Unterhaltungsbranche, nicht an Vergnügungswelten oder – tut mir leid – Späherschiffe. Aber hören Sie mal zu, ihr Leute von den Schiffen wollt doch immer größere Mengen. Ich kann Ihnen da ein sehr günstiges Angebot von zehn Clone-Brütungen mit hohem IQ machen. Für die Qualität übernehmen wir die unbeschränkte Garantie – wir sind nicht so ein Laden, der schadhafte Ware an Leute wie euch verkauft, nur weil wir wissen, daß von euch niemand zurückkommen und sich beschweren kann!“

Gildoran verspürte eine leichte Übelkeit. *Ware!* Außerdem wollten sie keine geclonten identischen Babys, selbst wenn sie einen hohen IQ hatten. Das stand außerhalb jeder Diskussion. Die zwischenmenschlichen Beziehungen an Bord waren locker und verschoben sich oft; identische Wesen – zehn davon, o Schreck! – würden vielleicht eine eigene Gruppe bilden, oder, was noch schlimmer wäre, sie könnten sich in ihrer Persönlichkeit so ähnlich sein, daß dies langweilig wurde. Was wär, wenn zehnmal die gleiche Person ein Fünftel der Mannschaft bildete? Man mußte sich nur einmal vorstellen, wenn sie alle mit einem gleichen Charakterzug groß wurden, der sie unbeliebt machte!

„Nein, danke“, sagte er, suchte nach einer Entschuldigung, bis ihm der wirkliche Grund einfiel. „Wir brauchen sie geboren, nicht gebrütet, und Individuen, keine Clone.“

„Also, ich bitte Sie“, sagte der kleine Mann mitleidig. „Wollen Sie mir vielleicht erzählen, daß ihr Späher, mit eurer wissenschaftlichen Disziplin, noch immer den alten Aberglauben für bare Münze nehmt, daß geborene Kinder besser als gebrütete sind?“

„Für unsere Belange *sind* sie besser“, sagte Gilramie mit ihrer weichen Stimme. „Die Erfahrung der vollen Schwangerschaft mit ihrer engen Vertrautheit und der Monat biologischer Ernährung befähigt sie, besser zu lernen und tiefere zwischenmenschliche Beziehungen einzugehen. Außerdem verleiht ihnen das einen stärkeren Überlebenswillen; gebrütete Kinder neigen dazu, im Raum schnell zu sterben, weil sie nicht sofort eine Bindung an eine Mutterfigur herstellen und das Überleben ihnen nicht so wichtig ist.“

„Na gut, ich nehme an, Sie verstehen Ihre eigenen Bedürfnisse am besten“, sagte der kleine Mann. „Warum gehen Sie nicht einfach in unser Lager und schauen sich um, und ich bediene in der Zeit jemand anders? Die nächste Kundin wird nicht lange brauchen – ich kenne sie von früher –, und vielleicht finden Sie ja etwas, was Ihnen zusagt.“

Er öffnete ihnen die Tür zu einem riesigen Raum, der sich scheinbar bis in die Unendlichkeit erstreckte und der mit Kästen aus Einwegspiegeln gefüllt war, der modernen Version der „Skinner-Box“, die das Kind bis zu zwanzig Stunden trocken, satt und zufrieden hielten, ohne daß ein Mensch oder sonst jemand sich darum zu kümmern brauchte. Hinter den Glaswänden gurgelten, strampelten, krochen, brüllten oder saugten die Kinder. Sie machten einen zufriedenen Eindruck, aber Gildoran fragte sich, ob sie wirklich so glücklich wie die Kinder auf der *Samtfalter* sein konnten, die ständig von den Puhbären bemuttert und versorgt wurden.

„Nähere Angaben stehen vorne auf jeder Box“, sagte der Verkäufer. „In einer Minute bin ich wieder da – das hier geht schnell.“

Er ging zu einer großen, blassen, aber irgendwie anziehenden Frau hinüber. Sie trug einen Reiseumhang, hatte aber wunderbares fließendes Haar und einen Gang, von dem Gildoran nicht den Blick losreißen konnte.

„Ja bitte, verehrtes Wesen?“

Die Stimme der Frau klang süß und ausgezeichnet ausgebildet aus der Entfernung zu ihnen hinüber.

„Ich brauche sechs erstklassige Mädchen mit empathischem Potential, musikalischem Talent und hohem Sexualitätspotential. Sie sollen zu erstklassigen Freudenmädchen ausgebildet werden, also sehen Sie zu, daß sie gut aussehen.“

Der Verkäufer lief geschäftig herum und füllte ein Bestellungsformular aus, während Gildoran gegen seinen ursprünglichen Ekel ankämpfte. *Sklaverei!* Und doch... Diese „erstklassigen Mädchen“ würden ihr ganzes Leben lang schön und zufrieden sein und verwöhnt werden...

Der Verkäufer versuchte, noch etwas loszuwerden: „Wie wär’s mit einem sensationellen Sonderangebot? Ich habe hier ein paar Posten Ware, die weg muß – nicht abgeholte Brütungen, wunderbarer Zustand, aber sie sind schon sechs Monate alt und deshalb zu alt für die Konditionierung. Sie würden aber ausgezeichnete Handarbeiter oder Dienstpersonal abgeben – alle gesund und garantiert gutmütig, keinerlei genetische Defekte! Für runde zweitausend Stellare gehören sie Ihnen!“

Als der Verkäufer zurückkam, hatten Gildoran und Ramie sechs Kinder nach der Beschreibung auf den Kästen ausgesucht; sie hatten alle einen garantiert hohen IQ, mathematische und mechanische Begabung, zwei hatten beiderseits Chirurgen als Eltern, und zwei verfügten über einen Stammbaum mit musikalischem Talent.

Der Phänotyp oder die Hautfarbe waren natürlich belanglos, weil sie nach zwei Jahren sowieso Späher waren. Dafür würden harte Strahlung und Überlichtgeschwindigkeit schon sorgen.

Er sah zu, wie die Servos die Kinder, die für die Vergnügungswelt vorgesehen waren, in ein Gefährt verluden, das aussah, als bestehe es aus einer Anzahl von kleineren, aufeinandergestapelten Skinner-Boxen. Das war der übliche Babytransporter für den Weg durch den Transmitter. Er fragte abrupt: „Wie können Sie so herzlos sein, sie an etwas zu verkaufen, was auf ein Leben der Prostitution herausläuft?"

Der kleine Mann zuckte die Achseln. „Auf manchen Welten sind Roboter verboten, und das nur, damit sich Leute ihren Lebensunterhalt mit Handarbeit verdienen können. Was soll's – manche Läden verkaufen ja auch an *euch* nichts, weil, wie wir alle wissen, ungefähr ein Drittel der Kinder sterben wird. Ich für mein Teil, ich verkaufe sie für alles außer zum Essen – *das* geht mir zu weit. Einige exklusive Betriebe liefern für Restauration..."

„Was ist denn das?"

„Entschuldigung. Das ist ein alter Verkäuferausdruck, hat mit Essen zu tun, von ganz früher. Andere machen auf Luxus, verkaufen nur Einzelstücke, und das nur an Familien. Ich aber, ich verkaufe an jeden, der das Geld dafür hat, und ich stelle keine Fragen, und das ist auch gut so – wo würdet *ihr* Leute denn die Kinder herbekommen, wenn wir es alle so genau nehmen würden?"

Eine Legende, aber eine Legende, die sie hassen.

Der kleine Verkäufer war jetzt voll in Fahrt.

„Es gibt schließlich Milliarden zuviel Babys – die meisten holen wir uns auf billigen Welten, die ein Bevölkerungsproblem und zugleich eine seltsame Religion haben, die es nicht zuläßt, daß es gelöst wird – verrückte Welten, auf denen Abtreibung illegal ist, oder Welten mit einem Fruchtbarkeitskult. Das ist doch hier besser, als wenn sie en bloc in die Sklaverei verkauft würden."

„Wahrscheinlich haben Sie recht", sagte Gildoran entschuldigend. „Hier, die sechs nehmen wir, glaube ich." Er hatte sich die Nummern auf den Kästen aufgeschrieben. „Außerdem wollen wir einen Babytransporter mieten; wir schicken die Kästen in weniger als einer Stunde zurück, wenn wir die Babys verladen haben."

Er blieb stehen und sah zu, wie die Servos die Kinder verluden. Eines von ihnen hatte dunkle schräge Augen, wie Ramie, und eine weiche, goldene Haut. Er hätte es gern herausgenommen und gedrückt. Auch Ramie sah genau zu. Er sah sie fragend an, und sie murmelte: „Ach, nichts, ich habe mir nur gerade überlegt, wie das wäre, wenn ich selbst eines auf die Welt bringen könnte ...“

„Lästig, nehme ich an, und außerdem würde es die Routine auf dem Schiff stören“, sagte Gildoran und machte bewußt einen Spaß daraus.

Manche Fragen durfte man nie stellen. Ramie würde es noch lernen...

Während Ramie sich um den Babytransporter und die Servos kümmerte, die die Kinder auf dem langen und komplizierten Weg durch den Transmitter versorgen sollten, bis sie wieder auf der Welt waren, von der aus sie aufgebrochen waren, ging Gildoran mit dem Verkäufer zur Computerstation, wo er das Geld von der Zentrale zur Brutstation überwies. Er überlegte sich kurz, ob er schnell noch ein letztes Mal etwas auf einem Planeten essen sollte, bevor er zum Schiff zurückging. Nein, besser nicht; sie hatten noch einen langen Weg mit dem Transmitter vor sich – mindestens eine Dreiviertelstunde, wenn man sich überlegte, daß sie sicher die Kabinen würden suchen müssen, die groß genug waren, um sechs Babys zu transportieren – und je früher die Babys auf die *Samtfalter* verladen waren, desto eher waren ihre Schwierigkeiten zu Ende.

Er hatte schon damit begonnen, sich selbst zu dem erfolgreich durchgeführten Auftrag zu gratulieren. Mit der Hilfe der Servos, die fertig programmiert gemietet wurden, war es einfach, Kabinen von ausreichender Größe zu finden. Er überzeugte sich in der Informationskabine davon, daß die Koordinaten für die Rückreise stimmten, und sah zu, wie die Servos die Container mit den Kindern in die Kabinen rollten. Er und Ramie standen auf den beiden Seiten des Kistenturms, der natürlich seine eigene Luftversorgung und optimale Temperaturregelung im Innern hatte.

Er hoffte, daß das kleine Mädchen mit der goldenen Haut und den schrägen schwarzen Augen überleben würde. Es würde Spaß machen, ihr dabei zuzusehen, wie sie groß wurde. Man wagte es nie, sie besonders zu mögen, bevor es nicht sicher war, daß sie überlebten...

Die Kabine wurde dunkel; die Desorientierung und die glänzenden Kreise auf der Netzhaut – Atome? Sterne? Galaxien? – rasten durch sein Gehirn. *Schnapp!* Sie waren in der Transmitterkabine. Seine Finger suchten die Koordinaten des nächsten Sprungs, aber er erwischte sich dabei, wie er sich überlegte, wie die Kinder die Reise mit dem Transmitter empfanden. Weinten sie, oder bekamen sie durch die plötzliche Dunkelheit einen Schock oder Angst? Gab es für sie das Gefühl der Zeitverschiebung?

Ob ein kleines Kind überhaupt die Zeit empfindet? Oder fühlt es nur seinen eigenen biologischen Rhythmus?

Er drückte die Koordinaten; wieder die Finsternis, die wirbelnden Farben, dann *Schnapp!* Das mußte er überprüfen, herausfinden, ob die anderen – Ramie, Harrad, Rae – in einem Transmitter das auch spüren.

Es war ihm nie in den Sinn gekommen, Janni danach zu fragen.

Und doch – eine kurze Zeit waren wir uns so nahe, aber wir hatten andere Dinge, die wir fragen mußten.

Der dritte Sprung; zum dritten Mal die Struktur Dunkelheit – Wirbel – *Schnapp!* In diesem Augenblick wurde es ihm mit einem Gefühl eines unwiederbringlichen Verlusts klar, daß er Gilmarin nie würde danach fragen können – seinen Spielkameraden, den verlorenen, den verschwundenen Gilmarin. NIE. Wieder dieses Wort. Gilmarin, sein Freund in der Kinderstation, sein Bruder, sein Spielkamerad, nie würde er ihn fragen können, ob auch er diese momentane Desorientierung im Transmitter empfand, und plötzlich schien ihm das ein weit größerer Verlust zu sein als der Verlust von Janni.

Was Janni und ich geteilt haben, das war – ein Planet. Mit Gilmarin habe ich ein Leben geteilt, und beide habe ich verloren. Als Janni mich verlassen hat, war das ein Gefühl, als hätte ich etwas

Wunderbares verloren, und so war es auch – meine Träume von ihr.

Mit Gilmarin aber habe ich ein Stück von mir selbst verloren, habe etwas auf eine ewige Wanderschaft geschickt, genauso wie er verloren ist und irgendwo auf tausend Welten umherwandert, auf die ich nie gehen kann...

„Doran..." Ramies helle Stimme zitterte und klang verängstigt. „Bist du sicher, daß dies die richtigen Koordinaten waren? Hier scheint etwas nicht zu stimmen."

Gildoran kehrte mit einem Ruck in die Realität zurück und überprüfte die Koordinaten der Kabine; ein Überlastungssignal blinkte, und die Koordinaten auf dem Sichtschirm stimmten nicht mit denen auf dem Computerausdruck überein.

Er wählte noch einmal die richtigen Koordinaten und drückte dabei mit seinem Finger fest zu. Bevor er auf AKTIVIERUNG drückte – eine der vielen Sicherheitsschaltungen des Transmitters, die verhindern sollte, daß Reisende aus mangelnder Sorgfalt nichtexistente Koordinaten eingaben und an einem unbekannten Ziel ankamen –, überzeugte er sich auf dem Sichtschirm noch einmal von ihrer Richtigkeit. Die Kabine wurde jedoch nicht aktiviert, sondern das Licht begann wieder zu blinken, und auf dem Schirm erschienen Buchstaben:

WEGEN EXTREM HOHER VERKEHRSBELASTUNG WERDEN ALLE REISENDEN IN DIESEM SEKTOR AUF ANDERE ZIELE UMGELEITET, VON DENEN AUS SIE DIE REISE ZU IHREM URSPRÜNGLICHEN ZIEL FORTSETZEN. BEI DER INFORMATIONSKABINE AM HINTEREN ENDE DER HALLE KÖNNEN SIE EINEN KOSTENLOSEN COMPUTERAUSDRUCK MIT IHREN NEUEN KOORDINATEN ABHOLEN. WIR ENTSCHULDIGEN UNS FÜR DIESE BELÄSTIGUNG UND VERSICHERN ALLEN REISENDEN, DASS DIEJENIGEN, DIE GEGEN IHREN WUNSCH AUF DER WELT LANDEN, ZU DER WIR SIE UMLEITEN, VON DEN BESTIMMUNGEN BETREFFS SCHMUGGELGUT AUSGENOMMEN SIND: WIR WIEDERHOLEN, ALLE BESTIMMUNGEN BETREFFS SCHMUGGELGUT SIND FÜR DIE DAUER DIESES NOTFALLS AUSSER KRAFT GESETZT, VORAUSGESETZT,

DIE BETROFFENEN REISENDEN VERLASSEN DEN PLANETEN INNERHALB EINER STUNDE LOKALER ZEIT.

Gildoran murmelte eine archaische Unflätigkeit. „Das hat uns gerade noch gefehlt."

Ramie fragte: „Was ist Schmuggelgut?"

„Das muß so einer von den verrückten Planeten sein – weißt du, einer von denen, wo die Einfuhr von Servos oder Sklaven oder Drogen oder spaltbarem Material verboten ist. Schmuggelgut heißt alles, was gesetzlich auf diesem bestimmten Planeten verboten ist. Aber nur Ruhe; auf uns trifft das sowieso nicht zu, weil wir im Transit sind und gegen unsren Willen hierhergekommen sind. Wir müssen eben hinübergehen und uns den Computerausdruck holen."

Sie traten aus der Kabine, und Gildoran bückte sich, um durch das Fenster des Babycontainers zu sehen. Die durchsichtigen Fenster zeigten, daß nur zwei schliefen und die anderen sich bewegten. Da der Kasten schalldicht war, war es unmöglich festzustellen, ob sie brüllten, aber Gildoran wußte, daß sie etwas zu essen bekamen, wenn sie hungrig waren, und daß sie unterhalten wurden, wenn sie wach waren. Eine Zeitlang zumindest gab es also für sie keinen Anlaß zur Beunruhigung. Er hielt Ausschau, um sich in der Transmitterstation zu orientieren. Sie waren alle nach einem Standardmuster gebaut, damit die Reisenden ohne Schwierigkeiten Essen, Kleider, Toiletten, Auskunft oder Service finden konnten.

„Auf welchem Planeten sind wir denn?" fragte Gilramie.

Gildoran zuckte die Achseln. „Woher, in aller Zeit, soll ich das denn wissen? Offensichtlich irgendwo zwischen Antares Vier und dem Planeten, auf dem wir die *Samtfalter* zurückgelassen haben, was die Anzahl auf ungefähr zweihundert reduziert. Ramie, bleib du hier bei der Kabine. Es hat ja wohl keinen Sinn, wenn wir den ganzen Babytransporter durch die Halle schleifen."

Sie sah unruhig zu der Menge hinüber. Sie sagte: „Gildoran, das gefällt mir hier nicht. Vielleicht kommt das nur von dem Gerede über das Schmuggelgut, aber sehr frei ist es hier offensichtlich nicht. Können wir nicht direkt zur *Samtfalter* springen? Die Koordinaten weiß ich auswendig und du auch. Meinst du, das schadet den Kindern, wenn wir das machen?"

„Ich weiß es nicht. Wahrscheinlich nicht, aber ich weiß es einfach nicht", sagte Gildoran. „Es ist angeblich ein psychologisches Risiko, und soweit ich weiß, hat bisher noch niemand untersucht, wie weite Sprünge auf Kinder wirken. Trotzdem ist es wahrscheinlich eine unheimlich unangenehme Erfahrung. Ich bin einmal zwanzig Lichtjahre weit gesprungen, und das war kein Spaß. Mir war noch eine Stunde hinterher schwindlig, und ich konnte kaum etwas sehen. Warum sollten wir denn den armen Würmern ein Trauma verpassen, wenn wir sie kaum eine halbe Stunde haben? Das dauert doch keine drei Minuten, bis ich die neuen Koordinaten habe."

„Na gut..." sagte sie unsicher. Er ging durch eine Menge, die er nur mit halbem Auge wahrnahm, in den hinteren Teil der Station.

Sie drängten sich zurück. Das taten sie immer. Es wäre ihm nur aufgefallen, wenn sie es nicht getan hätten... Um die Menge oder die Blicke durfte man sich nie kümmern. Man lernte es schnell, sich nie darum zu kümmern...

„Dreckiger Kinderklauer!" kreischte jemand. „Hallo, seht mal, noch einer! Die haben vielleicht Nerven!"

„DIE HOLEN WIR UNS!"

Gildoran wurde aus seiner üblichen arroganten Unbekümmertheit gerissen und sah sich wie ein gefangenes Tier um. Jemand rempelte ihn an; jemand trat nach ihm; er war von einer wütenden Menge umgeben, die nach vorne drängte...

Er brüllte in der Schiffssprache, die niemand verstand: „Ramie! Nimm die Kinder und *spring!* Zurück zur *Samtfalter* – die ganze Strecke – SCHNELL!" Er drehte sich um und führte sie instinktiv von Ramie weg... sie hatten sie noch nicht gesehen. Sein Arm schoß nach vorne. Er trat einem Mann gegen die Kniescheibe. Dieser heulte auf und fiel vor ihm zu Boden. Er warf einen Blick nach hinten. Ramie und der Babytransporter waren weg.

Schlagartig wurde ihm einiges klar. *Lassellis Welt!* Er wußte genug darüber, um sich von ihr fernzuhalten, obwohl sie nur ein Koordinatensatz auf der Transmitterkarte war – das war es, was nicht gestimmt hatte. Wissentlich wäre Gilmarin nie hierhergekommen, aber durch einen unglücklichen Zufall war er von dem

Transmitter und dem Computer ausgerechnet hierher gebracht worden, genau wie Gilmarin...

Na ja, die Kinder und Ramie waren in Sicherheit. Sie waren aus der Kabine verschwunden und inzwischen Lichtjahre weit weg. Er kämpfte sich mit Ellbogen, Füßen und Schultern durch die Menge. Schläge und Flüche prasselten auf ihn herab, und er hatte Mühe, auf den Füßen zu bleiben. Wenn er hinfiel, war er verloren, dann würden sie ihn zertrampeln...

„Bringt ihn um, den dreckigen Späher! Der raubt hier keine Kinder mehr und bringt sie auf seinem Schiff um!"

„Zurück!" Ein Hitzegewehr knisterte. Gildoran spürte, wie die Menge sich beruhigte und zurückzog, bis er auf einem freien Platz einem dunkelhäutigen jungen Mann in einer Art Uniform mit Schulterstücken und einem Koppel mit einem unbekannten Emblem gegenüberstand. Er hielt das Hitzegewehr in offensichtlich bedrohlicher Haltung in der Hand. Der Mob sah sich in seiner Absicht enttäuscht und drängte und murrte, ließ den dunkelhäutigen Mann jedoch zu Gildoran durch.

Der Fremde sagte in Universal: „Komm mit, Späher. Das machen wir legal." Seine Stimme peitschte über die Menge wie sein Gewehr: „Laßt ihn in Ruhe! Ich erledige das!"

Gildoran richtete sich auf. Es gelang ihm, Reste seiner üblichen Arroganz zusammenzukratzen, obwohl ihm klar war, daß seine Kleider zerrissen waren und er von einem Schlag im Gesicht blutete. „Ich protestiere. Sie haben keine Autorität über mich. Ich bin durch eine Computerschaltung hierher umgeleitet worden, und alle Bestimmungen über Schmuggelgut sind legal außer Kraft gesetzt. Ich verlange sofortige Benachrichtigung der Zentrale."

„Du verlangst gar nichts. Komm mit."

„Sie haben keine Autorität..."

„*Das hier* ist meine Autorität", sagte der junge Mann und machte eine knappe Geste mit seinem Hitzegewehr. „Ich möchte das hier lieber nicht gebrauchen. Komm mit." Er sagte leise mit zusammengebissenen Zähnen: „Verdammt noch mal, Mann, los, lange kann ich sie nicht zurückhalten – wollen Sie vielleicht gelyncht werden? Sie haben hier heute schon einen von euch umgebracht!"

Gildoran setzte sich in Bewegung. Er hörte, wie sich die Stimmen der Menge erhoben, und wußte, daß das, was der junge Fremde sagte, die Wahrheit war. *Gilmarin! War er hier gestorben?* Gildoran spürte, wie ein Schluchzen ihm die Kehle zusammenzog, und biß die Zähne zusammen. *Stirb wie ein Späher.* Genau das hätte Marin getan. Auch er würde das fertigbringen, wenn es sein mußte. Er ging mit hoch erhobenem Kopf neben dem Fremden aus der Station heraus.

Sie traten in das gleißend helle Licht einer blauweißen Doppelsonne hinaus; Gildoran kniff die Augen zusammen und sah durch die Lider zu seinem Wächter hinüber. Der Fremde in Uniform war mehr als einen ganzen Kopf kleiner als er, hatte einen dünnen Bart, aber er sah nicht älter als Gildoran selbst aus. Haut und Haare waren von glänzendem Schwarz, aber seine Augen leuchteten in einem warmen Braun, als gehörten sie einem Tier. Er ließ das Hitzegewehr leicht sinken und sagte: „Ich hab' schon gedacht, ich würde Sie nie da rausbringen. Warum haben Sie versucht, sich gegen mich zu stellen? Wenn ich Sie verhafte, sind Sie doch sicherer als in der Menge. Ich tu Ihnen nichts." Seine dicken Lippen öffneten sich zu einem Grinsen. „Dazu habe ich sowieso keine Autorität. Mein Job ist es, Schlangen, die aus dem Reservat geflohen sind, zu erschießen – deshalb habe ich die Uniform und die Waffe –, aber das hat der Mob glücklicherweise noch nicht gemerkt. Das war Glück, daß ich gerade in der Station war. Sind Sie hergekommen, um den armen Teufel zu retten, den sie heute erwischt haben?"

Gildoran schüttelte den Kopf. Sein Gesicht mußte etwas verraten haben, denn der Mann sagte mitleidig: „Freund von Ihnen?"

„Er war mit mir auf dem Schiff. Mein bester Freund."

Wie auch immer, Ramie mit den Kindern hatte es geschafft; selbst wenn er nicht durchkam, würde die Lücke in der Schiffsmannschaft nicht gefährlich sein.

Er nahm seine ganze Autorität zusammen und sprach, als stünde er im Navigationsstand auf der Brücke der *Samtfalter:* „Ich bin Ihnen sehr dankbar, daß Sie mich aus den Klauen dieses Mobs befreit haben, der mich lynchen wollte. Ich muß jetzt wirklich darauf bestehen, daß Sie mich ohne Verzögerung mit der Zentrale verbinden. Ich muß sofort wieder zu meinem Schiff."

Selbst wenn sie mich nicht umbringen... nur vier Stunden Verzögerung, und für die einzige Welt, auf die es ankommt, bin ich tot...

Der junge Mann machte ein besorgtes Gesicht. Er hängte sich seine Waffe über die Schulter und sagte: „Stimmt ja – ihr Späher dürft nie ein Schiff verpassen, nicht? Ich habe alles gelesen, was ich über euch finden konnte... das interessiert mich. Hören Sie, hier können wir nicht bleiben. Wenn von der Menge dort jemand herauskommt und uns sieht, wie wir hier wie alte Kumpel quatschen, dann lynchen sie mich gleich mit, und mein Hitzegewehr nützt uns da auch nicht viel – es hat nicht einmal eine Einstellung, mit der es für Menschen tödlich ist. Los – beeilen Sie sich!"

Er zerrte ihn hastig hinter sich her in eine enge Seitenstraße, und eine Zeitlang ging Gildoran ohne Widerspruch mit, doch dann hielt er an.

„Nein! Ich kann es nicht riskieren, mich hier zu verlaufen. Ich darf auf einer fremden Welt den Transmitter nicht aus dem Auge verlieren..."

„Sie müssen mir vertrauen", flehte ihn der junge Mann an und zog ihn in eine Mauernische. „Hören Sie – offensichtlich haben Sie keine Ahnung von der politischen Situation hier auf Lassellis Welt, und für Erklärungen ist jetzt keine Zeit. Nur soviel: Wenn Sie hier zu den lokalen Behörden gehen und verlangen würden, mit der Zentrale verbunden zu werden, würden Sie es nie schaffen. Außerdem warten sie nur darauf, daß Sie versuchen, sich zur Transmitterstation zurückzuschleichen – ich würde hundert Stellare wetten, wenn ich sie hätte, daß jemand von der Menge dort jeden Eingang bewacht und nur darauf wartet, einen Tumult anzufangen. Hier gibt es eine Bande, die versucht, die Kontrolle über den Transmitterverkehr zu bekommen... Ja, ich weiß, daß die Zentrale das für illegal erklärt hat, aber die Zentrale ist weit weg von hier. Tatsache ist doch, daß jeder, dem irgendein politisches System nicht paßt, sich nur in eine Transmitterkabine zu stellen braucht, und in fünf Minuten ist er am anderen Ende der Galaxis.

Deshalb werden die Leute von hier ständig untersucht und überprüft, wenn sie sich einer Transmitterstation nähern, und Leute von anderen Welten werden herumgeschubst und angepöbelt, damit sie nicht mit den Leuten hier reden und sie unzufrieden machen. Unglückliche Leute brauchen etwas, was sie hassen können – und zur Zeit seid ihr dran."

Gildoran sagte: „Und was mache ich jetzt?"

Der Mann sagte: „Ich habe eine Idee. Leicht wird es nicht sein, aber vielleicht schaffen wir es. Ich heiße übrigens Merrik, und du? Ich darf doch du sagen?"

„Einverstanden – Gildoran von der *Samtfalter*."

„Gut, Gildoran, sie erwarten von dir, daß du genauso reagierst, wie du es getan hast – daß du Angst hast, dich zu weit von der Transmitterstation zu entfernen, weil du dich verlaufen könntest. Also warten sie und denken, daß du alles riskieren würdest, um zurückzukommen, vielleicht verkleidet. Was sie allerdings *nicht* erwarten ist, daß du es schaffst, zu einer anderen Transmitterstation zu kommen, vielleicht fünfzig Kilometer von hier. Klar, sie werden schon ein Auge auf die öffentlichen Transportmittel haben, aber sie werden nicht erwarten, daß du Hilfe bekommst. Vielleicht können wir sie reinlegen. Wieviel Zeit hast du eigentlich noch? Doch hoffentlich nicht nur noch Minuten, oder?"

Gildoran schaute auf die Uhr an seinem Handgelenk, die die Zeit auf dem Planeten der *Samtfalter* zeigte, ganz gleich, wieviel Uhr es nach lokaler Zeit war. Es war ein merkwürdiges Gefühl, als ihm klarwurde, daß dort früher Abend war, während hier offensichtlich gerade erst der Vormittag zur Hälfte vorbei war.

„Nein, mir bleiben noch ungefähr drei Stunden objektiver Planetenzeit."

Merrik stieß einen Seufzer der Erleichterung aus. „Ah, gut. In der Zeit schaffen wir es leicht. Hier, durch die Passage. Ich nehme dich mit in meine Wohnung. Mit deinem Haar und deiner Haut müssen wir was machen, bevor wir uns auf eine öffentliche Straße wagen können."

Gildoran folgte ihm verblüfft und erleichtert. In einem kleinen Lift, der in einem riesigen Gebäude zu Merriks Wohnung führte, fragte er ihn: „Warum tust du das?"

Merrik machte ein etwas dummes Gesicht und zuckte die Achseln. „Die Späher interessieren mich. Ich bin fasziniert von ihnen. Ich denke manchmal, das sind die einzigen echten Abenteurer, die es noch gibt. Die Vorstellung, völlig außerhalb der Zeit zu stehen wie ihr..."

Gildoran blinzelte; das war eine seltsame Einstellung dazu. Nach seiner Vorstellung waren es die Erdwürmer, die Planetenbewohner, die außerhalb der Zeit lebten, wie er sie kannte, die in einem Augenzwinkern von einem Planeten zum anderen reisten – und das buchstäblich –, während er mit dem Einstein-Antrieb zwischen den Sternen hin und her kroch. Er versuchte, davon etwas zu erzählen. Merrik öffnete die Fahrstuhltür mit einem vorsichtigen Blick in den Gang und schob Gildoran hastig in seine Wohnung. Er sagte: „Aber sieh das mal so: Wir leben unser gesamtes biologisches Leben in absoluter, objektiver Zeit. Ich bin vor neunzehn Jahren geboren worden, und in ungefähr achtzig Jahren werde ich sterben, nachdem ich die Zeit gelebt habe, die der Mensch normalerweise lebt. Ich habe keine Ahnung, außer durch Lektüre und Studien, wie das Universum hundert Jahre, bevor ich geboren war, ausgesehen hat, und ich werde es nie – nie – *nie* wissen, wie das Universum in fünfhundert Jahren aussehen wird. Du aber, du wurdest vielleicht vor fünfhundert Jahren geboren, du hast in einer Zeit gelebt, die für mich nur Geschichte ist, und du kannst in Tausenden von Jahren noch leben, und all das in der gleichen Zeit, die dem Menschen normalerweise zugemessen ist!"

So hatte Gildoran es noch nie gesehen. Merrik kramte in Wandschränken herum und zerrte Kleider heraus. „Für Hosen bist du zu groß, aber ich habe hier einen Reiseumhang, den ich mir mal auf Rigel III gekauft habe, den tauschen wir gegen deinen aus. Hier, das ist für deine Haut und dein Haar." Er setzte Gildoran auf einen niedrigen Hocker und fing an, ihn geschickt mit einer grünlichen Paste einzureiben, die auf seiner Haut überraschenderweise schwarz mit einem Rotton trocknete. Auf sein Haar sprühte er etwas aus einer Spraykugel.

„Jetzt siehst du aus wie ein etwas zu groß geratener Bewohner von Lasselli. Hier, reib dir die Hände bis zu den Ellbogen damit ein und die Füße bis zu den Knien. Den Rest bedeckt der Umhang. Was für eine Rasse seid ihr Leute eigentlich, von welcher Welt kommen denn die Späher?"

Gildoran sah ihn überrascht an. Er hatte gedacht, das wüßte jeder.

„Von allen Welten", sagte er. „Wir haben Männer von überall und Frauen auch."

„Du machst doch sicher Witze? Ihr habt alle die gleichen Farben, den gleichen Körperbau..."

„Das kommt von der Strahlung im Raum und von der niedrigen Schwerkraft auf den Schiffen. Es ist gut möglich, daß ich so schwarz wie du war, als ich noch ein kleines Kind war."

Merrik grinste halbherzig. Er sagte: „Willst du mir weismachen, wir seien so etwas wie Brüder unter der Haut? Na ja, zur Zeit sehen wir ja so aus, nur daß deine Augen blau sind. Von der Strahlung kommt das also, was? Wirkt sich das aber nicht auf eure Kinder aus? Oder ist das eine echte erbliche Mutation?"

Gildoran sagte erstaunt: „Kinder können wir nicht bekommen. Die Späher sind alle steril. Mensch, was glaubst du denn, warum wir sie kaufen und früher sogar stehlen mußten?"

Merrik stand mit offenem Mund da. „Das scheint aber niemand zu wissen – die meisten Leute glauben, daß ihr sie für irgendeine religiöse Zeremonie braucht..."

„Nein", sagte Gildoran ungeduldig. „Sie werden einfach unsere ... unsere Kinder. Die einzigen Kinder, die wir haben. Meine Freundin und ich hatten gerade sechs von einer Brutstation abgeholt. Eines von ihnen könnte in dreißig Jahren unser Kapitän sein."

Merrik sah ihn mit tiefem Mitgefühl an. „Warum sagt ihr das den Leuten nicht?"

„Wir haben es ihnen gesagt", sagte Gildoran müde. „Immer wieder haben wir es ihnen gesagt, aber Tausenden und Abertausenden von Welten mit einer Million Einwohner auf jeder können wir es nicht sagen, und offensichtlich sind Legenden beständiger als Fakten."

„Wir haben hier ein Sprichwort", sagte Merrik. „Die Wahrheit kriecht mit Lichtgeschwindigkeit, Lügen benutzen den Transmitter." Er lächelte und stand auf. „Trink ein Glas mit mir, mein Freund, und dann, da wir gerade von Geschwindigkeit sprechen, beeilen wir uns vielleicht besser etwas. Ich habe einen Oberflächenschlitten, ein kleines Luftkissenfahrzeug. Er gehört zwar meiner Schwester, aber die ist gerade auf einem anderen Planeten auf ihrer Hochzeitsreise, und sie hat ihn mir geliehen. Ich kann dich zu der Transmitterstation bringen, die fünfzig Kilometer entfernt ist. Da erwarten sie dich nie, und wenn sie es doch tun, dann erkennen sie dich nicht. Ich bezweifle, daß deine eigene Mutter dich – nein, Mütter habt ihr wohl nicht, oder? Deine Freunde von dem Schiff würden dich nicht erkennen. Wahrscheinlich könntest du in deiner Verkleidung direkt zur Transmitterstation zurückgehen, von der wir gerade getürmt sind, aber vielleicht warten sie einfach auf einen besonders großen Mann."

Gildoran trank die prickelnde Flüssigkeit, die Merrik ihm eingegossen hatte. Sie gab ihm ein Gefühl von Wohlbefinden und Erfrischung. Sie fuhren mit dem Fahrstuhl zur Garage, wo Merriks Schlitten geparkt war. In der Garage liefen ungefähr ein Dutzend Männer und Frauen herum, aber niemand sah Gildoran genauer an. Er raffte den Umhang eng um sich, damit er nicht auffliegen und ungefärbte Haut entblößen konnte. Merrik half ihm, sich auf dem Sitz des Luftkissenfahrzeugs anzuschnallen, und sie fuhren dicht über der Oberfläche des Planeten dahin.

Fortbewegung an der Oberfläche war für Gildoran fast völlig neu. Er lehnte sich zurück, ließ sich den Wind durch das Haar wehen, spürte ihn in seinem Gesicht und kniff in dem grellen Licht der Doppelsonne die Augen zusammen. Der Himmel war leuchtend weiß, und die Wolken waren fast elektrisch blau.

Eine so schöne Welt, und soviel Häßlichkeit darin. Und soviel Freundlichkeit.

Für Gildoran hörte sich Merriks Stimme fast bedauernd an. „Das ist für mich die nächste Annäherung an Raumflug. Als die Menschheit den Transmitter bekam, erwarb sie damit die Fähigkeit, von Stern zu Stern zu reisen, aber die Sterne selbst haben wir verloren. Manchmal träume ich von ihnen – von den Sternen."

„Du kannst dich auf Tausenden von Planeten frei bewegen, Merrik. Wenn ich von einem weggehe, kann ich nie zu ihm zurückkehren."

„Aber das sind alles... *Planeten"*, flüsterte Merrik fast, und in seinen Augen stand die Sehnsucht. „Den Weltraum haben wir verloren. Den habt nur noch ihr Späher."

Sie hielten den Schlitten vor einer anderen Transmitterstation an, die fast unbenutzt war. Sie gingen hinein, und niemand kümmerte sich im geringsten um Gildoran mit seiner dunklen Haut und seinem langen Umhang. Gildoran ging auf die Kabine zu. Er sagte: „Ich springe direkt zur *Samtfalter* zurück. Merrik – wie kann ich dir je danken?" Er ergriff den jungen Mann bei den Händen.

Auf dieser Welt hatte er einen Freund verloren. Auf dieser Welt hatte er einen Freund gefunden, und den würde er jetzt auch verlieren...

Merrik sagte: „Nimm mich mit. Ich möchte mir eines von euren Schiffen ansehen. Aus der Nähe."

Gildoran legte ihm eine Hand auf die Schulter. „Dann komm mit."

In der Kabine drückte er die vertrauten Koordinaten und spannte seine Muskeln für den großen Sprung an.

Dunkelheit. Ein Wirbel von schwindelerregenden Lichtern, wie der Zug der Sterne im Raum... seltsame Schmerzen an seiner Nasenwurzel und in seinen Ohren... rotierende Galaxien, Desorientierung, Kreisen...
Schnapp!

Er sah erleichtert, daß sie wieder auf der vertrauten Welt der *Samtfalter* waren. Merrik stand neben ihm. Er hatte noch einen betäubten Ausdruck auf dem Gesicht. Er sagte: „Das ist der längste Sprung, den ich je in einem Stück gemacht habe."

Gildoran hatte Kopfweh. Er sagte: „Tut mir leid, wirklich, aber ich habe jetzt nicht mehr viel Zeit, und meine... meine Kameraden machen sich wahrscheinlich Gedanken um mich."

Rae. Sie muß wirklich in Panik sein. Marin ist weg, Tallen desertiert. Laß um Gottes willen nur Ramie mit den Kindern sicher angekommen sein.

Er zog Merrik hinter sich her und sagte: „Es ist aber noch Zeit genug, daß du dir das Schiff ansehen kannst. Das ist wohl das mindeste, was ich tun kann."

Die Wache am Tor, ein Späher in den mittleren Jahren mit einem freundlichen, faltigen Gesicht, hielt sie an, als sie auf ihn zukamen und sagte: „Tut mir leid. Zu kurz vor dem Start. Nur noch Schiffspersonal jetzt, Freunde, keine Touristen mehr."

„Gilroth, erkennst du mich denn nicht?" Gildoran lachte, hielt seine Identitätsscheibe hoch und warf den Reiseumhang ab.

Roth umarmte Gildoran und drückte ihn wie ein Bär an sich.

„Doran", schluckte er, „Doran, du hast es geschafft. Harrad und Rae sind am Rande der Verzweiflung. Wir haben es gerade noch geschafft, sie daran zu hindern, hinter dir herzuspringen, und es wird so spät, so spät..."

„Ich habe unterwegs leichte Schwierigkeiten gehabt“, sagte Gildoran mit vorsichtiger Lässigkeit. „Hat Ramie es mit den Kindern gut zurück geschafft?“

„Oh, ja. Die Ärmste, sie weint seitdem ununterbrochen, aber die Kinder sind alle an Bord. Wahrscheinlich stecken sie schon für den Start bei den Puhbären in der Tasche.“ Man hatte herausgefunden, daß die Bauchfalten oder Taschen der riesigen Humanoiden während des Starts für die Kinder unter drei Monaten sicherer als jeder künstliche Schoß oder jedes Lebensrettungssystem waren. Roth meinte noch weiter: „Sieh zu, daß du an Bord kommst – sag Rae und den anderen, daß es dir gutgeht, und vergiß auch nicht, dich in der Kinderstation zurückzumelden!“

„Einen Augenblick noch. Merrik hier hat mir bei der Flucht geholfen – ohne ihn wäre ich nie hierhergekommen. Ich habe ihm einen kurzen Blick in das Schiff versprochen.“

„In Ordnung, aber mach schnell, und melde dich trotzdem auf der Brücke“, sagte Roth. „Dein Freund muß in zehn Minuten wieder draußen sein – sie ziehen die Leiter ein.“

Gildoran führte Merrik die Leiter hoch. Er schüttelte seinen Kopf, der ihm noch immer weh tat, und Merrik, der sein Gesicht beobachtet hatte, sagte: „Du auch?“ Nach einer Minute fuhr er fort: „Manchmal, wenn ich einen langen Sprung mache, sieht es für mich so aus, als wäre das, was ich sehe – hinter meinen Augen – so ähnlich wie das, was ich im Weltraum sehen würde. Ist das vielleicht möglich, daß dies *wirklich* der Fall ist und daß ich irgendwie durch den Raum fliege, ohne es zu merken?“

„Ich weiß es nicht. Ich bin mir über die Bedeutung von Zeit und Raum nicht mehr im klaren“, sagte Gildoran ehrlich. Er drückte seine Identitätsscheibe gegen die Platte. Die angenehme Stimme des Computers sagte: „Du meldest dich sehr spät zurück, Gildoran. Bitte melde dich sofort bei Rae in der Kinderstation. Man hat mich darum gebeten, dich zu informieren, daß Gilramie schon auf der Brücke ihre Position eingenommen hat. Außerdem soll ich dich daran erinnern, daß dem Fremden bei dir noch genau neun Minuten und achtzehn Sekunden bleiben, bis das Schiff versiegelt wird.“

Gildoran sagte: „Ich zeige dir schnell die Brücke.“ Er stand still, während der Lift sie nach oben trug und seine Türen aufglitten. Er blieb still, während Merrik mit sehnsüchtigen Augen die verwirrenden Kontrollen und Instrumente und die geschäftigen Gestalten der Späher ansah, die Dingen nachgingen, deren Bedeutung ihm verschlossen blieb. Schließlich berührte Gildoran seine Schulter, zog ihn weg und führte ihn wortlos wieder zu der Leiter.

Wieder ein Abschied. Für immer.

Er legte beide Hände auf Merriks Schultern und fühlte sich zerrissen und verloren und verzweifelt.

„Gildoran", sagte Merrik plötzlich, „nimm mich mit. Als Besatzung. Ich mache alles."

Tief gerührt schüttelte Gildoran den Kopf. Über ihnen wölbte sich der dunkle Himmel, und die grobe neue Stadt zeigte tausend grelle Lichter, aber dahinter leuchteten tausend grelle Sterne.

„Ich wünschte, ich könnte dir diesen Wunsch erfüllen, aber du würdest sterben im Raum, Merrik. Damit mußt du als Baby beginnen. Nicht älter als ein Jahr darfst du sein. Man muß auf den Schiffen, wie wir sie jetzt benutzen, aufwachsen. Du würdest keinen Monat leben, und das ist ein schrecklicher Tod."

In Merriks dunklem Gesicht arbeitete es, aber er sagte nichts. Er setzte nur einen Fuß auf die oberste Sprosse der Leiter, drehte sich einen kurzen Augenblick um und sagte: „Gildoran. Wenn du deine nächste Welt erreicht hast... komm wieder zurück. Du kennst meine Welt. Ich weiß, daß es lange dauern wird, aber ich vergesse es nicht. Ich schwör dir, ich vergesse es nicht."

Gildoran sagte heiser: „Nein, Merrik. Nein, mein Freund. Du vergißt es vielleicht nicht, aber du würdest mich hassen. Du wärst ein alter Mann, und ich wäre noch jung, noch genauso alt, wie wir es jetzt sind. Adieu, Merrik." Als Merrik ihm beide Hände schüttelte, blinzelte er Tränen zurück. Dann ließ er ihn hilflos gehen. Er sah nicht hinter ihm her, als er durch den roten Schlamm am Fuß der Leiter stolperte, sondern drehte sich um, ging hinein und fuhr wie betäubt zur Brücke hoch.

Das ist die Folge dieses langen Sprungs, dachte er und umklammerte seinen Kopf, der ihm zu zerspringen drohte, aber er wußte, daß es mehr als das war.

Das Tempo auf der *Samtfalter* wurde nun schneller. Alarmglokken schrillten, Mannschaftsmitglieder – seine Brüder und Freunde, seine einzige Welt – hasteten zu ihren Stationen, und die sanfte Stimme des Computers übermittelte hierhin und dorthin Befehle. Gildoran wandte sich der Kinderstation zu und hatte schon Angst davor, wie Rae ihn umarmen und wegen seiner Rückkehr in angsterfüllter Freude um ihn weinen würde, aber auf der anderen Seite sehnte er sich auch nach dem Trost, den ihm das brachte. Eines Tages würde er ihr die ganze Geschichte erzählen, aber jetzt nicht, noch nicht für eine lange, lange Zeit...

Das Schiff war versiegelt. Gilroth, der als letzter hereingekommen war, holte Gildoran im Gang ein. „Na, Junge, jetzt geht es wieder los, was? Tut es dir leid, daß du weggehst?"

Seine Liebe. Sein ältester Freund. Sein neuester Freund, der einzige, der je verstanden hatte...

Der letzte seiner Jugend.

„Ob es mir leid tut wegzugehen? Um Gottes willen, nein", sagte Gildoran. „Planeten sind zum Weggehen da."

Das Versteckte, geh und such' es,
Das Verlor'ne in der Ferne,
Dir wird es sich offenbaren. Geh!

Kipling

Zweiter Teil

Eine Zeit zum Trauern

Ein Wandrer, der die alten Länder kennt,
Sprach so: Ein riesig Beingestümpf aus Stein
Steht in der Wüste. Nahbei, abgetrennt,
Sinkt ein zertrümmert Haupt im Sande ein.
Die schmalen Lippen kalter Herrscherlaun'
Verraten, was der Bildner hat gewußt;
Er schlug's in Stein, daß Späteren kam das Graun
Vor solcher Schroffheit, so entmenschter Brust.

Der Sockel hebt den Prunk der Inschrift auf:
„Ich, Ozymandias, aller Helden Held,
Künd euch mein Tun! Ihr Mächtigen, erbebt!"
Nichts bleibt von ihm. Rund um den Trümmerhauf,
Den ungeheuren, dehnt die sandige Welt
Der Wüste sich, flach, endlos, unbelebt.

Shelley

1

„Jedes Jahr scheint schneller herumzugehen“, sagte eine Stimme hinter Gildoran. „Ich kann es einfach nicht glauben, daß schon wieder Wechseltag ist.“

„Wie meinst du das, *schon wieder?*“ Gildoran hob nicht den Kopf von dem bunten Tuch, auf dem er mißmutig ein kleines Sortiment von Schälchen und Löffeln ausbreitete. „Dieses Jahr ist das längste, an das ich mich erinnern kann! Ich habe die Tage gezählt – nein, die Stunden!“

Hinter ihm lachte Gilrae leise. „Der Dienst in der Kinderstation macht dir wohl nicht besonders viel Spaß, Gildoran, oder?“

Er wollte gerade „überhaupt nicht“ sagen, zögerte aber dann und sah zu den vier kleinen Hängematten an der Wand und zu den beiden leeren Haken hinüber. Er hatte keinen Kloß mehr in der Kehle, wenn er zu der Stelle sah, wo sie gewesen waren, aber er empfand noch immer eine allgemeine Traurigkeit. Er war froh darüber, daß sie den beiden Kindern, die nach der DNS-Operation gestorben waren, noch keinen Namen gegeben hatten. Er hätte diese Namen, genau wie das bei *Gilmarin* der Fall war, nie ohne Trauer aussprechen können. Er sah zu den Kleinen hinüber, die auf dem Boden der Station herumkrochen und sich um einen der Puhbären drängten, zu den drei Vierjährigen, die um ihren niedrigen Tisch geschart waren und eifrig malten.

„Das würde ich nicht sagen“, meinte er zögernd, „aber einsam ist es hier unten. Ich bin froh, wenn ich wieder zu der Schiffsroutine zurückkomme und wichtige Arbeit mache.“

Gilrae schüttelte den Kopf. „Das hier ist die wichtigste Arbeit, die es gibt, Doran. Diese Kinder – die Babys – werden dich ihr ganzes Leben lang als *die* perfekte Person, als ihr zentrales Vorbild im Kopf behalten.“

„Die armen Kinder“, sagte er und lachte.

„Nein, das meine ich ernst. Das ist ein Grund dafür, daß wir eine besondere Stelle für die Kinderstation eingerichtet haben und daß unten so oft Leute helfen. Wer aber hier in der Kinderstation ienst hat, wenn eine neue Lieferung Babys kommt, das ist derjenige – oder diejenige, manchmal ist es ja auch eine Frau –, den sie alle als das perfekte Modell des Erwachsenen internalisieren."

„Jetzt hör aber mal zu", spottete er. „Dazu sind sie doch sicher zu jung! Sogar sprechen können erst ein oder zwei, und wenn ich eines über Kinderpsychologie gelernt habe, dann dieses eine, daß das Denken der Spracherwerbung folgt und nicht umgekehrt."

Gilrae schüttelte den Kopf. „Stimmt nicht. Die fangen mit dem Spracherwerb mindestens sechs Monate früher an, bevor sie ein einziges Wort sagen. Das ist auch der Grund, warum wir sie nicht den Puhbären überlassen, denn sonst würden sie als Puhbären mit menschlichen Körpern aufwachsen. Wenn sie zu Menschen heranwachsen sollen, dann müssen sie engen Kontakt und direkte Beziehungen zu Menschen haben, und anscheinend brauchen sie eine Eins-zu-Eins-Beziehung. Wenn man sie zu lange sich selbst überläßt, dann bekommen sie für sich nur die Wertvorstellungen der Gruppe und keine erwachsenen Wertvorstellungen mit. Wir müssen sie mit den Wertvorstellungen der Erwachsenen erziehen, weil sie sonst ihren richtigen Platz in dem Beziehungsnetz der Mannschaft nicht finden." Sie sah auf die Uhr und sagte: „Ich muß nach oben zu den Wechselzeremonien. Doran, unter uns: Ich bin auch froh, daß der Wechseltag da ist. Gilharrad ist einfach zu alt für das Amt des Jahreskapitäns. Ich hatte schon vor zwei Jahren damit gerechnet, daß er zurücktritt und den Wanderstatus annimmt. Ich weiß nicht, wie wir es geschafft hätten, wenn wir dieses Jahr einen neuen Planeten gefunden hätten."

Gildoran nickte nur – es wäre schlechtes Benehmen gewesen, wenn jemand in seinem Alter einen Kommentar über die Kompetenz oder Nichtkompetenz des Jahreskapitäns abgegeben hätte, besonders wenn er so alt und ehrwürdig wie Gilharrad war. Gildoran hatte noch nicht einmal die Qualifikation für die Kapitänswürde, und seine Identitätsscheibe wurde an der jährlichen Verlosung noch nicht beteiligt. Er konnte Gilrae aber zustimmen, ohne unhöflich zu sein.

Wie das oft vorkam, schien Gilrae seine Gedanken lesen zu können. „Es dauert nicht mehr lange, dann stehst du auch auf der Kapitänsliste", sagte sie. „Ich glaube, du wirst eines Tages einen guten Kapitän abgeben." Sie sah auf die Reihe von Schälchen, die er aufstellte. „Eigentlich ist es schade, daß du die Zeremonie verpaßt..."

„An der Zeremonie liegt mir nichts, ich will jetzt sofort wissen, was ich im nächsten Jahr für Aufgaben haben werde", brummte Gildoran. Er sah nicht ein, warum nicht die Puhbären den Kindern ihr Essen geben konnten.

„Na ja, es gibt noch mehr Jahre", sagte Gilrae gut gelaunt. Ihm gegenüber war sie immer so gutgelaunt, dachte er mißmutig. Sie behandelte ihn genauso, als sei er noch einer von den Kleinen! Sie sah sich noch einmal in der Kinderstation um. „Ich gehe ungern hier weg. Es macht mir Spaß, hier mit den Kindern und den Ärzten zu arbeiten. Manchmal wünsche ich mir, ich hätte mich auf Medizin spezialisiert." Rae war in diesem Jahr biologischer Offizier gewesen, und wenn in der Kinderstation kleine Kinder waren, verbrachten die Biologen, wie die Mediziner, den größten Teil ihrer Zeit damit, die Kinder zu pflegen und für sie zu sorgen. Sie sagte noch: „Die Gruppe hier habe ich richtig liebgewonnen, jetzt, da ich weiß, daß sie alle überleben werden. Ich denke, es ist an der Zeit, ihnen ihre Namen zu geben, meinst du nicht auch?"

„Noch ein paar Wochen, dann sind sie ein volles Jahr alt", sagte Gildoran. Nach Schiffszeit war es nun fast ein Jahr her, daß sie den Planeten verlassen hatten, auf dem er aufgewachsen war. Er konnte nun ohne allzu große Schmerzen an Janni denken. Er dachte kaum noch an sie. Wenn sie heute einen Planeten finden und zurückkehren würden, dann wäre sie alt, eine alte Frau, oder tot.

Weit öfter als an Janni dachte er an Merrik, der den Weltraum gewollt hatte und wußte, daß er ihn nie bekommen konnte. Er hatte Merrik nur so kurz gekannt und war ihm in dieser kurzen Zeit nähergekommen als Janni in einem ganzen Jahr. War ein Freund einem immer näher als eine Geliebte?

Vielleicht kommt das daher, dachte er, *daß mir Gilmarin noch immer fehlt. Die ganze Zeit, jeden Tag. Gilmarin wird mir immer fehlen. Oder Giltallen.*

Er schaute Rae an und dachte daran, daß ihr Giltallen ebenso fehlte wie ihm sein Freund, sein erster Freund, Gilmarin fehlte. Er sagte impulsiv: „Vielleicht sollte unter den Kindern dort ein Giltallen sein, wenn wir ihnen die Namen geben, Rae. Oder vielleicht eine Giltallena."

Er sah, wie sie zusammenzuckte, und erkannte den nackten Schmerz in ihren Augen. Sie schluckte und konnte ihm einen Moment nicht antworten. Dann sagte sie: „Noch nicht, meine ich. Das ist zu früh, Doran. Laß mir... laß uns allen noch ein bißchen Zeit." Ihre Stimme war ruhig, aber er hatte gesehen, wie sie zusammengezuckt war. Sie sagte schnell: „Ich muß hoch zu der Zeremonie. Ich schicke dir sofort jemanden herunter, sobald ich Bescheid weiß, der dir sagt, was du als nächstes zu tun hast. Kopf hoch – noch drei Jahre, und du bist alt genug, dir dein erstes Spezialgebiet auszusuchen."

Sie ging weg, und Gildoran machte damit weiter, den Kindern das Besteck für das Abendessen hinzustellen. Es war nicht so, daß er den Dienst in der Kinderstation nicht mochte. Nein, aber er hatte die Strampelhosen der Kinder und ihre Rasseln ein wenig satt, und er war es müde, die Spielsachen aufzulesen, die sie von einem Ende der Station zum anderen verstreuten. Die Vierjährigen waren gerade dabei, die Schiffsdisziplin zu lernen, die eiserne Regeln darüber einschloß, alles wieder dorthin zu bringen, wo es hingehörte, damit es für den nächsten zur Verfügung stand, aber soweit waren die Kleinen noch nicht. Noch schlimmer als das Durcheinander war das Essen. Die Rationen in der Kinderstation waren sicherlich ganz genauso nahrhaft wie das Essen in irgendeinem anderen Teil des Schiffs, vielleicht sogar nahrhafter, aber die fade Kost hatte er satt – und das Personal aß das gleiche Essen wie die Kinder. Er fragte sich, wie die Puhbären das aushalten konnten.

Oder vielleicht war es so, daß sie auf der Welt, von der sie kamen – welche auch immer es sein mochte – ebenfalls fades Essen aßen. Er wußte es eigentlich nicht wirklich. Die Puhbären und die Späher teilten sich schon seit undenkbaren Zeiten die Schiffe, aber er hatte im Grunde keine Ahnung, von welcher Welt sie wirklich kamen, und auch sonst wußte niemand etwas darüber, abgesehen vielleicht von ein paar Spezialisten in der Geschichte der Späher.

Einer war gerade am anderen Ende der Station damit beschäftigt, die Vierjährigen mit leiser Stimme dazu anzuhalten, ihre bunten Wachsmalstifte wieder wegzuräumen, während ein anderer die Blätter mit den bunten Farbflecken an die Wand hing. Einer von den Kleinen hatte seinen Malkasten umgeworfen, und der Puhbär erzählte ihm eine Geschichte, während er mit geschickten Fingern jede Farbe in die richtige Aussparung im Kasten einordnete.

„...und da sagte der Kapitän: ‚Aber wie kann das ein richtiger Planet sein, wenn er keine Polkappen hat?' Der Wissenschaftler aber sagte ihm: ‚Planeten müssen keine Polkappen haben...'"

„Es ist wohl ein wenig langweilig für dich hier unten, nicht wahr?“ sagte ein anderer Puhbär, streckte die Hand aus und wühlte Gildoran liebevoll im Haar herum. Er erinnerte sich daran, daß er das schon getan hatte, als er als Vierjähriger den Malkasten eingeräumt hatte. „Also, ich kann es dir nicht verübeln, Doran. Wahrscheinlich sucht ein großer Mann wie du das Abenteuer. Wer weiß, wenn du auf der Brücke wärst, würdest du vielleicht eine neue Welt für uns entdecken.“ Seine sanfte Stimme war auf eine humorvolle Art herablassend.

„Abenteuer?“ Er lachte. „Dafür stehen die Chancen schlecht. Wir haben in den letzten Sonnensystemen keinen Planeten gefunden, der etwas wert war – warum sollte das hier anders sein?“

„Aber es ist *Zeit* dafür, nicht?“ wollte einer von den Vierjährigen wissen und zerrte an Gildorans Hand. „Jedes Sonnensystem, durch das wir kommen, das *keinen* passenden Planeten hat – heißt das nicht, die Möglichkeit wird größer, daß das *nächste* einen hat? Als Gilmarti hier unten war und uns von Wahrscheinlichkeitsrechnung erzählt hat“ – er verhaspelte sich ein wenig bei dem Wort –, „da hat sie so was gesagt...“

„Nein, Giljodek“, sagte Gildoran und kauerte sich auf den Boden, so daß er mit dem Kind auf gleicher Höhe war. „Die Wahrscheinlichkeitsrechnung“ – er sprach es langsam und sorgfältig aus, damit das Kind ihn in der Sprache imitieren konnte –, „geht so nicht. Hier, nimm das mal...“ Er nahm einen zwanzigseitigen Würfel von dem Gestell. „Wirf damit zwanzigmal. *Muß* da eine – äh, sagen wir mal eine Sieben – bei den zwanzig Versuchen dabei sein?“

Das Kind nahm den Würfel und warf, während Gildoran laut mitzählte. „Siebzehn, achtzehn, neunzehn, zwanzig. Siehst du? Eine Zahl kann zwei- oder dreimal kommen, aber es braucht nicht jede Zahl einmal zu kommen. Wenn du jetzt *Hunderte* von Malen würfeln würdest, müßte im Verlauf dieser Zeit jede Zahl gleich oft auftauchen, aber jedesmal, wenn du würfelst, ist die Möglichkeit gleich groß, daß eine von den zwanzig Zahlen kommt. Verstehst du das?“

„Ich glaube schon“, sagte Giljodek und runzelte die Stirn. Er war schon vom Raum gebleicht und so blaß wie Gildoran. Die Babys, die auf dem Boden herumkrochen, waren noch rosa oder rot und hatten rotes oder schwarzes Haar.

„Du siehst also, Kleiner, daß die Wahrscheinlichkeitsrechnung nur mit großen, *großen* Zahlen funktioniert. Wir wissen, daß unter hundert Sonnensystemen wahrscheinlich fünfzehn oder zwanzig dabei sind, die mindestens *einen* Planeten haben, auf dem Menschen leben können, aber wir wissen nicht, *welche* fünfzehn oder zwanzig das sind, und von den fünfzehn oder zwanzig sind einige aus anderen Gründen nicht richtig für uns: entweder schon von intelligenten Wesen bewohnt oder zu kalt für die meisten Rassen oder zu warm für die meisten Rassen oder mit ein ganz klein wenig zuviel Sauerstoff, oder es muß zuviel daran gearbeitet werden – und so weiter. Und jedesmal, wenn wir in ein neues Sonnensystem kommen, geht es uns wie dir, wenn du würfelst: Du kannst nie absolut sicher sein, daß die Sieben kommen wird, auch dann nicht, wenn du schon neunmal gewürfelt hast, und die Sieben war immer noch nicht da. Du kannst eben jedesmal jede von den zwanzig Zahlen bekommen. Unser nächstes Sonnensystem *kann* einen guten Planeten haben, genau wie die letzten sechs oder sieben einen gehabt haben könnten. Die Tatsache aber, daß wir nun seit sieben Sonnensystemen keinen gefunden haben, macht es nicht wahrscheinlicher, daß wir dieses Mal einen finden. Wir könnten in drei Sonnensystemen hintereinander drei gute Planeten finden, aber wir könnten genausogut bei fünfzehn oder zwanzig oder achtzig Systemen hintereinander Pech haben. Das ist wie bei deinem Dominospiel, wenn du blanke Steine ziehst, nur mit dem einen Unterschied, daß beim Dominospiel die blanken Steine mal ausgehen. Im Kosmos werden die Sonnensysteme ohne gute Planeten nie ausgehen."

Giljodek hatte seine Augen weit aufgerissen. „Dann haben wir vielleicht Glück, wenn wir *jemals* gute Planeten finden, nicht wahr, Doran?"

Gildoran lächelte. „Da kannst du recht haben", sagte er, streckte seine langen Beine und hob das Kind mit hoch. „Komm, setz dich an den Tisch, der Puhbär hat dein Essen fertig."

Der kleine Junge, der die Wachsmalstifte einräumte, runzelte die Stirn und sagte: „Ich will die Geschichte von dem Kapitän und dem guten Planeten weiterhören!"

Der Puhbär erzählte weiter. „Der Kapitän sagte: ‚Wie kann das ein richtiger Planet sein, wenn er keine Rostflecken von Eisen hat?' Da sagte der Wissenschaftler…"

„Essen!“ Es war ein schriller Schrei. „Die Geschichte *nachher!*“ Der Puhbär wurde von einem heftigen Zug an seinem langen schwarzen Haar nach hinten gerissen.

Gildoran war mit ein paar schnellen Schritten neben ihm. „Nein!“ sagte er scharf. „Das macht man nicht, Kleine!“ Er bewahrte jedoch nur mit Anstrengung ein ernstes Gesicht. Es handelte sich um seinen besonderen Liebling unter den Kindern, das kleine Mädchen mit dem runden Gesicht, der goldenen Haut und den schrägen, dunklen Augen. Sie war stupsnäsig und aggressiv. „Sag ‚Tut mir leid‘ zu Puh!“

Das Mädchen schmollte. „Will Essen! Nicht Geschichte!“

Gildoran hielt sie fest im Arm. „Puh kann jedem eine Geschichte erzählen, wenn er will. Du brauchst ja nicht zuzuhören. Sag ‚Tut mir leid‘ und setz dich sofort an den Tisch.“

Sie war beleidigt und trat nach ihm. „Mach ich nicht!“

„Dann“, sagte Gildoran und richtete sich mit dem Kind in seinen starken Händen wieder auf, „geht's sofort in die Hängematte. Freche kleine Mädchen bekommen kein Essen.“

Sie wehrte sich und trat auf dem ganzen Weg zu der Hängematte nach ihm, aber er lachte und hielt sie am ausgestreckten Arm, so daß sie weder sich noch ihn verletzen konnte. Er legte sie in die Hängematte und begann, die Haltegurte um den zappelnden kleinen Körper zu befestigen.

„Essen!“ brüllte sie, aber auch sie lachte dabei. „Ich will Essen!“

„Dann sag ‚Tut mir leid‘ zu Puh, weil du ihn am Haar gezogen hast, du freches Mädchen.“ Er hatte solche Auseinandersetzungen mit dem kleinen dunkelhaarigen Mädchen oft. Von den Babys war sie die größte und aggressivste, und sie hatte die am deutlichsten ausgeprägte Persönlichkeit. Bis er für den Dienst in der Kinderstation eingeteilt worden war, hatte er gedacht, daß alle kleinen Kinder gleich wären: Sie alle aßen und schliefen, und große Unterschiede gab es da nicht. Nun fing es an, ihm klarzuwerden, daß sie schon nach einem oder zwei Monaten sich deutlich zu individuellen Persönlichkeiten entwickelten. Das eine war ruhig, das andere laut, das eine aggressiv, das andere weniger. Das hier war ein wildes kleines Wesen, aber sehr schnell und intelligent. Sie sprach schon fast in Sätzen, während die meisten anderen nur ein Wort sprechen konnten.

Sie entspannte sich in seinen Armen und sah mit einem listigen

Lächeln zu ihm hoch. „Zu dir ‚Tut mir leid' sagen", schlug sie vor, und er lachte wieder.

„Spielt sich nichts ab. Komm, sei ein liebes Mädchen und laß dich anschnallen."

„*Kein* liebes kleines Mädchen", brüllte sie und trat wieder nach ihm, als er den ersten Gurt festmachte, gab aber dann nach. „Böses kleines Mädchen sagt ‚Tut mir leid'", flüsterte sie und blinzelte mit ihren langen Wimpern, als wolle sie gleich anfangen zu weinen.

Er setzte sie auf den Boden. Mit dem Daumen im Mund flüsterte sie: „Tut mir leid, Puh", und der Puhbär hob sie auf und fuhr ihr mit der Hand durch das dunkle Haar. „Jetzt setz dich aber hin und iß", ermahnte er sie, lachte aber über ihren Kopf hinweg Gildoran zu.

„*Das* ist vielleicht eine!"

Gildoran nickte und half den anderen Kindern in ihre kleinen Stühle. Sie verbreitete ständig Unruhe in der Kinderstation. Gilrushka aus dem Psychologie-Bereich meinte aber, daß laute, selbstsichere, unartige Kinder diejenigen seien, die später zu den wertvollsten Mannschaftsmitgliedern heranwuchsen. Das waren jene, die ständig fragten, Grenzen anzweifelten und den äußeren Rand ihrer Welt erforschten. Nach Gilrushkas Meinung war ein ‚braves' Kind, das den Erwachsenen keine Schwierigkeiten machte, entweder dumm oder eingeschüchtert.

Puhbär zog seine Lippen von seinen Zähnen zu einem, wie Gildoran wußte, freundlichen Grinsen zurück. Er konnte sich vorstellen, daß das für einen Außenstehenden wie ein Ausdruck von Drohung oder Angriff aussehen könnte. „Ich hoffe, daß wir bald den Auftrag bekommen, ihnen Namen zu geben. Für die da brauche ich einen Namen – sie hat schon ein Gefühl für Identität entwikkelt. Die anderen können noch warten." Sie gab dem Kind einen Löffel in die Hand und ermahnte es: „Iß nicht mit den Fingern, Kleine."

„Warum nicht? Esse *gern* mit den Fingern."

„Wenn du mit den Fingern ißt", sagte der Puhbär geduldig, „dann werden deine Finger fettig, und dann werden deine Kleider und dein Haar und deine Haut auch ganz fettig."

„*Gern* fettig", sagte das Kind bestimmt und aß weiter mit den Fingern.

„Dann", sagte der Puhbär, „mußt du noch mal baden."

„*Gern* noch mal baden", sagte das Mädchen und schmierte sich fröhlich ihr Essen in ihr bereits butterbedecktes Gesicht. Der Puhbär verbarg wieder ein Lächeln und gab nach. „Gut, nach dem Essen wird noch mal gebadet. Giljodek, halte deinen Löffel anders herum, dann fällt dir auch das Essen nicht dauernd herunter, wenn du es in den Mund stecken willst."

„Erzähl mir *beim* Essen die Geschichte von dem Kapitän und dem richtigen Planeten weiter", machte der kleine Junge, der gerade seine Stifte weggeräumt hatte, einen weiteren Vorstoß. Der Puhbär bei ihm sagte: „Bei Tisch erzählen wir keine Geschichten. Entweder erzähle ich die Geschichte später weiter, und du ißt jetzt, oder ich erzähle die Geschichte jetzt zu Ende, und du ißt später."

„Dann wird aber mein Essen kalt", meinte der Junge, und der Puhbär sagte: „Das ist einfach die Entscheidung, die du treffen mußt. Wartest du auf das Essen, oder wartest du auf die Geschichte, Gilvarth?"

Das kleine Gesicht verzog sich in angestrengter Überlegung. Schließlich wurde die Entscheidung getroffen. „Die Geschichte wird nicht kalt, aber mein Essen", beschloß er und kletterte hastig auf seinen Stuhl. Nun, da sie alle am Tisch saßen, ließen sich Gildoran und die Puhbären auf ihren größeren Stühlen nieder, und Gildoran schaute gelangweilt auf sein fades Essen herunter. Na ja, das würde ja jetzt nicht mehr lange dauern.

Den faden Brocken folgten eingekochte Früchte, und dann begann die Arbeit. Die Kinder wurden gebadet, in ihre Schlafanzüge gesteckt und in die Hängematten verfrachtet. Die älteren Kinder, die Vierjährigen, hörten am hinteren Ende der Kinderstation Musik. Gildoran ging zu ihnen hin und suchte ihnen eine Reihe von Liedern aus, die sie hören konnten. Die anderen Kinder gingen ohne Zögern zu ihren Hängematten und rollten sich schläfrig ein. Gildorans spezieller Liebling kroch in ihrem blauen Schlafanzug weg, setzte sich hin, hörte fasziniert der Musik zu und schwenkte ihre kleinen Fäuste im Takt.

„Die ist musikalisch", kommentierte Puhbär. „Gilrae hat gesagt, daß sie anfangen will, ihr das Harfespielen beizubringen, sobald ihre Hände groß genug sind."

Das Kind hatte das gehört und rief laut: „Rae Harfe spielen!" verlangte sie.

„Heute abend nicht, Kleine", sagte Gildoran. „Rae mußte hoch auf die Brücke. Sie kann heute abend nicht für dich spielen. Ich lege dir ein Band mit Harfenmusik auf." Er fing an, nach einem Band mit Harfenmusik zu suchen, aber das Baby kam zu ihm und hatte es in der Hand, bevor er es zwischen den anderen hatte finden können. Sie hatte das Muster auf der Seite erkannt. Sie war so schlau, so intelligent, dachte er, als er sie wieder zu ihrer Hängematte zurücktrug. Er schob das Band in den Wandschlitz daneben, wo sie leise Musik hören konnte, ohne die anderen zu stören.

Einer der Puhbären ging hinter ihm her und sagte leise: „Na, glaubst du immer noch, daß es hier unten langweilig ist?"

„Eigentlich nicht", sagte Gildoran, „aber dann und wann möchte ich mich auch mit Erwachsenen unterhalten."

„Gut", sagte der Puhbär freundlich. „Hier kommt gerade Gilnosta, mit der kannst du dich unterhalten."

Die junge Frau kam in die Kinderstation. „Ich wollte mich nur von meinen Babys verabschieden. Ich arbeite jetzt direkt mit Gilban zusammen", sagte sie. Sie machte einen begeisterten Eindruck. Für eine Juniorentechnikerin war es eine Auszeichnung, direkt bei dem obersten Arzt in eine Lehre zu gehen. „Aber meine Babys werden mir fehlen", fügte sie noch hinzu und ging von Hängematte zu Hängematte, um die Kinder darin zu umarmen und zu streicheln. „Ach, ich komme wieder mal herunter. Ich werde sie *wirklich* vermissen."

Gildoran sah ihr zu und dachte, daß auch ihm die Kinder fehlen würden. Für Gilnosta aber war es auch noch eine berufliche Frage. Sie waren ihr erster beruflicher Auftrag auf medizinischem Gebiet, und er wußte, daß Gilnosta seit ihren Kindertagen – sie war nach Schiffszeit kaum zwei Jahre älter als er – den Wunsch gehabt hatte, zum medizinischen Stab zu gehören. Sie hatte nach den komplizierten Operationen im ersten Monat an Bord die Verantwortung für die Pflege der Kinder und ihre Versorgung gehabt, und während dieses ersten Monats war sie den Kindern sogar näher als Gildoran gewesen.

Es war mehr als das. Gildoran wußte, daß er der einzige in der gesamten Mannschaft gewesen war, der sie in der Nacht hatte weinen sehen, als sie wußten, daß sie zwei von den Babys nicht würden retten können. Bei allen anderen hatte Gilnosta nur das wiederholt, was Gilban, der oberste Arzt, gesagt hatte: Die Rettung von vier von den sechs Kindern war ein Triumph, den man noch vor fünfzig Jahren auf jedem Späherschiff als spektakulär bezeichnet hätte. Sie hatten das Recht, stolz darauf zu sein. Bei Gildoran aber hatte sie geweint, hoffnungslos geweint und ihrem Schmerz um die beiden Schwächsten Ausdruck verliehen, die nach der Operation gestorben waren. Gildoran hatte ihren Schmerz geteilt. In dieser Nacht hatte er tief in seinem Innersten begriffen, warum keinem Kind auf einem Späherschiff ein Name gegeben wurde, bevor nicht sicher war, daß es das erste Jahr überleben würde.

Es war schon schwer genug, ein namenloses Kind zu verlieren – einen potentiellen Kameraden auf dem Schiff –, das vielleicht dazu herangewachsen wäre, um ein Kapitän, eine Geliebte oder ein Freund zu werden... jemand, der dazugehörte. Eine Person aber, mit einem traditionellen Spähernamen, mit Persönlichkeit und Individualität – nein, das war unerträglich. So kam es, daß die Kinder in der Kinderstation blieben, in der niemand als die Puhbären, das dafür eingeteilte Personal und die Ärzte, von denen man Neutralität erwarten konnte, etwas mit den Kindern zu tun hatte, bis es sicher war, daß sie überleben würden, um ihren Namen zu bekommen und ein Teil der Mannschaft zu werden. Die neun Jahre alte Lori und die Vierjährigen, die da gerade Musik hörten, wurden von allen auf der *Samtfalter* verwöhnt. Die vier namenlosen Kinder aber kannten nur die Ärzte, die Biologen – in dem letzten Jahr war das Gilrae gewesen – und Gildoran. Die Trauer um die beiden, die gestorben waren, war deshalb auf diese wenigen beschränkt.

Niemand sonst wird sich je an sie erinnern. Wir haben noch nicht einmal einen Namen, an den wir uns erinnern können, dachte Gildoran. *Niemand sonst wird je um die beiden trauern.*

Die anderen vier aber würden, wie Gilrae gesagt hatte, für immer das Bild Gildorans in sich tragen und ihn als perfektes internalisiertes Modell eines Erwachsenen ihrer Art ansehen. Nicht nur ich, dachte Gildoran und sah zu, wie Gilnosta die Kleine mit den Mandelaugen umarmte, die sein spezieller Liebling war, sondern auch Gilnosta selbst und Gilrae. Das war vielleicht die Belohnung dafür, daß es jene waren, die als einzige den Schmerz ertragen mußten. Sie formten die anderen Kinder nach ihrem Bild.

Gilnosta wollte gerade wieder gehen, als Gildoran bemerkte, daß sie die Gurte nicht wieder angezogen hatte und daß die Kleine mit den schwarzen Haaren sich aus ihrer Hängematte herausschlängelte. Wie ärgerlich; sie würde sofort wieder in die Ecke kriechen, in der die Musik spielte, und davon mußte sie wieder getrennt werden. Außerdem würde sie sich wahrscheinlich nicht mit besonderer Musik für sich allein besänftigen lassen. Er hatte kaum Zeit, an etwas anderes zu denken und war gerade drauf und dran, sich auf den Weg zu machen, um das Kind zurückzuholen, als Gilnosta ihm vorwarf: „Du hast mich noch nicht einmal nach deiner neuen Aufgabe gefragt, Gildoran! Oder danach, wer das Los gezogen hat und der nächste Jahreskapitän wird!"

„Richtig! Und wer wird Kapitän?"

„Gilrae", sagte Gilnosta. „Ich glaube, sie wird ihre Sache gut machen. Alle mögen sie. Gilharrad hat uns mitgeteilt, daß er nie wieder Kapitän werden will. Innerhalb der nächsten sieben Jahre wird er den Wanderstatus annehmen. Ach ja", sagte sie noch. „Du arbeitest mit Gilraban bei den Transmittern. Er möchte dich so bald wie möglich sehen, aber erst einmal fängst du wohl besser sie wieder ein", meinte Gilnosta und zeigte mit ihrem Finger. Gildoran stöhnte. Das kleine Mädchen mit den Mandelaugen hatte die Musik-Ecke erreicht.

Gildoran rannte hinter ihr her und holte sie ein. „Du solltest eigentlich im Bett liegen, du kleiner Affe", schimpfte er, trug sie mit fester Hand zu der Hängematte zurück und schnallte sie an. Sie antwortete: „Will trommeln!"

„Morgen kannst du trommeln", sagte er und bereitete sich auf einen weiteren Anfall von Gebrüll vor, aber sie überraschte ihn wieder, kuschelte sich in ihre Hängematte, lächelte strahlend zu ihm hoch und sagte: „Kuß."

Er nahm sie in den Arm und küßte sie auf eine samtweiche Wange. Sie bleichte schon aus. Sie trug nicht mehr die rosige Farbe, an die er sich erinnerte, und die langen Wimpern auf ihren Wangen hatten nicht mehr die Farbe der sternenlosen Leere. Als er wieder zu Gilnosta ging, sprach er zum erstenmal bewußt den Gedanken aus.

„Ich kann mir nicht helfen – ich bin so froh, daß *sie* nicht gestorben ist."

Sie nickte ohne Worte. Das würde bei ihr immer eine empfindliche Stelle bleiben, nahm er an. Er fragte sich, ob sie sich wie er dabei erwischt hatte, daß sie die Kinder liebte und ihnen mehr als die normale Dosis von Streicheleinheiten und Umarmungen zukommen lassen hatte, die die Kinder zu benötigen schienen, um nach den komplizierten Operationen und der langen Genesungszeit überleben zu können.

Wenn wir die anderen so geliebt hätten, wie ich diese hier liebe, hätten sie dann auch überlebt? Er fragte sich, ob Gilnosta diese Überlegung ebenfalls anstellte, ob es für sie die gleiche blasser werdende, aber nie ganz verheilte Erinnerung war, wie es Giltallens Desertion und Gilmarins Tod für ihn waren. Hatte jeder eine solche vergrabene Erinnerung, die man mit niemandem teilte, weil durch eine Teilung die Last nicht leichter wurde?

Genug, dachte Gildoran. Der Dienst in der Kinderstation war zu Ende. Er hatte das Privileg genossen, eine neue Generation von Spähern zu formen, und jetzt war es Zeit, etwas anderes zu tun. Er nahm einen Fahrstuhl nach oben zur Transmitterstation.

2

Giltallen wußte wie alle Späher in groben Zügen, wie ein Transmitter aufgebaut war. Er hatte seine ersten Lektionen darüber, wie der Transmitter theoretisch funktionierte und wie er zusammengesetzt war, im biologischen Alter von acht Jahren bekommen. Die Beherrschung der komplizierten mathematischen Probleme des Computeraufbaus und seiner Verbindung mit dem Transmitter waren jedoch eine ganz andere Sache.

„Der Computer der *Samtfalter* erledigt natürlich meistens den größten Teil davon", sagte Gilrabin am ersten Tag. „Computer können aber auch versagen, wenn es auch ein Sakrileg ist, das auszusprechen, und du mußt in der Lage sein, damit fertig zu werden, wenn du wirklich einmal eine völlig verrückte Antwort bekommst, und vor allem mußt du es erst einmal merken – du darfst das nicht einfach akzeptieren, was er dir anbietet. Das Talent dazu hast du – weißt du, ich habe damals, als du noch in der Kinderstation warst, deinen IQ getestet."

Gildoran hatte das nicht gewußt.

„O ja, ihr wart unsere Babys, Gilraes und meine", sagte Gilraban. „Wir hatten in diesem Jahr Dienst in der Kinderstation – damals haben sie versucht, immer eine Frau und einen Mann einzuteilen, aber dazu ist jetzt unsere Mannschaft zu knapp, und sie teilen nur noch eine Person ein und sehen zu, daß die Ärzte vom anderen Geschlecht sind, wenn sie das schaffen. Deshalb hast du dieses Mal hauptsächlich mit Gilnosta und Gilrae zusammengearbeitet. Damals aber waren Gilrae bei dir und bei Ramie und bei dem armen Gilmarin und bei denen, die es nicht geschafft haben. Da war einer – ein Junge –, der intelligenteste kleine Bursche, den ich je erlebt habe, aber er hat dann so eine Blut-Idiosynkrasie entwickelt... Na, genug davon jetzt", sagte er mit fester Stimme und sprach weiter. „Den Verstand dazu hast du, aber dein Verstand ist faul geworden, weil du diese Begabungen nie eingesetzt hast. Diese ganze Mathematik mußt du jetzt neu lernen. Meiner Meinung nach würdest du einen guten Transmitterspezialisten abgeben, falls du interessiert bist."

Gildoran sagte, er wolle sein Bestes tun. Er nahm eigentlich nicht an, daß ihm ein Spezialgebiet zugewiesen würde, mit dem er nicht fertig werden könnte. Die Zuteilungen auf der *Samtfalter* wurden vom Computer erledigt, aber wenn kein Notfall vorlag, wurden natürliche Begabungen und sogar Wünsche berücksichtigt.

Eine lange Zeit aber – einen Monat nach Schiffszeit – mußte er so hart arbeiten und lernen, wie er das noch nie vorher getan hatte. Da gab es Tage der Enttäuschung, in denen er sich fragte, ob der Computer einen von den Fehlern gemacht hatte, vor denen er von Gilraban gewarnt worden war. Darauf folgte ein weiterer Monat, in dem er damit beschäftigt war, Transmittermodelle und Joffrey-Spulen zu zerlegen und zusammenzusetzen, bis er soweit war, daß er sie mit einer Binde vor den Augen oder im Schlaf zusammensetzen konnte (und manchmal, am Ende einer langen Schicht, in der Gilraban sich besonders anspruchsvoll gezeigt hatte, hatte er das Gefühl, er habe es *wirklich* im Schlaf getan). Doch dann war es endlich soweit, daß er dazu qualifiziert war, an einem Transmitter zu arbeiten, wenn sie auf einem Planeten gelandet waren.

„Das einzige, was du jetzt noch machen mußt", sagte Gilmarti, Rabans älterer Mentor, an jenem Tag, als er endlich tatsächlich eine Joffrey-Spule mit verbundenen Augen zusammensetzte, „ist, hinauf auf die Brücke zu gehen und ihnen zu sagen, sie sollen einen Planeten finden, auf dem du üben kannst!"

Gildoran lachte. „Ich glaube eigentlich nicht, daß sie damit auf mich warten. Wir brauchen einen guten Planeten – einen, auf dem wir uns niederlassen können und der Mineralien für unseren Antrieb hat, selbst wenn wir ihn nicht an das Transmitternetz anschließen."

„Wir könnten wirklich eine Welt zur Erschließung gebrauchen", sagte Gilraban. „Vor allem aber brauchen wir Fluor und Silikon für die Joffrey-Spulen. Was du aber *tatsächlich* machen kannst ist, auf die Brücke zu gehen und dem Kapitän mitzuteilen, daß es einen weiteren qualifizierten Transmitter-Techniker gibt. Noch keinen Experten, aber einen qualifizierten Techniker."

Gilrae war dieses Jahr Kapitän. Es ging ihm im Kopf herum, was Gilraban ihm erzählt hatte – daß Gilrae Dienst in der Kinderstation gehabt hatte, als er noch ganz klein war. War also Gilrae für ihn das internalisierte Bild der perfekten Frau?

Wie albern! Natürlich nicht! Ich weiß, daß Gilrae nicht perfekt ist. Niemand ist das, aber ein hervorragender Mensch ist sie!

Trotzdem blieb ein kleiner, beunruhigender Rest dieses Gedankens bei ihm übrig. Als er sich mit einem leicht verkrampften und beengten Gefühl bei ihr auf der Brücke meldete, um ihr die Nachricht zu überbringen, da sie jetzt Kapitän mit all der damit verbundenen Autorität des Amtes war, lächelte sie – das altbekannte Lächeln, das ihm sein ganzes Leben lang vertraut war. „Das ist wunderbar, Gildoran. Ich komme einfach nicht darüber hinweg. Ich sehe dich noch als Jungen, es scheint erst eine so kurze Zeit her zu sein. Wie lange *ist* es denn nach Schiffszeit her? Ich kann es einfach nicht glauben, daß es zwanzig Jahre sind!" Da war noch ein beunruhigender Gedanke. Dachte sie von ihm so, wie er von dem kleinen dunkeläugigen Mädchen in der Kinderstation dachte, das auf dem Boden umherkroch und ihre Windeln naß machte, ein anstrengendes, störendes, brillantes Kind? Sein kleiner mandeläugiger Schützling sah zwar Ramie sehr ähnlich, aber er war sich völlig sicher, daß Gilramie ein liebes Kind gewesen war, still und nicht laut und anstrengend. Trotz Gilrushkas Ausführungen war er jedoch nicht der Meinung, daß sie dumm war.

Die Gedanken an Ramie riefen ihm wieder seinen anderen alten Spielkameraden und Freund aus der Kinderabteilung ins Gedächtnis zurück. Gilmarin gab es nicht mehr – wahrscheinlich war er auf Lassellis Welt gestorben –, aber er war noch bei ihnen, und Gilramie hatte er in dem einen Monat, seitdem er keinen Dienst mehr in der Kinderabteilung hatte, kaum gesehen.

„Welche Aufgabe hat denn Gilramie dieses Jahr?"

„Sie arbeitet auf der Brücke", sagte Rae. „Gilhart ist Chefnavigator, und sie qualifiziert sich unter ihm. Es hat ein wenig Druck gegeben, damit ihr beiden euch qualifizieren könnt", sagte sie noch, und er konnte in ihrem Gesicht die kaum merklichen Anzeichen der Belastung erkennen. „Unsere Mannschaft ist *tatsächlich* knapp bemessen, und das wird auch so bleiben, bis die Vierjährigen in der Kinderstation erwachsen sind, und selbst dann vielleicht auch noch. Selbst wenn wir jetzt sofort eine Welt fänden und dafür die Belohnung kassieren könnten, hätten wir Schwierigkeien, von der Zentrale Kredit für weitere Babys zu bekommen. Ich war sicher, daß wir innerhalb von sechs Monaten Schiffszeit einen neuen Planeten finden würden, und jetzt haben wir den Kredit für zwei Generationen zurückzuzahlen. Du und Ramie sind die einzigen, die uns bleiben", meinte sie nachdenklich, aber Gilmarins Namen sprach sie nicht aus.

Gilraban hatte es ausgesprochen: *Ihr wart unsere Babys.* Er meinte damit ihn und Ramie. Und den armen Gilmarin. Und die anderen, die es nicht geschafft hatten.

Ein kleiner Junge, der intelligenteste, den ich je gesehen habe, aber bei ihm hat sich eine Blut-Idiosynkrasie entwickelt. Voller Schmerz dachte Gildoran, daß er einen Bruder hätte haben können, einen Spielkameraden und Freund, den er nie gekannt hatte, und der vielleicht von seiner eigenen geheimnisvollen Welt oder von einer anderen stammte. Jemand, der so alt war wie er, mit ihm aufwuchs und seine Probleme teilte, wie Gilramie das getan hatte und noch tat. Er bemerkte plötzlich, daß er um diesen verlorenen und unbekannten Bruder trauerte und dabei Gefühlsregungen spürte, wie er sie vorher noch nie gekannt hatte. Wurde er verrückt, weil er ständig ohne Grund emotionalen Stimmungen unterlag? Das war seit seinem Dienst bei den Kindern so. Vielleicht sollte man Leute, die ernsthafte Arbeit zu tun hatten, nicht in die Kinderstation schicken! Er wurde einfach die ganze Zeit zu stark von seinen Emotionen geplagt. Vielleicht sollte er Gilrushka in der Psychiatrie einen Besuch abstatten!

Dazu kam es jedoch nie, denn als er zu seiner nächsten Schicht aufwachte, sprach das ganze Schiff davon. Zuerst erzählte es ihm Gilnosta im Speiseraum, und als er auf ein wenig Gymnastik in das helle Ultraviolett der Gärtnerei ging, teilte Gilmerrit es ihm noch einmal mit. Als er zur Brücke hinaufging, war er auf den Jubel, den er dort vorfand, schon vorbereitet.

„Ein Planet“, sagte ihm Gilrae, als er auf ihre Einladung hin in den Offiziersbereich kam. „Ein guter. Gelbe Sonne, wird schon alt und rötlich. Sie hat aber noch viele Jahrtausende vor sich, bevor sie kalt wird oder zusammenbricht. Sieh mal...“ Sie schaltete einen Schirm an, um ihm ein vergrößertes Computerbild zu zeigen. „Eiskappen, aber nicht übermäßig viel Bewölkung. Die Sensoren zeigen zwar nicht viel Vegetation, aber es reicht. Vielleicht ist ein bißchen Terraformen nötig.“

„Sieht tatsächlich ein wenig öde aus“, pflichtete ihr Gilhart bei und trat hinter sie, um sich das Bild noch einmal anzusehen. „Es gibt aber keinen Grund, warum da unten nicht Städte sein sollten. Vielleicht sogar Farmen, der Boden ist wahrscheinlich fruchtbar.“

„Nicht, wenn der Planet so alt ist“, sagte Gilmerrit, die sich wie alle anderen auf die Brücke gedrängt hatte. Sie alle waren plötzlich ganz versessen auf eine wirkliche oder eingebildete Aufgabe auf der Brücke, weil sie hier einen Blick auf die neue Welt erhaschen konnten, die ihre nächste Aufgabe werden würde. „Schau dir die Sonne an. Es kann gut sein, daß der Boden durch zu viele Jahrtausende, zu viele Rassen, die kamen und gingen, erschöpft ist...“

„Kein Anzeichen von Leben“, sagte Gilban. Der oberste Arzt war ein großer Mann, so groß wie Gildoran – der selbst für einen Späher groß war –, und breiter gebaut als die meisten. Er machte einen machtvollen, beängstigenden Eindruck. „Die meisten Planeten, die so alt sind, entwickeln Leben, wenn es möglich ist, und wenn ein Planet, der so alt ist, kein Leben hat, dann muß das einen Grund haben. Es ist allerdings möglich, daß sich dort Leben entwickelt hat, das dann wieder abgestorben ist, weil der Planet im Grund einen vollen Evolutionsprozeß nicht tragen konnte.“

„Das ist bis jetzt nur eine Theorie“, sagte Gilmerrit. „Der Gedanke, daß sich Leben in zwei verschiedenen Wellen entwickeln kann...“

Gilban aber ließ sich auf nichts ein und sagte: „Vielleicht ist das ein Planet, mit dem sich das so oder so beweisen läßt. Wie lange dauert es denn noch, bis wir nahe genug sind, um die erste Abordnung runterzuschicken?“

3

Die erste Abordnung landete zwei Tage später, aber Gildoran gehörte nicht dazu. Er ärgerte sich darüber, denn das bedeutete, daß sie ihn für eine gefährliche Aufgabe noch zu jung fanden. Das Gefühl verstärkte sich noch, als sie frohlockend zurückkehrten. Seine Jugend und seine Mängel schienen dadurch noch unterstrichen worden zu sein.

„Sieht gut aus da unten“, sagte Gilraban, als er die gesamte Transmittermannschaft im großen Versammlungsraum zu einer Konferenz zusammengerufen hatte. „Die Position hier in dieser Ecke der Galaxis läßt diesen Planeten als fast idealen Transmitterknotenpunkt erscheinen. Keine schwarzen Löcher oder Quasare oder komplizierten Schaltmuster. Wir brauchen nicht einmal über die Zentrale zu gehen, sondern können die Hauptanschlüsse...“ Hier verfiel er in technische Einzelheiten über die Schaltungen, die für Sprünge zurück zum Mittelpunkt der Galaxis notwendig waren. Gildoran war voller Stolz, als ihm klarwurde, daß er alles verstehen konnte, was Gilraban sagte.

„Ich bin da nicht ganz so optimistisch “, sagte Gilmerrit, eine der jüngeren Biologinnen. „Die Welt ist noch öder, als wir angenommen hatten – hauptsächlich Moos. Ich glaube nicht, daß sich jemals jemand als Siedler dort niederlassen will. Das ist praktisch nur Rost und nackte Wüste. Daraus wird vielleicht mal eine gute Transmitter-Haltestelle, aber das ist auch schon alles.“

Der alte Gilharrad neckte sie: „Du bist nur deshalb dagegen voreingenommen, Gilmerrit, weil da nicht genug von deinen alten Pflanzen stehen! Wenn es nach dir ginge, wäre jeder Planet ein herrlicher Garten!“

„Das bestreite ich nicht“, sagte sie lachend. „Ich möchte gern, daß meine Planeten alles haben. Du kennst doch die alte Geschichte aus der Kinderstation über den Kapitän, der fragte: ‚Wie kann das ein richtiger Planet sein, wenn keine grünen Pflanzen darauf wachsen?‘“

„Und weißt du auch noch die Antwort des Wissenschaftlers?" sagte Gilharrad. „Es gibt hunderttausend verschiedene Arten von Planeten, und jeder einzelne von ihnen ist ein richtiger Planet..."

„Und wie alle Geschichten aus der Kinderzeit ist das absoluter Unsinn", sagte Gilrae. „Wenn das stimmen würde, wäre jeder Planet, den wir finden, für uns ein passender Planet. Deine Vorurteile allerdings teile ich auch nicht, Merrit. Ich kann es ausgezeichnet ohne grüne Gartenwelten aushalten. Hier brauchte ich wenigstens nicht *ganz* so aufpassen – keine fleischfressenden Pflanzen, die uns verschlingen könnten, keine Tiere, die eine hiesige Entsprechung zu den großen Sauriern darstellen und die sich im Dschungel verstecken und uns zum Frühstück verzehren, ohne viel davon zu merken."

„Jeder Planet hat seinen eigenen Wert", wies sie Gilharrad zurecht, „und seinen eigenen besonderen Platz in der großen Ordnung des Kosmos. Die Tatsache, daß wir nichts wissen, sagt noch nichts über den Wert eines Planeten aus, sondern das macht nur die engen Grenzen unserer kleinen Menschheit aus."

Gildoran hörte sich ungeduldig die Philosophie des Alten an. Es war höchste Zeit, dachte er ärgerlich, daß Gilharrad Wanderstatus annahm. Am Rande der Geschäftigkeit auf der *Samtfalter* konnte er dann seine gesamte Zeit darauf verwenden, die verwickeltsten Philosophien auszuarbeiten. Würde denn sonst niemand etwas sagen? Würden sie alle nur dasitzen und sich das alberne Geschwätz eines alten Mannes anhören, der offensichtlich völlig senil war? Also, wenn sonst niemand etwas sagen würde, *er* würde es tun.

„Wofür der Planet auch immer gut sein mag, wir können uns jedenfalls Treibstoff und Silikon für die Joffrey-Spulen dort unten holen", bemerkte er. „Ist er so alt, daß kein Halogen mehr darauf ist? Wir brauchen Fluor."

Gilrae sah ihn streng an. Glaubte sie vielleicht, er hätte nichts Besseres zu tun, als hier herumzusitzen und den wirren Gedanken des alten Mannes zuzuhören? Sie sagte mit sanftem Vorwurf zu ihm: „Es ist manchmal ganz gut, wenn man daran denkt, daß die Planeten nicht nur für den Gebrauch von uns Menschen da sind."

Gildoran aber hatte jetzt einmal angefangen, und jetzt war er nicht mehr aufzuhalten. „Wie die höhere Vorsehung auch aussieht oder was es auch sein mag, wovon Gilharrad gesprochen hat – was uns angeht ist doch allein, was die Menschen damit anfangen können. Ich dachte, wir sollten uns vielleicht darum kümmern, was für uns gut ist, statt lange darüber zu diskutieren, was nicht gut für uns ist. Wir brauchen Treibstoff und Fluor, und Gilraban hat schon darauf hingewiesen, daß wir ihn als Transmitter-Haltestelle verwenden können."

„Außerdem gibt es noch den Finderlohn", erinnerte sie Gilhart, und Gilrae nickte.

„Da hast du allerdings recht, aber wir sind jetzt schon so lange im Raum, daß diese Gebühr gerade unsere Schulden ausgleicht. Finanziell sanieren können wir uns damit nicht. Wir sind noch immer in den roten Zahlen."

„Wenn wir unsere Schulden bezahlen können, sind wir *nicht* mehr in den roten Zahlen, und das ist auf jeden Fall weit besser, als wenn wir noch ein Jahr warten müßten, bis wir einen guten Planeten finden", erinnerte sie Gilhart, und als sie von der Brücke heruntergingen, hakte er sich bei ihr in einer vertraulichen Besitzergeste unter.

Gildoran sah ihnen mit finsterem Gesicht zu, und Gilramie mit ihren Mandelaugen kam zu ihm.

„Warum schaust du denn so wütend drein, Gildoran?"

„Ich schaue *überhaupt* nicht wütend", gab er scharf zurück. Das Mädchen nahm ihn beim Ellbogen, wie sie das seit Jahren tat, und sagte: „Irgend etwas paßt dir aber nicht – meinst du vielleicht, ich merke das nicht, Doran?"

Er zuckte die Achseln. „Das ist mir egal. Gilrae aber, die war doch immer mit Giltallen zusammen... sie haben sich schon verbunden, bevor ich geboren wurde... und jetzt ist sie ständig mit Gilhart zusammen. Jetzt schon."

Ramie sagte sanft: „Was haben sie immer gesagt, als wir noch klein waren? Es gibt eine rechte Zeit für alles; eine Zeit, geboren zu werden, und eine Zeit zum Sterben, eine Zeit zu trauern und eine Zeit, die Trauer zu beenden. Ich bin froh, wenn Rae wieder glücklich ist. Das letzte Jahr war für sie entsetzlich hart. Es war ein Segen, daß kleine Kinder da waren, um die sie sich kümmern konnte, und daß sie als biologischer Offizier eingeteilt war, sonst wäre sie gestorben, da bin ich ganz sicher."

Gildoran gab zurück: „Wahrscheinlich denkst du auch, daß es ein Glück war, daß zwei von den Kindern gestorben sind, weil sie dann noch um einen anderen Verlust trauern konnte als um Giltallen, was?"

Ramies dunkle Augen blitzten empört auf. „Das war grausam, was du da eben gesagt hast, Doran – das war deiner unwürdig!"

„Es gefällt mir nicht, daß Giltallen so vergessen wird. Und Gilmarin. Hat dir das denn nichts ausgemacht..."

„Doran, wie kannst du nur? Natürlich hat es mir etwas ausgemacht. Ich habe Gilmarin ebenso geliebt wie du. Er war mein erster..."

Ihre Stimme überschlug sich, und sie sah zur Seite. „Er wollte eine... eine permanente Verbindung mit mir eingehen, aber ich wollte nicht. Ich habe mir schon die Schuld gegeben und mich gefragt, wie ich ihm das Glück verweigern konnte, wo er doch so jung sterben mußte..."

Gildoran sah auf seine Schuhe hinab und fühlte sich ungefähr fünf Zentimeter groß. Er murmelte: „Tut mir leid, Ramie. Das wußte ich nicht." Er war so sehr mit seiner eigenen Trauer beschäftigt gewesen, hatte sich so tief in seine Arbeit und das kleine Drama von Leben und Tod gestürzt, daß ihm für die Verluste von anderen nichts mehr übrigblieb. Vielleicht hatte er das Gefühl gehabt, daß niemand so trauern könne wie er, und daß Gilmarin *sein* Spielkamerad, *sein* Freund gewesen war. Er hatte es sich nicht klargemacht, daß auch Ramie zu ihrer Gruppe gehört hatte, und daß auch sie die Schmerzen der Trauer ertragen mußte, vielleicht mehr als er. Er hatte lange um Janni getrauert, die ihn verlassen hatte. Ramie aber, deren erster Liebhaber einer vom Schiff gewesen war, hatte da mehr Anlaß für Trauer.

„Ramie, ich bin ein Biest, ich sollte solche Dinge nicht sagen. Was kann ich jetzt noch sagen? Ich habe nicht nachgedacht, ich habe es nicht gewußt."

Sie umarmte ihn und legte ihren Kopf auf seine Schulter. „Ist schon gut. Du mußtest eben auf deine Art trauern, und das hast du auch gemacht."

„In der Trauer sollte man aber nicht allein sein", sagte er in gedämpftem Ton. Sein Mund war gegen ihr weiches Haar gedrückt, und er hielt sie fest in den Armen.

Als sie ihre Augen wieder erhob, waren sie noch feucht, aber sie hatte sich wieder beruhigt. „Nein", sagte sie. „Ich glaube, das hat mir gutgetan. Ich konnte mich davor nicht mehr verstecken, und deshalb mußte ich mich hineinstürzen und es hinter mich bringen. Deshalb habe ich auch nicht so lange gebraucht. Rae war abgeschnitten, und jetzt bin ich froh, so froh, weil ich weiß, daß sie jemand anders findet. Du hast das noch nicht bemerkt, was das für sie heißt."

Das war richtig. Er war so sehr in seinen eigenen Kummer und seine Arbeit versenkt gewesen, daß er es nicht bemerkt hatte.

„Ich mag Gilhart. Er ist irgendwie so stark. Weißt du, er ist mein Vorgesetzter auf der Brücke, und ich glaube ehrlich gesagt nicht, daß ich für Navigation besonders begabt bin; das ist alles immer nur Routine und schrecklich langweilig. Ich kann mich einfach nicht richtig auf das konzentrieren, was ich gerade mache, aber Hart ist so geduldig und freundlich. Er hat es geschafft, mich sehen zu lassen, daß es in gewisser Art und Weise aufregend ist, wenn man der *Samtfalter* den Weg zeigt. Ich bin aber trotzdem froh, wenn ich es wieder mit lebenden Wesen zu tun habe. Wahrscheinlich entspricht das mehr meinem Temperament. Macht dir deine Arbeit mit dem Transmitter Spaß?"

Ihm fiel ein neuer Tonfall in ihrer Stimme auf, und er fing an, ihr von Gilraban zu erzählen. Zum erstenmal in seinem Leben wurde ihm bewußt, daß Ramie eine Frau war, und das gefiel ihm nicht so richtig. Sie war noch ein Kind, sie war...

Sie war genauso alt wie er. Ganz genau.

Er fühlte sich nicht recht wohl in seiner Haut, da er sich fragte, ob es bei ihr genauso wie bei Gilrae gelagert war, der es gelungen war, ihre Zuneigung und körperlichen Bedürfnisse auf Gilhart zu übertragen, und ob sie sich dazu entschlossen hatte, ihn an die Stelle des toten Gilmarin zu setzen. So töricht konnte sie doch nicht sein. Oder doch?

„Jedenfalls habe ich mich qualifiziert, und Gilraban meint, daß ich mit der Transmitter-Mannschaft für diesen neuen Planeten hier zusammenarbeiten kann", sagte Gildoran. „Ich hoffe nur, daß ich hier echte Verantwortung bekomme und nicht nur Botengänge erledigen muß."

Seiner Ansicht nach war es an der Zeit dafür. Die letzte Welt hatte ihn aus seiner jugendlichen Verantwortungslosigkeit herausgeführt, und der Abschluß der Beziehung zu Janni hatte ihn reifen lassen. Er war nun erwachsen, ein Mann, bereit, die Verantwortung eines Mannes auf sich zu nehmen, und er hoffte, daß die anderen dies verstanden.

Er wurde für die zweite Landungsmannschaft ausgesucht, die das erste Lager einrichten sollte. Die *Samtfalter* flog auf einer engen Umlaufbahn ein paar hundert Kilometer über dem Planeten, aber das kleine Landungsboot wagte sich näher heran und flog über riesige Meere zur Tagseite.

„Gibt es hier genug Wasser, um Leben zu tragen?" fragte Gildoran.

„Ich nehme es doch an", sagte Gilrae. „Eine von unseren ersten Aufgaben wird es sein, einige artesische Brunnen zu bohren. Hier *gibt* es Wasser, selbst wenn es trocken aussieht. Die artesischen Brunnen werden uns genug Wasser liefern, um Leben zu tragen, solange nur das Schiff hier ist, und wenn wir erst einmal an das Transmitternetz angeschlossen sind, können wir eine Mannschaft hertransportieren, die sich um die Terraformung kümmert, Algen sät und einen neuen Chlorophyll-Zyklus einleitet, der uns auch Sauerstoff liefert. Zum Atmen reicht es jetzt schon, aber ein höherer Sauerstoffgehalt macht es hier für Menschen angenehmer."

„Seht mal", sagte Ramie und zeigte nach vorn. „Sonnenaufgang."

Am Rand der öden Wüste unter ihnen ging eine rote Sonne auf, eine riesige Scheibe, die sich purpurrot vom Horizont löste und in der Wüste Spiegelbilder zum Leben erweckte, die von dem glasigen Sand in grellem blutfarbigem Licht reflektiert wurden.

„Tolle Bilder", sagte Gilraban. „Ich kann mir vorstellen, daß Touristen mit dem Transmitter herkommen, nur um diese *Aussicht* zu genießen."

„Sie ist wirklich verblüffend", sagte Gilrae. „Ich habe sie mit den anderen bei der ersten Landung dreimal gesehen, und sie wirkt auf mich noch immer."

„Was ist das?" fragte Ramie und beugte sich über den Sichtschirm.

„Nur ein Lichteffekt", antwortete Gilrae, ohne hinzusehen, aber Ramie sagte: „Nein, ich meine nicht das. Seht doch mal – gerade Linien. Hieß es nicht, auf dieser Welt hier gäbe es kein Anzeichen für intelligentes Leben, Rae?"

„Stimmt. Gibt es auch nicht", sagte Rae. „Auch die meisten niederen Lebensformen sind ausgestorben, als die Sonne sich abgekühlt hat und hier alles ausgetrocknet ist."

„Das sieht aber doch aus wie eine verfallene Stadt", sagte Ramie. „Geh doch bitte mal etwas tiefer herunter, Gilhart. Das da unten stammt von intelligenten Wesen, da könnte ich wetten."

„Beim Kosmos!" kam es von Gilhart. „Ich glaube, das Mädchen hat recht, Rae! Woran haben wir bloß gedacht, daß wir das nicht gesehen haben?"

„Sei nicht albern, Hart", sagte sie, aber ihr Lächeln war so intim und vertraut, daß Gildoran erneut zusammenzuckte, als er es bemerkte. „Wir könnten hundertmal um den Planeten gekreist haben, und es wäre uns vielleicht trotzdem entgangen. Geh runter, Hart – das müssen wir uns genauer anschauen."

Es war tatsächlich eine Stadt. Sie bestand aus niedrigen, eng aneinandergedrängten Gebäuden, die sich rot im Sonnenaufgang duckten. Rae sah auf sie herunter und zitierte: „Eine rosenrote Stadt, halb so alt wie die Zeit."

Sie sah wirklich so aus. Die Gebäude waren niedrig, und ihre zerfallenen Mauern sahen aus, als seien sie aus Ziegeln erbaut worden – oder wenn es härteres Material war, mußte es unendlich alt sein, denn an den Gebäuden gab es nirgends mehr scharfe Kanten, und überall starrten Häuser ohne Dächer wie blinde Augen in den Himmel.

„Ich nehme alles zurück", sagte Gilraban. „Aus der Welt hier ließe sich mehr machen als ein Aussichtspunkt und eine Transmitterstation. Archäologen von überall her werden herbeieilen, um diese Ruinen zu untersuchen. Aber warum sind sie alle umgekommen?"

„Vielleicht sind sie das gar nicht", sagte Rae. „Vielleicht gibt es noch Überlebende. Hart, versuche es mit einer Flugbahn, die uns um den gesamten Planeten führt, und stell die Sensoren auf hohe Empfindlichkeit ein, damit sie auf alle Lebensformen reagieren. Beim letztenmal gab es nicht die Spur einer Reaktion, aber vielleicht haben wir etwas übersehen."

Gilhart rief Ramie an die Steuerung.

„Übernimm du", sagte er und lächelte. „Ich denke, du bist soweit. Wie wäre es denn, wenn du ein Raster über die gesamte Tagesseite legen würdest?"

Ramie glühte vor Aufregung, und Gildoran sah, wie Rae Gilhart zulächelte. Ja, es war nett von ihnen, dem jungen Mädchen zu gestatten, die Verantwortung für diese aufregende Forschungsfahrt zu übernehmen. Würde Gilraban ihm in der Transmittermannschaft eine solche Verantwortung übertragen?

4

Sie suchten den Planeten drei Tage lang nach einem Raster ab und fanden eine weitere Stelle, die aussah, als handle es sich um die Ruinen einer von Menschen erbauten Stadt (oder zumindest von intelligenten Wesen erbaut), aber davon abgesehen war der Planet verlassen. Es fand sich kein Anzeichen von Leben außer den kleinen heulenden Tieren in jener Wüste, die den Planeten von Pol zu Pol bedeckte.

„Na“, sagte Gilrae am vierten Tag, „sieht so aus, als ob wir hier allein wären.“

„Vielleicht“, sagte Gilban pessimistisch, „aber so läuft es eigentlich nicht sehr oft – daß sich auf einer Welt intelligentes Leben und eine Kultur entwickelt und dann so einfach abstirbt. Vielleicht wartet das, was sie umgebracht hat, dort unten darauf, *uns* umzubringen.“

„Unwahrscheinlich“, sagte Gilhart. „Die einzige Lebensform, die wir bisher gesehen haben, sind die kleinen Heuler, und die sind harmlos. Was die Vegetation anbetrifft – da haben wir ja den Bericht von Gilmerrit, und ich glaube, den kennst du auch.“

„Richtig“, bestätigte Gilrae. „Die üblichen Wüstenpflanzen – wahrscheinlich ist alles ausgestorben, was sich nicht an Wüstenbedingungen hat anpassen können. Von der Atmosphäre haben wir Proben genau untersucht. Mit ihr ist alles in Ordnung, wenn sie auch noch ein wenig mehr Sauerstoff vertragen könnte. Die erste Terraform-Mannschaft wird wahrscheinlich hier Algen aussäen und einen völlig neuen Vegetationszyklus einleiten – wenn der Wasserspiegel erst einmal wieder da ist, wo er bei einem richtigen Planeten hingehört.“ Sie lächelte ironisch, und wieder fiel Gildoran die Geschichte des Puhbärs ein – die Geschichte, die er selbst gehört hatte, als er noch in der Kinderstation gewesen war, und mit der, wie er annahm, jedes Kind bei ihnen aufwuchs.

Gilrae sah sich im Raum um und sagte: „Morgen gehen wir runter und landen, holen uns ein paar Bodenproben und sehen uns etwas genauer danach um, was noch zu machen ist. Gehst du für den Transmitter mit herunter, Gilraban?“

Der ältere Mann schüttelte den Kopf und sagte: „Ich glaube nicht. Ich schicke Gildoran mit. Er kann sich nach einem Platz für eine erste Verbindung mit der Zentrale umsehen. Achte darauf, daß du gewachsenen Fels findest, Doran. Erinnerst du dich noch an den Schlamm beim letztenmal? Daran war niemand schuld – soweit ich mich erinnere, gab es auf dem gesamten Planeten keine einzige Stelle, an der wir eine Station hätten aufstellen können, ohne knöcheltief in Schlamm zu waten. Wir sollten es aber diesmal zumindest versuchen, eine Stelle zu finden, an der richtiger Fels ist, und uns zu ihm heruntergraben. Ich *mag* es nicht, wenn ich durch Schlamm waten muß!“

Gildoran fühlte eine Woge von Stolz in sich hochsteigen. Rational wußte er, daß dies kein Auftrag war, bei dem ein sehr junger Techniker schwere Fehler machen konnte, aber er war trotzdem aufgeregt. Das war sein erster Erwachsenenauftrag. Auf der letzten Welt hatte er nichts Schwierigeres zu tun als Sachen abzuholen oder hinzubringen und allgemein zur Hand zu gehen. Er sagte ernst: „Ich werde versuchen, eine gute Stelle für euch zu finden.“ Er fragte sich ärgerlich, warum Gilrae wohl lächelte. Konnte ihn denn niemand ernst nehmen?

„Ich möchte hier nicht übervorsichtig erscheinen, wenn ihr alle so voller Hoffnung seid“, sagte Gilmarti, „aber geht keine unnötigen Risiken ein. Ein Planet, der eine intelligente Rasse umgebracht hat, hat vielleicht für uns einige unangenehme Überraschungen parat.“

„Ausgeschlossen“, sagte Gilban bestimmt. „Ich bin überzeugt davon, daß das intelligente Leben auf diesem Planeten – nach den Ruinen da unten zu urteilen – schon vor zwei *Millionen* Jahren ausstarb. Wenn ich eine erste Vermutung darüber äußern sollte, was sie umgebracht hat, dann würde ich auf eine Seuche tippen, die sich auf dem gesamten Planet ausgebreitet und alles umgebracht hat, das sich damit infizieren konnte. Dann starb der Erreger selbst aus, weil kein Gastkörper mehr vorhanden war.“

„Wir können nur hoffen, daß du recht hast“, sagte Gilmarti, und Gilmerritt meinte: „In der Atmosphäre und den ersten Bodenproben haben wir nur sehr wenig organisches und einzelliges Leben gefunden und damit auch keine Bazillen oder Bakterien, die in der

Lage wären, eine Krankheit zu verbreiten, und Träger für eine Seuche auch nicht. Von Pflanzen wird auf Tiere nichts übertragen. Von dem Moos und den Luftwurzeln werden wir uns also auch nichts holen; von den Heulern haben wir einige gefangen, aber sie hatten keine Parasiten. Eine bemerkenswert sterile Welt."

„So gefällt es mir besser", sagte Gilmarti. „Ich bin eigentlich nicht besonders scharf darauf, es so zu machen, wie die Mannschaft der *Vagabundenkönigin* es vor zweihundert Jahren machen mußte. Wißt ihr noch, welche Schwierigkeiten sie auf dieser Welt hatten, deren Bewohner sich in einer frühfeudalen Phase befanden und die sie überreden mußten, ihnen die Einrichtung einer Transmitterstation zu erlauben? Sie waren der festen Überzeugung, dies alles sei das Werk von einem Haufen besonders bösartiger Teufel. Beinahe hätten sie die Mannschaft als Opfer für ihre besonders bösartigen Götter aufgeschlitzt. Der arme Timharald – er war zu der Zeit Jahreskapitän – ist tatsächlich umgebracht worden. Die ganzen Moose und Luftwurzeln und Wüstenheuler werden sich wenigstens nicht dazu entschließen, uns auf irgendeinem Altar zu opfern, weil wir Teufel sind."

„Das ist wahr. Ich habe mir schon oft überlegt, ob wir so einer Welt überhaupt einen Gefallen tun, wenn wir ihnen die Segnungen unserer Galaxis bringen", sagte Rae. „Sicher zeigt die Geschichte, daß die meisten sich einfügen und dabei ihre eigene Kultur bewahren, aber ich habe das Gefühl, es wäre besser, wenn man barbarische oder feudale Welten ein paar tausend Jahre in Ruhe lassen würde, bis sie erwachsen geworden sind."

„Das ist eine sehr engstirnige Meinung", sagte Gilban. „Das ist die uralte Mangeltheorie, nach der man sie am Rand des Überlebens sich allein abmühen lassen und sie mit allen Gefahren einer isolierten Rasse existieren lassen soll. Wie die Leute da unten", sagte er und schloß mit einer Handbewegung den gesamten Planeten unter ihnen ein. „Sie waren dem ausgeliefert, was auch immer sie umgebracht hat – und eine Transmitterverbindung hätte sie retten können und es ihrer Kultur gestattet, weiter zu existieren, zu wachsen und sich mit den neuen Bedingungen zusammen weiterzuentwickeln."

Gilharrad lächelte sanft. Nach Gildorans Meinung sah er alt genug aus, um seine gesamte Zeit mit Meditation zu verbringen. Wie alt war er überhaupt? Er sagte: „Selbst der Transmitter kann das menschliche Geschick nicht völlig verändern, Gilban."

„Das vielleicht nicht“, sagte der medizinische Offizier ehrerbietig, „aber nach meiner Überzeugung haben wir die Pflicht, es zu versuchen.“

„Ich glaube, du verstehst nicht, was Gilharrad meint“, sagte Gilrushka von der psychologischen Abteilung. „Die Frage ist, ob wir Späher das Recht dazu haben, jede Welt in der Galaxis nach den Vorstellungen der Zentrale zu gestalten und uns dabei auf den Transmitter zu verlassen. Es gibt neuerdings eine Denkungsart, nach der...“

„Das sollten wir uns für Meditationssitzungen aufheben – meinst du nicht auch, Rushka?“ unterbrach Gilrae. „Das ist jetzt nicht die Zeit für philosophische Diskussionen.“ Sie lächelte ihrer jungen Kollegin jedoch zu. „Die Frage ist jetzt, wen wir morgen für die Proben und zur Erschließung von Transmitterstandorten hinunterschicken.“

„Nimm doch Gilramie“, sagte Gilhart. „Dann bekommt sie Praxis in planetarischer Navigation. Außerdem noch jemanden, der ein Gelände geologisch erfassen kann. Wenn es keine Meere mehr gibt, dann gibt es vielleicht auch keine spürbare tektonische oder vulkanische Aktivität mehr. Nach den Bodenproben und den Magnetfeldern zu urteilen, die uns bisher zur Verfügung stehen, gibt es keine aktiven Vulkane mehr, und eine interne Aktivität, die sie wieder aktiv werden lassen könnte, fehlt ebenfalls. Aber wir müssen sichergehen. Wir wollen uns keinen Standort aussuchen, auf dem innerhalb der nächsten zweitausend Jahre ein Vulkanausbruch zu erwarten ist.“

„Richtig“, stimmte ihm Gilrae zu. „Ich sehe mir die Unterlagen der Mannschaft an und stelle für morgen eine Gruppe zusammen. Ist das für heute alles?“

Als sie aufstanden, kam Gillori zu ihm. Da sie noch zu jung für eine Lehre war, wurde sie auf dem Schiff für Botengänge eingesetzt.

„Puhbär sagt, in der Kinderabteilung gibt es bald eine Revolte, wenn du sie nicht besuchen kommst“, teilte sie ihm mit. „Eines von den Babys – die kleine Hexe, du weißt schon, wen ich meine – schreit ständig nach dir. Willst du nicht vielleicht runtergehen und nach ihr sehen?“

Gildoran wurde plötzlich von Schuldgefühlen gepackt. In seiner Aufregung über seine neue Aufgabe hatte er seinen Schützling vollständig vergessen. *Die kleine Hexe.* Sie *mußten* ihr einfach bald einen Namen geben; vielleicht sollte er mit Gilrae über eine Namenszeremonie reden – zumindest für jene, die schon sprechen konnten.

„Zu schade, daß die kein Junge ist", sagte Gillori. „Wir könnten sie Gilmarin nennen."

Gildoran fuhr das Kind wütend an: „Glaubst du wirklich, daß irgend jemand Gilmarin ersetzen könnte?" Das kleine Mädchen zuckte bei der Frage zusammen.

„So habe ich das nicht gemeint, aber es wäre eine Art..." – hier fing sie an zu stottern – „...eine Art Erinnerung..."

Gildoran schämte sich plötzlich über sich selbst. „Tut mir leid, Lori, ich wollte dich nicht anbrüllen, aber ich brauche nicht so etwas, um mich zu erinnern. Hör mal, macht es dir etwas aus, wenn wir darüber nicht sprechen, Lori?"

Nach dieser zurückweisenden Bemerkung sagte sie nichts mehr. Innerlich noch immer kochend, nahm Gildoran den Fahrstuhl nach unten. Glaubten sie vielleicht, daß irgend jemand Gilmarins Platz einnehmen könnte? Daß er es ertragen könnte, wenn da jemand anders wäre, der Gilmarins Namen trug und ihn Tag und Nacht jahrelang an diesen Verlust erinnerte? Er liebte das kleine Mädchen, aber er hatte das Gefühl, daß er sie eines Tages hassen würde, wenn er sie Jahr für Jahr mit dem Namen seines geliebten verschwundenen Freundes ansprechen müßte.

Er betrat die Kinderabteilung und wurde sofort von einem atemlosen Angriff überwältigt: ein kleines Mädchen in einem engen rosa Schlafanzug, das ihn bestürmte und versuchte, wie an einer Leiter an ihm hochzuklettern.

„Doran, Doran, Doran", plapperte sie immer wieder, und er entdeckte, daß sie weinte. Er setzte sich auf den Boden, nahm sie in die Arme, drückte sie an sich und versuchte sie zu beruhigen.

„Wein doch nicht, meine Süße, wein doch nicht, Kleine. Hast du gedacht, ich würde nicht mehr wiederkommen?" redete er beruhigend auf sie ein und umarmte sie. Sie hatte einen süßen, sauberen Babygeruch an sich, und ihr Haar hatte sein eigenes Parfüm.

„Warst du denn? Fehlst mir", schluckte sie wieder. „Böser Doran. Nicht hier, mich ins Bett bringen."

Als er sie beruhigt hatte, setzte er sie auf sein Knie mit dem Gesicht zu ihm und strich ihr sanft über das Haar. „Du darfst nicht weinen“, ermahnte er sie. „Ich hab’ dich lieb, aber ich habe auch noch andere Arbeit.“

Sie hörte ihm zu, und wieder wurde ihm klar, daß die frühreife Kleine wahrscheinlich jedes Wort verstand, das er zu ihr sagte. Er mußte gut aufpassen, daß er sie nicht anlog oder täuschte. Er hätte ihr alles erklären sollen, bevor er wegging, aber er hatte gedacht, sie sei ja nur ein Baby, weniger als ein Jahr alt, und würde ihn nicht verstehen.

„Hör mal zu, Kleine“, sagte er und schaukelte sie auf seinem Knie. „Ich will ganz ernst mit dir reden, Kleine. Ich hab’ dich lieb, und ich werde dich immer liebhaben. Ich komme zu dir, wenn ich kann. Ich kann jetzt nicht mehr die ganze Zeit mit dir spielen, weil ich jetzt andere Arbeit zu machen habe, und Gilbarni und Gilnosta sind jetzt bei dir und lernen und spielen mit dir. Ich werde aber versuchen, zu dir zu kommen, so oft ich kann, und wenn du größer bist, zeige ich dir das ganze Schiff.“

„Zeig’s mir jetzt“, bettelte sie.

„Das kann ich nicht, Kleine. Das Schiff ist für so kleine Mädchen wie dich nicht gebaut, und du könntest dir weh tun. Wenn du einmal größer bist, kannst du in der ganzen *Samtfalter* herumlaufen und bei mir sein und bei Ramie und bei Rae und bei all den anderen Leuten, die darauf warten, daß du groß wirst, aber ich werde versuchen, dich jeden Tag oder jeden zweiten zu besuchen. In Ordnung?“

Sie kuschelte sich an ihn. „In Ordnung“, sagte sie und überlegte kurz. „Komm *dauernd.* Hab dich lieb.“

Er blinzelte und ärgerte sich über sich selbst. Warum wurde er nur jetzt dauernd so rührselig? Er sagte ihr aber: „Ich hab’ *dich* lieb, Kleine“, und er wußte, daß er die Wahrheit sagte. Die kleinen Finger, die da seine Hand umklammerten, schienen sein Herz direkt in ihrem Griff zu haben. Bis er diesen Dienst in der Kinderabteilung getan hatte, war es ihm nie klar gewesen, daß man jemanden so lieben konnte. Auch Janni nicht, nie. Sogar Gilmarin nicht. Niemanden.

Bis zum nächsten Tag hatte er keine besondeen Aufgaben, und dann würde er auf den Planeten hinabgehen. So gab er nach und blieb eine Weile und ließ sich von den Kindern umschwärmen, und als Puhbär vorschlug, er solle doch den Älteren – den Vierjährigen – von dem neuen Planeten erzählen, versammelte er sie alle um sich und ließ Giljodek auf sein Knie klettern, während die anderen auf Kissen sehr nahe bei ihm saßen. Gilbarni, der neue Lehrling in der Kinderstation – er war nach Schiffszeit etwa vierzehn – hob die Augenbrauen hoch und sagte: „Vielen Dank, Gildoran. Ich habe noch ziemliche Schwierigkeiten, mit so kleinen Kindern zu reden. Die verstehen ja rein gar nichts."

„Oh doch, das tun sie", gab Gildoran zurück. „Sie verstehen alles, was du zu ihnen sagst, selbst wenn sie sich noch nicht sehr gut mitteilen können. Paß also auf."

Gilbarni zuckte skeptisch mit den Achseln, und Gildoran war empört, bis ihm einfiel, wie er sich am Anfang seiner eigenen Dienstzeit in der Kinderstation gefühlt hatte. Auch er hatte geglaubt, die Kinder seien nichts als schreiende Tiere und zu einer Kommunikation nicht in der Lage. Gilbarni würde es noch lernen, und das war ja schließlich der Grund für den Dienst in der Station, zumindest teilweise. Wer dort Dienst tat, lernte auch selbst etwas, und nicht nur die Kinder. So hatte Gildoran es selbst noch nie gesehen. Er hatte vielmehr angenommen, der Diensttuende müsse ein Jahr seines Lebens den Kindern opfern. Nun war ihm plötzlich klar, daß er hier einige wertvolle Dinge über Menschlichkeit und Liebe gelernt hatte.

„Erzähl uns von dem Planeten", verlangte Gilvarth und zupfte Gildoran am Ärmel, und so mußte er wohl anfangen. „Also, das ist ein großer Planet mit einem Nickel-Eisen-Kern – wißt ihr, was das ist? Er hat Polkappen, aber nur sehr kleine, und es gibt kein Meer..."

„Wie kann das ein richtiger Planet sein, wenn er kein Meer hat?" wollte Giljodek wissen, und Gildoran lachte, weil er das Zitat aus der alten Kindergeschichte erkannte, und er zitierte als Antwort weiter: „Ein Planet kann ein richtiger Planet sein, auch wenn er kein Meer hat."

Gilvirga, die dritte Vierjährige, ein eifriges, ernsthaftes Mädchen mit großen Augen, fragte: „Wenn er keine Polkappen hat und keine Meere, was *hat* er denn dann?"

„Na, wenn ihr eine Minute still sein könnt, sage ich es euch", sagte Gildoran gutmütig und verbrachte die nächste halbe Stunde damit, den Kindern so viel von dem Planeten zu erzählen, wie er selbst wußte. Er wußte nicht, wie viele von den technischen Einzelheiten sie verstanden, aber er wollte es ihnen erst einmal erzählen, und sie konnten sich ja dann das heraussuchen, was sie verstanden und gebrauchen konnten. Der Kleine auf seinem Schoß döste, da er noch nicht alt genug war, um sich für irgend etwas außerhalb der Kinderstation zu interessieren. Die Vierjährigen dagegen waren enorm aufgeregt und verlangten schließlich, er solle von der Brükke ein Bild des Planeten auf den Schirm in der Station schalten lassen, was er auch tat.

„Gehen wir auch runter?“ fragte Giljodek.

„Vielleicht später, wenn da unten alles aufgebaut ist“, sagte Gildoran. „Zur Zeit gibt es da nichts als kleine Nagetiere und noch etwas, das in der Wüste heult und wie kleine Affen aussieht.“

„Heulen Affen?“

„Diese schon. Sie haben in ihrer Kehle einen großen Luftsack, der vibriert, so daß man sie unheimlich weit hören kann. In ein paar Tagen haben wir auch Bilder von ihnen. Ich werde Gilrae bitten, sie zu euch herunterzuschicken.“ Er sah sich um. „Euer Essen steht auf dem Tisch, Kinder.“

„Mit uns essen“, bat das Baby auf seinem Schoß.

„Nein, danke. Ich esse oben. Da arbeite ich jetzt“, sagte Doran sanft. „Aber ich setze mich hier zu euch und sehe euch beim Essen zu – ist das recht?“

Nach dem Essen klammerte sich sein Liebling an ihn und verlangte, von ihm gebadet zu werden. Es stellte sich für ihn heraus, daß es ihm ausgesprochen Spaß machte, den kleinen, zappelnden rosigen Körper zu baden und abzutrocknen. Nachdem er damit fertig war, bestand sie darauf, ihm die Trommeln und Kastagnetten zu zeigen, die sie ihm mit einem deutlichen Gefühl für Rhythmus vorführte. Als sie müde wurde, saß er bei ihr und streichelte sie. Er bemerkte überrascht, daß er ein ruhiges und zufriedenes Gefühl in sich spürte.

„Kommst du morgen?“

„Morgen nicht, Kleine. Morgen gehe ich zu dem großen Planet hinunter, von dem ich euch gerade erzählt habe.“

„Was macht Doran da?“

„Ich stelle dort einen Transmitter auf, damit wir zu anderen Welten reisen und schöne Sachen für kleine Mädchen mitbringen können“, sagte er und dachte dabei, daß es zu seinen ersten Besorgungen gehören würde, wenn der Transmitter aufgebaut war, eine Welt mit einem guten Musikladen aufzusuchen und dort ein Sortiment von einfachen Musikinstrumenten zu kaufen, die sie mit ihren Händen spielen konnte, bis sie groß genug war, um das Spiel auf der Harfe zu lernen, das Rae ihr beibringen wollte.

Alle Kinder wollten, daß Doran sie in den Arm nahm und in ihre Hängematten legte – selbst die am wenigsten entwickelten von den Kleinen, die seinen Namen noch nicht richtig aussprechen konnten und „Doda“ lispelten. Als er die Kinder alle nacheinander in die Hängematte legte, entdeckte er, daß er sie alle auf verschiedene Art sehr gern hatte, aber aus irgendeinem Grund fühlte er sich der Kleinen mit den Mandelaugen am nächsten, der „kleinen Hexe“. Er fragte sich, wie das kam.

Er erinnerte sich an eine lange Zeit während des dritten und vierten Monats ihres Lebens, als sie sich langsam von einer der Operationen erholte. Während dieser Zeit waren die anderen beiden gestorben, und er hatte gefürchtet, daß auch sie sterben würde. Gilban hatte nicht mehr allzuviel Hoffnung gehabt. Gildoran hatte sie Nacht für Nacht, als sie wach dalag und wimmerte, aufgenommen und herumgetragen, damit sie freier atmen konnte, oder er hatte sie stundenlang im Arm gehalten, während sie schlief, denn sie wachte auf und wurde unruhig, wenn sie den Trost seiner Berührung nicht spürte. Hatte dies das Band zwischen ihnen geschmiedet? Selbst jetzt, da sie gesund und kräftig, das größte und intelligenteste unter den Kindern war, war dieses Band noch vorhanden.

Gut, er würde ihr ein paar einfache Musikinstrumente mitbringen. Es wäre gut für die Kinder, wenn sie alle eine musikalische Ausbildung bekommen würden, wenn auch nur eines von ihnen hochbegabt war. Darüber würde er mit Gilrae sprechen. Er verstaute die Kleine mit einem letzten Kuß in der Hängematte und drehte das Licht dunkler.

Auf dem Weg zur Tür sagte er noch: „Wir sollten ihnen Namen geben, Puh. Sie zumindest hat das dringend nötig.“

„Ich werde mit dem Kapitän darüber reden“, sagte der Puhbär. „Komm hier herunter, sooft du kannst, Doran. Du fehlst ihnen wirklich.“

„Das werde ich“, versprach er, und es wurde ihm klar, daß er es ernst meinte.

5

Das Landungsboot setzte mitten in der kahlen Wüste auf, und als sie ausstiegen, schüttelte sich Gildoran.

„Es ist hier kälter, als ich gedacht hatte!"

„Ich weiß nicht, warum", sagte Ramie, „aber aus irgendeinem Grund denkt man gewöhnlich, daß es in einer Wüste heiß ist. Ich denke das übrigens auch."

„Wüsten gibt es aber in allen Temperaturen", sagte Gilrae. „Heiß, kalt und alles, was dazwischen liegt. Die hier ist zumindest keine schneebedeckte Steppe!"

„Der Grundwasserspiegel hat nicht genug Wasser für Schnee", sagte Gildorric, der mitgekommen war, um das Gelände geologisch auszuwerten. „Ich glaube aber, wenn es genug davon gäbe, *würde* es schneien."

„Na, da können wir ja froh sein, daß wir unsere Thermalanzüge haben", sagte Ramie und lächelte. Gildoran sah sich ihr dreieckiges Gesicht und ihre leicht schrägstehenden Augen an und dachte, daß sie vor zwanzig Jahren der kleinen Hexe in der Kinderstation sehr ähnlich gesehen haben mußte. Er hatte sie gern und kannte sie gut, und es war schön, wieder mit ihr zusammenzuarbeiten, nachdem er ein Jahr verbannt von fast allen Erwachsenen im Schiff verbracht hatte.

Gilrae untersuchte eine von den Pflanzen genauer. „Denkt mit daran, daß Gilmerrit Pflanzenproben haben will", erinnerte sie sie, und Gildoran beugte sich herab, um sie sich genauer anzusehen.

„Eine Art Knollengewächs, nicht wahr? Ich muß allerdings zugeben, daß ich von Biologie nicht allzuviel Ahnung habe. Ich hatte gedacht, daß Knollengewächse unterirdisch wachsen."

„Das tun die meisten auch, besonders die Pflanzen, die Nahrung liefern", sagte Gilrae, „aber ich nehme an, daß die letzten Überlebenden dieser Pflanzenart Luftwurzeln und Luftknollen entwickelt haben, als der Boden hier immer weniger hergab. Gildoran, würdest du bitte recht viele Proben davon mitnehmen, falls du genug Platz in deiner Tasche hast? Wir sollten uns auch noch nach anderen Arten umsehen. Sie könnten sich auf anderen Planeten mit wüstenähnlichen Bedingungen als nützlich erweisen."

„Du hast sie also schon auf Eßbarkeit untersucht?"

Gilrae nickte. „Gilmerrit hat eine Reihe von zwölf Tests durchgeführt. Sie haben einen hohen Proteingehalt und würden sich sehr gut für den Anbau in trockenen Gebieten eignen, weil sie ihre Nährstoffe aus der Luft beziehen. Ich nehme an, daß sie in einer Welt mit mehr Feuchtigkeit besser schmecken würden", fügte sie noch hinzu und schnitt eine von den weißen Luftknollen auf, zerteilte sie in kleine Würfel, die sie den anderen zum Probieren anbot. Gildoran verzog das Gesicht.

„Für die Kinderstation sind sie vielleicht ganz gut – sie sind fast völlig geschmacklos", sagte er.

„Nichts für Feinschmecker, soviel ist sicher", meinte Gildorric und kaute auf dem festen faden Würfel herum. „Ist aber gut zu wissen, daß es hier unten etwas gibt, was wir essen *können,* wenn es sein muß."

„Ich halte mich an die Rationen", sagte Gildoran, „aber ich nehme an, wir könnten es durch den Synthesizer schicken und sehr gutes Essen daraus machen. Vielleicht schmeckt es ja schon gut, wenn man es kocht und zerdrückt und es mit vielen Gewürzen ißt."

Gilrae sah sich prüfend um. „Gildorric, ich nehme an, du willst Bodenproben..."

„Ja, und den Fels muß ich untersuchen", sagte Gildorric. „Gilraban und Gilmarti sind der Meinung, daß die Ruinen da..." – er machte eine Handbewegung zum Horizont, gegen den sich niedrige felsenähnliche Konturen abhoben – „...ein guter Standort für den ersten Transmitter wären. Die ersten Touristen hätten eine interessante Aussicht, und er würde Archäologen anziehen. Wir sollten das von der Zentrale prüfen lassen, damit wir Mittel für eine weitere Untersuchung bekommen. Vielleicht bekommen wir etwas über die normale Gebühr hinaus, weil wir etwas gefunden haben, was von besonderem wissenschaftlichem Interesse ist."

„Hört sich gut an, die Idee", stimmte ihm Gilrae zu. „Ich kümmere mich um biologische Proben. Ich nehme Doran mit, der kann die Taschen tragen. Wahrscheinlich ist es die Mühe nicht wert, einen mechanischen Servo einzurichten – soviel brauche ich nicht. Ramie, hast du schon etwas Besonderes vor?"

Ramie schüttelte den Kopf. „Ich bin nur für den Transport zuständig", sagte sie lachend. „Ich habe hier nichts zu tun, bis wir wieder aufbrechen wollen. Ich gehe mit euch und helfe beim Tragen. Dann kann ich mir ja mal die Ruinen ansehen." Sie sah sich nach den anderen um. „Es sei denn, ich werde hier von Dorric und euch anderen gebraucht..."

Gildorric schüttelte den Kopf. Er und seine Mannschaft waren bereits damit beschäftigt, schwere Maschinen aufzubauen. „Wir veranstalten hier nur Bohrungen und überprüfen das Gelände seismologisch, um zu sehen, ob wir hier mit einer Station sicher sind."

„Vielleicht sollte ich bleiben", meinte Gildoran zögernd. „Ich soll den Standort auf gewachsenen Fels überprüfen..."

Gildorric schüttelte bestimmt den Kopf. „Hier gibt es für dich nichts zu tun. Für die Ausrüstung hier bist du nicht ausgebildet, und du dürftest davon nichts berühren. Wir finden ihn schon, deinen gewachsenen Fels, mein Junge, und ich schätze, er wird nicht sehr tief liegen. Geh nur mit Rae und schau dir die Ruinen an, wenn du dazu Lust hast."

Als sie auf die niedrige Silhouette der alten Stadt zugingen, fühlte sich Gildoran, als hätte er unerwartet Urlaub bekommen. Da die Ruinen zu niedrigen Haufen aufgetürmt waren, dachte er, sie seien davon weiter entfernt, als sie das tatsächlich waren, und daß sich die Haufen zu Gebäuden und einzelstehenden Umrissen auflösen würden, wenn sie näher kamen. Aber als er sie dann besser erkennen konnte, sah er, daß sich dort nur noch Mauern und Haufen von Schutt befanden. Hier und da erhob sich so etwas wie ein Gebäude ein paar Meter, ohne Dach klaffend, in die Höhe, voll von herabgestürzten Mauerresten. Die anderen waren nur noch niedrige Hügel, die schon vom Moos und den stachligen Luftknollenpflanzen überwuchert waren.

„Ich würde gern wissen, ob die überall auf dem Planet wachsen", wollte Ramie wissen.

Rae nickte. „Das muß früher einmal eine wichtige Futterpflanze gewesen sein – vielleicht sogar die wichtigste. Das ist eine relativ komplizierte Pflanze mit einem sehr komplexen Aufbau. Eine der Arten ist auf dem ganzen Planeten anzutreffen, möglicherweise mit minimalen Abweichungen. Ich weiß nicht, ob sie in der Lage ist, über lange Zeiträume hinweg zum Überleben genug Nahrung zu liefern – dazu reichen unsere Tests noch nicht aus –, aber als Basis, mit anderem kombiniert, eignet sie sich gut."

„Ich frage mich, ob man sie innerhalb der Stadtgrenzen angebaut hat."

„Unmöglich ist das nicht", sagte Gilrae. „Das ist ein mögliches Stadtmuster – Gebäude *um* die zentrale Nahrungsquelle *herum* angelegt –, falls es Raubtiere gibt, sogar ein ziemlich weit verbreitetes Muster. Ein anderes Muster ist es, wenn die Gebäude von Akkerland umgeben sind. Ich rede natürlich jetzt von frühen Kulturstadien, bevor es ein durchorganisiertes Verteilernetz auf Rädern und Schienen sowie Luftverkehr oder Transmitter gibt."

Die Stadt erstreckte sich scheinbar endlos Kilometer um Kilometer. Gildoran war es nicht gewöhnt, so weit zu Fuß zu gehen, aber er war jung und widerstandsfähig, und es machte Spaß, auf einem harten Untergrund zu laufen und zu spüren, wie die Gravitation seine Muskeln beanspruchte. Die Ruinen bestanden aus Schutt, zusammengestürzt und ohne besondere Merkmale. Er überlegte sich staunend, wie lange es gedauert haben mußte, den harten Stein zu solchen stumpfen, formlosen Haufen abzutragen. Eine Erinnerung kam ihm vage in den Kopf. Auf dem letzten Planeten hatte er als Teil seiner kulturellen Erziehung viele Planeten mit dem Transmitter aufgesucht und Ruinen in den unterschiedlichsten Erhaltungsstadien besichtigt. Doch er hatte nichts, aber auch wirklich nichts gesehen, was nur annähernd so alt war wie das hier. Er hatte verlassene Städte gesehen, uralte Tempel, verlassene Planeten und tote Kulturen, aber immer hatten jene, die sie erbaut hatten, eine Spur von sich hinterlassen. Oft waren sie voller Geheimnisse und verrieten nichts von den zentralen Ideen hinter einer Kultur, nichts von den Philosophien, der Religion oder den Gedanken, die die Repräsentanten dazu gebracht hatten, Tempel, Städte oder riesige Grabmäler bauen zu lassen. Bisher waren aber jedesmal, bei jeder alten Kultur, die er gesehen hatte, zumindest physische Spuren der Bevölkerung zu finden gewesen, die die Bauwerke in primitiver Vorwegnahme der Vereinigung mit dem Reich jenseits der Sonne und der Sterne in den Himmel ihrer Welt erhoben hatten.

Hier gab es nichts. Die Bauherren, ohne Gesicht und unbekannt, wer oder was sie auch immer gewesen sein mochten, waren gekommen und gegangen und hatten nicht auf die Vereinigung mit der galaktischen Kultur gewartet, die jenseits ihrer Fernrohre lag.

„Weiß jemand, ob die Leute hier schon einmal besucht worden sind, solange die Kultur noch geblüht hat, Rae?“

Gilrae schüttelte den Kopf. „Ich habe im Archiv nachgeforscht, aber wir sind hier in einem Gebiet, das für die Späher neu ist. Soweit ich weiß, war in diesem Sektor noch nie ein Schiff, und es gibt in dieser Richtung nicht einmal Gerüchte über verschwundene Rassen oder Kulturen.“

„Sie konnten nicht auf uns warten“, sagte Gilramie. „Wie traurig – wir werden nie wissen, wer oder was sie waren!“

Merkwürdigerweise spürte Gildoran, wie ihm ein Kloß in der Kehle hochstieg. Wie die Kinder in der Station, die gestorben waren, bevor sie ihren Namen erhalten hatten, um die niemand trauern würde, weil sie namenlos, ohne Gesicht und Potential waren – so gab es hier eine Rasse, deren Mitglieder er nie kennenlernen würde. Hier war etwas, das nie sein Leben berühren würde – nur als Verlust, über den sich keine Vermutungen anstellen ließen.

Wer waren sie? Was waren sie gewesen? Nie würde er es wissen, nicht einmal raten konnte er, wie sie möglicherweise das Leben der Galaxis und des Kosmos bereichert hätten...

Was ist mit mir geschehen? So habe ich früher nie gedacht!

„Ich hoffe, Gilban hat recht, wenn er meint, daß das, was die Leute hier umgebracht hat, fort ist“, sagte Gilramie mit einem plötzlichen Schaudern. „Wenn ich an all die Millionen von Leuten denke, die notwendig gewesen sein müssen, um eine Stadt von dieser Größe zu bauen, und daß da etwas war, was sie *alle* getötet hat...“

„Hier gibt es nichts, was eine Krankheit weitertragen könnte“, sagte Gilrae. „Das haben wir überprüft, Ramie.“ Sie runzelte die Stirn. „Sicher gibt es da Fragen, auf die man keine Antwort weiß, ohne daß man es selbst versucht hat. *Einige* Risiken müssen wir schon auf uns nehmen. Das ist auch der Grund, warum wir die erste Mannschaft desinfiziert haben, *bevor* sie ihre Raumanzüge ausgezogen haben. Wir haben an Sporen gedacht, aber eine Spore, die so viele Millionen – oder Milliarden – von Jahren überleben konnte, ist mit den Mitteln, die uns zur Verfügung stehen, nicht auszumachen.“

„Von diesen Häusern müssen manche riesig gewesen sein“, meinte Ramie und wandte sich einer Lücke in einer der niedrigen

Mauern zu. „Die Wand hier ist nur noch vier oder fünf Meter hoch, aber wenn man sich die Länge des Gebäudes ansieht und praktisch jeden ästhetischen Standard anlegt, dann muß das Gebäude mindestens zwanzig oder fünfundzwanzig Meter hoch gewesen sein, vielleicht noch mehr. Aber – was ist *das*?“ Sie blieb stehen und sah sich ängstlich nach einem plötzlichen lauten Rascheln und einer hastigen Bewegung um.

Gildoran sagte: „Paß auf...“

Ein durchdringendes, verzweifeltes Geheul erhob sich in die Luft, und eine kleine Kolonie – neun oder zehn von den kleinen affenähnlichen Lebewesen, die die letzten überlebenden Tiere des Planeten waren – brach mit einem durchdringenden heulenden Schrei aus ihrem Versteck hinter einer großen Gruppe von Luftknollengewächsen hervor. Sie blieben stehen, umarmten sich zwitschernd, drehten sich heulend mit drohenden Gesten den Eindringlingen zu und flohen dann.

„Ich fühle mich schuldig“, sagte Gilramie. „Diese Welt gehört jetzt *ihnen,* und wir trampeln überall darin herum.“

Sie sprach mit unterdrückter Stimme, und Gildoran wurde bewußt, daß sie alle leise gesprochen hatten, während sie durch diese gigantische verlassene Nekropole gegangen waren, die mit ihren überwucherten niedrigen Hügeln kaum noch wie eine Stadt aussah. Noch ein paar hundert Jahre mehr, und hier würde es nur noch eine Hügellandschaft mit einigen unterbrochenen Linien, wo früher einmal die Mauern gestanden hatten, geben.

„Ich frage mich“, sagte er und sah dem kleinen Trupp von Heulern nach, die hastig flüchteten, „ob diese kleinen Heuler sich zur nächsten dominanten Rasse entwickeln würden, wenn wir sie in Ruhe ließen?“

Gilrae schüttelte den Kopf. „Ausgeschlossen. Das Gehirn ist nicht groß genug. Die stecken anscheinend in einer evolutionären Sackgasse. Wahrscheinlich sind sie in ein- oder zweitausend Jahren ausgestorben, wenn sie nicht jemand in einer wissenschaftlichen Reservation erhalten will. Wenn man diesen Planeten noch einige tausend Jahre in Ruhe lassen würde, dann gäbe es hier überhaupt kein Lebenszeichen mehr.“

Gilramie lächelte und sagte: „Mir geht es schon besser. Dann verjüngen wir den Planeten nur und geben ihm neues Leben.“

„Gilharrad wäre da nicht deiner Meinung“, sagte Rae. „Er würde wahrscheinlich sagen, daß es selbst für einen Planeten die rechte Zeit für alles gibt – die rechte Zeit zu leben und die rechte Zeit zu sterben – und daß wir diesen hier in Frieden sterben lassen sollten."

„Gilharrad", sagte Gildoran, „scheint den größten Teil seiner Zeit mit Philosophieren zu verbringen, ohne daß er sich dabei viel auf die Realität bezieht." Seine Stimme mußte schärfer gewesen sein, als ihm das bewußt war, denn Gilrae runzelte die Stirn.

„Wenn du erst einmal so alt bist, dann hast du dir vielleicht auch das Recht auf Philosophie erworben, Doran."

Er erwiderte nichts auf die Zurechtweisung. In seinem Thermalanzug fühlte er sich warm, aber der endlose Wind heulte beunruhigend durch die niedrigen Mauern, ein Geheul, das kaum weniger durchdringend als das weit entfernte, ununterbrochene Geräusch war, das die Tiere weit draußen in der Wüste von sich gaben.

Gilrae sagte: „Wir sollten uns vielleicht wieder auf den Rückweg zum Landungsboot machen. Ich glaube nicht, daß es hier draußen allzuviel zu sehen gibt. Professionelle Archäologen finden hier vielleicht etwas Interessantes, aber für mich sieht das alles nur nach sehr viel Masse aus. Und das ist dann auch schon alles. Ich bezweifle, daß es hier etwas Sehenswertes gibt. Wir könnten uns genausogut die Taschen mit den Luftknollen für Gilmerrit füllen – nimm auch ein paar Blätter mit, Ramie – und zurückgehen." Sie drehte sich zu der jüngeren Frau um, die sich aber gerade einen niedrigen Stein genau anschaute.

„Was gibt's Ramie?"

Ramie sah auf und sagte in einem staunenden Flüstern: „Ich glaube, Rae... ich glaube, der Stein hier... darauf war früher etwas eingemeißelt. Wer die Leute hier auch waren, sie hatten eine Art Schrift."

Rae ging hastig zu ihr hin, kniete sich vor den Stein und berührte ihn zögernd mit einer Fingerspitze. Sie strich über die glatt geschliffene Oberfläche. Der Stein lag im Flugsand begraben, so daß nur noch ungefähr ein Meter von ihm herausragte. Auf der flachen Oberfläche waren kaum erkenntlich Zacken oder Bögen und formlose Kurven eingeritzt. „Tatsächlich", sagte sie voller Staunen. „Ich weiß allerdings nicht, ob der Sand genug davon übriggelassen hat, um es je entziffern zu können, aber das werden die Archäologen sehen wollen. Jetzt weiß ich, daß sie hierherkommen werden."

Auch Gildoran kniete sich hin, um die Zeichen zu untersuchen, obwohl Rae ihn davor warnte, sie zu berühren. „Das muß fotografiert werden. Dann werden sie es wahrscheinlich sorgfältig ausgraben wollen, um zu sehen, wie tief es in den Boden reicht“, sagte sie. „Vielleicht gibt es davon noch mehr und in besserem Erhaltungszustand, wenn wir eine Stelle finden, die dem Wind und der Erosion durch den Sand nicht so sehr ausgesetzt ist.“

„Vielleicht finden wir noch mehr Reliefs“, sagte Ramie aufgeregt. „Kommt, wir sehen uns noch ein bißchen um!“ Sie drehte sich um und ging an einer niedrigen Mauer nach der anderen entlang. Gildoran selbst dachte im stillen, daß der Ausdruck „Reliefs“ ein wenig übertrieben war, aber vielleicht, an einem geschützten Ort...

„Die Mauern unter dem Hügel dort sind vielleicht etwas geschützter“, schlug er vor und deutete dorthin. „In den letzten tausend Jahren vielleicht“, sagte Gilrae. „Weiß der Himmel, wie lange es diesen Hügel schon gibt – vielleicht ist er auch nur eine Sanddüne. Da kann alles mögliche darunter sein. O ja, die Archäologen werden wirklich hier ihren Spaß haben“, meinte sie, und ihre Augen leuchteten. Er wurde wie immer von ihrer Begeisterung angesteckt und ging zu ihr hin, um die niedrigen Wände zu untersuchen, während Gilrae umherlief. Sie schob sich die Kapuze vom Kopf, zuckte zusammen und setzte sie wieder auf.

„Der Wind schneidet wie ein Messer – das sind ja richtige Sandnadeln“, sagte sie und verzog ihr Gesicht. „Ich möchte gern wissen, ob das hier immer so weht? Bisher jedenfalls war der Wind immer da.“

„Von hier bis zu den Polen gibt es nichts, was ihn aufhält“, sagte Ramie. „Gildorric hat gesagt, daß wir uns am Strand eines ehemaligen Meeres befinden. Ich wünschte, sie würden eine Zeitmaschine erfinden, damit wir zurückgehen könnten, um uns anzusehen, wie die Welt hier früher einmal ausgesehen hat. Rae, meinst du, daß wir jemals eine Zeitmaschine haben werden, die für die Zeit das gleiche bewirkt wie der Transmitter für den Raum?“

Raes schnelle Augen lächelten. „Ich weiß es nicht“, sagte sie, „aber möglich ist es, nehme ich an. Auf der anderen Seite hat vielleicht niemand mehr die Ruhe, sich über andere Dimensionen wie die Zeit Gedanken zu machen, weil der Transmitter uns den endlosen Raum und unendlich viele Planeten zur Erforschung gegeben hat." Gildoran machte sich klar, daß er und Ramie und Gilmarin – der arme Gilmarin! – ihr ganzes Leben, solange er sich erinnern konnte, Rae belagert hatten und von ihr Antworten auf Fragen wissen wollten.

Genau wie die Kleinen in der Kinderstation mir Fragen gestellt haben. Der Gedanke war ihm extrem unangenehm, und er wandte sich ab. War Gilrae für ihn nur ein internalisiertes Bild? Er sah sich die Frau genau an. Sie sah nicht älter aus als er selbst. Wenn die Späher erst einmal erwachsen waren, schienen sie sich nicht mehr zu verändern, bis sie wie Gilmarti und Gilharrad alt wurden! Rae war eine schöne Frau. Sollte er von ihr als einer Art von... von... von Mutterfigur wie ein Puhbär denken?

Ramie ging noch immer um den Stein mit den Zeichen herum und schreckte dabei einen schlafenden Heuler auf, der mit einem Schrei flüchtete. Plötzlich stieß sie einen Schrei aus und fiel der Länge nach in den Sand. Gildoran rannte zu ihr.

„Was ist los?"

„Ich bin mit einem Fuß in ein Loch getreten", sagte sie und rieb sich ihr Schienbein. Beim Aufstehen klammerte sie sich an seinen Arm und stützte sich darauf. „Nein, ich bin nicht verletzt... paß auf!" rief sie, als auch Gildoran den Boden unter den Füßen verlor, der unter ihnen nachgab. Sie brachten sich hastig in Sicherheit, fielen noch einmal hin und krallten sich in dem Sand fest, der um sie herum trügerisch einstürzte. Gilrae kam zu ihnen, gab ihnen eine Hand und holte sie auf festeren Boden.

„Wir müssen uns vorsehen", sagte sie. „Das sind hier alles Sanddünen, kein fester Boden, und unter uns könnte es hohl sein. Schaut mal", sagte sie und deutete auf die Stelle, an der der Boden unter ihnen nachgegeben hatte, „das könnte ein Keller gewesen sein, ein unterirdischer Raum, dessen Decke eingestürzt ist, und der dann vom Flugsand bedeckt wurde. Ich glaube nicht, daß es sehr klug wäre, in der alten Stadt selbst etwas einzurichten, bevor wir sie nicht genau untersucht haben, ob auch alles fest ist." Sie kniete sich hin und untersuchte Ramies Bein. „Bist du sicher, daß du nicht verletzt bist, Ramie? Dein Anzug ist gerissen."

„Ich glaube, die Haut ist noch intakt", sagte Ramie. „Ich habe nur einen Schlag abbekommen. Vielleicht gibt das einen blauen Fleck." Sie schüttelte sich ein wenig in dem kalten Wind, und Gilrae sagte: „Wir sollten besser zum Landungsboot zurückgehen.

Ruf sie mit dem Funkgerät an, Doran, und frag sie, ob sie von hier noch etwas brauchen: Sandproben, lose Steine..."

Gildoran holte sein Funkgerät aus der Tasche, aber als er versuchte, es zu benutzen, knisterte es nur. Stimmen waren nicht zu hören. Er schüttelte es wütend, versuchte es mit den Geräten von Gilramie und Rae, um sie schließlich empört wieder wegzustecken.

„Nur statische Geräusche; der Sturm, nehme ich an. Und der Sand..."

Gilrae nickte. „Der Sand ist voller Metallpartikel; seht nur einmal, wie er sticht. Wahrscheinlich wird es durch die magnetischen Bedingungen sehr oft unmöglich gemacht, das Funkgerät zu benutzen."

„Das wird aber lästig, wenn wir soweit sind und den Transmitter aufstellen wollen", sagte Gildoran. Er dachte an die empfindlichen Kleinteile in den Joffrey-Spulen und daran, wie schwierig es werden würde, Magnetfelder zu stabilisieren und den Sand aus dem Mechanismus herauszuhalten.

„Wir werden hier so etwas wie Behelfshäuser aufstellen müssen – einen Schutz gegen den Sand –, bevor ihr mit eurer Arbeit anfangt", sagte Gilrae. „Wenn die Funkgeräte nicht funktionieren, müssen wir eine Art Signalsystem einrichten, bis wir die atmosphärischen Bedingungen mit Frequenzmodulation überwinden. Das dürfte nicht allzu schwer sein. Ich – autsch!" Sie stolperte und fiel der Länge nach hin, und als sie sich wieder aufrichtete, starrten sie das an, was vor ihnen im Sand lag.

Es war ein riesiger Kopf. Er erhob sich mindestens einen Meter aus dem Sand und saß auf massiven Schultern. Die Erosion durch Wind und Sand hatte zwar die Kanten abgerundet, konnte aber die Kraft der gewölbten Stirn, die schrägen Katzenaugen, die große Nase und den Mund nicht verdecken. Es war ein Gesicht voller Kraft, und die drei Späher starrten es halb hpynotisiert an. Ein uralter König oder Gott starrte von seinem Platz, tief im Sand vergraben, zu ihnen zurück.

Ramie flüsterte: „Zumindest wissen wir jetzt, daß sie wie Menschen ausgesehen haben, was auch immer sie waren."

„Wie schade ist es, daß wir nie wissen werden, was sie waren", flüsterte Gilrae.

„Das würde ich nicht sagen", meinte Doran. „Wir haben das hier gefunden, und vielleicht gibt es noch mehr Spuren von ihnen. Unterirdisch vielleicht oder in windgeschützten Schluchten."

„Damit würde ich nicht rechnen“, sagte Rae und sah sich um. Die verfallenen Ruinen mit ihren zerfallenden Steinen erstreckten sich bis an den Horizont. Sie schüttelte sich, als sie das Gesicht ansah. „Wie grausam er aussieht – und wie machtvoll und hochfahrend...“

„Und schaut euch an, wo er jetzt ist“, sagte Ramie.

„Trotzdem muß er einmal sehr wichtig und mächtig gewesen sein, wenn er hier so hoch über dieser Stadt steht...“ sagte Rae, noch immer zitternd, und zitierte mit leiser Stimme: „Ich, Ozymandias, aller Helden Held, künd' euch mein Tun! Ihr Mächtigen, erbebt!“

„Und sonst ist nichts mehr übriggeblieben“, murmelte Gilramie. Er spürte, wie ihn ein Zittern überfiel und eiskalt den Rücken hinablief. Ein Gefühl von Angst und Schrecken senkte sich auf ihn hinab. Nichts war also von Dauer. Eines Tages würde die *Samtfalter,* genau wie sie alle, nichts als eine Erinnerung sein... verschwunden. Wie Gilmarin. Eines Tages würden auch die Kleinen in der Kinderstation ebenso verschwunden sein wie die Riesenmassen, die einst diese gigantische und geschäftige Stadt bewohnt hatten, ebenso wie alles, was Menschen je gewußt oder gedacht hatten, einst so unleserlich sein würde wie die kaum merklichen Linien auf dem Stein, die vielleicht irgend jemand einmal hineingemeißelt hatte. Der Gedanke an seine eigene Sterblichkeit und daran, daß nichts, gar nichts jemals von Dauer war, erfüllte ihn mit Schrekken. Wie konnte Gilrae nur so ruhig dastehen und die tote Stadt ansehen?

Gilrae sagte leise: „Nicht, Kinder, hier kann man schon Angst bekommen?“ Und mit einer Mischung von Erleichterung und Empörung – wie konnte sie es eigentlich wagen, die ganze Zeit hindurch seine Gedanken zu lesen? – wurde es ihm klar, daß sie über seine Gefühle Bescheid wußte, schon immer Bescheid gewußt hatte. Er bemerkte plötzlich, daß er und Ramie sich eng aneinanderdrückten... wie die Vierjährigen, die sich gestern für Rat und Trost an ihn gedrückt hatten, und das ärgerte ihn. Ramie war nicht verletzt, sie brauchte von ihm nicht gestützt zu werden. Er rückte ein wenig von ihr ab.

„Sie sind verschwunden, und wir sind noch da“, sagte Ramie leise. „Bedeutet das, daß die Späher – oder die Menschen allgemein – widerstandsfähiger und dauerhafter sind? Wir landen auf einer

Welt nach der anderen, und wir finden keine, auf der die Menschen ausgestorben sind; die Rasse hier aber war schon verschwunden, bevor wir hergekommen sind. Selbst unter Berücksichtigung der Zeitverschiebung im tiefen Raum. Ich könnte jetzt zurückfliegen auf... auf unsere letzte Welt oder auf die Welt, auf der wir die Brutstation aufgesucht haben. Vielleicht ist die Brutstation verschwunden, und alle, die wir gekannt haben, sind tot, und die Regierung ist eine andere und so weiter, aber Menschen wären noch da."

„Ja, es sei denn, es bricht eine Seuche oder eine allgemeine Epidemie aus; aber wir haben noch nie einen Planeten gefunden, auf dem alle Menschen ausgerottet waren", sagte Rae. „Vielleicht gab es diese Rasse hier" – sie sah zu dem gigantischen katzenähnlichen Kopf hinüber –, „schon bevor Menschen überhaupt in unsere Galaxis gekommen sind. Vielleicht sind die meisten Sonnen dort, wo sie gelebt haben, inzwischen zu schwarzen Löchern zusammengebrochen. Das hier ist eine wissenschaftliche Entdeckung von höchster Bedeutung, das müßt ihr euch klarmachen", sagte sie weiter. „Vielleicht haben wir Glück – hier fällt vielleicht mehr als der übliche Finderlohn ab."

„Mich würde interessieren, wo der Rest der Statue ist", sagte Ramie. „Ist sie umgestürzt? Oder ist ihr Rest noch im Boden vergraben?"

„Nach den Proportionen zu urteilen", sagte Gildoran nachdenklich, „muß die Statue ungefähr acht bis neun Meter hoch gewesen sein, wenn sie auch nur entfernt menschenähnlich sind, würde ich sagen. Die Arme und Beine – falls jemals welche existiert haben – sind vielleicht hier unter den Sanddünen vergraben, oder sie sind abgefallen. Ich erinnere mich dunkel, daß Arme und Hände die empfindlichsten Teile sind."

„Wenn er jemals welche hatte", erinnerte ihn Gilrae. „Wir können nicht von zu vielen Analogien zu den Menschen ausgehen." Er runzelte die Stirn.

„Wer diese Stadt auch immer erbaut hat, Hände haben sie gehabt. Oder etwas Entsprechendes."

Rae sah sich um. „Wo ist denn Ramie? Es wird langsam dunkel. Wir dürfen sie nicht aus den Augen verlieren, und wenn der Wind nach Sonnenuntergang zunimmt, haben wir hier einen richtigen Sandsturm. Wir sollten zum Landungsboot zurückkehren. Ramie? Gilramie?" rief sie, erhielt aber keine Antwort.

Die tiefstehende rote Sonne warf undeutliche Schatten auf die Trümmerhaufen um sie herum. Auch Gildoran rief in wachsender Besorgnis.

„Gilramie! Ramie! Was ist denn nur los?“

Gilrae versuchte, die Situation in den Griff zu bekommen, ohne sich von der Dämmerung und der Verlassenheit um sie herum beeindrucken zu lassen, und sagte mit fester Stimme: „Hier gibt es keine großen Tiere, die sie verletzen könnten, und sie kann nach uns rufen. Was mit ihr auch passiert ist, vor Tieren ist sie auf jeden Fall sicher. Hier gibt es außerdem seit zwei Millionen Jahren, nach vorsichtiger Schätzung, kein intelligentes Leben mehr. Ramie! Ramie! Wo bist du?“

Gildoran wollte wegrennen, aber Gilrae hielt ihn fest. Er konnte das leichte Zittern in ihrer Stimme hören, als sie zu ihm sagte: „Nein, Doran. Bleib bei mir. Wenn wir drei getrennt werden, dann können wir hier in dieser Finsternis die ganze Nacht herumlaufen, ohne uns jemals wiederzufinden. Wir haben uns schon geteilt; warum sollten wir uns in drei Gruppen spalten?“ Sie zog in der wachsenden Dunkelheit ihren Handscheinwerfer heraus und blinkte damit wiederholt zwischen den niedrigen Steinen und den zusammengestürzten Mauern herum.

„Das bringt mehr als Rufen; sie wird es sehen und zu uns zurückkommen. Es wundert mich nicht, daß sie uns bei dem Wind hier nicht hört“, sagte sie. Gildoran bemerkte, wie sie in dem Wind zitterte, der, auf seinem weiten Weg ungebrochen, endlos um sie herum flüsterte.

Es schien noch zu hell zu sein, so daß Gilraes Handscheinwerfer nicht viel nützte, aber Gildoran fing an, sich ernsthaft Gedanken zu machen. Was war, wenn es so dunkel wurde, daß sie den Weg zum Landungsboot zurück nicht mehr fanden? Dann würden, so erinnerte er sich selbst, die restlichen Mitglieder der Gruppe herkommen und nach ihnen suchen. Falls sie das nicht taten oder nicht tun konnten, dann stand ihnen nichts Schlimmeres bevor als eine einzige Nacht in der verlassenen Stadt, begleitet von den weit entfernten Geräuschen der kleinen Heuler.

„Es hat keinen Sinn, wenn wir einfach losrennen und suchen“, ermahnte Gilrae sie. „Bleibt dicht bei mir, Doran. Hast du gesehen, in welche Richtung sie weggegangen ist?“

„Ich habe gar nichts gesehen. Ich habe mir den Felsen hier angeschaut, ob in der Nähe noch mehr eingemeißelt ist. Dann habe ich mich umgedreht, um mit ihr zu sprechen, und da war sie plötzlich nicht mehr da."

„Dann kann sie nicht weit sein", sagte Gilrae bestimmt. Gildoran sah besorgt zu dem dunkler werdenden Himmel hoch. Wie schnell es jetzt, da die Sonne direkt am Rande des Horizonts stand, dunkel wurde! Schon jetzt herrschte um sie herum nichts als Dämmerung – Dämmerung und unheimliche Schatten.

„Wir haben hier nur dann eine Chance, wenn wir in einer Spirale suchen", sagte Gilrae. „So lange wir die dunkle Felsnadel dort sehen..." – sie zeigte darauf – „...nehmen wir sie als Mittelpunkt und gehen langsam in einem Bogen." Sie machte es ihm vor. „Geh nur in immer größer werdenden Kreisen. Ruf du nach ihr; deine Stimme trägt der Wind hier weiter als meine. Den Scheinwerfer mußt du ständig an- und ausschalten, damit sie weiß, daß es ein Signal ist. Meinen Scheinwerfer muß ich anlassen, damit wir nicht über etwas stolpern und uns ein Bein brechen – oder den Hals!"

Gildoran ging voller Sorge hinter ihr her und schaltete seine Lampe in einem Signalmuster an und aus, das älter als die Geschichte war. Er rief laut, obwohl er sicher war, daß Ramie dies nicht hören konnte, da der Wind durch die alten, zusammengestürzten Mauern pfiff. Zwischen seinen Rufen blieb er immer wieder stehen und lauschte, und mit einem Mal hörte er, während er selbst rief, ein leises Geräusch, das unsicher vom Wind herangetragen wurde.

„Rae! Hast du das gehört?"

„Ich habe etwas gehört – ich habe es für einen Heuler gehalten."

Wieder rief Gildoran Ramies Namen, und wieder, dieses Mal näher, aber in der Dunkelheit unsichtbar, hörte er eine schwache Antwort.

„Rae! Gildoran!"

„Ramie! Wo bist du? Ruf nach uns – blinke mit deinem Scheinwerfer..."

Wieder kam der leise Ruf, aber dieses Mal fast unter ihren Füßen. Gilrae ging langsam weiter und hielt ihren Scheinwerfer ruhig, konnte aber nichts erkennen. Doch dann stieß sie einen unterdrückten Schrei aus, stolperte und fiel. Gildoran eilte zu ihr, um ihr aufzuhelfen, und hörte, wie der Schrei lauter wurde und in einem Schmerzensschrei endete. Dann rief sie ihm eindringlich zu: „Bleib stehen! Bleib stehen! Hier ist alles eingestürzt – ah!“ Wieder hörte er den Schmerzensschrei und Ramies besorgte Rufe.

Er zog sich langsam von dem klaffenden Loch – einer tieferen Dunkelheit – zurück, das sich anscheinend direkt vor seinen Füßen geöffnet hatte. Nun waren gedämpftes Gezappel und ein weiterer Schrei zu hören.

„Gilrae! Rae! Ramie! Wo seid ihr?“ Immer wieder rief Gildoran, tastete sich vorwärts und beleuchtete mit seinem Scheinwerfer die Kante des Einbruchs, aber der Boden unter seinen Füßen schien sich leicht zu bewegen, und er stolperte weiter zurück.

Dann kam von unten angespannt und unsicher Gilraes Stimme.

„Gildoran. Ist mit dir alles in Ordnung?“

„Ja. Wo seid ihr?“ Er versuchte, in die dunkle Höhle hineinzuleuchten.

„Wir sind eingebrochen. Das ist hier eingestürzt – da ist ein Dach oder irgend etwas zusammengebrochen. Nein, versuche nicht, näher zu kommen...“

„Kannst du mit deiner Lampe zu mir herleuchten?“

„Die habe ich bei dem Sturz verloren, und die von Ramie funktioniert nicht, glaube ich. Wahrscheinlich ist sie beschädigt worden“, fügte sie noch hinzu. „Hier unten ist es finster. Wenn ich an meine Tasche komme, können wir das überprüfen, dort habe ich Ersatzbatterien. Wenn ich genug sehe, damit ich sie finden kann.“

„Ist mit dir alles in Ordnung?“

„Nein“, sagte Rae ruhig. „Ich glaube, ich habe mir den Knöchel gebrochen. Davon abgesehen – ja. Und Ramie scheint nicht verletzt zu sein.“

„Kann ich herunterklettern? Ihr braucht doch Hilfe...“

„Es wäre besser, wenn du versuchen könntest, den Weg zurück zum Landungsboot zu finden, um Hilfe zu holen“, sagte sie, und er staunte über die Ruhe in ihrer Stimme. „In meinem Zustand kann ich jedenfalls nicht herausklettern, und ohne Licht können wir nicht feststellen, ob Ramie es kann.“

Gildoran ging langsam um das Einbruchgebiet herum, hielt seinen Scheinwerfer auf den trügerischen Boden unter seinen Füßen gerichtet und versuchte, das weit entfernte Leuchten der starken Scheinwerfer des Landungsboots zu erkennen. Auf einem Planeten ohne jegliches Licht außer den weit entfernten Sternen – denn hier gab es keinen Mond – hätte er in der Lage sein müssen, auch das dürftigste künstliche Licht kilometerweit erkennen zu können, aber er sah nichts. Entweder verbarg eine leichte Bodenerhebung das Landungsboot vor seinen Augen, oder die Mauern und Ruinen der toten Stadt versperrten ihm die Sicht.

Er sagte: „Ich kann nicht den leisesten Schimmer davon ausmachen. Ich versuche es mit dem Funkgerät.“ Aber als er es herauszog, hörte er nichts als Rauschen. Ganz gleich, wie er das Gerät einstellte, es gab nichts als ein entferntes ärgerliches Knistern von sich, und schließlich steckte er es ungeduldig wieder weg. Er war sich völlig sicher, daß sie versuchten, sich mit ihm in Verbindung zu setzen, mit ihm und den anderen beiden Mitgliedern der Landungsmannschaft, die vom Landungsboot getrennt waren, aber sie *konnten* sich nicht mit ihnen in Verbindung setzen. Verdammter Planet!

„Tretet zurück“, sagte er und ging wieder zu dem Rand des dunklen Lochs zurück, in das die Frauen gefallen waren. „Ich komme herunter.“

„Du solltest oben bleiben und Zeichen geben, falls sie kommen und nach uns suchen...“

„Solange es dunkel ist, kommen sie nicht, und das weißt du so gut wie ich. Sie werden denken, daß wir uns dazu entschlossen haben, in der verlassenen Stadt ein Lager aufzuschlagen. Sie würden es auf keinen Fall schaffen, das ganze Gelände hier in der Dunkelheit abzusuchen. Und Rae ist verletzt“, fiel ihm noch ein. Hinter der Ruhe in ihrer Stimme konnte er die straffe Kontrolle spüren. Sie mußte erhebliche Schmerzen haben, und er besaß das einzige Licht, bei dem sie sich ihre Verletzungen ansehen – von einer Behandlung konnte wohl kaum die Rede sein – konnten.

„Sprich mit mir, Ramie – laß mich wissen, wo du bist, damit ich nicht auf Rae falle und sie verletze, wenn ich herunterkomme“, sagte er und band sich seinen Handscheinwerfer sorgfältig an den Gürtel, damit er ihm beim Abstieg nicht verlorenging.

„Ich bin hier“, sagte sie, „und ich stelle mich über Rae – nein, Rae, versuche, dich nicht zu bewegen –, damit du in der Dunkelheit nicht gegen sie stößt.“

Er konnte in der Dämmerung noch undeutlich den unsicheren Boden unter seinen Füßen erkennen. Nun gewöhnten sich seine Augen an die Beleuchtung, und er vermochte in der tieferen Dunkelheit unter sich die Gestalten der beiden Frauen auszumachen. Er hatte ein ungutes Gefühl, als er sich auf seinen Abstieg vorbereitete; der Sturz hatte Rae verletzt, aber Ramie schien nichts passiert zu sein. Er hielt seinen Scheinwerfer auf seine Füße gerichtet, so daß er den Abhang von Geröll im Auge behalten konnte, der in das Loch führte. Er versuchte, auf ihm herunterzustolpern, ohne das Gleichgewicht zu verlieren. Trotzdem kam er ins Rutschen und landete Hals über Kopf auf den anderen. Ramie schützte die ältere Frau mit ihrem Körper, so daß Rae von Gildorans Gewicht nicht verletzt wurde.

„Na also, das wäre das", sagte er, als er wieder Luft bekam. „Komm Rae, jetzt wollen wir uns mal deinen Knöchel anschauen. Ramie, halt du die Lampe..."

„Nein, halt *du* die Lampe.Ich habe schon einen Turnus lang mit den Medizinern zusammengearbeitet, und ich kenne mich aus", sagte das Mädchen schnippisch. „Alles klar, Gildoran?" Er spürte, wie ihre Hand ihn in der Dunkelheit kurz berührte, als brauche sie das als Beruhigung. Sie hielt seine Hand fest umklammert, aber ihre Stimme war unbewegt. „Rae, laß mich versuchen, ob ich deinen Stiefel herunterkriege – nein, bleib ruhig liegen, du Ärmste, versuche, dich nicht zu bewegen. Gildoran, versuche du ..." Als Raes unterdrückter Schmerzensschrei der leisesten Berührung ihres Stiefels folgte, sagte sie: „Nein, versuche nicht, ihn aufzuschnüren oder auszuziehen. Ich habe eines von den stärkeren Messern dabei; damit kann ich durch den Plastikstoff des Stiefels schneiden. Wir schneiden den Stiefel einfach ab."

Selbst das war eine harte Sache. Raes Gesicht wurde im Licht des Scheinwerfers immer blasser, und als der Stiefel und der Strumpf heruntergeschnitten waren, zeigte sich der Knöchel als eine blutige Schwellung von durchbrochener Haut, durch die kleine Knochensplitter ragten. Gildoran schüttelte sich und wandte seine Augen ab. Er schämte sich sofort darüber, denn wenn Rae es aushalten konnte, dann hätte er zumindest das Hinsehen ertragen müssen.

„Ich habe in meiner Tasche ein paar Medikamente für den Notfall", sagte Ramie ruhig, obwohl sie blasser als gewöhnlich war, wie er erkennen konnte. „Darunter auch Desinfektionspulver – mehr kann ich im Augenblick nicht tun. Dreh das Licht hierher, Doran, damit ich sehen kann, was ich mache."

Gildoran fühlte sich hilflos, wie er so dastand und nur das Licht hielt, während Gilramies kompetente Hände die Wunde mit Desinfektionspulver reinigten, einen Verband anlegten und, da die Bandagen zu dünn waren, ein Stück aus ihrem Unterkleid herausrissen und es zu einer festen Bandage werden ließen. Gildoran kniete neben Rae und hielt das Licht. Als er jedoch den Schmerz der Frau sah, klemmte er schließlich das Licht in einer Felsennische fest, schloß Raes zitternden Körper in eine feste Umarmung und drückte sie an sich, während Ramie ohne Zaudern ihrer schmerzhaften Arbeit nachging. Rae klammerte sich an ihn und zitterte, und während Gildoran sie so hielt, schien es ihm einen Augenblick lang, als sei sie so klein und jung wie die Kinder auf dem Schiff, die er gehalten und getröstet hatte, obwohl sie keinen Ton mehr von sich gab. Bisher war Rae ihm immer unverwundbar, unbezähmbar vorgekommen, wie die stärkste Person, die er kannte, wie ein Fels in der Brandung seiner jugendlichen Welt; nun war sie gebrochen und verwundbar, und sie wandte sich trostsuchend ihm zu, als seien er und Ramie stärker.

„Das ist das Beste, was ich zur Zeit tun kann", sagte Ramie schließlich und gab Rae zwei Tabletten aus ihrer Tasche. „Schluck die hier herunter, Rae. Hier, nimm einen Schluck aus meiner Wasserflasche – das dürfte bald wirken. Leg dich hin und ruh dich aus. Wenn sie dich erst einmal zum Schiff zurückgeschafft haben und der Knöchel ordentlich verarztet ist, dann bleibt von dem Ganzen hier nicht einmal eine Narbe zurück."

Rae sagte mit einem unsicheren Lachen: „Eigentlich ist es ja so vorgesehen, daß ich auf euch beide Neulinge aufpassen soll. Kapitän bin ich sogar! Und jetzt liege ich hier..." Sie lächelte zu Gildoran hoch, der sie noch immer in den Armen hielt. Er wußte nicht, was er sagen sollte, und drückte sie fester an sich. Rae war schon immer ein Teil seines Lebens gewesen, und nun sah er sie zum erstenmal ganz anders, als eine Frau, die den gleichen Zwängen und Sorgen und Ängsten wie er selbst unterworfen war. Es schien ihm, als schaute er sie zum erstenmal seit Monaten an, ohne ihr innerlich Vorwürfe für ihre Treulosigkeit Giltallen gegenüber zu machen. Er sah, daß sie allein und verwundbar war und Trost und Hilfe wie jeder andere Mensch brauchte – und nicht ein Felsen an Stärke, der alle anderen Menschen leitete.

Rae hatte bei dem Sturz ihre Tasche verloren, und das hatte sie ihren Scheinwerfer gekostet. Ramie und Gildoran aber hatten ihre Ausrüstung noch, und sie wickelten Rae, die noch immer zitterte und unter Schockeinwirkung stand, in eine dünne Folie ein, die zusammengefaltet in eine Hand paßte, die Körperwärme jedoch perfekt isolierte. Nachdem sie es ihr mit Gildorans Tasche unter dem Kopf so bequem wie möglich gemacht hatten, leuchtete Gildoran mit seinem Scheinwerfer um sie herum.

„Schaut euch das an!“ rief Ramie. „Das ist eine ganze... eine ganze unterirdische Stadt! Und Reliefs, Bilder... Rae, das ist eine Schatzkammer. Das ist unbezahlbar!“

„An der Oberfläche hätten wir tagelang herumlaufen können, und wir hätten nichts gesehen“, meinte Gildoran. „Vielleicht haben wir mit dem Sturz doch Glück gehabt – wenn Rae sich nur nicht verletzt hätte!“

Rae setzte sich auf und lehnte sich an die Wand. Die Folie hatte sie eng um sich gewickelt. Sie sagte: „Ich bin ja nicht schwer verletzt. Und die Belohnung für die *Samtfalter* wird für eine Welt, die so reich an archäologischen Schätzen ist, größer sein als für eine öde Wüste mit ein paar Spuren von Reliefs, die so abgeschliffen sind, daß man sie kaum noch erkennen kann. Gildoran! Ist dir klar, was das bedeutet? Daß wir hier mehr schaffen, als nur aus unseren Schulden herauszukommen? Archäologen zahlen zwar nicht soviel wie die Leute vom Bergbau oder andere, aber das hilft uns wirklich weiter!“

Gilramie war vor Aufregung angespannt. Die Pflicht hielt sie nahe bei der verletzten Rae, aber Gildoran sah deutlich, daß sie vor Aufregung fast platzte. „Rae, hast du etwas dagegen, wenn wir uns hier ein wenig umsehen?“

„Ihr braucht mich nicht um Erlaubnis zu fragen“, sagte Rae sanft, da sie spürte, was mit der Frage gemeint war. „Es geht um das Wohl des Schiffs, aber wenn ihr wissen wollt, ob ich hier allein bleiben kann, ja, auf jeden Fall. Aber...“ Plötzlich zitterte ihre Stimme wieder. „Geht nicht zu weit weg. Vielleicht gibt es noch... andere Gefahren. Vielleicht noch mehr Einbrüche oder ein Erdrutsch.“

Gildoran schüttelte den Kopf. „Keine tektonische Aktivität; was den Einsturz hier ausgelöst hat, das war das Gewicht auf dem unterirdischen Dach, das einfach im Lauf der Zeit brüchig geworden ist. Der lose Sand ist mitgerutscht und hat euch hineingezogen.“

Sie gingen vorsichtig durch das große unterirdische Gewölbe und sahen die reichgeschmückten Wände an. Hier, wo die Luft seit Jahrhunderten, vielleicht Jahrtausenden, nicht eingedrungen war, waren die Reliefs von der Erosion durch Sand, Wind und Wetter unberührt. Es waren Basreliefs, wie Ramie entdeckte, als sie leicht mit den Fingern über sie strich.

Gildoran richtete den kleinen, starken Scheinwerfer auf die Reliefs. „Da ist unser Freund von oben", war sein Kommentar. Das Gesicht, das ihn von der Wand anstarrte, war das gleiche wie das der Statue, die sie gesehen hatten, die gleiche machtvolle Stirn, weit auseinanderliegende, katzenähnliche Augen und der kräftige Hals.

„Ozymandias", sagte Ramie, und erklärte es ihm auf seinen verständnislosen Blick hin. „Das Gedicht, aus dem Rae zitiert hat. König der Könige in uralter Geschichte oder in einer Legende von irgendwoher; eine Welt, die er gebaut hat, und von der er glaubte, sie sei für die Ewigkeit..."

„Das ist der Name, den ich dieser Welt geben werde", sagte Rae hinter ihnen. „Privileg des Kapitäns... Sonst ist davon so gut wie nichts mehr übrig. Ah, dieser *verdammte* Knöchel..."

„Durch diesen Bogen", sagte Gildoran und leuchtete mit seinem Scheinwerfer in den nächsten Raum. „Rae, ich lasse dich äußerst ungern dort im Dunkeln..."

„Mir geht es gut, geht ihr nur und schaut es euch an", sagte Rae. Ramie stieß einen Schrei der Überraschung aus.

„Sieh mal, was da steht... ah, ich weiß, was das ist: der untere Teil der Statue, die wir droben gesehen haben... und diese Fresken an der Wand. Morgen können wir Scheinwerfer hier herunterbringen und sie uns richtig ansehen."

Sie bewegten sich langsam in der Finsternis außerhalb des Lichtkreises ihres Scheinwerfers, und Gilramie stolperte über einen hüfthohen Gegenstand.

„Sieh mal, eine Steintruhe..."

„Die sollten wir nicht öffnen", warnte Gildoran. „Was auch immer darin ist – es kann zu Staub verfallen, wenn es mit der Luft in Berührung kommt."

„Sie ist schon teilweise offen", widersprach Ramie. „Der Verschluß hat sich verschoben, als die Decke von oben darauf gestürzt ist..."

Auf diesen Einwand hin gab Gildoran den Scheinwerfer an Ramie weiter und schob die Abdeckung zur Seite. In der Truhe lag ein vertrockneter Körper, so klein wie ein Kind. Er schwenkte den Scheinwerfer um sich und sah weitere sehr kleine Steintruhen und Särge.

„Eine Grabkammer. Aber woran sind sie gestorben?"

„Was wissen wir davon? Nie werden wir das wissen", sagte Ramie. „Seuche. Mißernte. Hunger. Krieg. Schau dir die Fresken an."

Die Reliefs waren einst bemalt gewesen, aber nach so langer Zeit war kein Farbfleck mehr an den behauenen Wänden übrig. Allein der Stein war noch zu sehen. Die beiden jungen Späher folgten der Wand, kamen in weitere Räume und sahen sich fasziniert Bilder von den katzenhaften Kreaturen an, wie sie riesigen Steinwesen Opfer brachten, merkwürdige Boote ruderten (und damit die Vermutung bestätigten, daß sie sich an der Küste eines ehemaligen Meeres befanden), Netze auswarfen, seltsame Meerestiere zerlegten, Felder mit den Knollengewächsen ernteten, die sie oben vorgefunden hatten, und wie sie zu gigantischen Festmahlen versammelt waren.

Das erinnerte Gildoran daran, daß er außer der Kälte in den klammen unterirdischen Räumen auch Hunger verspürte. In seiner Tasche hatte er einige Rationen, wenn auch nicht genug für alle drei, und die Mahlzeit, die sie früher am Tag um die Mittagszeit eingenommen hatten, hatte sie weiter dezimiert. Aber sie hatten ja noch die Knollen, die sie früher geerntet hatten. Davon konnten sie sich morgen noch mehr holen – sie waren auf jeden Fall in ausreichender Menge vorhanden!

Ramie protestierte: „Aber schau doch nur, da hinten sind noch mehr Räume..."

„Wenn von dem Dach noch mehr einstürzt, sind wir von Rae abgeschnitten", ermahnte sie Gildoran. „Meiner Ansicht nach sollten wir zusammenbleiben, und morgen können wir noch mehr erforschen."

„Sieh mal hier, Gildoran, die Steinsärge in diesem Raum – sie sind alle größer, und die Bilder reichen an den Wänden höher hinauf! Das ist doch merkwürdig – als wären die Leute fast doppelt so groß geworden. Oder als wären sie zusammengeschrumpft. Wovon kann das kommen?"

„Weiß der Himmel“, sagte Gildoran und leuchtete die Reliefs an. „Aber jetzt komm, wir müssen zurück zu Rae.“

Sie gingen langsam und in Kurven, um den allgegenwärtigen Särgen auszuweichen, die zu Mustern angeordnet auf dem Boden des Raums standen, in den ersten Raum zurück, wo Rae noch immer in die Folie eingewickelt an der Wand kauerte. Gildoran und Ramie verteilten die dürftigen Rationen aus den Taschen, während Gildoran mit seinem Messer zwei oder drei von den Knollen zerteilte. Als er auf dem geschmacklosen, weißlichen Zeug herumkaute, dachte er, daß er das nicht jeden Tag essen wollte.

„Überlegt euch das nur – davon haben sie gelebt, und wir sind seit wer weiß wie vielen tausend Jahren die ersten lebenden Wesen – außer den Affen und diesen winzigen Nagetieren, die wir gesehen haben –, die davon essen!“

„Genauso ist es“, sagte Ramie. „Keine andere Pflanze hat überlebt. Davon haben sie gelebt, und von den Fischen, die auf den Bildern zu sehen sind. Und dann ist das Meer ausgetrocknet, und sie sind wahrscheinlich verhungert. Vielleicht hat es damals noch besser geschmeckt. Als die Sonne abkühlte und die Meere austrockneten, ist wahrscheinlich genug kosmische Strahlung durchgekommen, um alle Arten von Mutationen zu erzeugen.“

Rae kaute nachdenklich an ihrer Ration herum. „Es ist eigentlich gar nicht schlecht. Fade, aber für ein Grundnahrungsmittel wäre das ja genau richtig. Und das ist jetzt hier Wüste. Vielleicht hat es früher hier alle möglichen verschiedenen Nutzpflanzen gegeben. Vielleicht ist die ganze Pflanze früher unterirdisch gewachsen, und als der Boden mehr und mehr ausgelaugt wurde, hat sie die Nahrung allmählich in immer stärkerem Maß aus der Luft gezogen. Als sich hier alles zu einer Wüste veränderte, hat der Regen keine Nährstoffe mehr aus dem Boden gelöst, um sie Wurzeln und Knollen zuzuführen. Die einzigen Pflanzen, die überleben konnten, waren also jene, die sich aus der Luft ernähren konnten wie die hier. Genau werden wir das nie wissen.“ Sie zitterte, und Ramie sagte: „Sie ist noch immer unterkühlt, aber das Essen wird ihr helfen.“

Gildoran reichte Rae den Rest seines Teils der Ration hinüber. „Iß das. Nein, keine Widerrede, du brauchst das konzentrierte Protein. Ramie und ich sind jünger als du, und außerdem sind wir nicht verletzt. Wir kommen auch mit den Knollen durch.“

Rae wollte protestieren, aber Ramie schob ihr noch einen Block von der Ration zu. „Doran hat recht, und das weißt du auch, Rae", sagte sie, und Gildoran spürte, wie sie in der Dunkelheit die Arme um ihn legte. Er drückte sie an sich, da ihn ihre Berührung beruhigte. Als er sie so in der Dunkelheit an sich gepreßt spürte, wurde es ihm wieder deutlich, daß seine Spielkameradin Ramie, seine Freundin aus der Kinderstation und aus seiner Jugend, eine erwachsene Frau und nicht mehr das kleine Mädchen war, für das er sie immer gehalten hatte. Er küßte sie in einer bedeutungslosen Geste von Zuneigung und Freundlichkeit auf die Wange und spürte voller Überraschung und etwas unangenehm berührt, daß sie näher an ihn heranrückte. Er bemerkte, wie gegen seinen Willen sein Blut schneller durch seine Adern floß.

Nein, verdammt noch einmal, das ist es nicht, was ich will! Versucht sie, mich an Gilmarins Stelle zu setzen? Mit fester Hand – vielleicht fester, als er es vorgehabt hatte – befreite er sich aus ihren umklammernden Armen. In dem unsicheren Licht seines Scheinwerfers sah er, daß sie über seine Zurückweisung bestürzt war, aber er wollte seine Wünsche klar zum Ausdruck bringen.

„Rae friert", sagte er in einem Versuch, es etwas abzumildern. „Komm, wir legen uns ihr zu beiden Seiten und halten sie warm. Die Folie reicht für uns alle drei, wenn wir nahe beieinanderliegen."

Sie legten sich nebeneinander und kuschelten sich mit allen ihren Kleidern unter der isolierenden Folie eng aneinander. Gildoran wurde durch die geteilte Körperwärme langsam warm und fühlte die kühle Feuchtigkeit des Bodens unter ihnen weniger.

„Habt ihr etwas dagegen, wenn ich das Licht ausschalte? Die Batterien halten nicht mehr lange, so wie wir sie gebraucht haben", sagte Rae, und er gab seine Zustimmung. In der Dunkelheit schienen sie einander sehr nahe zu sein.

„Wie im Beutel eines Puhbärs", sagte Ramie mit einem unsicheren Lachen. „In den Schoß zurück."

„Auf jeden Fall sind wir alle zusammen", sagte Rae in der Dunkelheit, und Gildoran spürte, wie sie seine Wange berührte. „Hier unten wäre ich wirklich nicht gern allein. Und morgen früh geben sie bestimmt keine Ruhe, bis sie uns gefunden haben."

Gildoran verlagerte sein Gewicht und versuchte, eine bequeme Stellung zu finden, ohne an Gilraes verletzten Knöchel zu stoßen.

Sie fühlte sich weich und warm in seinen Armen an. Er erkannte ihren bekannten Geruch, nicht Parfüm oder Seife, sondern ihren sauberen Frauengeruch, den er seinem Gefühl nach schon ewig kannte. Sie seufzte, und er wußte, daß sie noch Schmerzen hatte.

„Haben dir die Pillen, die Ramie dir gegeben hat, nicht geholfen?"

„Doch, doch, auf jeden Fall. Es tut jetzt lange nicht mehr so weh – ich spüre es jetzt nur noch ein bißchen", sagte sie, und ihr Atem war warm an seiner Wange. Er schloß seine beiden Hände über ihren und legte seine Arme um sie. Selbst durch die dicken Kleider fühlte sie sich warm und beruhigend an.

„Frierst du jetzt nicht mehr?"

„O nein, überhaupt nicht. Du fühlst dich so warm an", sagte sie, und nach einer Minute hörte er, wie sich ihr Atem beruhigte, als sie einschlief. Er spürte, daß auch Ramie auf ihrer anderen Seite eingeschlafen war. Die drei kuschelten sich in der Dunkelheit wie kleine Pelztiere zu einem Haufen zusammen... ruhig, warm, träge. Trotzdem war Gildoran beunruhigt.

Es war schon schwer genug, sich klarzumachen, daß Ramie, seine gleichaltrige Spielkameradin, zur Frau geworden war. Er war mit der Erinnerung an Janni so beschäftigt gewesen, daß er an andere Frauen nicht gedacht hatte. Außerdem stand ihm Ramie sowieso zu nahe, und nun, da er wußte, daß sie, wenn auch nur kurz, seinem verlorenen Freund gehört hatte, war sie für ihn tabu. Im Augenblick aber beunruhigte ihn der Gedanke an Raes Nähe. Bisher war sie ihm immer weit entfernt vorgekommen, viel älter, wie jemand, der sich um ihn kümmerte und für ihn sorgte, ihm Befehle gab, wie der Kapitän oder ein älterer Offizier einem jüngeren Mannschaftsmitglied Befehle geben würde. Jetzt aber hatte er ihre Verwundbarkeit gesehen, ihre menschlichen Bedürfnisse und ihre Fraulichkeit. Plötzlich drängte sich der Gedanke, den er die ganze Zeit unterdrückt hatte, in sein Bewußtsein. Er wollte sie – er wollte sie so, wie ein Mann eine Frau will; er *brauchte* sie auf eine Weise, wie er Janni nie gewollt oder gebraucht hatte – Janni, von der er geglaubt hatte, er liebte sie so sehr.

Und warum auch nicht, dachte er rebellisch. Wenn sie von Giltallen zu Gilhart wechseln konnte, warum sollte er dann nicht um sie werben, sie dazu bringen, ihn zu lieben?

Er wußte, daß sie wegen der Wärme und als Trost in ihrem

Schmerz und ihrer Einsamkeit die Arme um ihn gelegt hatte. Er jedoch fühlte mehr als das. Er fühlte Zärtlichkeit, ja, und Verlangen. Rae wußte das nicht. Sie würde sowieso in ihrem Schmerz wegen ihres gebrochenen Knöchels und ihrer Sorge wegen der Trennung von den anderen nicht mehr wahrnehmen als das, was er ihr schon immer entgegengebracht hatte: die Achtung eines jüngeren Mannschaftsmitglieds vor dem älteren und die enge Freundschaft des Bordkameraden. Jetzt war es auf jeden Fall nicht die rechte Zeit, ihr mehr aufzuzwingen, aber diese Zeit würde kommen – o ja, sie würde kommen.

6

Getröstet von den Gedanken an diese Zeit, die kommen würde, und beruhigt von den regelmäßigen Atemzügen der Frauen, die in seine Decken eingewickelt waren, versank Gildoran in Schlaf. Da der Boden unter ihm jedoch hart war und die ungewohnte Schwerkraft ihm zu schaffen machte, schlief er unruhig und hatte seltsame Träume. Zuerst sah er die riesige Steinstatue, die sie oben gefunden hatten, wie sie drohend vor ihm stand, ein König oder Gott, umgeben von lebenden, atmenden Wesen seiner eigenen Rasse, als seien die Reliefs in der Felswand zum Leben erwacht und die vertrockneten Körper in den Steinsärgen auferstanden und hätten sich mit ihren katzenhaften Augen und ihren spitzen Gesichtsmasken zu einem fremden Jüngsten Tag versammelt. Dann sah er die Könige an der Wand, die von ihren Untertanen umringt waren. Sie warfen zu Fischzügen ihre Netze aus, zerlegten die Fische und stellten sie auf gigantische Tafeln, auf denen goldene und juwelenbesetzte Teller voll von den Luftknollen standen, die sie so viele tausend Jahre später geerntet hatten. Dann sah er, wie der König Hof hielt und wie hinter ihm eine lange Prozession seiner Nachkommen oder Vorfahren stand und sich in der Entfernung verlor, mit der Perspektive immer kleiner wurde, bis die einzelnen Körper nur noch Punkte waren, die am Horizont verschwanden. Hinter Königen, die schon lange tot waren, standen Könige, die noch länger tot waren, und verschwanden immer kleiner werdend im Nichts...

„Nein“, sagte er laut in seinem Traum und wachte halb auf. „Die

Perspektive stimmt nicht." Plötzlich sah er die Könige, die direkt vor ihm standen, wie durch ein umgekehrtes Fernglas sehr klein, und die anderen wurden immer größer, je weiter sie entfernt waren, wuchsen zu immer bedrohlicherer Größe, bis jene, die am weitesten entfernt, am längsten tot waren, riesenhaft dastanden und so groß wie die enorme Statue waren, die sie gefunden hatten...

„Das ist die Antwort!" rief er laut und wachte auf. Das dürftige Licht der erkaltenden Sonne schien auf sie herab, und die Luft im Licht der frühen Morgendämmerung war etwas feucht. Gilramie stieß einen unterdrückten Empörungsschrei aus und schützte ihre Augen vor dem Licht. Rae rührte sich in Gildorans Armen und sagte: „Was gibt's Gildoran? Was ist los? Warum hast du eben so laut gerufen?"

Er setzte sich auf, rieb sich die Augen und versuchte, sich an den blasser werdenden Traum zu erinnern. Das Licht, das zum erstenmal seit Jahrhunderten durch das gebrochene Dach der Einbruchstelle schien, warf ein blasses Licht auf die Steinsärge und den vertrockneten Körper in jenem Sarkophag, den Ramie und Gildoran geöffnet hatten. *Kleine Särge.* Die jüngsten. Und die davor waren größer...

„Es hat ihr Wachstum gehemmt", sagte er. „Als die Meere austrockneten, hatten sie keine Fische mehr, und damit fehlten ihnen auch die Mineralien aus dem Meer. Dann hatte der Mangel an Regen zur Folge, daß sie außer dieser Pflanze hier nichts mehr zu essen hatten, und das für Jahrhunderte." Er deutete auf die Knollen, die auf dem Boden lagen, und dann auf die Bilder an der Wand. „Keine Nährstoffe aus dem Boden – nur das, was sie aus der Luft bekamen. Im Verlauf der Jahrhunderte wurden sie kleiner und kleiner..."

Ramie deutete auf die kleine Leiche in dem Sarg. „Aber was ist aus den anderen geworden? Der Letzte, der am Leben geblieben ist, konnte sich ja wohl schlecht selbst begraben haben, oder?"

„Natürlich nicht. Was aus den Letzten geworden ist, das werden wir nie herausbekommen. Wahrscheinlich hat die Leistungsfähigkeit ihres Gehirns ohne das Jod und die Mineralien aus dem Meer nachgelassen, bis sie kaum noch intelligenter als die Heuler da draußen waren, und die letzten Generationen sind wahrscheinlich wieder Wilde geworden, die vor sich hin vegetierten und nicht einmal wußten, woher sie kamen." Er stellte sich mit einem Schaudern nackte Wilde vor, die letzten Überlebenden der großen Rasse, die diese Stadt gebaut hatte, wie sie in den Ruinen kauerten und wie es ihnen nicht klar war, daß ihre Rasse zum Aussterben verurteilt war.

Wir alle werden einmal sterben. Eines Tages wird selbst der Kosmos zu seinem Ende kommen, und die Späher werden der Geschichte angehören, wir alle, selbst meine Kleine aus der Kinderstation, und nicht einmal ihre Namen werden mehr leben. Verschwunden wie Gilmarin. Wie Giltallen, der auf der Welt geblieben ist, von der wir abgereist sind, und der nun tot ist, schon lange tot. Wir werden nie wissen, wie lange er schon tot ist und wo und wie er sein Ende gefunden hat.

Was blieb Rae anders übrig, als zu trauern, als es Zeit zum Trauern war, und dann jemanden zu finden, den sie lieben konnte, jemanden, der für die Liebe noch da war? Giltallen nämlich ist für sie tot, selbst wenn er noch lebt, für uns alle tot, so tot wie all jene vergessenen Könige, die dort in den Stein eingemeißelt sind.

„Wahrscheinlich hast du recht", sagte Rae. Er war so tief in seine Gedanken versunken, daß er einen Augenblick lang nicht wußte, was er vorhin gesagt hatte. „Früher einmal, vor dem Transmitter-Zeitalter, gab es noch keine Späherschiffe, sondern nur Kolonien, die mit Lichtgeschwindigkeit zwischen den Sternen flogen. Da gab es eine verlassene Kolonie, und als diese Tausende von Jahren später wiederentdeckt wurde, waren die Menschen dort so mutiert, daß man sie kaum noch erkennen konnte. Weil ihnen ein wesentlicher Nährstoff fehlte – an die Einzelheiten kann ich mich jetzt nicht mehr erinnern –, entwickelten sie sich als Rasse zurück. Sie wurden so kleinwüchsig, daß die größten unter ihnen nicht mehr als einen Meter groß waren."

„Während ihr euch Gedanken über die Ursache des Aussterbens von toten Rassen macht", sagte Ramie, während sie zitternd aus den Decken kroch, „dürfte ich euch vielleicht darauf hinweisen, daß wir hier auf das Verhungern nicht generationenlang zu warten brauchen. Gildoran, hast du dir schon einmal Gedanken darüber gemacht, wie wir hier herauskommen?"

Er stand auf und schaute sich den Erdrutsch an. „Ich glaube, ich könnte aus dem Einbruch hier herausklettern", sagte er und setzte einen Fuß darauf, aber das lose Geröll rollte herab und übergoß ihn mit Steinen.

„Das hat keinen Zweck“, sagte Ramie. Sie ging in den nächsten Raum und leuchtete mit Gildorans Handscheinwerfer umher, um die Dunkelheit zu durchdringen. „Seht mal... hier, wo der Unterteil der Statue steht. Da ist ein Lichtschimmer – seht ihr ihn? –, wo sich die Felsen um die Statue gesenkt haben. Da kann ich hochklettern und herauskommen...“

„Aber Rae nicht“, sagte Gildoran. „Wir beide müssen herausklettern und Hilfe holen.“

„Rae sollte nicht allein hierbleiben“, sagte Ramie.

„Da hast du recht. Bleib hier bei ihr, und ich klettere hoch.“ Mit diesen Worten setzte Gildoran seinen Fuß auf den Fuß der Statue und griff nach dem riesigen Knie.

Sie stellte sich plötzlich ärgerlich vor ihn. „Warum setzt du eigentlich stillschweigend voraus, daß du besser als ich klettern kannst? Ich gehe; ich bin schmaler gebaut und kann mich deshalb leichter durch den Spalt dort droben zwängen. Du bleibst bei Rae...“

„Kinder, Kinder“, sagte Rae von ihrem Platz in dem ersten Raum aus, „es hat doch keinen Sinn, wenn ihr euch darüber streitet.“

Gildoran lachte. „Wir regeln das wie in der Kinderstation und werfen eine Münze – also gut, meine Identitätscheibe. Sag du, was du willst; Zahl oder glatt.“

Nicht nur in der Kinderstation wurden Probleme so gelöst. Alles auf der *Samtfalter,* darunter auch Raes Wahl zum Jahreskapitän, wurde durch das Los entschieden, wenn es nicht rational durch den Computer geregelt werden konnte. Ramie sagte: „Glatt.“

Er warf, die Scheibe rollte auf dem Boden, und sie krochen hinter ihr her und leuchteten mit dem Scheinwerfer darauf.

„Glatt“, sagte Ramie, hob die Scheibe auf und gab sie Gildoran zurück. „Du bleibst.“

„Na gut“, gab er nach. „Komm, laß dir hier von unten noch hochhelfen...“

Er leuchtete Ramie mit dem Scheinwerfer nach, während sie an der riesigen Statue hochkletterte und sich durch den Lichtspalt im Dach des Raums zwängte. Sie verschwand, bestand bald nur noch aus ein Paar Beinen, die unter der Decke zappelten, und dann war sie ganz durch und rief zurück: „Ich gehe zum Landungsboot zurück und bringe die anderen so bald wie möglich her..."

Als sie verschwunden war, ging Gildoran zu Rae zurück. Sie war blaß und müde vor Schmerzen, aber er hatte keine Schmerztabletten mehr, die er ihr hätte geben können. Er kniete sich neben sie und wickelte sie sanft in alle Decken ein.

„Sie kommen bald, Rae, und dann schaffen wir dich wieder an Bord, und noch bevor es Mittag wird, ist dein Knöchel verarztet..."

„Ja, sicher", sagte sie mit einem gequälten Lächeln, das nur ihren Mund verzog. „Das ist nicht der Grund, aus dem ich mir Gedanken mache. Sobald ich wieder auf der *Samtfalter* bin, gipsen sie das ein, und dann kann ich sogar darauf laufen. Es ist nur... ich bin Kapitän. Ich vernachlässige nicht gern meine Pflichten."

„Das werden sie doch verstehen. An dem Einbruch der Decke bist du doch nicht schuld, verdammt noch einmal!"

Sie drückte seine Hand und sagte: „Der Kapitän ist an allem schuld. Das wirst du auch noch eines Tages herausbekommen."

„Wenn sie denken, daß das zu verhindern gewesen wäre... wenn sie denken, das sei dein Fehler gewesen, dann werde ich... werde ich..." fing Gildoran voller Wut über die Vorstellung an, daß jemand versuchen könnte, Rae die Schud daran zu geben, aber sie lachte. „Wirst du was? Dann wirst du ihnen etwas anderes erzählen? Das ist lieb von dir, Doran", sagte sie und streichelte ihm über seinen blonden Kopf, als sei sie ein nachsichtiger Puhbär und er ein Kind in der Babystation. „Eines Tages wirst du es selbst erfahren, was es heißt, Kapitän zu sein. Da benutzt man für das, was auf dem Schiff passiert, keine Vorwände und Entschuldigungen."

Gildoran spürte ohnmächtige Wut in sich. Hielt sie ihn für ein Kind? Sie sah aber so erschöpft, so mitgenommen von den Schmerzen aus, daß er seinen Ärger nicht zeigen konnte. Er konnte nur versuchen, sie so viel wie möglich vergessen zu lassen.

„Die Reliefs in dem anderen Raum müßtest du sehen. Der gesamte Alltag und Lebensstil einer nichtmenschlichen Rasse", fing er an. „Könige oder Götter, Opfer, Ernten..."

„Ja", sagte Rae erleichtert, da sie verstand, was er vorhatte. „Erzähl mir davon, Gildoran. Ich kann ja nicht hingehen und sie mir selbst anschauen."

7

Die Sonne stand hoch am Himmel und warf direkt von oben ihre Strahlen in die Einbruchstelle, als sie Rufe und Geräusche von draußen hörten. Drei Mannschaftsmitglieder kamen zu dem Felsrutsch und kletterten mit Schaufeln und einer Tragbahre in der Hand vorsichtig daran herunter. Gilban, der Arzt, kam schnell durch das Geröll auf den Boden zu Rae, aber Gilhart schob ihn zur Seite und schloß Rae in die Arme.

„Rae, o Rae, ich hatte solche Angst." Er lachte erleichtert und drückte sie an sich. „Ich habe sie zwar alle beschimpft, weil sie in der Dunkelheit nicht losgehen wollten, um euch zu suchen, aber ich wußte, daß es sinnlos wäre. Ich konnte nur den Gedanken nicht ertragen, daß du hier draußen ganz allein mit diesen erbärmlichen Halbstarken bist..."

„Sie haben sich gut um mich gekümmert", sagte sie und streckte eine Hand aus, um seinen Redefluß zu stoppen. „So gut, wie das nur irgend jemand in der Mannschaft hätte tun können..."

„Aber sie waren wahrscheinlich an dem ganzen Unglück selber schuld", brummte Gilhart und sah wütend zu Ramie und Gildoran hinüber. „Du hättest jemanden mitnehmen sollen, der erfahrener ist! Oh, mein Liebling, ich hatte solche Angst..."

„Schon gut. Mir geht es gut, Liebling", beruhigte sie ihn. Aus ihrer Geste wurde eine Liebkosung, und sie streichelte ihm zärtlich mit der Hand über die Wange. „Schau dir mal an, was wir gefunden haben. Dieses Mal gibt es mehr als die übliche Belohnung, und das ist einen oder zwei gebrochene Knochen wert."

„Nicht, wenn es deine sind", brummte Gilhart und beachtete die Reliefs kaum.

„Das reicht jetzt", sagte Gilban scharf. „Laß sie los, Hart. Ich muß mir ihren Knöchel ansehen, und dann müssen wir sie zu dem Landungsboot und auf die *Samtfalter* schaffen – das Bein muß vielleicht operiert werden. Eure Turtelei könnt ihr später erledigen."

Während sich Gilban über Rae beugte, trat Gildorric hinter Gildoran, um in die hinteren Kammern zu sehen. Er sagte: „Das ist wirklich fabelhaft, ganz toll, Gildoran."

Er lauschte mit schmeichelhafter Aufmerksamkeit, als ihm Gildoran mit dem starken Scheinwerfer, den sie mitgebracht hatten, die Reliefs zeigte und ihm ihre Theorie für den Grund entwickelte, warum diese Rasse erst kleiner geworden war und dann ganz ausstarb.

„Möglich, wahrscheinlich sogar war es so", bestätigte er. „Das kann uns jedes Archäologenteam genau sagen. Wenn wir zur *Samtfalter* zurückkommen, können wir diese Luftknollen analysieren."

„Die meisten haben wir aufgegessen", gestand Gildoran.

„Davon gibt es noch Milliarden", lachte Gildorric, „und ich kann mir ganz gut vorstellen, was herauskommen wird, weil wir sie schon oberflächlich untersucht haben. Sie enthalten nur Protein-Anteile. Das Volk konnte wahrscheinlich ohne Fisch als Basis für ihre Nahrung nicht überleben. Sie sehen aus, als seien sie mit Katzen verwandt. Ihr Verdauungsapparat konnte wahrscheinlich pflanzliche Proteine nicht vollständig verdauen, und sie brauchten Fleisch oder Fisch in größeren Mengen. Als dann die Meere austrockneten..." Er zuckte die Achseln. „Jodmangel, würde ich sagen, dann Schilddrüsenfunktionsverschlechterung. In dem Spektrum hier ist kein Jod – überhaupt keine Halogene, auch kein Fluor für Joffrey-Spulen."

Gildoran dachte an den Transmitter, der die Menschen hierherbringen würde – aber wofür? „Hier kann also niemand leben, wenn dem Planeten die wesentlichen Elemente fehlen..."

„Das erledigen die Fachleute für Terraformung, wenn wir erst einmal in das Transmitternetz eingeschaltet sind", sagte Gildorric. „Sie säen massenhaft Algen und bohren einen Brunnen zum Grundwasserspiegel hinab. Mit Kernfusion bekommen sie genug Wasser für eine Wolkendecke, und vielleicht kommen eines Tages sogar die Meere wieder. Keine Angst, das wird eine gute Welt werden, aber für eine Weile lassen wir sie erst einmal als Wüste, damit wir soviel wie möglich von diesen Ruinen erhalten."

Auf der *Samtfalter* bestätigte sich schnell, daß Gilraes Verletzungen zwar schmerzhaft, aber nicht ernst waren. Bald ging sie in einem Gehgips ihren Pflichten nach, als habe es keine Unterbrechung gegeben. Bevor Gildoran mit der Transmitter-Crew wieder auf die Oberfläche des Planeten geschickt wurde, ging er zu einem Besuch in die Kinderabteilung zu seinem Schützling. Sie ließ die Stifte fallen, mit denen sie gemalt hatte, rannte zu ihm hin und packte ihn im Haar, als er sich zu ihr herunterbeugte.

„Reiter spielen", verlangte sie, und als er sie gehorsam auf seine Schultern hob und mit ihr durch die Station galoppierte, spürte er einen starken Schmerz in seinem Innern. Beinahe hätte er sie nie wiedergesehen. Er hätte in dem Felsrutsch umkommen können, hätte für sie so tot sein können wie Gilmarin, wie die toten und verkümmerten Könige, die dort unten in der Nekropole in ihren Steinsärgen lagen.

„Nein, nein, jetzt ist genug geritten, meine Süße. Laß mich jetzt", sagte er fest, als er sie wieder auf den Boden der Kinderstation herunterließ. „Gildoran muß jetzt hinunterfliegen und einen Transmitter bauen, und kleine Mädchen müssen hierbleiben und lernen, damit sie große Mädchen werden und *sie* eines Tages herkommen und Transmitter bauen können."

Sie überlegte sich das schmollend eine Minute lang, schnappte sich dann ein paar Bauklötzchen und sagte: „Ich baue einen Transmitter!"

Es war Zeit – mehr als Zeit –, daß sie einen Namen bekam. Sie konnte schon abstrakt denken, und jetzt brauchte sie ein sicheres Gefühl für ihre eigene Identität. Die Zeit würde sich nicht verzögern oder zurückhalten. Sie bewegte sich gnadenlos voran und brachte für jeden die Etappen, die für ihn vorgesehen war. Eine Zeit zum Trauern. Und eine Zeit, um die Trauer zu vergessen und sich an die Bedürfnisse der Liebe zu erinnern.

Er beugte sich zu ihr herunter und küßte sie auf ihre rosige Wange. „Mach's gut, Gilmarina", sagte er. „Bau deinen Transmitter, und ich gehe hinunter und baue meinen."

Und er ging mit der festen Entschlossenheit aus der Kinderstation, alle davon zu überzeugen, daß er das Recht dazu hatte, diesem Kind, das er liebte, den Namen des Freundes zu geben, den er und Ramie geliebt hatten, dessen Zeit jedoch vorbei war.

Dritter Teil

Höllenwelt

1

Sie lag tausend Meilen unter ihnen, blau und wunderbar auf ihren Schirmen, umgeben von einer weichen Decke von hellen Wolken, die endlos über sie hinwegschwebten. Es gab Kontinente und Meere und Polkappen.

„Sieht so aus, als hätte sie alles, was eine Welt haben sollte", sagte Raban und drehte an den Kontrollknöpfen, mit denen die Welt unter ihnen auf ihren Bildschirmen gehalten wurde. „Was sagt sie dir, Doran?"

Gildoran verlas die Computerdaten und gab dabei seine eigenen Kommentare dazu ab. „Viel Metall. Nickel-Eisen-Kern. Wenig Strahlung, kein nennenswerter Gürtel nach dem Van-Allen-Muster. Ich glaube, der hier ist der Richtige, Raban."

Der Ältere nickte. „Wir brauchen das", sagte er. „Eisen wird ein wenig knapp bei uns. Puh drei hat gesagt, daß von den Babys einige einen niedrigen Hämoglobinstand haben – nicht niedrig genug, daß es gefährlich wäre, aber niedrig genug, damit wir an einem Planeten mit einer chemischen Struktur, die auf Eisen basiert, nicht vorbeifliegen sollten. Die endgültige Entscheidung liegt selbstverständlich bei Rae und dem Kapitän, aber ich glaube schon, daß wir landen werden." Er stand auf und streckte sich. „Komm, wir bringen den anderen die Nachricht."

Gildoran sprach in formellem Ton zu dem fünfzehnjährigen Mädchen an der zentralen Kommunikationskonsole: „Lori, übernimm die Brücke." Er hatte noch immer ein seltsames Gefühl dabei, wenn er sie dort allein ließ. Er hatte sie im Verlauf des letzten Jahres für ihren ersten Auftrag ausgebildet, und das hatte sich bei ihm so tief eingeprägt. Man ließ nie einen Lehrling aus der Klasse C mit einer Aufgabe allein, nicht einmal zwanzig Sekunden lang, in *keiner* Abteilung, wenn nicht noch jemand aus der Klasse A dabei war. So verspürte er noch immer das Bedürfnis, jemanden zu rufen, der ihn ablöste. Er wollte sie gerade fragen, ob sie es wohl schaffen würde, aber er erinnerte sich zum Glück noch rechtzeitig daran, wie *er* sich bei seinem ersten Auftrag gefühlt hatte. Deshalb wartete er auf ihre formale Bestätigung „Brücke übernommen" und zwang sich dazu, sich umzudrehen und neben Raban die Brükke ohne einen Blick zurück zu verlassen.

In dem Fahrstuhl nach unten sagte Raban zu ihm: „Es ist aber auch Zeit, daß wir etwas Gutes finden. Wenn es so wie bei den letzten beiden Systemen weitergegangen wäre, wären wir in das Zentrum des Sternennebels gekommen. Nichts als gefrorene Giganten und schwarze Sterne, ein System nach dem anderen – und als Rae endlich einen Stern gefunden hatte, der nach etwas ausgesehen hatte, hat sich sein Nachbar ausgerechnet *diesen* Augenblick ausgesucht, zur Nova zu werden. Wir hatten Glück, daß wir Barricinis Grenze noch nicht hinter uns gelassen hatten, sonst wären wir hineingezogen worden." Er zeigte ein ernstes Gesicht. „Ich war schon immer der Meinung, daß das der *Goldreh* passiert ist. Das war nach Schiffszeit vor achtzig Jahren, und wir haben von ihr nichts mehr gehört, als daß sie seit zweitausend Jahren ihrer Zeit auf keiner bekannten Welt mehr gelandet ist. Als ich zum letztenmal mit einem Freund von diesem Schiff gesprochen habe, hat er mir gesagt, daß sie in Richtung auf die Große Magellansche Wolke fliegen wollten, und in der Gegend hat es um diese Zeit ein halbes Dutzend Novas gegeben."

Gildoran war noch zu jung, um sich an die *Goldreh* zu erinnern. Das war nur ein Name, den er irgendwann irgendwo einmal gehört hatte, und er wußte nur, daß dies eines von Späherschiffen alter Art war.

Früher einmal hat es davon hundert gegeben. Ich möchte gern wissen, wie viele davon noch übrig sind?

Aber auch das war eine Frage, die nie zu stellen man lernte.

Raban sagte: „Das ist dein Planet, Gildoran. Willst du das Privileg wahrnehmen, dem Kapitän die Nachricht davon zu überbringen?"

Das war großzügig von Raban. Er hätte diese Ehre auch für sich selbst in Anspruch nehmen können. „Nicht nötig. Wir haben ihn zusammen gefunden. Aber kann ich noch kurz in die Kinderstation hinuntergehen und Ramie davon berichten, bevor die Sache offiziell bekanntgemacht wird? Ich weiß, daß sie sich Gedanken macht."

Raban lächelte wissend und sagte: „Klar, erzähl du ihr als erster davon."

Plötzlich ärgerte sich Gildoran.

„Verdammt noch mal! Ich habe das satt. Also, hör mal zu! Ramie arbeitet in der Kinderstation. Sie macht sich Gedanken um die Kinder und ihren Hämoglobinpegel. Ich habe ihr versprochen, es ihr sofort zu sagen, wenn sich etwas tut. Das ist alles. *Alles.*"

Raban blinzelte und starrte ihn an. „Habt ihr zwei euch gestritten?"

Er sagte steif: „Was heißt hier ‚ihr zwei'? Da ist nichts mit ‚ihr zwei'. Nein, Ramie und ich waren schon immer gute Freunde. Ich hoffe, daß das so bleiben wird."

Das ist nicht gelogen. Das werden wir wieder sein, wenn Ramie erst einmal diesen Unsinn überwunden hat...

„Hör mal, Gildoran, das tut mir leid", sagte Raban langsam. „Ich hatte nicht die Absicht, dich auf die Palme zu bringen – oder meine Nase in deine Angelegenheiten zu stecken. Es ist eben nur so, daß jeder eigentlich von dir und Ramie in einem Atemzug denkt. Wir sind auf der *Samtfalter* im Grunde alle davon ausgegangen, daß ihr beide inzwischen ein Paar wäret und zusammenlebt."

„Jeder denkt! Jeder geht davon aus!" brach es aus Gildoran heraus. „Das macht vielleicht schon die Hälfte der Schwierigkeiten aus! Ihr anderen habt Ramie und mich in Gedanken schon zusammen ins Bett gesteckt, als wir zwölf Jahre alt waren!"

Sogar Ramie selbst. Verdammt noch mal, könnte sie nicht ein wenig mehr Unabhängigkeit und Selbstachtung zeigen? Kann sie nicht selbst denken und nicht alles, was die anderen sagen und denken, für Gottes Wort halten?

Raban sagte langsam: „Es tut mir leid, daß dich das ärgert, Doran, aber versuche doch bitte mal, das von unserer Seite aus zu sehen. Ihr seid fast gleichaltrig... ihr seid hier an Bord die einzigen, die gleichaltrig sind, seit wir Gilmarin verloren haben. Wenn es nicht Ramie ist, die du willst – wer ist es denn?"

„Genau solche Überlegungen meine ich", sagte Gildoran verzweifelt. „Welche Rolle spielt denn schon das Alter? Wir können ja nicht davon ausgehen, daß wir demnächst eine Familie gründen werden!“ Raban sah Gildoran schockiert und verletzt an, als habe er gerade eine Gotteslästerung ausgestoßen.

Ich habe wieder ein Tabu verletzt!

„Jedermann macht aus uns ein Paar, bloß weil wir zufällig aus dem gleichen Brutkasten kommen! Ich dachte, daß wir hier auf dem Schiff alle gleich sind, wenn wir die Kinderstation verlassen haben, und daß der einzige Unterschied zwischen uns die Aufgabe ist, die wir gerade haben! Ist das nicht wahr? Ist das nicht Spähersitte? Oder ist das nur eine hübsche Lügengeschichte, die ihr uns erzählt, und in Wirklichkeit haltet ihr die Kinder immer zusammen in ihrem Spielzimmer?“

Raban blinzelte und schüttelte den Kopf. „Nein“, sagte er. „Nein, so ist es nicht. Ihr seid gleichberechtigt. Du oder Ramie, einer von euch könnte im nächsten Jahr Kapitän der *Samtfalter* sein, und dann wären euch alle hier an Bord unterstellt und würden euren Befehlen gehorchen. Nein, Doran. Es ist eben nur... also... ich weiß auch nicht, warum es mir so schwerfällt, das zu sagen, aber es fällt mir schwer. Wir... wir haben euch gegenüber sentimentale Gefühle, Doran. Vielleicht ist das für euch schwer und gibt euch das Gefühl, wir würden uns in eure Privatangelegenheiten einmischen, aber hier geht es nur um Gefühle. Schließlich...“ Er drehte in dem engen Fahrstuhl seinen Kopf von dem Jüngsten ab. „Schließlich... seid ihr unsere Kinder.“

Während sie aus dem Lift gingen und in den Gang traten, war Gildoran an der Reihe damit, schockiert zu sein.

Sie waren nun hoch oben im Schiff, ganz am Rand, wo die Schwerkraft niedrig war und für die Alten ganz niedrig gehalten wurde, für die wenigen Alten auf der *Samtfalter,* die zu alt zum Arbeiten waren, zu alt, um die Schwerkraft und Belastung eines Planeten zu ertragen. Sie blieben im Interesse ihrer eigenen Sicherheit auch dann in dem Antigravitationsfeld, wenn das Schiff auf einem Planeten gelandet war. Gilharrad, der auf der vorletzten Welt noch Jahreskapitän gewesen war, hatte sich ihnen vor einigen Wochen auf eigenen Wunsch angeschlossen. Er würde auf der *Samtfalter* nie wieder eine offizielle Aufgabe übernehmen.

Sie fanden den Jahreskapitän, Gilhart, und Gilrae, die dieses

Jahr die Aufgabe des Koordinators übernommen hatte, im Quartier des alten Gilharrad. Als Raban eintrat, war es der Alte und nicht der Kapitän, der sofort erriet, warum sie gekommen waren.

„Der neue Planet ist gut."

„Sieht so aus", Raban. „Aber der junge Doran hier hat ihn gefunden und überprüft. Die Anerkennung dafür steht also eigentlich ihm zu."

Kapitän Gilhart, ein Mann in den (offensichtlich) besten Jahren, war für einen Späher klein und gedrungen, hatte hohe Backenknochen und auffallend tiefliegende Augen. Er lächelte freundlich und sagte: „Gut gemacht, junger Mann. Es war auch Zeit."

„Ich habe schon immer gedacht, daß Doran einen Instinkt dafür hat, Planeten zu finden", sagte Gilrae mit einem warmen Lächeln. Sie ging zu Gildoran und legte ihm leicht den Arm um die Schulter.

Gilhart spottete: „Ist das weibliche Intuition, Rae?" Es hörte sich so an, als sei das ein alter Witz zwischen den beiden. Gildoran verkrampfte sich unter Raes Arm.

„Das ist kein Witz", sagte der alte Gilharrad. „Ich habe schon oft gedacht, daß es so etwas wie einen Instinkt dafür gibt, Planeten zu finden. Vielleicht ist das eine Fähigkeit, die für Späher zum Überleben wichtig ist. Ein übersinnliches Talent wie das absolute Gehör. Ja, ja, ihr jungen Leute könnt darüber spotten, soviel ihr wollt, aber zu meiner Zeit sind mehr Planeten durch Instinkt und Gefühl gefunden worden als durch all deine wissenschaftlichen Berechnungen, Hart."

„Das werde ich dir wohl glauben müssen", lachte Gilhart, „denn wenn das ein Talent ist, bin ich offensichtlich untalentiert. Ich verlasse mich auf meine Instrumente."

„Viel genützt haben sie dir ja nicht", sagte Gilrae voller Zuneigung. „Seit dem letzten guten Planeten sind drei Jahre vergangen – ich sehe Planeten aus gefrorenem Methan schon im *Schlaf!*"

Gildoran beobachtete die Frau voller Eifersucht.

Sie und Giltallen waren schon ein Paar, bevor ich geboren wurde. Jetzt hat sie ihn vergessen und ist die ganze Zeit mit Gilhart zusammen.

Gilharrad sagte: „Vielleicht war der Planet einfach noch nicht bereit dazu, gefunden zu werden."

Gildoran sah den alten Mann an. Sein faltiges Gesicht war voll des Friedens, und seine Augen waren halb geschlossen. Sein Körper war so zerbrechlich und ausgemergelt, daß die alten Knochen kaum noch Fleisch zu tragen schienen. Er lag in einer Schwebematte, die ihn stützte, und er lächelte leicht.

Der junge Mann sagte unsicher und sanft: „Du machst natürlich Witze."

„Nein. Vielleicht hat uns der Planet unbewußt gerufen, und wir haben auf diesen Ruf reagiert, ohne es zu wissen. Was wissen wir denn schon von den Welten? Unser eigener Verstand ist nur ein Magnetfeld, und Planeten haben gigantische Magnetfelder. Warum soll sich nicht ein Magnetfeld auf die Schwingungen eines anderen einstellen?"

Auf eine seltsame Art und Weise stimmt das sogar. Wer weiß, was man von seiner Position aus sehen kann?

Gilrae sagte sanft: „Planeten rufen. Dann und wann hört jemand diesen Ruf, und dann verläßt er sein Schiff wegen eines bestimmten Planeten... wie Giltallen..."

Gilhart sagte mit leiser Stimme: „Es gibt ein Sprichwort: ‚Es gibt für jeden Späher irgendwo eine Welt mit seinem Namen!'"

Gilharrad sagte friedlich: „Wenn das stimmen würde, dann muß meine irgendwo außerhalb des Kosmos liegen, denn jetzt werde ich sterben, wo ich gelebt habe: hier auf der *Samtfalter.*"

Der Kapitän verzog das Gesicht. „Na ja, die hier wartet auf jeden Fall. Wir können nur hoffen, daß sie nicht den Namen von jemandem von uns trägt. Wir haben ohnehin zu wenig Leute."

Der Alte lächelte mit einem Ausdruck der tiefsten Zufriedenheit und eines grenzenlosen Friedens. Er sagte: „Dann geht also, Kinder, und seht euch eure neue Welt an. Ihr jungen Leute seid über jeden neuen Planeten aufgeregt!"

„Das ist ja auch unsere Aufgabe", sagte Gilhart.

Gilhart schien das nicht so wichtig zu finden, denn er zuckte die Achseln. „Planeten! Planeten sind nur Löcher im Weltraum! Sie sind nur Unterbrechungen im wahren Kosmos!"

„Sie sind Existenzberechtigung der Späher", sagte Gilhart.

Gilharrad schüttelte seinen zerbrechlichen Kopf. „Glaubst du das? Das macht nichts, eines Tages wird die Zeit kommen, da du die Wahrheit erkennen kannst. Unser wahrer Zweck ist nur die

Aufgabe, die Suche. Die Planeten sind nur ein Vorwand.“ Seine Augenlider senkten sich müde herab. „Ich werde über diese neue Welt meditieren und herausfinden, welchen Platz sie in der Gesamtheit des Kosmos einnimmt“, seufzte er und schlief sofort ein.

Die anderen gingen leise aus dem Raum mit der niedrigen Schwerkraft, und erst als sie draußen in dem Fahrstuhl standen, sagte Gilhart: „Ich möchte gern wissen, ob er das ganze Zeug ernst gemeint hat oder ob er sich mit uns nur einen Witz erlaubt... Ich möchte ungern glauben, daß er nicht mehr ganz beieinander ist.“ Gilrae zuckte die Achseln. „Wer kann schon sagen, was Wahrheit ist?“

Gilhart sagte: „Also, für mich ist das zu mystisch. Ich kann wohl davon ausgehen, daß du über die Landung immer noch so aufgeregt bist, Rae?“

Die Frau lächelte. „Eigentlich nicht. Ich lasse mich nur von der subjektiven Zeit und der Meditation einfangen, und dann muß ich wieder in die Gravitation und die Routine. Wenn wir gelandet sind, kann ich nie richtig meditieren.“

Raban sagte säuerlich: „Soll ich dir einen Platz im Bereich für niedrige Schwerkraft einrichten lassen, Rae? Nur nicht *dieses* Jahr, bitte. Wir haben zu wenig Leute.“

Sie schüttelte den Kopf, und ihr gebleichtes Haar flog in der niedrigen Schwerkraft. Wieder hatte Gildoran den Eindruck, als habe sie sich seit den Tagen in der Kinderstation nicht verändert. Er fragte sich, wie alt sie war, und ein Schmerz durchzuckte ihn bei dem Gedanken, sie könne sich verändern, auch wenn es nur ein winziges bißchen wäre.

Wie alt ist sie überhaupt? Das wußte man nie, wenn jemand nicht jünger war als man selbst.

„Um mich braucht ihr euch keine Gedanken zu machen“, sagte Gilrae. „Das dauert noch mindestens hundert Jahre Schiffszeit, bis ich mich zurückziehe. Mindestens. Vielleicht dreihundert. Es ist nur... ach, das Leben wäre pefekt, wenn man nicht für seinen Lebensunterhalt arbeiten müßte. Früher habe ich gedacht, daß der Raum nur etwas ist, was man durchqueren muß, bis wieder gelandet wird. Jetzt ist es genau umgekehrt. Also bringen wir es hinter uns, und das schaffen wir nur, wenn wir anfangen.“

Unten in der Kinderstation wurden die Kleinen von den großen Puhbären mit ihren langsamen Bewegungen in ihre Betten gesteckt.

Als Gildoran hereinkam, riß sich einer von ihnen los und kam zu ihm.

„Gibt es etwas Neues, Gildoran?“

„Ja, ein Planet“, sagte er. „Nickel-Eisen-Kern, und deshalb landen wir morgen.“

Das große, fremde Wesen mit dem braunen Pelz lächelte erleichtert. „Ich hatte schon gefürchtet, daß wir versuchen müßten, es künstlich herzustellen“, sagte er. „Drei von den Babys haben Zeichen einer beginnenden Anämie. Jetzt ist natürlich keine Eile mehr notwendig. Möchtest du noch hineingehen und gute Nacht sagen, Gildoran?“

Er betrat den großen Raum, in dem die Dreijährigen gerade in ihrer Hängematte verstaut wurden und die Siebenjährigen ihr Abendessen beendeten. Sie waren schon ausgebleicht wie Späher, mit durchschimmernd blasser Haut und silberweißem Haar, aber die vier kleinen Köpfe auf den Kissen in den Hängematten waren noch leicht braun, rötlich und blond. Eines von den Kindern wand sich aus seiner Matte heraus, kam nackt zu Gildoran gerannt und rief seinen Namen. Er beugte sich herunter, hob das kleine Mädchen auf und drückte es eng an sich. Sie hatte ein Paar Kastagnetten in der Hand, mit denen sie mit rhythmischer Eindringlichkeit klapperte. Er lachte. Sie hatte immer irgendein Musikinstrument bei sich.

„Leg die Kastagnetten hin, Gilmarina, und leg dich schlafen.“

„Ich will dir aber doch meine große Harfe zeigen“, protestierte sie. „Rae hat mich heute auf der großen Harfe spielen lassen, nicht auf der kleinen!“

„Es ist aber Zeit fürs Bett, Kleine“, sagte er gutmütig. „Morgen komme ich herunter, und dann spielst du mir etwas auf der Harfe vor.“

„Dann leg *du* mich ins Bett. Nein, geh weg, böser Puh“, sagte das Kind ärgerlich zu dem Puhbär, der sie in das Bett legen wollte. „Dich hab' ich nicht lieb. Gildoran hab' ich lieb.“

Ramie sah von ihrem Platz zwischen den älteren Kindern auf. „Wie ich sehe, faszinierst du sie noch immer, Gildoran.“ Der Puhbär sagte ruhig: „Du brauchst dich um sie nicht zu kümmern, wenn du dazu keine Lust hast, Gildoran. Gilmarina muß lernen, daß sie nicht alles bekommen kann, was sie will."

„Nein, ich bringe sie ins Bett", sagte er, hob Gilmarina in seine Arme und verstaute sie in ihrer Hängematte. Er beugte sich zu ihr herab und küßte das kleine, rosige, süße Gesicht und überlegte sich mit einer gewissen Trauer, daß sie im nächsten Jahr den letzten Rest dieser hübschen Farbe verlieren und so blaß wie er werden würde, wie das mit allen geschah. Auf der anderen Seite würde sie erst dann ein wahres Mitglied der Späher sein, eine von ihnen, ohne die geringste Spur einer Verbindung zu irgendeiner Heimatwelt, die sie für sich hätte beanspruchen können. Wirklich eine von ihnen, aber das war sie schon von dem Tag an gewesen, an dem sie sie an Bord der *Samtfalter* gebracht hatten.

Er sagte so streng, wie er konnte: „Schlaf jetzt, Marina, und sei nicht dauernd so frech. Du bist jetzt ein großes Mädchen, kein Baby mehr." Als er ihren feuchten Kuß entgegennahm, dachte er aber, daß er sich ganz sicher war: Für ihn würde sie immer ein Baby bleiben, *sein* Baby. Hatte Raban ihm und Ramie gegenüber die gleichen Gefühle? Fühlte auch Rae so?

Er dachte im stillen, denn niemand würde das laut sagen, daß er ein ganz klein wenig zu wissen glaubte, wie man sich als richtiger Vater fühlte.

Vielleicht ist das der Grund, warum jeder von uns – vom Kapitän bis zu den Zwölfjährigen – jedes Jahr in der Kinderstation Dienst tun mußte? Damit wir das nicht vergessen?

Ramie war mit den Siebenjährigen fertig. Sie rief ihm leise zu: „Nur noch einen Augenblick, Gildoran. Meine Schicht ist jetzt zu Ende, und wir können zusammen hinaufgehen." Ihr Lächeln verriet Gildoran, wie sehr sie die Aussicht darauf erfreute. Er wand sich innerlich. Aber was sollte er machen? Sie würden vielleicht Hunderte von Jahren lang auf der *Samtfalter* zusammenleben müssen.

Er war in sie nicht verliebt. Er liebte sie, aber er liebte sie so, wie er alle liebte, all die Menschen, die schon immer da waren, aber er konnte sie nicht zurückweisen, Schwierigkeiten machen, Unglück heraufbeschwören. Er wartete.

Als er den Puhbären zusah, machte er sich – zum hundertstenmal – Gedanken über diese fremden Wesen, die mit den Spähern zusammenlebten, aber nicht zu ihnen gehörten. Sie waren schon seit ewigen Zeiten da.

Warum aber? Was hatten sie von ihrer Verbindung mit den Spähern?

Es ist natürlich notwendig. Jeder von uns – wir leben so lange – ist ein potentieller Sexualpartner für jeden anderen Späher. Wir haben die Puhbären als Mütter und vermeiden so eine mütterliche Beziehung zu den anderen. Daher erhebt sich das Problem Inzest nie.

Woher aber kamen die Puhbären? Gab es überhaupt jemanden, der das wußte?

Er starrte das rätselhafte, pelzige, geliebte Gesicht des Puhbärs an, der hergekommen war, um Gilmarinas nackte kleine Schultern mit der Decke zuzudecken. Er machte das so liebevoll, daß Gildoran von einer Welle der alten, gewohnten Liebe und Zuneigung überschwemmt wurde. Es wurde ihm dabei aber auch klar, daß er nicht einmal den persönlichen Namen des Puhbärs kannte oder wußte, ob er überhaupt einen hatte. Oder, wie er sich schockiert überlegte, welches Geschlecht er hatte. Diese Überlegung schien ihm auf merkwürdige Weise unkorrekt, und er nahm an, daß man sich über das Geschlecht einer Mutter keine Gedanken machen sollte.

Aber der Puhbär gehört nicht einmal meiner Art an! Trotzdem ist er meine Mutter. Verrückt!

Ramie kam zu ihm und hakte sich gutgelaunt bei ihm unter. „Ich bin fertig. Komm, Gildoran, gehen wir hoch auf die Brücke, ich möchte mir den neuen Planeten ansehen. Ich nehme an, ich werde die meiste Zeit, die wir hier sind, Babysitter spielen müssen, aber *ansehen* kann ich ihn mir ja. Ich hoffe, es gibt genug Sonne, damit die Babys Sonnenbäder nehmen können."

„Bist du enttäuscht, daß du Dienst in der Kinderstation hast, während wir landen?"

„Ich weiß es nicht", sagte sie. „Ich hatte vielleicht gehofft, beim Transmitterteam dabeizusein. Es ist aufregend, wenn er zum erstenmal eingeschaltet wird und man das Gefühl hat, daß eine neue Welt an ein Netz von hunderttausend Welten angeschlossen wird. Aber es gibt noch mehr Planeten, und ich bin sicher, daß ich früher oder später auch beim Transmitterteam dabei sein werde. Ich habe noch viel Zeit."

„Ich wünsche, ich könnte mit der Lage so zufrieden sein."

Verdammt. Es gibt so viele gute Dinge, die ich von Ramie sagen könnte. Es gefällt mir nicht, wenn ich mich so gegen sie stelle.

Sie sah ihn aus ihren seltsamen, schrägstehenden dunklen Augen von der Seite an und sagte tonlos: „Ich bin nicht immer so zufrieden, Gildoran. Ich werde nur nicht gern hysterisch über Dinge, die ich nicht ändern kann. Das heißt aber nicht, daß ich sie einfach... akzeptiere. Ich nehme an, du hast deine Meinung noch nicht geändert?"

„Nein", sagte er. „Ich habe meine Meinung noch nicht geändert, Ramie."

Ihre Stimme klang ein wenig bitter. Sie sagte: „Na ja, ich denke, auch dafür wird es eine Zeit geben."

Er sagte in bewußt hartem Ton: „Darauf würde ich nicht zählen, wenn ich du wäre."

Ihre Hand auf seinem Handgelenk verkrampfte sich kurz. Sie sagte:„Gildoran, ich schwöre dir, daß ich nicht böse wäre oder... oder Eifersuchtsszenen machen würde, aber... ist es Lori, die du willst?"

Dieses Mal wurde er wirklich ärgerlich. „Das ist deiner nicht wert! Lori ist noch ein Kind. Wofür hältst du mich eigentlich?"

„Wenn ich mich richtig erinnere, hat sie vor ein paar Wochen Schiffszeit die Prüfung für die Klasse B gemacht. Ich erinnere mich dunkel, daß du und der arme Gilmarin äußerst indigniert wart, als jemand von *unserer* Gruppe als Kinder sprach. Außerdem warst du im letzten Jahr ständig mit ihr zusammen."

Gildoran nahm sich zusammen und wies sie darauf hin, daß er Lori während der Dienststunden in der Bedienung der Kommunikationskonsole unterwiesen hatte und daß er seine Freizeit nicht mit kleinen Mädchen zu verbringen pflegte, wenn er keinen Dienst in der Kinderstation hatte. „Du könntest ebensogut eifersüchtig auf Gilmarina sein – wenn ich außer Dienst bin, bin ich öfter bei ihr als bei Lori."

Ramie seufzte. Sie sagte: „Es ist eigentlich nicht Eifersucht, Doran. Es ist nur... " – sie machte eine hilflose Geste – „...ach, vielleicht Gewohnheit. An dich bin ich gewöhnt, vielleicht habe ich einfach nicht... ach, die innere Stärke, es mit jemand anders zu versuchen. Vielleicht gehe ich nur den Weg des geringsten Widerstands. Wenn ich sicher wüßte, daß du jemand anders gern hast, dann könnte das die Sache vereinfachen."

Sie tat Gildoran sehr leid, aber trotz seines Mitleids war in ihm noch genug Abneigung, um ihn dazu zu bringen, sich ohne Anwort von ihr abzuwenden. Ramie seufzte und sagte: „Schon gut, vergiß, daß ich etwas gesagt habe. Ich habe nur in meinen eigenen Gefühlen geschwelgt. Komm, schauen wir uns den neuen Planeten an."

2

Sie saßen zu zwölft in dem kleinen Landungsboot, das immer als erstes landete. Das war die Mindestzahl für die Erledigung der grundsätzlichen Vorarbeiten, ohne daß das Schiff dabei gefährlich unterbesetzt blieb. Hier lag immer der einzige echte Gefahrenpunkt, der erste direkte Kontakt mit einem völlig unbekannten Planeten. Als das Boot sich durch die dichte Wolkendecke herabsenkte, spürte Gildoran, wie sich seine Muskeln in einer merkwürdigen, kalten und auf seltsame Art aufmunternden Weise anspannten. Es war das erstemal, daß er für den Dienst in einer Landungsmannschaft eingeteilt worden war, aber er hatte schon viel davon gehört, was auf einem wirklich fremden Planeten passieren konnte. Als er noch Dienst in der Kinderstation tat, waren vier Mitglieder einer Landungsmannschaft in einen harmlos aussehenden, verlassenen Sumpf vorgedrungen. Innerhalb von Minuten waren alle vier von schnellfliegenden, fleischfressenden Vögeln aufgeschnappt und buchstäblich in Stücke gerissen worden. Es war von ihnen nicht einmal genug für ein Begräbnis übriggeblieben.

Die Tradition verlangte es, daß der Jahreskapitän jede Landungsmannschaft anführte. Das war die einzige Methode, diese gefährliche Aufgabe mit absoluter Fairneß zu vergeben. Die Jahreskapitäne wurden durch das Los bestimmt, und jeder an Bord, der über einundzwanzig war, konnte davon betroffen werden, wenn er oder sie innerhalb der letzten sieben Jahre nicht schon einmal Jahreskapitän gewesen war. Gilhart saß vorn neben dem alten Gildorric, der für die Navigation zuständig war. Die übrigen Mitglieder der Landungmannschaft waren ausgesucht worden, weil entweder das Spezialgebiet gebraucht wurde, das ihnen in diesem Jahr zugeteilt worden war – oder weil sie so jung waren, daß man auf sie verzichten konnte. Gildoran wußte, daß er ebenso wie Gildori in diese Kategorie fiel. Das Mädchen saß neben ihm auf den Sitz gezwängt und plapperte aus reiner Nervosität pausenlos drauflos. Auch einer der Puhbären gehörte zu der Mannschaft. Er sollte das Klima auf Eignung für die Kinder überprüfen. Falls in dieser Richtung Zweifel bestehen sollten, würden sie in der *Samtfalter* bleiben; falls es gesund war, würde draußen sofort ein Lager aufgeschlagen werden, damit sich die Kinder wieder an Schwerkraft und Sonnenlicht gewöhnen konnten.

„Was wäre denn, wenn da unten schon ein Späherschiff steht?" sagte Lori.

Gilrae drehte sich um und sah das Mädchen an. Sie sagte: „So etwas ist schon vorgekommen. Vor ungefähr dreißig Jahren haben wir uns mit der *Vagabundenkönigin* zusammengetan und ein großes System mit drei bewohnbaren Planeten erschlossen. Dieses Mal aber haben wir auf unsere Rufe aus dem Raum keine Antwort bekommen – also keine Späher. Diese Welt hier gehört uns allein." Sie runzelte leicht die Stirn, und Gilhart sah über ihre Schulter auf ihre Instrumente und sagte: „Was ist los, Rae? Stimmt irgend etwas nicht ganz?"

Sie schüttelte den Kopf. „Eigentlich nichts Konkretes. Vielleicht sieht das hier *zu* gut aus – vielleicht überlege ich mir, warum noch niemand diese Welt hier gefunden hat."

„Eine Frage der Wahrscheinlichkeitsrechnung", sagte Gilhart mit seinem freundlichen Lächeln. „Wir müssen ja schließlich auch einmal Glück haben. Mach jetzt bloß keine Geschichten und fang mit übersinnlicher Wahrnehmung an. Wenn du dich übersinnlich fühlst, dann heb' das für... na, sagen wir mal... eine intimere Gelegenheit auf." Er legte seine Hand auf ihren Nacken, und die Frau lächelte zu ihm hinauf und reichte, noch immer über ihre Instrumente gebeugt, mit ihrer freien Hand hoch und umschloß die seine.

Gildoran schaute weg.

Der Mist dabei ist, daß man nicht einmal die Befriedigung haben kann, Gilhart nicht leiden zu können. Er ist ein verdammt netter Kerl. Man kann sogar erkennen, was Rae in ihm sieht. Jeder hat ihn gern.

Es war eine Erleichterung zu hören, als Lori wieder mit ihrem Geplapper anfing. „Was ist, wenn es eines Tages keine Planeten mehr gibt?"

„Dann geht es uns dreckig", sagte Gildoran scherzhaft, meinte dann aber ernsthaft weiter: „Aber das ist unmöglich. Das dort draußen ist ein sehr, sehr großes Universum. Selbst wenn nur einer von tausend Sternen Planeten hat und wenn von tausend Planeten nur einer bewohnbar ist, könnten wir noch eine Million Jahre weitermachen, ohne die Galaxis zu erschöpfen – und dies ist nur *eine* Galaxis."

„Das ist wie die alte Geschichte von den marschierenden Chinesen", sagte Gilhart. „Fragt mich jetzt bloß nicht, was Chinesen sind, denn ich habe keine Ahnung. Aber es gab einmal eine alte Geschichte, wonach man sie nie in einer Reihe aufstellen und zählen konnte, weil es so viele Milliarden von ihnen gab, daß bis zu jenem Zeitpunkt, da man das Ende der Reihe erreicht hatte, eine neue Generation aufgewachsen war, die ihrerseits wieder Kinder hatte. Wie auch immer – bis wir – theoretisch – alle Planeten erreicht haben, die *jetzt* existieren, haben sich neue Sterne und Planeten entwickelt und abgekühlt, und neue Spiralnebel haben sich gebildet und so weiter. Von uns würde natürlich niemand so lange leben – wahrscheinlich nicht einmal der älteste Späher in der ganzen Flotte –, aber zumindest theoretisch könnten die Späher bis in alle Ewigkeit weitermachen."

„Wer redet jetzt mystisch daher?" sagte Gilrae lachend. „Dorric, hast du die Koordinaten von den Meteorologen? Wo setzen wir denn auf?"

„In der Nähe des Äquators", antwortete der Navigator. „Südliche Halbkugel, relativ nahe an der Küste, aber weit genug im Binnenland, um die Regenzone an der Küste zu meiden. In der nördlichen Halbkugel paßt mir das Muster der Winde nicht so recht. Dort ist die Gefahr zu groß, daß wir in einem Hurrikangürtel landen, wenn wir nicht eine ganze Saison warten können, um das zu beobachten. Ich kann nichts garantieren, aber diese Gegend dürfte das beste Klima haben, das wir finden können."

„Nicht zu kalt, hoffe ich, wegen der Kinder“, sagte der Puhbär.

Das kleine Landungsboot senkte sich langsam in die Wolkendekke hinein. Das ihnen fremde Gefühl von Gewicht verstärkte sich, als sie in das Schwerefeld kamen und die Geschwindigkeit verringerten, so daß sie sich aus der Umlaufbahn entfernten und sich nicht mehr im freien Fall befanden. Das Landungsboot folgte nicht länger einem Orbit um den Planeten, sondern einer geplanten Flugbahn über die Oberfläche dieser Welt. Das strahlende Sonnenlicht ließ nach und wurde dunstig und durchscheinend, als sie in die dichten Wolken eintraten.

„Hier gibt es so viele Wolken, daß sich vielleicht ein Treibhauseffekt einstellt“, sagte Gilmerrit, die die zweite Botanikerin war. „Wenn wir den Planeten erst einmal erschlossen haben, wird daraus am Ende sogar ein Erholungsgebiet.“

„Herzlichen Glückwunsch“, sagte Gilhart abwesend. „Du hast soeben den ersten Preis in Gedankenweitsprung gewonnen. Wir sind auf dem Planeten noch nicht einmal gelandet, und du machst schon ein Erholungsgebiet aus ihm.“

„Ich bin nicht abergläubisch“, verteidigte sich Gilmerrit. „Wir haben vom Raum aus schon genug Untersuchungen angestellt, um zu wissen, daß der Planet bewohnbar ist, und das war eine Vermutung, die ich auf der Basis meiner Erfahrungen auf meinem Spezialgebiet angestellt habe.“

Gilhart drehte sich um und sah sie an. Sein Gesicht war sehr ernst. „Überprüfung aus dem Raum ist nur in gewissem Ausmaß möglich. Selbst wenn die letzten fünfzehn Planeten perfekt waren – oder die letzten hundert –, dürft ihr eines nie vergessen: Es gibt im gesamten Universum keinen Planeten, der genauso wie ein anderer ist. Vielleicht sind neunundneunzig von hundert, die gut genug für eine Landung aussehen, Spielplätze, Erholungsgebiete oder was auch immer ihr wollt. Früher oder später werdet ihr aber auf einem landen, der zurückbeißt.“

„Du legst aber wirklich die Betonung auf negatives Denken, Kapitän, findest du nicht auch?“ sagte Merrit ein wenig erschrocken.

Er schüttelte den Kopf. „Ihr könnt immer das Beste hoffen, aber erwarten dürft ihr es nie, denn so werden Späher unaufmerksam und machen Fehler, und manchmal kommen sie dabei um. Gut, die Lektion ist damit für euch alle zu Ende. Zwölf von uns landen, und ich möchte, daß heute abend auch wieder zwölf nach Hause kommen, wenn ihr nichts dagegen habt, also paßt auf… Dorric – bereit zur Landung?“

„Bereit, Kapitän.“

„Dann schalte die Atmosphärentriebwerke an und bring uns runter.“

Die Atmosphärentriebwerke setzten mit einem Röhren ein, und in der Kabine des Landungsboots wurde Unterhaltung unmöglich. Gildoran gähnte, um den Druck auf seine Ohren auszugleichen. Er spürte, wie die Spannung, die durch die gutgemeinten Ratschläge erleichtert worden war, sich wieder aufbaute.

Sein Planet.

Er hatte ihn entdeckt. Im Bewußtsein der Mannschaft der *Samtfalter* würde er in gewisser Beziehung immer mit dieser Welt in Verbindung gebracht werden. Das gehörte einfach dazu. Nicht zu den Regeln natürlich. Nach den Vorschriften lag das in der Verantwortlichkeit des Kapitäns und des Wissenschaftsoffiziers, die die Entscheidung darüber zu treffen hatten, ob es eine gute Welt war oder nicht, eine, die sie erschließen und in das Transmitternetz einknüpfen könnten. In den Augen der Galaxis hing Erfolg oder Mißerfolg dieser Welt nicht von einem Mann ab, sondern das eine wie das andere war die Sache der Späher in ihrer Gesamtheit und der *Samtfalter* im besonderen.

Legal und nach den Bestimmungen für das Schiff hatte Gildoran keinen Vorteil davon, wenn es ein guter Planet werden sollte, und keinen Nachteil, wenn das Gegenteil der Fall war.

Aber das gehörte einfach dazu. Im Bewußtsein der Mannschaft der *Samtfalter* war dies Gildorans Welt, und wenn sie gut war, so verbesserte dies seinen Ruf und seine Stellung. Wenn sie eine Katastrophe werden sollte – nun, legal konnte man ihm nichts anhaben, ihn nicht dafür bestrafen. Das war einfach Pech, aber sie würden es nicht vergessen. In dreißig Jahren Schiffszeit, in hundert Jahren würden sie es nicht vergessen.

Er hob seinen Kopf und blinzelte von der Anstrengung der Landung. Er starrte auf das rasch größer werdende Bild der grünen Welt unter ihnen.

Das Heulen der Triebwerke verstärkte sich zum Kreischen und ließ dann nach. Anstatt durch die Atmosphäre zu rasen, schwebten sie ruhig in dem Landungsboot über eine Fläche, die wie ein flaches, ununterbrochenes Meer aussah.

Gildorric fragte: „Sollen wir uns einen Platz für die Landung frei brennen, Kapitän?"

Gilhart schüttelte den Kopf.

„Noch nicht sofort. Wenn es sein muß, dann werden wir es tun. Geh aber erst auf ein paar hundert Fuß herunter und versuche, einen freien Platz zu finden, wenn du kannst. Es wäre doch eine Schande, wenn wir etwas von diesem schönen Wald abbrennen müßten, und außerdem hätten wir dann sofort das Feuer unter Kontrolle zu bringen, von den Tieren, die wir dabei vielleicht töten, ganz zu schweigen. Nein, Brennen ist erst die letzte Möglichkeit. Wenn wir mitten in einem Dschungel aufsetzen, ist das außerdem kaum die ideale Stelle für einen Transmitter."

Rae lachte.

„Ich erinnere mich noch daran, wie wir einmal rund um die Uhr unsere Werkzeuge bewachen mußten, während wir bauten, und das sechs Wochen lang. Wenn man nur eine Sekunde lang den Rücken gedreht hat, waren die kleinen Werkzeuge oder der Draht einfach weg. Wesen wie Affen aus dem Wald schnappten sie sich, und ein paar Stunden später fanden wir sie im Schlamm wieder – ich glaube, die kleinen Biester haben sie als Spielzeuge verwendet. Es war zum Verrücktwerden."

Gildorric lächelte und sagte: „Rae, ich glaube, du warst noch in der Kinderabteilung, als wir auf einer Welt landeten, auf der es Insekten gab, die unsere Kabel klauten und die auffraßen – sogar verdaut haben sie sie. Das war vielleicht ein Spaß, bis wir dort den ersten Transmitter aufgestellt hatten!"

Lori fragte: „Aber aufgestellt habt ihr ihn doch? Schafft ihr es *immer,* ihn aufzustellen?"

Gilhart schüttelte langsam den Kopf. „Nein. Wie ich schon sagte, manchmal findet man eine Welt, die zurückbeißt, und dann kann man nur noch rennen. Wenn noch etwas übriggeblieben ist, womit man rennen kann."

„Mach doch nicht den Kindern Angst", sagte Gildorric freundlich. „So etwas kommt in einem Leben nicht zweimal vor. Hart, komm einmal her und sieh dir den Schirm an. Was hältst du von dieser Stelle am See? Dort wäre die Wasserversorgung für das Lager gesichert, und am Ufer steht Gras – genug fester Boden."

Gilhart beugte sich über den großen, flachen, tischartigen

Schirm, der eine Projektion der Oberfläche des Planeten zeigte. „Meinst du die Stelle dort bei den drei Felsen?“

„In etwa. Weiter auf dem Glasrand, da scheint nicht soviel Gebüsch zu stehen“, sagte Gildorric. „Die dunklen Stellen sind eine Art Pflanze, aber nicht so groß, daß wir nicht durchkämen. Wir können ja überprüfen, wie tief der Felsen darunter liegt, und wenn es fest genug ist, können wir den Transmitter irgendwo unter dem Felsen aufstellen.“

Gilhart nickte langsam. „Das könnte hinkommen, und wenn nicht, können wir erst einmal hier ein Lager aufschlagen und von hier aus eine bessere Stelle suchen. In Ordnung, bring uns auf die Oberfläche herunter. Und versuche, uns nicht in einen Sumpf zu befördern.“

Das Landungsboot senkte sich langsam herab und kam mit einem leisen Ruck zum Stehen. Gilhart und einige andere ältere Mannschaftsmitglieder machten über Gildorric und seine Landung Witze: „Du warst wohl zu lange im Weltraum und kennst dich mit Planeten nicht mehr aus, daß du uns so hinknallst!“ Gildoran öffnete langsam seinen Gurt.

Er brannte vor Ungeduld, hinauszukommen und wirklich auf der Oberfläche der neuen Welt zu stehen, aber sie mußten noch einige Zeit warten, während Gilmerrit Bodenproben und Sensoren überprüfte.

„Aus ein paar hundert Fuß Höhe hat die Atmosphäre ja gut ausgesehen, aber wir müssen ganz sichergehen, was an der Oberfläche los ist.“ Einige Minuten später nickte sie. „Viel Sauerstoff, und, wie nach all den Wolken und dem Grünzeug zu erwarten war, eine hohe Luftfeuchtigkeit. Aber die Temperatur ist in Ordnung, und in der Luft ist nichts Schädliches – nur die üblichen trägen Gase. Ziemlich hoher Ozongehalt, aber nicht so, daß wir Last damit hätten.“

Gildorric sah den Kapitän an, und Gilhart nickte.

„Förmlicher Befehl“, sagte er. „Luken entriegeln. Landung vollziehen.“

Raban stand auf und ging auf die Tür zu. Gildoran verspürte den Impuls, sich hinter ihm herzudrängen. Gilrae fing Gildorans Blick auf und lächelte.

Sie sagte: „Das ist immer aufregend, ganz gleich, wie oft man es macht. Das wär’s, Gildoran. Du bist dran, und sie gehört dir. Freu dich daran.“

Er wollte sagen: „Oh, Rae, ich liebe dich“ und sie küssen, aber er ließ es bleiben, lächelte sie einfach an und fühlte sich dabei wie ein Trottel. Sie streckte die Hand aus und berührte ihn voller Zuneigung an der Schulter.

Sie hält mich für ein Kind.

„Das ist Gildorans Welt. Laß ihn als ersten hinausgehen.“

3

Das leise Heulen der sich öffnenden Türen, ein Hauch von kühler, mit scharfen Gerüchen beladener Luft und ein schneller, überwältigender Eindruck von Grün. Überall Grün – selbst der Himmel schien unter seiner dicken Wolkenschicht ein fahlgrünes Licht nach unten zu reflektieren. Gildoran ging langsam die Stufen hinunter und fühlte unter seinen Füßen einen merkwürdig elastischen Untergrund und einen ersten harten Eindruck von Gewicht. Es war nach Jahren niedriger Schwerkraft und extrem glatter Kunststoff- und Metallböden ein ungewohntes Gefühl. Nun stand er auf elastischem grünen Moos oder Gras, umringt von einem Gürtel von saftigen Grüntönungen aller Schattierungen. Eine grüne Welt, ein grünlicher Himmel, und irgendwo weit entfernt war ein Schimmern von grünem Wasser.

Er hörte, wie die anderen hinter ihm die Stufen herabkamen. Gilmerrit zog hörbar die Luft ein und sagte: „Was habe ich euch gesagt: Treibhauseffekt!“

Es roch tatsächlich seltsam. War das der Geruch der unbekannten Vegetation, die sie umgab, oder kam das einfach davon, daß für sie nach der chemisch reinen wiederaufbereiteten Luft in der *Samtfalter* jede Luft seltsam gerochen hätte?

Das kleine Landungsboot stand bei einem niedrigen Felsen aus rötlichem Stein, der in dem allgegenwärtigen Grün um sie herum die einzige Abwechslung für das Auge bot. Der Felsen erstreckte sich fast eine Meile weit und senkte sich sanft in einen kleinen grünen See, dessen Oberfläche von einem leichten Wind gekräuselt wurde. Auf der anderen Seite des Sees erhob sich ein hochgewachsener Wald. Zwischen dem Landungsboot und Seeufer erstreckte sich eine große, grasbewachsene Fläche, die hier und da von dicken Flecken eines buschartigen Gewächses unterbrochen wurde, das auch den Felsen umringte. Die am nächsten stehenden Büsche waren ungefähr fünf Fuß hoch, hatten dicke, weißgraue Äste und breite, tassenförmige Blätter. Am Ende der Äste wuchsen tassenförmige Blumen, die im Sonnenlicht glitzerten.

Bis auf das leise Summen und Zirpen von Insekten, die im Gras umherhüpften und über den Blumen und den tassenförmigen Büschen schwebten, war es sehr ruhig. Bisher war nichts an Lebewesen auszumachen, was größer als ungefähr drei Zentimeter war, abgesehen von einem blaß gefärbten Schmetterling, der vergnügt über den tassenförmigen Blüten zu schweben schien. Gilmerrit ging auf die Büsche zu. Als ausgebildete Biologin berührte sie sie nicht und würde das auch nicht tun, bevor sie dicke Plastikhandschuhe trug – jeder Biologe unter den Spähern wußte von den Planeten, die Fluor ausscheidende Blumen hatten –, aber sie sah mit einem erfreuten Lächeln die tassenförmige Blüte und den Schmetterling an.

„Dem Anschein nach sieht es hier immer noch wie ein guter Platz für ein Erholungsgebiet aus“, sagte sie. „Wir sollten mit der Überprüfung anfangen. Ich kann es kaum erwarten, daß hier ein Luxushotel steht und die Leute aus der gesamten Galaxe per Transmitter hierherkommen.“

Sie lachte, um zu zeigen, daß sie dieses Mal nicht *wirklich* voreilige Schlüsse zog. Gildoran dachte, daß nichts, was hier gebaut werden würde, jemals so schön sein könnte wie die weite grüne Fläche, die von roten Granit- und Kreidefelsen unterbrochen wurde, aber er drehte sich Gilhart zu, um seine Befehle zu empfangen.

„Erste Stufe“, sagte Gilhart. „Es müssen Wachen aufgestellt werden. Raban?“

Der gedrungene ältere Mann nickte.

„Such dir jemanden aus, der besonders fit ist – Gilbarni, möchtest du mitkommen? Holt euch aus dem Magazin zwei Waffen und klettert auf den Felsen und haltet Ausschau nach Raubtieren. Die üblichen Anweisungen gelten; schießt nicht, ohne sicher zu sein, daß ein offensichtlich nicht intelligentes Wesen jemanden angreifen will, der hier unten arbeitet. Sende noch einen Mann zum See, und dann könnt ihr so die gesamte Landungsmannschaft decken.“

„In Ordnung“, sagte Raban und kehrte in das Landungsboot zurück. Er kam mit Waffen und Handschuhen wieder heraus und ging auf den Felsen zu, um sich eine gute Stelle zu suchen, von der aus er hochklettern könnte.

„Rae, hast du nicht gesagt, das hier sei eine glaziale Endmoräne?“ fragte Gilhart.

„Ganz richtig“, sagte Rae und schützte ihre Augen vor dem Licht. „Darunter dürfte eigentlich fester, gewachsener Felsen liegen. Das könnte eine gute Stelle für den ersten Transmitter sein, aber das müssen wir erst noch zwei Wochen lang genau untersuchen. Als erstes müssen wir Bohrungen durchführen und Proben entnehmen – hier und dort unten bei dem See.“

Der Kapitän nickte. „Gildoran und Lori, darum könnt ihr euch kümmern. Gilmerrit, nimm du alle anderen außer Gilrae mit. Nehmt Proben vom Boden, vom Wasser und von organischer Materie. Gilrae, du arbeitest mit dem Puhbär zusammen und sucht eine gute Stelle für das Lager der Kinder. Ihr wißt ja, welches Gelände dafür in Frage kommt.“

Sie nickte. „Ja. Und darf ich noch etwas sagen, Kapitän?“ Sie waren jetzt alle sehr formal, denn sie hatten eine Aufgabe zu erledigen. Gilhart nickte, um seine Erlaubnis zu erteilen, und Rae sagte: „Das gilt für euch alle. Vergeßt nicht, daß wir eine feste, sichere Stelle brauchen, an der die *Samtfalter* landen kann. Die letzte Welt war eine Wüste, fast perfekt – viel gewachsener Felsen. Wir brauchten keine andere Stelle zu finden, bis wir wieder starteten. Die Welt davor aber – ich bin sicher, daß ihr alle außer Lori euch noch daran erinnert... Dort hatten wir die ganze Zeit Schwierigkeiten mit dem Schlamm. Sucht deshalb nach einer Stelle, an der wir ohne zu viele zusätzliche Arbeitsstunden feste Gehwege anlegen können, oder – noch besser – einen harten, felsigen Platz. Das wäre wohl alles, Kapitän. Sonst noch etwas?“

„Nur noch, daß wir in vier Stunden Schiffszeit eine Pause für eine Mahlzeit einlegen. Hier ist es achtzehn Stunden lang Tag, und da wird es uns vielleicht schwerfallen, die Zeit nach dem Sonnenstand zu schätzen.“

Sie verstreuten sich, um ihren verschiedenen Aufgaben nachzugehen. Gildoran und Lori brauchten fast eine Stunde dazu, das Bohrgerät für die Proben auszuladen und es mit den von Kompaktbatterien angetriebenen Generatoren und der Lafette, die es beweglich machte, zusammenzusetzen.

„Unhandliches Ding“, murrte Lori, und Gildoran lachte. „Rae hat mir erzählt, daß das Bohrgerät für Bodenproben mit einem LKW herumgefahren werden mußte, als sie noch klein war. Es ist noch keine zweihundert Jahre her, daß jemand auf Wega 14 ein Gerät entwickelt hat, das auf einer Selbstfahrlafette mit der Hand zu bewegen ist. Wir können in drei Tagen auf einem neuen Planeten soviel schaffen wie früher Gilharrad in sechs Wochen, der arme Kerl. Außerdem brauchen wir nicht zu warten, bis wir das ganze Zeug hier für die Tests auf die *Samtfalter* schaffen können. Jetzt haben wir ein Labor im Landungsboot. Da ist ein vollständiges biologisches und geologisches Labor – na gut, vielleicht nicht vollständig genug für die Vorarbeiten – hier unten im Landungsboot.“

Das Mädchen schützte ihre Augen mit der Hand. „Doran, haben wir im Landungsboot Sonnenbrillen oder einen anderen Augenschutz?“

„Ich weiß es nicht. Das Licht ist doch nicht so schlimm, oder? Was ist denn los, Lori?“

„Das grelle Licht oder irgend etwas anderes. Ich bekomme elende Kopfschmerzen.“

Nun, da er daran dachte, bemerkte auch Gildoran, daß er Kopfschmerzen hatte. „Vielleicht ist das bloß die Schwerkraft, an die wir nicht gewöhnt sind“, vermutete er. „Vielleicht kannst du jemanden danach fragen.“

„Nein, das ist der Mühe nicht wert. Ich frage den Puhbär in der Pause.“ Sie zog eine Schraubverbindung an dem Bohrgerät fest und drückte mit der Hand dagegen. „So, ich denke, das funktioniert gut, wenn das Gras nicht zu dicht ist oder die kleinen Grashüpfer hier nicht hineingeraten und die Räder blockieren.“

„Es gibt hier tatsächlich eine Menge Insekten“, stimmte Gildoran ihr zu. Er nahm vorsichtig eines von ihnen von seiner Uniform herunter.

„Was jetzt?“

„Ich nehme an, wir schieben es am besten zum See hinunter und warten, bis jemand genug Proben von dem Wasser genommen und sie getestet hat, um sicherzugehen, daß das, was dort im See ist, auch wirklich Wasser ist, und zweitens, ob es sich als Flüssigkeit für das Bohrgerät eignet – nicht zu viele Chemikalien, die die Spitze des Bohrers angreifen oder das ganze Gerät blockieren könnten."

Lori sah ihn prüfend an. „Und was ist, wenn es *kein* Wasser oder mit gelöstem Borax oder so etwas angefüllt ist?"

„Dann", sagte Gildoran, „wirst du persönlich das Vergnügen haben, in das Labor zu gehen und ein paar tausend Gallonen davon für uns zu *destillieren,* meine Süße. Glücklicherweise braucht es nicht rein genug sein, um es trinken zu können, damit der Bohrer gekühlt werden kann, aber immer wieder trifft man auf einen See, der voller Schwefelsäure oder so etwas ist."

Lori verzog angewidert ihr kindliches Gesicht. „Wenn der See dort voller Schwefelsäure ist, dann ist das hier keine gute Stelle für ein Lager... Ich glaube, du nimmst mich auf den Arm, Gildoran."

„Na ja, vielleicht ein bißchen. Während die *Samtfalter* draußen auf ihrer Umlaufbahn war, sind geodätische Studien angestellt worden, um die Situation hier zu prüfen, und der größte Teil der Atmosphäre ist einfach Wasser, und wahrscheinlich ist es das auch, was wir hier in den Seen und Meeren und Flüssen vorfinden werden."

„Also gehen wir hinunter zu dem See?"

„Warum sollen wir uns die Mühe machen? Gilmerrit oder jemand von den Leuten dort kommt bestimmt schon bald mit den ersten Proben zurück, und sie weiß, daß wir Wasser zum Bohren brauchen. Wir können nur hoffen, daß wir Glück haben. Wenn es Wasser und nur halbwegs sauber ist, dann brauchen wir nur noch einen langen Schlauch, eine Pumpe, und es kann losgehen."

Es dauerte nicht lange, bis Gildorric mit den ersten Proben und der Nachricht zurückkam, daß das Wasser nur Wasser und sogar außergewöhnlich rein war. „Es gibt darin eine Menge Wasserpflanzen, deshalb wird es sich zum Schwimmen erst einmal nicht besonders eignen", berichtete er, „aber für deinen Bohrer eignet es sich, und es ist gut zu trinken, sogar sehr gut. Spurenelemente, aber nichts außer Kreide in größeren Mengen, und die ist unschädlich. Ihr beide könnt also eure Schläuche und Pumpen anschließen und euch daranmachen, Bohrproben zu beschaffen."

Da die Apparatur automatisch arbeitete, blieb für Gildoran und Lori, nachdem sie das Gerät angeschlossen und sich die erste Stelle für eine Bohrung ausgesucht hatten, nichts zu tun, als in Abständen von einigen Minuten die Instrumente daraufhin zu überprüfen, ob der Bohrer noch senkrecht stand und der Schlauch mit der Kühlflüssigkeit nicht verstopft war. So konnten sie sich hinsetzen und den anderen dabei zusehen, wie sie am Strand des Sees umherliefen, Proben entnahmen und die für Tests zum Labor im Landungsboot zurückbrachten. Als der Bohrer die ersten Bohrkerne lieferte, überprüfte Gildoran sie rasch auf Porösität, ordnete sie grob Gesteinsarten zu und legte sie zur Seite – sie würden in der *Samtfalter* eingehender untersucht werden.

Lori sagte: „Ich verstehe immer noch nicht, warum wir nicht im Landungsboot einen Transmitter haben, mit dem wir nach der Landung Proben hochschicken können. Die *Samtfalter* ist dort oben, und wir könnten einen Transmitter herunterschaffen..."

„Du mußt wohl noch einmal in die erste Klasse, Lori. Die *Samtfalter* befindet sich in einer Umlaufbahn und hängt nicht einfach an Ort und Stelle. Bei beweglichen Zielen können wir den Transmitter nicht einsetzen."

„Aber im Universum bewegt sich doch alles, nicht wahr? Trotzdem stehen auf jedem Planeten neun oder zehn Transmitter..."

„Ganz richtig. Zu unseren Aufgaben hier gehört es aber, die feste Flugbahn dieses Planeten um seine Sonne und die Position dieser Sonne in der Galaxis zu berechnen. Das wird alles in den Transmitter einprogrammiert, und der weiß dann *genau,* an welcher Stelle der Galaxis wir in jeder Mikrosekunde in den nächsten Millionen Jahren sein werden. Diese Information geht zur Zentrale und den neunzehn oder zwanzig Unterstützungszentralen, für den Fall, daß die Zentrale den Kontakt verliert oder ihr Stern zur Nova wird, was Gott verhüten möge."

Als Gildorans Uhr ihm sagte, daß es Zeit war, sich für die Pause zum Essen zu versammeln, hatten sie eine ansehnliche Menge von Bohrkernen angesammelt. Sie hatten Rationen mitgebracht und versammelten sich im Schatten des Landungsboots, um ihre Mahlzeit einzunehmen. Der Boden unter ihnen war weich und schwammig.

Gilmerrit zog sich die Schuhe aus und spielte mit den Zehen im Gras. Gildoran streckte die Hand aus und berührte die weiche Haut ihres Fußes; sie war sanft und glatt und schön. Gilmerrit lehnte sich an ihn und murmelte: „War das eine Einladung, Gildoran?"

„Das war, was auch immer *du* daraus machen willst."

Sie wollte ihn necken und sagte: „Ich dachte, du hättest mit Ramie alles fest arrangiert."

„Das denkt hier jeder, und ich habe es langsam satt", sagte Gildoran. Er sah zum Kapitän und zu Rae hinüber, die sich etwas abgesondert vom Rest der Mannschaft hingesetzt hatten und die Köpfe zusammensteckten.

Rae ist außerhalb meiner Reichweite, und ich werde den Teufel tun und mich mit Ramie verbinden, bloß weil es das ist, was sie alle erwarten.

Merrit sah zu ihm auf. Sie war eine hübsche Frau mit einem runden Gesicht, leuchtend grünen Augen und einem leicht gespaltenen Kinn mit tiefen Grübchen. „Irgend etwas ist an einem Planeten", murmelte sie kokett. „Im tiefen Raum kann ich monatelang allein leben, aber sobald wir auf einem Planeten landen, fällt es mir wieder ein, daß ich eine Frau bin, und dann schaue ich euch alle von der Seite an."

Er streichelte die runden Zehen ihres Fußes mit ihren weichen, gut gepflegten Nägeln. Dann sagte er widerwillig: „Ich glaube, du solltest dir vielleicht besser doch die Schuhe anziehen, Merrit. Der Boden ist noch nicht genau untersucht..."

„Und er könnte voller mikroskopisch kleiner Hakenwürmer und Parasiten sein, die menschliche Haut gern mögen. Du hast sicher recht." Merrit gab ihm widerwillig recht und zog sich ihre silbrigen Sandalen wieder an. Als sie die Riemen festband, murmelte sie: „Schau jetzt nicht hin, aber die kleine Gillori wirft mir äußerst giftige Blicke zu. Das ist dein unwiderstehlicher Charme, Gildoran."

Gildoran spürte, wie Ärger in ihm aufwallte. Lori ging langsam viel zu sehr davon aus, daß er ihr gehörte. Mit dem Bewußtsein, daß die Augen des Mädchens auf ihm ruhten, lehnte er sich hinüber und küßte Merrit lange, genüßlich und sehr gründlich.

Als sie sich wieder trennten, seufzte sie. „Das wollte ich schon lange tun, aber auf dem letzten Planeten warst du ja in eine Sache mit irgendeiner Einheimischen verwickelt..."

„Das war eine reine Planetensache", sagte er leichthin und küßte sie noch einmal, bevor Gilhart und Rae von ihrem Platz unter dem Felsen herüberkamen.

„Soll ich Raban zum Essen herunterrufen?“ fragte einer von der Mannschaft. „Sie könnten ja nacheinander kommen.“

„Nein, sie sollen auf ihrem Posten bleiben, aber bring ihnen etwas zu essen“, befahl Gilhart. Er fuhr sich mit der Hand über den Kopf und sagte grimmig: „Bist du sicher, daß du die Luft vor der Landung getestet hast, Rae? Nein, nein, ich will nichts essen, Gildorric. Ich habe ein Gefühl, als wäre ich vergiftet worden.“

Gilrae sagte langsam: „Die Luft ist in Ordnung. Der Ozongehalt ist vielleicht ein wenig hoch, bis wir uns daran gewöhnt haben, aber da gibt es nichts, woran wir uns nicht anpassen können...“ Sie unterbrach sich. „Lori! Liebling, was ist denn los?“

Das junge Mädchen sagte mit zitternder Stimme: „Tut mir leid, ich... Ich glaube, mir wird schlecht...“ Was sofort und deutlich sichtbar der Fall war. Gilmerrit stand hastig auf und rannte zu ihr hinüber. Einen Augenblick lang versuchte Lori, sie wegzuschieben, war es aber dann zufrieden, sich an der Schulter der älteren Frau auszuruhen. Rae ging zu ihr und beugte sich über sie. Gildoran sagte: „Sie hat sich schon vorher über Kopfweh beklagt. Sie meinte, es käme von dem grellen Licht.“

Rae sagte: „So hell kommt es mir nicht vor. Wie fühlt ihr anderen euch denn?“

„Kopfweh“, sagte Gildoran, und der Kapitän nickte. „Ich auch – verdammt starkes sogar.“

„Das ist kein Wunder“, sagte der Puhbär mit plötzlicher Heftigkeit. „Diese Welt ist so verdammt *laut!*“

Elf Gesichter wandten sich ihm erstaunt zu. Lori hob nicht den Kopf, sondern lehnte sich schlaff an Merrits Brust. Gilhart sagte: „Bringt sie zum Landungsboot zurück. Kannst du laufen, Lori, oder möchtest du, daß Doran dich trägt?“

„Ich kann laufen“, sagte das Mädchen und stand mühsam auf, aber sie ließ sich von Gilmerrit mit einem Arm um die Hüfte stützen. Gilhart sagte zu dem Puhbär: „Ich bin überrascht, Puh. Laut! Mir kommt es so ruhig vor. Ich höre nichts als das Summen der Insekten. Was ist mit euch?“

„Vielleicht sind es die Insekten“, sagte das braunpelzige Wesen mit einem entschuldigenden Lächeln. Seine Augen sahen müde aus. „Summen, zirpen, dröhnen, brummen, das gefällt mir nicht.“

„Und manche von uns haben Kopfweh“, sagte Gilhart. „An der Luft kann es nicht liegen – wir waren mit den Proben sehr vorsichtig und haben sie auf jeden bekannten Krankheitserreger hin untersucht."

Rae sagte: „Das Kopfweh kann natürlich von dem Ozon kommen. Daran gewöhnen wir uns, aber das dauert vielleicht zwei Tage. Wie sehen die Proben aus?"

„Bis jetzt gut", sagte Gildorric. „Merrit ist bei Lori, also gebe ich den Bericht. Das Wasser ist gut, der Boden sieht gut und fruchtbar aus – wenn diese Pflanzen hier alle darauf wachsen, dann kann man auch Nahrungspflanzen darauf anbauen. Es gibt hier Nüsse und Beeren, die sich vielleicht als eßbares pflanzliches Protein herausstellen – und die Pflanzen sind auf jeden Fall widerstandsfähig. Bis jetzt haben wir noch keine giftige gefunden, und von den Insekten ist keines größer als eine Heuschrecke."

„Tiere?" fragte Gilhart.

„Bis jetzt keine. Wenn wir unsere Fahrzeuge heruntergebracht haben, müssen wir noch die anderen Kontinente überprüfen, aber so weit, so gut. Soweit wir das beurteilen können, wäre es möglich, heute abend mit dem Bau des Transmitters anzufangen, aber wir müssen natürlich erst noch genauere Tests durchführen, nur um sicherzugehen, daß hier keine versteckten Joker wie Viren im Spiel sind."

So weit, so gut, dachte Gildoran. Nach den ersten Tests war seine Welt fast zu gut, um wahr zu sein. Warum fühlte er sich dann so schlaff, so enttäuscht, so elend? Hatte er zuviel erwartet? War das nur die Reaktion darauf, daß er wegen der neuen Welt zu aufgeregt gewesen war? Es war eine gute, sogar eine schöne Welt.

Gilrae fragte: „Wie lange dauert es, bis wir die Kinder herunterbringen können, Puh? Wir haben den perfekten Platz für ein Lager für sie gefunden."

„Das gefällt mir nicht", sagte der Puhbär. Er sah müde, fast abgekämpft aus.

„Ich weiß, daß ich irrational bin, aber ich habe irgendwie ein ungutes Gefühl dabei, die Kinder an einen Platz wie diesen zu bringen."

„Das ist natürlich deine Entscheidung", sagte Gilrae. „Du und die anderen Puhbären seid für die Kinder verantwortlich. Aber es war schließlich niemand anders als du, Puh, der mich daran erinnert hat, daß einige von ihnen Zeichen von Eisenmangel zeigen und daß sie möglichst schnell runter sollten."

„Ich weiß. Wie ich schon sagte, ich weiß, daß ich irrational bin", sagte der Puhbär, „aber ich durchschaue das hier noch nicht. Könnten wir ihnen nicht Trinkwasser von hier geben – es hat einen hohen Eisengehalt –, wenigstens ein paar Tage lang, bis ihr mit den Tests fertig seid?"

Gilhart runzelte die Stirn. „Ich bin geneigt, deinem Instinkt zu vertrauen, Puh", sagte er. „Lassen wir es dabei bewenden. Holt etwas Wasser – nehmt es einfach aus dem See – und versucht, etwas Eisenerz zu finden, das wir dem Chemikalienvorrat des Schiffs einverleiben können. Laßt die Kinder an Bord, bis wir uns sicher sind."

Ein dankbares und erleichtertes Lächeln war die Antwort. „Vielen Dank, Hart. Jetzt ist mir viel leichter zumute." Gildoran überlegte sich, daß der Puhbär wahrscheinlich die einzige Person an Bord war, die den Kapitän einfach „Hart" nannte. Außer Rae vielleicht, wenn sie allein waren.

Der Puhbär sagte: „Wenn dies soweit geklärt ist – kann ich dann nicht wieder zurück in das Landungsboot gehen und mich um Lori kümmern? Meine Ohren halten den Lärm hier nicht aus, und ich kann Merrit ablösen, damit sie mit ihren Proben für heute fertig wird."

Ein leichter Wind erhob sich, als der Puhbär seinen schweren pelzigen Körper die Treppe zum Landungsboot hochquälte. Gildorric sagte: „Ich möchte bloß wissen, worüber er sich Gedanken macht..."

„Wer kann das sagen?" Gilhart mußte sich Mühe geben, um seine Gedanken beieinander zu halten. „Vielleicht hat ihr Gehör ein anderes Spektrum als unseres. Das menschliche Gehör ist relativ unempfindlich – nur im Bereich von fünfzehn bis etwa fünfzehntausend Schwingungen pro Sekunde können wir hören. Es sind aber schon Töne bis zu ungefähr zwei Millionen Schwingungen pro Sekunde gemessen worden."

Gildoran wurde wieder daran erinnert, wie wenig sie über die Puhbären wußten. Na ja, vielleicht brauchte jeder ein kleines Geheimnis. Als wäre dieser Planet nicht schon Geheimnis genug!

Gilmerrit kam zurück und berichtete, Lori gehe es noch immer sehr schlecht und der Puhbär kümmere sich um sie. Bevor sie sich wieder an ihre Arbeit machte, sah sie Gildoran mit einem langen Lächeln an, das er beantwortete.

Der Kapitän sagte: „Da Lori jetzt außer Gefecht gesetzt ist, brauchst du jemanden, der dir hilft, Doran. Gildorric?“

„Irgend jemand, der sich mit der Bohrmaschine auskennt.“

Gildorric lachte. „Ich habe schon eine Bohrmaschine bedient, als der Planet, von dem du kommst, noch eine Gaskugel war, Doran. Los, komm.“

Gilhart fluchte ärgerlich. „Verdammter Wind! Ich bringe meine Sachen hinter den Felsen dort. Die Büsche dort sollten den Wind eigentlich brechen, und ich kann die geodätischen Karten für das Gelände hier ausbreiten. Kann mir vielleicht jemand mit dem Zeug hier helfen, bevor ihr wieder an die Arbeit geht? Rae, schicke den Leuten auf dem Felsen etwas zum Essen hoch und sieh zu, daß sie da oben nicht zuviel Sonne abkriegen. Viel Schatten gibt es da nicht.“

Das bedeutet es also, wenn man Kapitän ist, dachte Gildoran. Er selbst hätte die Wachen auf dem Felsen vergessen, aber Gilhart hatte an sie gedacht. Er mußte an alles denken.

Den ganzen Nachmittag lang arbeitete Gildoran an Gildorrics Seite an dem Bohrgerät und holte Proben hoch. Sie nahmen Proben von dem Boden unter dem Felsen, am Ufer des Sees und gingen schließlich auf seine andere Seite, um zu prüfen, wie tief die Krume reichte und wo der gewachsene Fels anfing. Schließlich wurde es langsam dunkel, und sie rollten die Schläuche auf, legten die Pumpe trocken und fuhren ihre Bodenproben zurück in die Nähe des Landungsboots.

„Guter gewachsener Fels in der gesamten Umgebung“, sagte Gildorric. „Wir können die *Samtfalter* wahrscheinlich unter den Felsen dort hinstellen und unsere Basis hier einrichten, vorausgesetzt, die Tests fallen positiv aus. Wir werden die Maschinen für Bergbau in Betrieb setzen, aber in den Hügeln dort hinten sind sicher viele Erz-Gesteine. Das ist ein guter, reicher Planet. Merrit spinnt, die Welt hier ist viel zu gut, um sie als Erholungsort zu verschwenden.“

„Es ist nur natürlich, daß sie zuerst an ihre eigene Spezialität denkt“, verteidigte Gildoran sie.

Gildorric lachte. „Und sie ist eine hübsche Frau – ich habe gesehen, wie du mit ihr geflirtet hast.“

Gildoran war vernünftig genug, ihn gutgelaunt zu fragen: „Du bist doch nicht etwa eifersüchtig?“ anstatt sich aufzuregen.

„Eifersüchtig? Wie alt bist du denn, Junge?" sagte Gildorric. „Ich kenne Merrit fast mein ganzes Leben lang, und wir arbeiten jetzt schon so viele Jahre zusammen, daß du das kaum glauben würdest. Wahrscheinlich kennen wir uns zu gut. Seien wir doch ehrlich: Wenn du erst einmal so alt wie ich bist, dann kennst du *alle* Frauen auf der *Samtfalter* zu gut. Das ist wohl der Grund..." Er lachte wieder. „Ich freue mich wirklich darauf, daß wieder ein Transmitter aufgestellt wird und wir wieder Kontakt mit der Galaxis bekommen. Allein wegen der Tatsache, daß man dann wieder neue Gesichter sieht. Versteh mich nicht falsch", warnte er ihn. „Ich sage nicht, daß ich Merrit nicht liebe. Ich würde für sie sterben – wie ich das für jeden von euch tun würde", sagte er, plötzlich sehr ernst. „Ich finde sie einfach nicht mehr aufregend. Wir sind schon lange unterwegs. Du bist wahrscheinlich zu jung, um zu verstehen, was ich meine, aber wenn man mit jeder Frau in der Mannschaft mindestens dreimal intim befreundet war und selbst mit einigen von den Männern einige kleinere Abenteuer gewagt hat, verstehst du, dann weißt du vielleicht auch, warum die meisten von uns die Romantik – und den Sex – für Planeten aufheben."

Ist das der Grund, warum Ramie mich nicht erregt – kenne ich sie zu gut?

Sie waren nun in der Nähe des Landungsboots, und andere Mitglieder der Landungsmannschaft brachten ihre Ausrüstungsgegenstände und ihre Proben zurück und machten sich fertig für den Rückflug. Es war Gilmerrit, die bemerkte, daß der Kapitän noch nicht wieder zurückgekommen war. Sie ging zu Rae, die die Stellvertreterin des Kapitäns war, um sie zu fragen: „Sind die Wachen schon zurückgerufen worden? Gilraban und Barni brauchen doch nicht in der heißen Sonne zu sitzen, wenn wir jetzt alle wieder hier sind."

„Das muß Gilhart entscheiden", gab Rae zurück, „aber ich denke, es wird wohl nichts schaden, wenn ich sie wieder zurückrufen lasse. Kümmere du dich darum, Merrit. Gildoran, hast du den Kapitän gesehen?"

Gildorric gab die Antwort: „Nein, seit dem Essen hat ihn von uns keiner mehr gesehen, aber er hat seine Karten und Unterlagen dort hinter den Felsen gebracht, wo der Wind ihn nicht stören würde. Soll ich gehen und ihm helfen?"

„Du hast mit den Triebwerken genug zu tun“, sagte Rae. „Laß Gildoran gehen. Doran – sag ihm bitte, daß ich die Wachen habe zurückrufen lassen.“

Gildoran ging in die Richtung, in die er Gilhart hatte verschwinden sehen, hin zu dem Felsen, der von den großen Büschen und ihren tassenförmigen Blüten umringt war. Die Sonne senkte sich jetzt und die Wolken wurden dichter, so daß das Licht etwas schwächer wurde, aber die tassenartigen Blüten schienen noch immer mit einer Art innerem Licht zu schimmern. Von Gilhart war nirgends eine Spur zu sehen. Gildoran ging verwirrt, aber wachsam am unteren Rand des Felsens entlang und drehte seinen Kopf ständig hin und her, um den Kapitän zu entdecken. Er spürte eine merkwürdige Unruhe, die fast greifbar war, wie einen schlechten Geschmack im Mund. Nachdem er einige hundert Meter an dem Felsen entlanggelaufen war und nichts als die grüngrauen Zweige und die schimmernden Blüten gesehen hatte, fing er an, sich wirklich Gedanken zu machen. Wenn es sonst jemand von der *Samtfalter* gewesen wäre und nicht der Kapitän, hätte er den Namen gerufen, und zurückgehalten hätte er sich dabei auch nicht. Seine Besorgnis und Angst begann schnell, sich mit Ärger zu vermischen; er konnte sich vorstellen, was Gilhart zu sagen gehabt hätte, wenn sich ein Mannschaftsmitglied so abgesetzt hätte.

Trotz der Etikette an Bord begann er zu rufen.

„Gilhart! Gilhart! Kapitän!“

Er bekam keine Antwort. Um ihn herum waren keine anderen Laute als das ständige Summen der Insekten im Gebüsch – wie sehr fing er an, dieses Geräusch zu hassen! – und das leise Rascheln des Winds in den Tassenblüten der Büsche.

Gildoran brüllte mit der gesamten Kraft seiner nicht zu verachtenden Lungen: „Kapitän! Kapitän!“

Noch immer nur Stille, unterbrochen von den leisen Geräuschen des Winds. Doch dann sah Gildoran etwas, was schnell seinen Blick anzog: ein weiß-blaues Viereck, zu regelmäßig, zu hell, um ein natürliches Objekt in all dem Grün sein zu können. Es lag zwischen den Tassen-Blumen. Er schob die Zweige zur Seite. Dornen in dem Gebüsch stachen und zerrissen seine Hände und blieben an seiner Uniform hängen. Er streckte seine Hand in den Mund und saugte an den blutenden Fingern, aber er drängte sich weiter. Sein Herz schlug ihm in plötzlicher bohrender Angst bis zum Hals.

Er fand Gilhart in einer kleinen Lichtung zwischen den Pflanzen am Fuß des roten Felsens. Er lag, zu einem formlosen Haufen zusammengesunken, am Boden. Gildoran beugte sich ärgerlich und zugleich voller Angst über ihn. Lori war es schlecht geworden, und der Kapitän hätte wissen müssen, daß es auch ihm schlecht werden könnte. Er hätte nicht allein losgehen sollen. Wie hätte ihn bei einem Hilferuf jemand hören können? Während Gildoran diesen ärgerlichen inneren Monolog in seinem Kopf abspulen ließ, kniete er sich neben die reglose Gestalt, knöpfte ihr die Jacke auf und schob seine Hand über das Herz, um hilflos nach einem Herzschlag zu suchen. Er wußte jedoch bereits, daß der Kapitän tot war.

4

„...Deshalb können wir nicht wieder hinunter, bis wir wissen, woran er gestorben ist", waren Gildorans abschließende Worte. Ramies sanfte Mandelaugen trugen einen zärtlichen und unendlich traurigen Ausdruck. „Ach, die arme, arme Gilrae! Sie standen sich so nahe, Gildoran, sie standen sich schon immer so nahe. Ist sie darüber hinweggekommen?"

„Soweit das möglich ist, nehme ich an", sagte Gildoran düster. Die Erinnerung an Raes schmerzverzerrtes, blasses, verstörtes Gesicht und ihre hilflosen Versuche, sich zusammenzunehmen, verfolgte ihn. Sie hatte als zweiter Offizier das Kommando über die *Samtfalter,* bis ein neuer Kapitän gewählt werden konnte, und obwohl die Gesetze der Späher verlangten, daß innerhalb von drei Tagen Schiffszeit ein neuer Kapitän bestimmt werden mußte, so waren für sie doch erst einmal diese drei Tage zu überwinden.

Er war still und dachte an die letzte anstrengende halbe Stunde, die sie noch auf der grünen Welt blieben; an die niederdrückende Aufgabe, Gilhart an Bord zu tragen, die durch die schreckliche Notwendigkeit noch erschwert wurde, ihn auszuziehen und seine Kleider nach einer möglichen Todesursache abzusuchen – ein giftiges Insekt oder Tier, das ihn vielleicht gebissen hatte und noch in seinen Kleidern versteckt war. Es war Gildoran zugefallen, den Kapitän in eine Decke einzurollen und dabei zu helfen, das schwere Stück toter organischer Materie, das einmal Gilhart gewesen war, an Bord zu tragen. Es war eine stille, traurige Reise durch die Wolkendecke nach oben zur *Samtfalter* gewesen. Gilrae hatte darauf bestanden, sich neben die von der Decke umhüllte Leiche zu knien, um zu verhindern, daß sie grotesk hin und her rollte. Sie hatten sie gewähren lassen. Sie waren von ihrem Kummer alle wie gelähmt, und sie alle teilten ihn. Lori hatte ihren Kopf dem Puhbär in den Schoß gelegt und schluchzte. Gilmerrit hielt schweigsam Gildorans Hand umklammert und hatte ihre fröhlichen grünen Augen niedergeschlagen, und Gildoran wußte, daß sie daran dachte, wie Gilhart sie auf dem Weg nach unten gutgelaunt geneckt und ermahnt hatte. Wie froh waren sie zu jenem Zeitpunkt noch gewesen, und wie sehr anders war dieser Rückflug!

Verdammt sollte sie sein, diese Welt! Verdammt!

Gildoran ersparte Ramie all dies und gab ihr nur einen knappen Bericht, weil er wußte, wie traurig auch sie war. „Ich habe meinen ersten Auftrag in der Klasse B auf der Brücke gehabt, als er Navigator war“, sagte sie, „und er war so freundlich und nett, hat mich oft auf den Arm genommen und einen Witz gemacht. Und zuletzt habe ich in der medizinischen Abteilung mit ihm zusammengearbeitet. Ich kann es einfach nicht glauben, daß er tot ist. Er war aber schon ziemlich alt, Doran – könnte sein Tod nicht natürliche Ursachen haben?“

„Natürlich wäre das möglich. Wahrscheinlich ist es auch so, aber wir müssen sichergehen.“

Während sie auf Neuigkeiten warteten, gingen sie in die Quartiere der Alten hinauf, um Gilharrad die Nachricht zu überbringen. Der alte Späher hörte es sich mit einem Hauch von Trauer an, als sie ihm von Gilharts Tod berichteten, aber er weinte nicht. Er seufzte tief und sagte: „Daran ist eben nichts zu ändern. Der Planet war einfach der Abschluß des ihm zugedachten Schicksals, das ist alles. Ich weiß, daß er lieber im Weltraum gestorben wäre, aber der Raum und eine Welt sind schließlich beide Teil des gleichen großen Kosmos.“

Im Hinblick auf diese abgeklärte Ruhe war Gildoran nur widerwillig bereit, seine Bitte vorzutragen.

„Die Besatzung ist äußerst knapp, Harrad. Rae läßt fragen, ob du bereit wärst, kurze Zeit wieder Dienst zu tun.“

Der Alte seufzte. „Muß das sein?“ beklagte er sich. „Ich habe mir die Ruhe verdient, meinst du nicht auch? Mir gefällt es hier oben, wo ich nichts zu tun habe als über den Kosmos zu meditieren.“

Gildoran sagte sanft: „Sicher hast du deine Ruhe verdient, Harrad, aber wir brauchen dich. Und schließlich...“ fügte er mit einem gewissen Ausmaß an List hinzu, „hat Gilhart nie die Chance bekommen, sich auszuruhen.“

Wieder seufzte Gilharrad tief. „Na gut, ich nehme an, ich werde wohl nicht darum herumkommen“, sagte er, „aber nur so lange, bis die Kleinen die Klasse B erreicht haben, das bitte ich mir aus. Und ich weigere mich, mich auf die Offiziersliste des Schiffs setzen zu lassen, das lehne ich absolut ab. Ich stehe mit meinem Rat zur Verfügung, ich arbeite, ich verwalte, aber ein wichtigeres Amt werde ich nicht bekleiden, nie mehr.“

„Ich bin sicher, daß sie damit einverstanden sind“, sagte Ramie und ergriff einen Augenblick lang die dünne, alte Hand. Gilharrads Fleisch sah fast durchscheinend aus, so ausgebleicht und dünn, daß das pulsierende Blut in den Zellen deutlich sichtbar war, und Gildoran wurde von Mitleid überfallen, aber sie waren tatsächlich äußerst knapp an Leuten. Daß sie Gilhart verlieren mußten! Und das so bald, nachdem sie Giltallen und Gilmarin verloren hatten! Nach nur drei kurzen Jahren, noch bevor die Kleinen alt genug geworden waren, um ihre Stelle einzunehmen!

„Der arme Hart“, sagte Gilharrad nachdenklich und erhob sich langsam aus seiner schwerkraftfreien Liege. Er richtete sich widerwillig auf und seufzte, als er die Last der Gravitation wieder auf sich nehmen mußte. „Wir sollten vielleicht besser wieder hinuntergehen und uns anhören, woran er gestorben ist.“

Nur bei solchen Gelegenheiten war die gesamte Mannschaft der *Samtfalter* – alle außer den Babys in der Kinderabteilung und den ganz Alten oben in der gravitationsfreien Abteilung – an einem Ort versammelt. Gildoran setzte sich auf seinen Platz und bemerkte, daß die riesige Versammlungshalle fast halb leer war. War das die normale Mannschaftsstärke eines Späherschiffs? Die ideale Zahl war angeblich hundert. Gildoran zählte verstohlen. Und drei Siebenjährige und vier Vierjährige in der Kinderabteilung. Und sieben Puhbären.

Mich würde die minimale Mannschaftsstärke interessieren, mit der das Schiff noch voll funktionsfähig ist. Was ist, wenn wir noch weniger werden?

Gildoran sah, daß sich auch andere umsahen und vermutete, daß auch sie zählten.

Gilrae ging langsam durch die Menge zum vorderen Teil der Halle. Sie sah blaß aus, als habe sie seit der Nachricht von Gilharts Tod kein Auge zugemacht. Gildoran hoffte inständig, daß man sie nicht die Autopsie hatte durchführen lassen, doch dann wandte sie sich der zweiten Ärztin Gilnosta zu und bekam von ihr ein Blatt, und da wußte Gildoran voller Erleichterung, das zumindest *dies* Rae erspart worden war. Es wäre für jeden schwer gewesen, aber für Rae am allerschwersten.

Rae, Rae, wie kann ich dir bloß helfen? Was kann ich tun, um dich wissen zu lassen, wie sehr ich dich liebe, wieviel du mir bedeutest, wie sehr ich dir helfen will?

Sie warteten nicht darauf, daß Rae sie zur Ordnung rief. Bei ihrem ersten Wort herrschte sofort völlige Stille in dem Raum. Ihre Stimme war leise und angespannt.

„Der Autopsiebericht zeigt, daß Gilhart einen natürlichen Tod gestorben ist."

Natürlich, dachte Gildoran. So mußte es ja sein. Er war von nichts angegriffen worden. Es waren keine giftigen Insekten oder Reptilien in der Nähe. Ozon ist nicht giftig genug, um jemanden umzubringen.

Gilrae sprach weiter. „Die Umstände, das will ich zugeben, sind etwas verwirrend. Es gibt keine sichtbaren Anzeichen von Herzkrankheiten oder Arteriosklerose. Atmung und Kreislauf waren allem Anschein nach in bester Verfassung. Trotzdem gibt es keinerlei Anlaß zu der Vermutung, sein Tod sei *nicht* natürlich gewesen. Weder im Verdauungstrakt noch in der Lunge hat sich das geringste Anzeichen einer giftigen Substanz gefunden – und das haben wir sehr sorgfältig untersucht, das könnt ihr mir glauben. In keinem der wichtigen Organe gab es ein Indiz für Parasitenbefall, krankheitserregende Organismen oder Viren – auch das haben wir sehr sorgfältig prüfen müssen. Allem Anschein nach war Gilhart körperlich in bester Verfassung."

„Woran ist er dann gestorben?“ quengelte der alte Gilharrad. „Doch sicher nicht an einer Überdosis Gesundheit!“

Gilrae sagte geduldig: „Soweit wir das sagen können, muß er an einer Disfunktion eines Blutgefäßes im Gehirn gestorben sein – mit anderen Worten: ein Gehirnschlag, ein Blutgefäß, das tief in seinem Gehirn geplatzt ist. So etwas könnte gut selbst einer sorgfältigen Autopsie entgehen, aber nachdem wir alle anderen Möglichkeiten ausgeschaltet haben, scheint das als einzige übrigzubleiben.“

Eine natürliche Ursache. Gildoran wußte, daß er eine Erleichterung empfinden müßte. Dennoch war da noch immer die merkwürdige innere Unruhe, die er spürte.

Vielleicht deshalb, weil das meine Welt ist – und mir das so schnell vergällt wird.

Gilban, der ranghöchste medizinische Offizier – eine der wenigen Stellen, die nicht alle zwei Jahre durch das Los neu besetzt wurden –, stand auf und sagte: „Darf ich das so verstehen, daß wir deiner Meinung nach wieder zum Planeten hinunterfliegen können? Ich möchte die Kinder so bald wie möglich hinunterbringen. Sie brauchen Erfahrungen mit der Schwerkraft.“

„Ja, Puhbär hat schon etwas davon erwähnt“, sagte Gilrae. „Wir können sofort wieder hinunter, wenn wir einen neuen Kapitän haben.“ Sie sah unsagbar müde aus und hörte sich auch so an. Doran fragte sich, ob sie seit Gilharts Tod etwas gegessen oder geschlafen hatte. „Und das ist der nächste Punkt auf der Tagesordnung – die Wahl eines neuen Kapitäns. Wer hat Dienst in der Kinderstation? Gilramie? Geh doch bitte in die Kinderstation hinunter und bring uns eines von den Babys her, damit es das Los ziehen kann. Außerdem sollten wir uns über die Ausnahmen Gedanken machen. Jeder, der innerhalb der letzten sieben Jahre Kapitän war, ist automatisch von der Wahl ausgeschlossen. Lori und Gilbarni haben bisher noch keine Stelle in der Klasse A gehabt. Sie sind daher nicht für das Amt qualifiziert. Noch Anträge auf Ausschluß von der Wahl?“

Gilban sagte kurz: „Ich kann nicht zu gleicher Zeit oberster Arzt und Kapitän sein. Akzeptiert?“

Gilrae sah sich um. „Irgendwelche Einwände dagegen? In Ordnung, Ban, du bist von der Wahl befreit. Sonst noch jemand?“

Gilharrad sagte, ohne aufzustehen: „Ich bin zu alt, Rae. Kann ich ebenfalls befreit werden?"

„Ich wünsche mir, du würdest das nicht verlangen", sagte die Frau. „Wir brauchen deine Erfahrung. Willst du nicht das Eins-zu-fünfzig-Risiko eingehen?"

„Ich war noch nicht einmal dazu verpflichtet, wieder aktiv Dienst zu tun" bemerkte der Alte dazu.

Gilrae seufzte und sagte: „Trotzdem..."

Sie waren beide nicht ganz bei der Sache, dachte Gildoran, sonst wäre es ihnen eingefallen, und so brachte er so taktvoll wie möglich ein: „Gilharrad war vor weniger als sieben Jahren Jahreskapitän, Rae."

Die Frau schüttelte verwirrt den Kopf. „Stimmt ja, natürlich. Noch jemand?"

Gilraban stand auf und sagte: „Ich werde mit der Arbeit mit dem Transmitter alle Hände voll zu tun haben. Akzeptiert?"

„Irgendwelche Einwände?"

„Ich bin dagegen", sagte Gilmarti, eine große, magere, ältere Frau. „Wir sind zu acht mit dem Transmitter beschäftigt, und wir schaffen es schon, wenn es sein muß. Raban kann das gleiche Risiko wie die anderen auf sich nehmen."

„Befreiung abgelehnt", sagte Gilrae und seufzte. „Sonst noch jemand? Also gut, ihr anderen, legt eure Identitätsscheiben in den Kasten, und sobald Ramie mit einem der Kinder heraufkommt, kann die Ziehung beginnen."

Sie standen auf und gingen nacheinander an dem rotierenden Zylinder vorbei, in den jeder oder jede die kleine Metallscheibe warf. Raban schimpfte noch immer. Gildoran blieb mit dem Wunsch neben Rae stehen, ihr irgendwie seine Gefühle zu zeigen, aber sie sah nicht auf, und er spürte, daß die Frau bei einem kleinen freundlichen Wort oder einer Gefühlsäußerung zusammenbrechen würde. Er warf seine Scheibe in den Zylinder und bemerkte, daß Gilmerrit neben ihm stand. Sie ging mit ihm zusammen zu dem Sitz, den Ramie geräumt hatte. Sie sah traurig und überlastet aus. „Wer auch immer Kapitän wird, es wird schwer für ihn oder sie werden – und für uns auch. Jeder hat Gilhart gemocht, und wenn wir jemanden bekommen, der ausdrücklich nicht Kapitän werden wollte, dann wird es doppelt schwer. Ich bin der Meinung, daß jeder, der es verlangt, von der Wahl freigestellt werden sollte."

„Aber die meisten von uns würden lieber in ihrem eigenen Spezialgebiet bleiben", erinnerte Doran sie. „Hier an Bord gibt es nur ungefähr acht Leute, die den Job gern übernehmen würden, und die haben nicht immer die besten Qualifikationen dafür. So ist es die beste Methode, damit jeder früher oder später einmal an die Reihe kommt."

„Schon möglich", sagte sie, aber es hörte sich nicht sehr überzeugt an. Gildoran lachte. „Na ja, vielleicht erwischt es ja dich. Dann kannst du das Erholungsgebiet einrichten, von dem du gesprochen hast."

Sie schüttelte den Kopf und sagte ernst: „Der Himmel soll dem Schiff helfen, wenn ich Kapitän werde. Ich glaube, ich habe nicht das geringste Talent zum Führen."

Gildoran dachte: „Ich auch nicht". Es war dies erst das zweite Jahr, daß er in die Liste der für dieses Amt qualifizierten Personen aufgenommen worden war. Er sah sich um und fragte sich, wie viele Mannschaftsmitglieder der *Samtfalter* ebenso fühlten.

Vielleicht sollten sich Leute für das Kapitänsamt ebenso wie für die medizinische Abteilung oder für die Kinderstation oder als Ingenieure qualifizieren – nach Talent, Erfahrung, Interesse, Führungsqualitäten. Wenn jemand nicht einen Ton vom anderen unterscheiden kann, machen wir ihn ja auch nicht zum obersten Musiker!

Gilramie kam mit Gilmarina an der Hand herein. Jeder lächelte dem kleinen Mädchen in ihrem weißen und rosa Overall zu, die sich durch ihre dunklen Haare und ihre rosigen Wangen noch immer von den anderen unterschied.

Sie wird schrecklich verwöhnt – sie ist jedermanns Liebling. Die Puhbären heben die hübschesten Kleider für sie auf – oder sehen sie vielleicht an ihr einfach hübscher aus?

Als er Ramies dunkle, große Mandelaugen ansah, kam ihm plötzlich der Gedanke, daß sie früher, als der Raum sie noch nicht gebleicht hatte, Gilmarina sehr ähnlich gewesen sein mußte. Seine Erinnerung reichte nicht so weit zurück, aber schließlich waren er und Ramie zusammen aufgewachsen – eigentlich *sollte* er sich eine Erinnerung an eine hübsche, dunkelhaarige, rotbackige Ramie behalten haben, bevor sie sechs gewesen war.

Ramie gab Marina in Gilraes Arme, und sie drückte sie einen Augenblick lang an sich, während Ramie ihre Identitätsscheibe in den rotierenden Zylinder steckte. Gilrae ließ ihn noch kurz weiter rotieren, und Ramie ging zu dem Platz zurück, auf dem sie gesessen hatte. Als sie Gilmerrit dort sitzen sah, zuckte sie leicht die Achseln und glitt in den nächsten freien Sitz. Sie machte zwar einen unbeteiligten Eindruck, aber Gildoran hatte irgendwie ein schlechtes Gewissen.

Gilrae streckte die Hand aus und hielt den sich drehenden Zylinder an. Der kleine Haufen Scheiben darin kam langsam zur Ruhe. Dann hob sie Marina herab und vor den Zylinder.

„Gib mir eine von den Scheiben, Marina." Das Kind schob seine rundliche Hand in den Kasten. „Nur eine, so ist es richtig. Hier, jemand soll sie mir abnehmen..." Rae gab Gilmarina mit einer kurzen Liebkosung in die Arme des nächsten Mannschaftsmitglieds. Sie drehte die Scheibe um, und ein merkwürdiger Ausdruck überflog ihr Gesicht.

Wenn sie Kapitän wird, wäre das für das Schiff gut, aber sie selbst könnte es zugrunde richten. Nein. Sie war vor sechs Jahren Kapitän. Sie ist von der Wahl ausgeschlossen.

Gilrae hatte noch immer den merkwürdigen Gesichtsausdruck, als sie die Scheibe hob und sie den anderen zeigte.

„Gildoran", sagte sie.

Gildoran konnte es nicht glauben, und er rief: „O nein!"

Sie nickte langsam, kam zu ihm und drückte ihm die Scheibe in die Hand. Sie sagte noch: „Herzlichen Glückwunsch."

Gildoran war von der Ironie der Situation verblüfft.

Seine Welt. Seine Verantwortung.

Und jetzt sein Problem.

Gilrae berührte seine Hand und ergriff sie. Sie sagte: „Jetzt schau nicht so, als sei ein Unheil über dich hereingebrochen, Gildoran. Früher oder später erwischt es jeden." Er aber glaubte zu wissen, daß sie dachte, für Gilhart gäbe es keinen Ersatz.

Plötzlich arbeitete es in dem Gesicht der Frau, als wolle sie gleich anfangen zu weinen. Gildoran folgte einem Impuls, streckte die Arme aus und drückte sie an sich. Er war so viel größer, daß sie ihm kaum bis an die Schulter reichte, und als er sie so hielt, wirkte sie hilflos und verwundbar, als sie sich zitternd an ihn lehnte. Er hatte ein Gefühl, als könne er durch die Kraft seiner Liebe zerspringen, und doch... und doch hätte er nichts Grausameres tun können, als sie auf sich, seine Probleme und Schwierigkeiten aufmerksam zu machen.

Doch dann kam ihm der erste fast angenehme Gedanke, seit Gilhart gestorben war, und er überlegte sich, daß es etwas gab, was er nun tun *konnte,* was eigentlich nun seine Aufgabe war und was niemand sonst tun würde, wenn er es nicht auf sich nahm.

Er schob die geliebte Gestalt sanft ein wenig von sich weg, sah zärtlich auf sie herunter und erteilte seinen ersten Befehl als Kapitän der *Samtfalter*.

„Du bist vollkommen am Ende, Rae, und das ist auch kein Wunder. Es ist höchste Zeit, daß du ein wenig Ruhe bekommst. Gilban, bring sie hinunter in das Krankenrevier und gib ihr ein Beruhigungsmittel. Wir werden dich alle benötigen, und wir können es nicht zulassen, daß du vor Überarbeitung und Belastung krank wirst."

Sie sah voll Überraschung und Dankbarkeit zu ihm hoch, und es war fast sichtbar, wie die Belastung aus ihrem Gesicht verschwand.

„In Ordnung... Kapitän", sagte sie leise und ging mit dem Arzt davon.

5

Vier Tage später war die Lichtung unter den Felsen nicht mehr wiederzuerkennen. Zwischen dem See und den Felsen standen vier transportable Labors, und von dem fliegenden Landungsboot aus war ein Stück Vegetation in der Nähe der Felsen abgebrannt worden. Das hatte zwar bedeutet, daß ungefähr eine halbe Meile Unterholz geopfert werden mußte, das zum größten Teil aus den dichten Büschen mit den tassenförmigen, schimmernden Blüten bestand, aber sonst hätte man den Wald antasten müssen. Büsche waren leichter abzubrennen, wuchsen leichter nach, wenn sie einen festen Platz in der Ökologie des Planeten hatten, und hinzu kam noch, daß die Gefahr eines Brandes bei der Landung der *Samtfalter* in der Nähe des Lagers geringer war, wenn zuvor die Vegetation auf dem Gelände beseitigt wurde.

Gildoran hatte für die Landungsmannschaft und die ungefähr zwölf Experten, die nun jeden Tag herunterkamen, um geodätische Studien für den Standort des Transmitters durchzuführen, ein Behelfslager einrichten lassen. Der Transmitter konnte theoretisch zwar fast überall aufgestellt werden, wo der Boden einigermaßen trocken war, aber einige praktische Überlegungen waren doch nötig. Er sollte nicht über einem geologischen Riß zwischen zwei Schollen oder auf allgemein unstabilem Boden stehen. Es war für die Transmitter weit besser, wenn die Möglichkeit eines Erdbebens möglichst weitgehend ausgeschaltet war, und das gleiche galt für die Städte, die unweigerlich um einen Transmitterstandpunkt herum entstanden.

Jeder an Bord war bereit gewesen, mit dem neuen Kapitän zusammenzuarbeiten, wie das Etikette und Tradition auf der *Samtfalter* verlangten. Obwohl Gildoran wußte, daß zumindest die Hälfte der Besatzung sich geärgert hatte, als er, der jüngste unter den Wahlberechtigten, von dem gnadenlosen Los gewählt worden war, so hielt doch das gute Benehmen und eine alte Tradition die Leute davon ab, dies zu zeigen. Trotzdem hatte er gehört, wie Gilnart von der Transmittermannschaft voller Verachtung gesagt hatte, als er glaubte, Gildoran sei außer Hörweite: „Der kleine Junge – an Gilharts Stelle?" Das war Gildoran so peinlich, als habe er sich dadurch, daß er es hörte, danebenbenommen und nicht Gilnart selbst durch seine Aussage. Er verspürte den Wunsch, Gilnart entgegenzuschreien: „Meinst du vielleicht, ich denke nicht ebenso? Glaubst du vielleicht, ich *will* mir Gilharts Schuhe anziehen?" Statt dessen hatte er sich heimlich aus dem Gang geschlichen und gehofft, Gilnart würde ihn nicht sehen.

Dennoch war er einer frühen Konfrontation nicht aus dem Weg gegangen, oder er hatte es vielmehr nicht geschafft, ihr aus dem Weg zu gehen.

Am nächsten Tag, nachdem Gilhart feierlich in einer Bestattungszeremonie dem Raum übergeben worden war, war Gilban aus der medizinischen Abteilung an ihn herangetreten. Gildoran hatte gefragt: „Geht es Gilrae gut?"

„Es geht. Du hast aber auf jeden Fall recht gehabt, als du ihr Ruhe befohlen hast. Sie stand unmittelbar vor einem Zusammenbruch. Ich habe jedoch ein anderes Problem, Kapitän: Ich möchte wissen, wann du wieder hinuntergehen willst. Wir müssen die Kinder hinunterbringen. Sie müssen in einer Umgebung leben, die reich an Eisen ist, sie brauchen Sonnenlicht, sie brauchen Gravitation. Kann ich den Befehl geben, daß sie heute mit dem Landungsboot hinuntergeschickt werden?"

Er hörte sich kampfeslustig an, und er sah auch so aus. Er war ein mürrischer Mann und gehörte zu den wenigen Mannschaftsmitgliedern, die größer als Gildoran waren, und er hatte schon immer ein wenig Angst vor ihm gehabt. Er war seit Dorans eigener Kindheit der oberste medizinische Offizier.

Gildoran fiel ein Einwand ein: „Hast du schon mit den Puhbären darüber gesprochen?"

Das wischte Gilban zur Seite: „Ich weiß, wie sie darüber denken, aber sie sind keine Fachleute, wenn es um Medizin geht. Das ist meiner Ansicht nach wichtiger als die unbestimmten Gefühle, die irgend jemand hat." Er blieb beharrlich: „Kann ich das Lager für die Kinder heute aufschlagen lassen?"

Es führte kein Weg daran vorbei. Gildoran sagte: „Ich möchte mich trotzdem lieber nach den Gefühlen der Puhbären richten, was dieses Problem angeht – zumindest noch für zwei Tage, Gilban. Sie sind schließlich Spezialisten, was das Wohlbefinden der Kinder angeht." Er suchte krampfhaft nach einem annehmbaren Vorwand. „Vielleicht ist es diplomatischer, sie nicht so vor den Kopf zu stoßen."

Gilban starrte den jungen Kapitän mit seinen länglichen, gelben Augen kalt an. Er brachte mit diesem Blick deutlicher als mit Worten zum Ausdruck, daß Gildoran die Wahl hatte, entweder die Puhbären oder ihn vor den Kopf zu stoßen. Er sagte kurz: „Ich habe meine Meinung als medizinischer Fachmann vorgetragen. Wirst du dich ihr anschließen oder nicht?"

Gildoran sagte: „Gilhart war damit einverstanden, es zu verschieben, bis wir die Sache genauer untersucht haben, und wir geben ihnen eisenhaltiges Trinkwasser vom Land, was das Eisenproblem sofort aus der Welt schaffen dürfte. Was das Sonnenlicht und die Gravitation angeht, so ist das nach der Meinung der Puhbären bei weitem nicht so dringend. Ich bin der Meinung, wir sollten noch ein paar Tage auf dem Planeten warten, bis wir herausfinden, was die Puhbären so besorgt gemacht hat."

Gilban sagte mit zusammengebissenen Zähnen: „Gildoran, du bist zwar Kapitän, aber ich möchte dich daran erinnern, daß ich auf diesem Schiff schon oberster medizinischer Offizier war, als du noch nicht aus der Kinderstation heraus warst. Stellst du meine fachliche Kompetenz in Frage?"

Das ist schlimm. Das ist ganz schlimm. Von den Spezialisten brauche ich jede Hilfe, die ich bekommen kann, und Gilban habe ich schon wütend gemacht. Glaubt er jetzt, daß mir die Macht zu Kopf gestiegen ist?

Gildoran versuchte verzweifelt, den älteren Mann zu besänftigen, und sagte: „Die würde ich nie in Frage stellen, Gilban, aber das ist nicht meine Entscheidung, sondern die von Gilhart. *Seine* Kompetenz möchte ich auch nicht in Frage stellen. Meiner Meinung nach kann ich seinen Befehl nicht eher übergehen, bis dazu jeder seine Meinung geäußert hat, darunter auch jene, die schon auf dem Planeten waren." Vorsichtigerweise erwähnte er nicht, daß Gilban nicht zu ihnen gehörte.

Gilban sagte: „Ich kann dich also nicht davon überzeugen."

Verdammt noch mal, er legte es wirklich auf Konfrontation an, und er ließ Gildoran keine Möglichkeit, dem aus dem Weg zu gehen. „Ich werde immer bereit sein, auf deinen Rat zu hören, Gilban, aber erst, wenn du unten auf dem Planeten warst und ihn genau untersucht hast."

Gilban ballte die Fäuste an seiner Seite. Die kümmerlichen Reste von Haar, die ihm noch geblieben waren, schienen sich vor Wut aufzustellen. Er sagte: „Die Entscheidung liegt natürlich bei dir" und ging weg, und Gildoran wußte, daß er sich zum erstenmal in seinem Leben an Bord der *Samtfalter* einen Feind gemacht hatte. Es war erst Stunden her, seit er das Kommando übernommen hatte, und er hatte sich schon die Feindschaft eines Offiziers zugezogen, dessen Unterstützung für ihn äußerst wichtig werden würde.

Gildoran hatte keine Wachen aufgestellt – genaue Forschung und Überprüfung vom Landungsboot aus hatten keinen Hinweis auf Tiere irgendeiner Art, auch nicht auf Vögel, ergeben. Es gab eigentlich keinerlei Lebensform, die größer als die zwanzig Zentimeter großen Schmetterlinge waren, die jene kleinen Dimaxion-Kuppeln umflatterten, die von der Mannschaft als tragbare Unterkünfte aufgestellt worden waren.

Ramie, die neben Gildoran durch das abgebrannte Stück ging, lächelte erfreut über den schimmernden Glanz der Tiere und sagte: „Ich möchte gerne wissen, ob sie die Büsche suchen, die wir niedergebrannt haben... Es wäre mir sehr zuwider, wenn wir so schöne Wesen dadurch umbringen würden, daß wir ihre Nahrungsquelle abbrannten."

„Überall in den Hügeln hier gibt es kilometerlang diese Büsche", sagte Gildoran, „und wenn sie anderen Schmetterlingen ähneln, dann leben sie sowieso nur ein paar Tage. Eine abgebrannte Stelle von der Größe schadet gar nichts, und außerdem hält sie uns die Insekten vom Hals, bis wir wissen, ob es darunter keine giftigen gibt. Wenn wir erst einmal genauer über sie Bescheid wissen, können wir Maßnahmen zu ihrer Kontrolle einleiten."

„Sie sind doch nicht giftig, oder?"

Gildoran sagte: „Ich bin kein Biologe, aber Gilmerrit glaubt, daß dies nicht der Fall ist."

„Warum glitzern ihre Flügel so? Sie sehen wie Juwelen aus."

„Nach unserem biologischen Bericht stimmt das fast", sagte Gildoran. „Es gibt eine Menge Leben, das auf Kohlenwasserstoff basiert, und Juwelen sind nur kristallisierte Kohle. Die Oberflächen ihrer Flügel sind tatsächlich mit Diamantenstaub bedeckt – mit kristallisierten Schuppen aus mikroskopisch kleinen Kohlepartikeln. Diamantenbesetzte Schmetterlinge!"

Gilramie lächelte. „Ich kann mir gut vorstellen, daß sie bei den Frauen der letzte Modeschrei werden könnten. Weißt du noch, wie die Glüh-Echsen an kleinen Goldketten Mode wurden? Tragen Sie einen lebendigen, diamantenbesetzen Schmetterling! Eigentlich müßten wir für diese Welt eine ordentliche Belohnung bekommen – sie ist wunderbar!"

Gildoran lächelte über den Gedanken und dachte zum wiederholten Mal, wie angenehm es war, mit ihr zusammenzusein, wenn sie ihn nur als Freund und nichts weiter akzeptieren könnte. Sie mußte inzwischen wissen, daß er, als er in die Kapitänskabine eingezogen war, die Nachbarkabine Gilmerrit zugewiesen hatte und daß sie ständig zusammen waren. Aber sie hatte nicht davon gesprochen, wofür er ihr dankbar war.

Er sagte: „Ich nehme an, du bist als Vertreterin der Kinderstation hier? Ich halte dich doch nicht von der Arbeit ab?"

„Nein. Gilban hat gesagt, ich solle ein wenig herumsuchen und einen guten Platz für die Kinder finden, mit Trinkwasser, Schatten und nicht zu nahe am Lärm der Labors und der Ausrüstung. Ich habe schon einmal versuchsweise den Gipfel von dem kleinen Hügel dort ins Auge gefaßt. Der See wäre angenehm, aber wir wissen noch nicht genau, welche Lebensformen das Wasser enthält."

„Ramie, glaubst du, ich habe einen Fehler gemacht, als ich es abgelehnt habe, die Kinder herunterzubringen?"

„Woher soll ich das wissen, Gildoran? Meiner Ansicht nach hast du dich besonnen verhalten und den sichersten Weg beschritten. Irgend jemand wird dich immer kritisieren, ganz egal, was du machst", erinnerte sie ihn. „Gilban meint, daß du zu vorsichtig bist, und jemand anders würde schimpfen, weil du zu unbesonnen bist. Du bekommst sowieso die Schuld, deshalb kannst du auch jede Entscheidung fällen, mit der du glaubst leben zu können."

Sie machte jedoch noch immer ein besorgtes Gesicht, und er fragte sie: „Was hast du auf dem Herzen, Ramie?"

Ihre Augen wanderten zu dem Rand der Lichtung, wo die geodätische Mannschaft beschäftigt war. „Gilharrad", sagte sie langsam. „Ich glaube, ich hätte es ihm verboten, hier herunterzukommen. An Bord der *Samtfalter* gibt es auch genug Arbeit für ihn. Bist du sicher, daß er mit der Schwerkraft fertig wird?"

„Er wollte herkommen, und Gilrae hat ihn angefordert", sagte Gildoran. „Das ist ja die Schwierigkeit, Ramie. Ich fühle mich nicht wohl dabei, wenn ich Leuten Befehle gebe, die schon Kapitän der *Samtfalter* waren, bevor ich gelernt habe, mit Messer und Gabel umzugehen. Bei den Kindern konnte ich mich noch auf Gilharts Entscheidung beziehen."

„Aber Gilrae kannst du nichts abschlagen", sagte Ramie mit scharfer Beobachtungsgabe.

„Verdammt noch einmal, Ramie..."

„Ach, Doran, *nicht!* Ich kann es auch nicht, wie denn auch? Ich mache mir aber Gedanken über Gilharrad. Kannst du ihn nicht in der nächsten Pause hochschicken? Ich finde, er sieht nicht gut aus."

Als sie sich zum Essen in der Lichtung versammelten, gab sich Gildoran besondere Mühe, den alten Mann zu beobachten, aber obwohl er sich langsam bewegte und zerbrechlich aussah, hatte er eine gute Gesichtsfarbe. Als Gildoran ihn fragte, erklärte er gereizt, daß er sich noch nie besser gefühlt habe, daß die Luft gut für ihn sei und daß ihm hier nichts passieren könne, wenn das nicht der Planet sei, der seinen Namen trug. „So toll siehst du selbst nicht aus, mein Junge", sagte er abschließend, und Gildoran gab es auf. Es war wahr, er hatte Kopfschmerzen. Sie hatten alle Kopfschmerzen, und Gildoran hatte den Verdacht, daß, wenn das Ozon nicht dafür verantwortlich war, zumindest sein Kopfweh von rein psychosomatischem Charakter war. Es war das Resultat davon, daß zwar nicht der Planet, wohl aber das Gewicht der *Samtfalter* auf seinen Schultern ruhte.

Diese Welt gefällt mir nicht. Es ist vielleicht dumm von mir, aber ich habe ständig das Gefühl, daß hier bald ein Unglück passieren wird, und das gefällt mir nicht.

Später an diesem Tag brachte Gilmerrit ihm eine große Kiste mit Proben. „Hast du schon einmal ein Insekt gesehen, das wie ein Frosch aussieht?" fragte sie. „Schau dir diesen Riesentyp hier einmal an – ein amphibisches Insekt. Und jetzt sieh dir mal die großen Luftsäcke auf seiner Brust an!"

Gildoran schaute sich das riesige rotgestreifte Wesen an. Es sah tatsächlich einem riesenhaften Frosch ähnlich und war fast fünfundzwanzig Zentimeter lang. „Aber ist das wirklich ein Insekt?"

„Ohne jeden Zweifel."

Die Luftsäcke auf der Brust waren aufgeblasen wie Blasebälge. „Er müßte eigentlich ein teuflisches Quaken produzieren", meinte Gildoran.

„Aber das ist ja der Witz dabei", sagte Gilmerrit und lächelte mit ihren Grübchen. „Hör mal zu. Du hörst doch gar nichts, oder?"

„Nein. Aber ich habe Kopfschmerzen, daß ich nicht mehr geradeaus sehen kann, und da bin ich ganz froh, daß er nicht einen Krach macht, wie das seiner Größe angemessen wäre."

„Ganz genau", sagte Gilmerrit ruhig. „Das ist der Grund, warum die Puhbären diese Welt für so laut gehalten haben und warum es Lori schlecht geworden ist und warum wir alle Kopfweh haben. Der fette Kamerad hier quakt sehr wohl. Die Puhbären haben offensichtlich ein besseres Gehör als wir. Menschliche Ohren nehmen nur Geräusche in dem Bereich von ungefähr fünfzehn bis zwanzigtausend Schwingungen pro Sekunde auf. Der hier quakt subsonisch – mit ungefähr neun Schwingungen pro Sekunde. Und daß es Menschen von subsonischen Geräuschen schlecht wird, daß weiß jeder, und auch, daß Kopfschmerzen, Angstgefühle und allgemeines Unwohlsein die Folge sind. Wir haben auf das geräuschlose Quaken eines riesigen Frosches reagiert."

Gildoran verspürte plötzlich eine unendliche Erleichterung. Das also war der Grund für sein vages ungutes Gefühl, für Loris plötzliche Übelkeit, für das Kopfweh und seine seltsame, namenlose Angst. Eine rein physische Reaktion auf Schallwellen! „Können wir diese Frösche in der Gegend des Lagers für die Kinder irgendwie loswerden?" fragte er, und Gilmerrit nickte. „Wir werden ein paar Tage brauchen, bis wir sie alle gefunden haben, aber ich kann einen Subsonik-Detektor herunterbringen, mit dem wir sie finden können. Ich hätte eigentlich schon vorher an subsonische Geräusche denken sollen – in einem Umkreis von ungefähr einer Meile um den Transmitter müssen wir sie dämpfen. Damit ist also eines von deinen Problemen so gut wie verschwunden, Doran." Sie berührte mit einer merkwürdig intimen Geste seinen Arm, und er lächelte erleichtert.

„Und die subsonischen Geräusche richten keinen physischen Schaden an?"

Gilmerrit schüttelte den Kopf. „Nur wenn sie viel, viel stärker wären als alles, was von einem Tier von dieser Größe hervorgebracht werden kann. Wenn der Frosch hier so groß wie ein Elefant wäre, dann wäre er vielleicht gefährlich. So wie er ist, ist er nur lästig. Ich dachte, das würdest du gerne wissen."

Gildoran nickte, schlug vor, es Gilban zu erzählen, sah ihr nach und dachte, daß damit zumindest eines seiner Probleme aus der Welt geschafft sei. Nachdem er nun wußte, daß ihre Beschwerden und ihre Kopfschmerzen auf einen einfachen, physischen und veränderbaren Grund zurückzuführen waren, konnte das Lager als Wohnort recht angenehm werden, wenn die Froschinsekten erst einmal gefangen und außer Hörweite freigelassen worden waren. Dann konnte diese schöne Welt anfangen, das zu halten, was sie versprach.

In diesem Augenblick drangen laute Geräusche und Stimmengewirr aus der Entfernung in sein Bewußtsein ein. Zunächst waren es nur wortlose Rufe, die aus der allgemeinen Richtung der geodätischen Mannschaft kamen, doch dann bemerkte er, daß jemand seinen Namen rief. Er rannte am schrägen Rand der Felsen entlang, und die Angst in ihm wurde fast zur Panik.

Was denn jetzt? Was gibt es um Gottes willen denn jetzt?

Es war nicht weit genug, um das Landungsboot zu benutzen, aber zu weit, um die gerufenen Worte zu verstehen.

Hier unten muß ein Transportsystem organisiert werden.

Er traf sie auf halbem Weg, eine dichtgedrängte Gruppe von Mannschaftsmitgliedern, die sich dicht aneinanderschoben und etwas trugen, das blaß und schrecklich knochenlos war. Mit dem entsetzlichen Gefühl, daß er dies schon einmal erlebt hatte, wußte er, daß nicht alle seine Vorahnungen den subsonischen Geräuschen in die Schuhe geschoben werden konnten.

Gilrae, noch blasser und verstörter als bei Gilharts Begräbnis, teilte ihm die Nachricht wie betäubt mit.

„Es ist Gilharrad", sagte sie leise. „Ich habe ihn fallen sehen. Es war nichts in seiner Nähe. Er verfolgte gerade einen geologischen Bruch mit seinem tragbaren Sonargerät. Er hat noch nicht einmal aufgeschrien. Er hat sich nur mit der Hand an den Kopf gegriffen und ist umgefallen. Ich war keine drei Schritte von ihm entfernt, aber er war schon tot, als ich seinen Puls gefunden habe. Es war so plötzlich. So plötzlich!"

Gildoran sah über ihren gesenkten Kopf Ramies dunklen, anklagenden Blick, und er hatte gegen diese Augen keine Verteidigung.

„Ruft Gilban und laßt Gilharrad für eine Autopsie nach oben bringen", sagte er müde.

Der arme alte Mann, er wollte im Raum sterben. Er hatte es verdient. Ich konnte ihm keine Ruhe lassen.

Er stellte die üblichen Fragen und wußte dabei voller Kummer, was das für Gilrae bedeutete. Nein, es war nichts in seiner Nähe gewesen, nichts hatte ihn berührt. Gab es da etwas, was Gilharts Tod ähnelte? Nur daß es sehr schnell gegangen sein mußte und daß er sich an den Felsen entlangbewegt hatte. „Genau dort, hinter der Buschgruppe, bei dem großen graurot gestreiften Felsen unter dem Gewirr von Tassenpflanzen." Gilbarni zeigte ihm die Stelle.

Beide Todesfälle hatten sich in der Nähe der Tassenpflanzen zugetragen. Aber das war lächerlich, Gilmerrit hatte jede Pflanze auf organische Gifte untersucht, und außerdem war ja sowieso keine Spur von Gift gefunden worden.

Als er eine Autopsie verlangte, schnaubte Giban hörbar, gab aber seine Zustimmung und brachte dabei deutlich zum Ausdruck, daß er hier einem machthungrigen Diktator nachgab. Als sie am Abend Gilharrad dem Raum übergaben, trug ihm Gilban mit müder Geduld die Resultate vor.

„Die direkte Todesursache war zweifellos eine Gehirnblutung."

„Genau wie Gilhart?"

„Nein", sagte der hochgewachsene Mann gereizt, *„nicht* genau wie Gilhart. Gilhart war ein kerngesunder Mann in den besten Jahren, und obwohl ihn wie jeden von uns ein zufälliger Hirnschlag treffen konnte, war es offensichtlich eine plötzliche Belastung oder ein Anfall. Das gleiche könnte morgen dir oder mir passieren. Die indirekte, aber eigentliche Todesursache war bei Gilharrad einfach extrem hohes Alter. Er war nach Schiffszeit fünfhundertundsieben Jahre alt. Nach Planetenzeit... das weiß Gott allein... Jahrhunderte... Jahrtausende – mindestens einige tausend Jahre. Er hätte aus dem gleichen Grund auch schon vor dreißig oder vierzig Jahren sterben können; die Zellwände in seinem Gehirn müssen so dünn wie Spinnweben gewesen sein, und eine davon hat einfach nachgegeben. Du oder ich sollten erst einmal so lange leben!"

Gildoran wußte, daß dies vernünftig war, konnte aber eine weitere Frage nicht zurückhalten.

„Dann glaubst du also nicht, daß es ein merkwürdiger Zufall ist, wenn wir innerhalb von wenigen Tagen zwei Todesfälle durch zufällige Unglücksfälle mit den gleichen Ursachen haben?"

Gilban sah ihn hochmütig an. „Ich habe dir doch gesagt, daß es eigentlich *nicht* die gleichen Ursachen waren", sagte er. „Du oder ich oder eines von den Kindern aus der Kinderstation könnten morgen an einer Gehirnblutung sterben. Jeder könnte das. Versuche hier nicht, aus nichts ein großes, finsteres und tragisches Geheimnis zu machen, Gildoran, nur um deine eigenen Befürchtungen über den Planeten zu begründen. Außerdem schicke ich morgen die Kinder hinunter. Gilmerrit hat mir gesagt, daß bis dahin die subsonischen Froschinsekten weg sind.“

Gildoran sagte: „Was meinen die Puhbären dazu?“

„Die habe ich nicht gefragt.“ Gilbans Stimme war eiskalt. „Ich möchte dich daran nicht erinnern, nachdem du erst ein paar Tage das Kommando hast, Gildoran, aber ich bin autorisiert, bei einem rein medizinischen Problem auch einen Befehl des Kapitäns zu übergehen. Ich möchte die Kinder in der Schwerkraft und in der Sonne haben, Puhbären hin, Puhbären her – wenn sie den Krach nicht aushalten, kannst du ja jemand anders für den Dienst in der Kinderstation einteilen. Die Babys hören die Frösche nicht, selbst wenn sich einmal der eine oder andere in das Lager verirren sollte. Ich spiele mich hier nur ungern so auf, um meinen Willen durchzusetzen, Gildoran, aber so wie die Dinge sind, hast du mir keine andere Wahl gelassen.“

Da auch Gildoran keine andere Wahl blieb, gab er so großzügig wie er konnte nach. In dieser Nacht machte er in seiner Kabine seinen Gefühlen Luft.

„Was konnte ich denn sagen, Merrit? Ich behaupte nicht von mir, daß ich das zweite Gesicht habe. Ich finde aber einfach, es ist zuviel verlangt, wenn man glauben soll, daß beide zufällig mit der gleichen Todesursache, fast an der gleichen Stelle, mit nur ein paar Tagen Zwischenraum, gestorben sind, aber was kann ich beweisen? Soll ich vielleicht warten, bis noch jemand stirbt, damit er überzeugt ist? Hast du die Tassenpflanzen analysiert?“

„Nur oberflächlich“, sagte sie. „Sie scheinen einige merkwürdige innere Organe zu haben, mit denen ich nicht zu Rande komme – ich habe den Verdacht, daß sie der Fortpflanzung dienen. Den Grund dafür, daß die Tassen diesen Glanz haben, kann ich dir sagen. Das kommt daher, daß sie wie die Frosch-Insekten mit Kohlekristallen bedeckt sind – winzige Diamantsplitter. In ihrem Innern haben sie noch mehr Kristalle, ich habe den Verdacht, sie fangen lebende Insekten und verdauen sie im Innern der Tassen. Ich habe in einem der inneren Organe einen halb verdauten Schmetterling gefunden. Das würde heißen, daß die Tassen eine ähnliche Funktion wie die Blüten der Venus-Fliegenfalle haben. Ein chemisches Gift ist aber nicht dabei beteiligt – wahrscheinlich bekäme jemand, der eine von den Tassen essen würde, ganz scheußliches Bauchweh. Aber kein Gift, kein Gas – das habe ich als erstes überprüft.“ Sie zögerte und sagte noch: „Wie auch immer, die Tassenpflanzen in der Nähe des Lagers haben wir auf jeden Fall abgebrannt. Soll ich sie im Umkreis des Kinderlagers ebenfalls abbrennen lassen?"

Es war eine Versuchung. Seit Gildoran Gilhart tot unter einer Gruppe von Tassenpflanzen gefunden hatte, verspürte er eine deutliche Abneigung gegen sie. Er war jedoch Naturwissenschaftler und kein Kind. „Nein," sagte er langsam. „Auf keinen Fall, wenn sie harmlos sind. Es hat keinen Zweck, wenn wir die Ökologie mehr stören, als das notwendig ist. Wir müssen noch genug abbrennen, wenn die *Samtfalter* landet und wir mit dem Transmitter anfangen." Er dachte daran, daß er morgen früh – wenn die *Samtfalter* im Orbit eines Planeten war, hielt man sich an den Tag-Nacht-Rhythmus – als erstes mit Raban und Marti über einen Standort für den Transmitter sprechen mußte.

„Ich hatte mich so sehr darauf verlassen, daß Gilharrad uns beraten würde", sagte er. „Ich habe ihn dazu gezwungen zurückzukommen, und das hat ihn umgebracht."

Gilmerrit reichte nach oben und zog ihn zu sich herab. Sie sagte sanft gegen seine Lippen: „Still, Doran. Du weißt, was er dazu gesagt hätte: ‚Planeten und Weltraum sind beides Teile eines einzigen Kosmos'. Und du weißt, was er geglaubt hat: Es gibt irgendwo für jeden einen Planeten, der seinen Namen trägt. Wir können nichts machen, als unser Bestes zu tun, bis wir auf den richtigen treffen. Ich will dir nicht sagen, daß du nicht trauern sollst, Doran. Auch ich habe ihn geliebt. Das haben wir alle getan. Jetzt aber können wir nichts mehr für ihn tun, und wir müssen leben."

Ihr Mund suchte zärtlich nach seinem, und sie versuchte, ihm Trost und Stärke für seine Suche zu geben. „Das einzige, was wir tun können, ist leben, Gildoran, und ich bin hier bei dir."

Warum dachte er in diesem Augenblick, als er Merrit in einer plötzlichen Woge von Begierde in seine Arme zog, an Ramies dunkle, anklagende Augen?

Bei ihr sollte ich sein. Sie und Gilharrad haben sich so gern gemocht. Sie fühlt sich so, wie Gilmarina sich fühlen würde, wenn ich sterben würde...

Er hatte schon genug Probleme an Bord der *Samtfalter*. Dazu wollte er nicht auch noch Ramie kommen lassen.

6

„Wenn es morgen mit dem Test-Transmitter klappt, können wir die *Samtfalter* herunterbringen und uns daranmachen, den Haupttransmitter aufzustellen", sagte Gilmarti und legte ein Bündel Computerausdrucke auf Gildorans Schreibtisch, der provisorisch in einer der kleinen Kuppeln aufgestellt worden war. Er gab sie ihr mit kaum mehr als einem kurzen Blick zurück.

„Den Transmitter überlasse ich dir und Raban, Marti. Das muß ich", sagte er. Das Gesicht der alten Frau nahm einen spöttischen Ausdruck an. Gildoran verkrampfte sich, als er ihn bemerkte. Er wußte, daß viel zu vielen Besatzungsmitgliedern seine Jugend nicht paßte. Zum hundertstenmal verspürte er in sich den Wunsch, ihr zu sagen, daß er die Kapitänsstelle nicht gewollt hatte, aber das wußten sie ja alle.

Gilmarti lächelte unerwartet. „Na ja, es gibt zwei Arten von Wissen", sagte sie. „Das Wissen, was man selbst zu tun hat, und das Wissen, wo man jemand anders findet, der es für einen erledigt. Unseren Anteil erledigen wir schon, Gildoran. Der Test-Transmitter ist in ein paar Stunden soweit."

Er ging mit ihr bis zur Tür der Kuppel, trat in das wolkengetrübte Sonnenlicht und sah über den See. Er fragte: „Wo wollt ihr ihn denn hinstellen?"

„Dort hinten bei den Felsen. Ich habe eine Gruppe dorthin geschickt, damit sie Unterholz für Gehwege abbrennt. Die Transmitterkabine wird dort unten am See stehen. Wenn mit dem Test alles klargeht und wir uns nicht getäuscht haben, dann haben wir dort Granit als Grundgestein und keine Büsche oder instabile Stellen, soweit wir das sehen können. Wir können also den Großen dort aufstellen. Test-Transmitter sind nur für einige Unzen Gewicht vorgesehen, wie du weißt – Tiere von Mausgröße und kleine Gewichte –, damit können wir die einstweiligen Berechnungen für Drift und Gravitation anstellen. Wenn aber erst einmal alles richtig kalibriert ist, können wir die gleichen Berechnungen für den ersten großen Transmitter benutzen, mit dem wir die Verbindung zur Zentrale herstellen."

Er sah, daß die alte Frau noch immer aufgeregt darüber war, teilte ihr seine Beobachtung mit, und sie lächelte ihm zu. „Es ist immer aufregend", gestand sie ihm ein. „Selbst nach all den Jahrhunderten. Eine neue Welt, die an die bewohnte Galaxis angeschlossen wird, und außerdem die Möglichkeit festzustellen, was sich abgespielt hat, während wir in der Schiffszeit eingesperrt waren."

„Wie viele Jahre ist es denn her?" fragte Gildoran.

Sein Freund auf Lassellis Welt – war es möglich, daß er noch am Leben war?

Marti runzelte leicht die Stirn. „Das könnte ich dir ohne einen Computeranschluß und einen Taschenrechner nicht sagen", sagte sie. „Wahrscheinlich sind es aber ungefähr siebenundneunzig Jahre nach Planetenzeit. Ist das wichtig?"

Er schüttelte den Kopf. „Ich habe nur gerade daran gedacht, daß die Kinder in der Brutstation, aus der wir Marina und Taro und die anderen geholt haben, jetzt alte Leute sind – und unsere haben gerade die Windeln hinter sich", sagte er. Er bemerkte, daß sie unruhig auf ihrem Sitz hin und her rutschte, und plötzlich fiel ihm ein, daß es seine Aufgabe war, sie zu entlassen, obwohl sie vier- oder fünfmal so alt war wie er. „Es tut mir leid, Marti, aber ich halte dich von der Arbeit ab. Laß es mich bitte sofort wissen, wenn ihr soweit seid, und ich komme dann herunter und sehe mir die erste Testsendung des Transmitters an."

Er blieb einen Augenblick vor der Kuppel stehen und versuchte, Ordnung in seine Gedanken zu bringen. Er hatte es als neue Routine eingeführt, jeden Morgen im Lager die Runde zu machen. Von den älteren Offizieren hatte sich der eine oder andere so verhalten, als würde er sich damit störend in ihre Arbeit einmischen, aber der größte Teil der Gruppen wußte es anzuerkennen. Als Gildoran einer Aufgabe nachgegangen war, ganz gleich, ob das auf der Brükke, in einem der medizinischen Labors oder in der Kinderstation war, hatte er das gern mit dem Bewußtsein getan, daß der Kapitän darüber Bescheid wußte, womit sie beschäftigt waren, und daß er dann und wann vorbeikam, um irgendwelche notwendigen Fragen an sie zu richten. Bei den Puhbären im Kinderlager war er stets willkommen; Gilrae freute sich immer, wenn er bei ihr in der Kuppel mit den Speichern für die Koordinationsdaten hereinschaute, und auch Gilmerrit zeigte ihm stets gern, womit sie in ihren ökologischen Studien gerade beschäftigt waren. Bei Gilban mußte er etwas vorsichtig sein, aber bisher waren für die Mediziner noch keine Notfälle eingetreten, wenn man von einem der Siebenjährigen, der sich bei Spielen auf den Felsen das Knie aufgeschürft hatte, einem Mannschaftsmitglied mit rauhem Hals, der sich beim Sammeln von Proben im See nasse Füße geholt hatte, und einigen verstauchten Knöcheln und Handgelenken bei den Leuten absah, die nach all der Zeit Schwierigkeiten damit hatten, sich wieder an die Schwerkraft zu gewöhnen. Nur das Alltägliche.

Schließlich entschloß er sich dazu, das biologische Labor auf der Planetenoberfläche zuerst aufzusuchen. In den zehn Tagen, die seit Gilharrads Tod vergangen waren, hatte er einige faszinierende Informationen über diese Welt erhalten. Der erste Eindruck, daß es hier keine größeren Tiere gab, hatte sich als richtig erwiesen – es gab hier sogar keinerlei Warmblüter, sondern nur die komplexe Verflechtung von Insekten und Pflanzen. Gilmerrit war sehr oft draußen unterwegs, um Proben einzusammeln, aber sie gestand ihm ein, daß es Jahre dauern würde, bis das komplexe System von Symbiosen und Abhängigkeiten zwischen Pflanzen und Insekten völlig entschlüsselt war. Ihre Hauptaufgabe bestand zur Zeit darin, gefährliche Pflanzen oder Insekten aufzuspüren, denen die Teams aus dem Weg gehen mußten, die aus der gesamten Galaxe zusammenströmen würden, um die Eröffnung des Planeten abzuschließen.

Als er zu dem Labor kam, war sie gerade mit ihrem Team unterwegs, und so ging er weiter. Gilrae war mit ihren metereologischen Karten beschäftigt, begrüßte ihn aber mit einem freundlichen Lächeln.

„Ich frage mich, ob es hier eigentlich nie regnet“, meinte sie.

„Gibt es denn einen Grund, warum es das sollte? Ich könnte mir vorstellen, daß es hier bei der starken Bewölkung auch so eine recht hohe Luftfeuchtigkeit gibt“, sagte Gildoran, aber sie zeigte auf ein kleines Elektroskop und sagte: „Hier gibt es in der Luft soviel statische Elektrizität, daß ich einige wirklich gigantische Gewitter erwarten würde. Wenn es die aber nicht gibt, dann frage ich mich, wie die Elektrizität erzeugt wird und wie sie sich entlädt.“

„Ich bin sicher, das bekommst du früher oder später heraus", sagte er, und sie nickte. „Eines Tages. Oder die Teams, die nach uns kommen, schaffen es. Ich bemühe mich, nie eine Bindung an einen Planeten aufkommen zu lassen, Gildoran, oder etwas für ihn zu empfinden. Planeten sind zum Weggehen da."

Ich bin jetzt Kapitän, kein Grünschnabel mehr. Sie kann mich ruhig ernst nehmen...

Er wußte jedoch, daß sie Emotionen noch aus dem Weg ging. Die Zeit, die seit Gilharts Tod vergangen war, war noch zu kurz. Er konnte sie lieben, sie trösten, aber etwas Ernsteres – nein, das war ausgeschlossen. Vielleicht noch für Jahre, für Jahre...

Trotzdem klammerte er sich an diesen Augenblick der Nähe und wollte ihn verlängern. Er fragte sie: „Fällt es dir noch immer schwer, *keine* Bindung an einen Planeten zu entwickeln, Rae? Nach dem, was du an jenem Tag zu Gilharrad sagtest..."

Sie versuchte offensichtlich, Gedanken auszudrücken, die sich für sie nur schwer in Worte fassen ließen, und sagte langsam: „Vielleicht ist das für den Homo sapiens eine natürliche Sache – sich nach einem speziellen Horizont zu sehnen, nach einem eigenen Himmel, einem eigenen Meer. Selbst die Späher sind bei Schwerkraft geboren worden. Wir gehören als Art auf eine Welt und sind nicht als Homo cosmos geboren. Wir haben uns unsere eigenen Tabus aufgebaut, aber das sind Gebräuche, keine Instinkte. Du weißt, daß ich Musikerin bin; so sind meine Gedanken. Es gibt ein uraltes Volkslied, von dem einige von uns glauben, daß es noch aus der Zeit vor der Raumfahrt, vor den Spähern, stammt. Du hast es sicher in der Kinderstation gesungen. Ich kann mich auf jeden Fall noch daran erinnern, und erst kürzlich habe ich gehört, wie Ramie es Gilrita und Gilmarina vorgesungen hat." Sie summte die Melodie in ihrer sanften rauchigen Stimme...

Sie brach sofort wieder ab. „Man sagt, es gibt für jeden eine spezielle Insel. Eine Welt, der man nicht widerstehen kann, einen Planeten, der deinen Namen trägt und nach dir ruft... das ist auch der Grund, warum ich Giltallen nie hassen konnte, als er seinen gefunden hat und von uns weggegangen ist..."

„Einmal habe ich auch schon gedacht, ich hätte meine Welt gefunden", sagte Gildoran langsam. Seine Kehle war plötzlich von einem merkwürdigen Schmerz eingeschnürt, der fast wie Heimweh war, aber Heimweh nach etwas, das er noch nie gesehen hatte. „Ich habe gedacht, das sei meine Welt, aber es war nur eine Frau, und es war die falsche Frau. Aber du, Rae, hast du deine Welt nie gefunden?"

Ihre Lippen verzogen sich zu einem leichten Lächeln. „Oh, Gildoran, das ist eine Frage, die du nie stellen solltest. Nur soviel kann ich dir sagen: Diese hier gehört nicht zu denen, die mich in Versuchung führen könnten. Da fehlt noch sehr viel."

Sie beugte sich kurz wieder über ihr Elektroskop, und Gildoran schreckte auf und sagte: „Ich sollte meinen Rundgang zu Ende bringen, statt hier mit dir zu reden. Rae, wenn ich mich mit dir unterhalte, schwindet die Zeit einfach dahin."

Sie hob eine schlanke Hand, um ihm mit einer fast liebevollen Geste die Wange zu berühren. Er bemerkte zum erstenmal in seinem Leben, daß ihre schönen Hände voller Runzeln und Falten waren. Sie sagte sanft: „Ein Dienstgrad ist auch immer mit Privilegien verbunden, Doran. Entspann dich. Du kannst hier stehen und dich ein paar Minuten unterhalten, ohne daß jemand das Recht hat, dich deshalb zu kritisieren." Ihr Lächeln wurde schelmisch. „Aber Gilmerrit kratzt mir die Augen aus, wenn du mit mir zu lange und tiefe Gespräche führst, und deshalb gehst du besser weiter, Kapitän."

Gildoran lachte leicht peinlich berührt, hob eine Hand zum Abschied und ging weiter.

Das ist nicht die Welt, die mich in Versuchung führen könnte.

Mich auch nicht, Rae. Ich weiß nicht, woher das kommt, aber mich auch nicht.

Verdammt, hier muß ein Froschkäfer in der Nähe sein, ich habe ein äußerst ungutes Gefühl.

Als er auf das Hauptquartier der Mediziner zukam, wurde ihm klar, daß er für ein ungutes Gefühl keinen Froschkäfer brauchte. Gilban machte aus seinen Empfindungen kein Geheimnis, und so hielt Gildoran seinen Besuch so kurz wie möglich.

„Alles in Ordnung?"

Gilban fragte kurz: „Warum nicht?", und Gildoran beharrte nicht auf seiner Frage.

„Ich mache hier nur meine Runde, Gilban. Laß es mich wissen, wenn du etwas brauchst oder etwas zu melden hast. Also, bis dann." Damit machte er sich wieder auf den Weg.

Danach brauche ich etwas, um meine Stimmung zu heben. Wie sehr er mich haßt!

Es hatte keinen Sinn, den Standort für den Transmitter aufzusuchen. Gilmarti hatte seinen Bericht bereits geliefert, und wenn sie für den Test bereit waren, würden sie ihm Bescheid geben. Er hätte Raban, den er sehr mochte, gern besucht, aber das war nicht notwendig. Gilnadir, der für das geodätische Team zuständig war, hielt ihn für das Kapitänsamt offensichtlich zu jung und schien zu glauben, er gehe hier nur herum, weil das von ihm verlangt wurde. Gildoran hatte den Verdacht, daß Gilnadir es für einen Teil seiner Pflichten hielt, dem Kapitän seine Aufgaben zu erklären. Er neigte dazu, übermäßig lange Erklärungen zu geben, tat das aber sehr höflich. Gildoran hörte also ebenso höflich zu, als Gilnadir ihm erklärte, man müsse geologisch instabilen Stellen aus dem Weg gehen, da es dort möglicherweise Erd- oder Felsrutsche geben könne. Außerdem sagte er ihm, wo gute Stellen für eine Stadt wären, und wie es mit der Wasserversorgung aussah.

„Der Planet hat noch keinen Namen, Kapitän, das weißt du ja. Wir haben ihm im Logbuch eine Nummer gegeben, aber einen Namen sollte er auch haben."

„Irgendwelche Vorschläge?" fragte Gildoran.

Wenn ich jetzt so daran denke, fällt mir auf, daß ich nie herausbekommen hatte, wer den Planeten ihre Namen gab. Wahrscheinlich dachte ich früher, daß sie schon immer einen Namen hatten.

Gilnadir antwortete mit sorgfältiger Höflichkeit: „Es ist das Privileg des Kapitäns, einer Welt, die unter seinem Kommando entdeckt wird, einen Namen zu geben. Gilhart war dazu noch nicht gekommen. Eilig ist es allerdings nicht. Es hat noch Zeit, bis wir ihn bei der Zentrale anmelden."

„Ich verstehe. Dann werde ich mich mal in der Schiffsbibliothek umsehen. Ich möchte mir nicht einen Namen aussuchen, der schon vergeben ist.

Nicht daß das eine Welt wäre, der ich besonders gern einen Namen geben würde. Es ist meine Welt, aber stolz kann ich darauf nicht sein.

„Sieh zu, daß Rae Kopien von allen diesen Berichten bekommt", erinnerte ihn Gildoran. Den Bruchteil einer Sekunde zu spät fiel es ihm ein, daß diese Erinnerung unnötig gewesen war. Nadir war davon ein wenig gekränkt. Er versuchte, die Beleidigung wieder gutzumachen, so gut es ging, und ging danach zur Kinderstation.

Sie befand sich auf dem schönsten Standort, den er bisher auf diesem Planeten gesehen hatte. Das Lager stand in einer Entfernung von ungefähr einer Viertelmeile vom See entfernt auf einem kleinen Hügel, außer Hörweite der Froschkäfer, wie sie hofften. Hohe, belaubte Bäume mit herrlichen, juwelenfarbigen Blüten warfen ihre Schatten darüber. Die beiden Kuppeln – eine zum Schlafen, eine für die Puhbären – leuchteten bunt. Ihre dreieckigen Segmente waren mit Primärfarben brillant dekoriert. Eine Gruppe von Siebenjährigen saß auf dem grasbewachsenen Hang vor der Kuppel und erhielt eine Art Lektion in den Grundlagen der Mathematik von Ramie, die ihnen den Stoff mit unterschiedlich langen Stäben und verschiedenen Formen bildhaft machte. Sie standen alle auf, um den Kapitän zu begrüßen, verließen dann aber ihren Platz und rannten zu ihm, um ihn mit Fragen zu überschütten. Er blieb ein paar Minuten bei den Kindern stehen, um mit ihnen zu sprechen, und entschuldigte sich bei Ramie dafür, daß er ihre Stunde gestört hatte. Dann erkundigte er sich, wo die Puhbären und die Babys waren.

„Gilrita und Gildando machen ein Nickerchen", sagte Ramie. „Ich glaube, die Puhbären haben Marina und Taro zu einem Spaziergang mit in den Wald genommen. Ihnen gefällt die Jagd nach Schmetterlingen besser. Du hättest Marina heute morgen sehen sollen, wie sie sich mit den Juwelenblüten geschmückt und versucht hat, einen Schmetterling dazu zu bringen, als Schmuckstück auf ihrer Schulter zu bleiben, der eitle kleine Fratz!"

„Hat Gilmerrit die Erlaubnis dazu erteilt, daß sie im Wald spazierengehen?" fragte Gildoran und runzelte die Stirn. „Wir sind noch nicht absolut sicher, ob es keine giftigen Pflanzen oder Insekten gibt. Es ist durchaus möglich, daß diese Welt noch einige unliebsame Überraschungen wie die Froschkäfer beherbergt."

„Ich dachte, das hätte ich dir gesagt: Merrit ist *bei* ihnen“, sagte Ramie. „Sie wollte Proben von den Blättern holen. Sie sind doch nur bis an den Rand des Waldes gegangen.“

„Ich glaube, da gehe ich einmal hin“, sagte Gildoran, den sein ungutes Gefühl noch immer nicht verlassen hatte. Ramie sah ihn etwas spöttisch an und sagte: „Ich bin sicher, daß Merrit sich freut, wenn du kommst...“ Doch dann fuhr sie, in versöhnlicherem Ton, fort: „Und daß sich Gilmarina freuen wird, das weiß ich. Sie fragt schon dauernd: ‚Warum besucht Doran uns nicht mehr – hat er uns nicht mehr lieb?‘“

Als er wegging, dachte er: Verdammt, jetzt denkt Ramie, ich habe nur nach einer Entschuldigung gesucht, damit ich mit Gilmerrit allein sein kann. So ein Blödsinn, wir *leben* zusammen – Entschuldigungen brauchen wir nicht. Außerdem haben wir einen Puhbär und zwei Kinder als Anstandswauwaus dabei!

Der Weg, den sie genommen hatten, war ganz deutlich zu sehen. Er bildete eine natürliche Grenze zwischen den belaubten Büschen und den niedriger wachsenden Blumen. Er sah eine rosa Schleife auf dem Weg liegen und hob sie auf. Damit hatte er den Beweis, daß Marina auf diesem Weg gegangen war, dachte er. Sie liebte Rosa und verstreute ihre Sachen überallhin. Na ja, wenn er sie gefunden hatte, würde er sie ihr wieder umbinden.

Nachdem er einige hundert Meter in den Wald eingedrungen war, hörte er Stimmen und ging in die Richtung, aus der die Geräusche kamen. Oder waren das die Insekten mit ihrem seltsamen hohen und zugleich brummenden Summen? Der Wald war voller Geräusche, und er fragte sich, wie die Puhbären das mit ihrem außergewöhnlichen scharfen Gehör – wie weit in das Spektrum der Geräusche hörten sie noch? – aushalten konnten. Er verspürte den Wunsch, sich selbst die Hände über die Ohren zu legen. Es schien außergewöhnlich viele Geräusche zu geben...

Kosmos! Wer schrie da? Gildoran rannte auf den Laut zu. Sein Herz schlug ihm in plötzlichem wildem Schrecken bis zum Hals. Ein heller Schrei, der sich nach Marina anhörte... ein rauhes, schreckliches Geheul, wie er es noch nie gehört hatte... Schreie... Schreie... Er brach durch das Unterholz, und das Herz blieb ihm fast stehen.

Eine schreckliche Szene bot sich seinem Anblick; Gilmerrit lag besinnungslos am Boden. Der große braunpelzige Puhbär wand sich mit einem der Kinder im Arm in Qualen, und ein entsetzliches, heulendes Stöhnen entrang sich seiner Brust. Hinter ihm lag ein schreiendes, strampelndes Bündel im rosa Overall – *Gilmarina!* Gildoran hörte sich beim Laufen selbst rufen. Er riß das schreiende, sich windende Kind in seine Arme. Sie schrie noch immer voll entsetzlicher Qual, und es dauerte eine Minute oder zwei, bis er erkannte, daß sie ihren kleinen rosabeschuhten Fuß umklammert hielt. Dann wurde sie mit einem letzten Schrei schlaff in seinen Armen.

Sie atmete, aber der rosa Schuh war schwarz und hatte ein großes Loch. Gildoran spürte, wie die Übelkeit in ihm hochstieg. Er richtete sich auf und schrie um Hilfe. Marina hielt er noch immer in den Armen. Er wollte sie an sich drücken, wie wahnsinnig mit ihr zum Arzt rennen, aber auch die anderen gehörten zu seiner Mannschaft, und er konnte sie nicht zurücklassen. Er beugte sich über den zusammengekrümmten, stöhnenden Puhbär. Seine pelzbewachsenen Wangen waren vor Schmerz verzerrt, und seine beweglichen Lippen zurückgezogen, die langen, gelben Zähne entblößt. Er konnte kaum verstehen, was er stöhnte. „Mein Kopf... mein Kopf..."

Ramie brach durch das Unterholz in die Lichtung und starrte sie entsetzt an. Gildoran brüllte zu ihr hinüber: „Bring die Kinder in die Kuppeln! Dann hol Gilban hierher und Tragbahren und ein Medizinerteam – sofort! Beeil dich!"

Ramie verschwendete nicht einmal Zeit, um Fragen zu stellen oder ihre Hilfe anzubieten. Sie rannte los. Gildoran nahm sanft das zweite Kind, Giltaro, aus den Armen des Puhbärs. Er war schlaff und leblos. Gildoran konnte nicht erkennen, ob er noch atmete oder nicht. Er kniete sich neben Gilmerrit und sah, daß ihre Augenlider flatterten. Sie starrte mit vor Schmerzen glasigen Augen zu ihm hoch und bewegte leicht ihren Kopf. „Meine Hand...", flüsterte sie. „Brennt..."

Ihre gesamte Hand war schwarz wie Gilmarinas Schuh. Sie stand offensichtlich unter Schock, aber er konnte nichts für sie tun. Gilmarina atmete, war aber bewußtlos, und Gildoran war froh, daß ihr der Schmerz erspart blieb.

Giltaro atmete nun definitiv nicht mehr, und Gildoran konnte in der Brust des Kleinen nicht den leisesten Herzschlag ausmachen. Wenn es ihnen gelungen wäre, innerhalb von Sekunden einen Respirator oder einen Neurostimulator herzuschaffen... Das Gesicht trug den gleichen blauen Farbton und den verzerrten Ausdruck, den er am ersten Tag auf Gilharts Gesicht gesehen hatte. *Zufälliger Gehirnschlag*. Gildoran bemerkte, daß er vor Wut zitterte. Gilban! Verdammt sollte er sein! Nicht einmal er konnte *das* noch Zufall nennen!

Es dauerte nur Minuten, bis das Medizinerteam da war, und Minuten später lagen Gilmerrit und der Puhbär auf Bahren und wurden den Hügel hinuntergetragen. Gilban hatte Giltaro für tot erklärt und Doran angeboten, ihm Gilmarina aus den Armen zu nehmen, aber Doran sagte: „Ich kann sie genauso schnell wie du dorthin tragen“, und ging mit Riesenschritten den Hügel hinunter zur Medizinerkuppel.

Gilban beugte sich sofort über den Puhbär, während Gilnosta Marinas kleine Sandale auszog und sich bestürzt den blasenübersäten, geschwärzten Fuß anschaute. „Kosmos“, seufzte sie auf. „Das sieht aus wie eine Laserverbrennung! So etwas habe ich seit dem Krieg auf Matexi nicht mehr gesehen!“ Sie legte einen Verband um die entsetzliche Verbrennung, injizierte mit der Spray-Pistole ein schmerzstillendes Mittel und wandte sich Gilmerrit zu.

„Werden sie es überleben?“ fragte Gildoran.

„Gilmarina wird durchkommen“, sagte Nosta. „Der Kosmos allein weiß, ob sie von diesem Fuß jemals wieder etwas haben wird, aber sie wird durchkommen. Merrit – sie steht noch unter Schock. Wenn es uns gelingt, ihr darüber wegzuhelfen, dann dauert es keine Stunde mehr, bis sie uns berichten kann, was vorgefallen ist.“ Zu dem Puhbären aber sah sie hinüber und schüttelte den Kopf, und Gilbans Gesicht war sehr ernst.

„Das Gehirn ist schwer beschädigt. Selbst wenn er mit dem Leben davonkommt, wird er nur noch dahinvegetieren können“, sagte er.

„Es will mir einfach nicht gelingen, etwas gegen die Krämpfe zu tun. Ständig folgt einer auf den anderen. Ich fürchte, er wird das Bewußtsein nie wiedererlangen. Was ist mit ihnen geschehen, Kapitän?“

Gildoran brauchte einen Augenblick, bis er bemerkte, daß er gemeint war. „Ich weiß es nicht“, sagte er. „Ich habe nur die Schreie gehört und sie dann so vorgefunden. Ich glaube, Taro war schon tot.“

„Aber was war um sie herum? Hatten sie etwas berührt?“

Gildoran wollte ihm ins Gesicht schreien, daß er es gewesen war, der den Planeten als sicher erklärt hatte, daß Gilban allein für den Tod Taros und des Puhbären, für Gilmarinas Verletzung, die sie zum Krüppel machen würde, und für Gilmerrits schreckliche Wunde verantwortlich war. Ein Blick in das gequälte Gesicht des Mediziners verriet ihm jedoch, daß es nicht nötig war, ihm irgend etwas zu sagen. In diesem Augenblick erfuhr Gildoran den schlimmsten Teil des Kommandantenamts – letzten Endes trug der Kapitän *alles* auf seinen Schultern. Für die Verwundeten und Toten wäre es keine Hilfe, wenn er Gilban die Schuld gab. Er hatte sich ehrlich bemüht, sein Bestes zu tun. Das einzige, was er, Gildoran, jetzt noch tun konnte, war, Gilban zu helfen, denn seine Hilfe wurde gebraucht.

Er sagte schleppend: „Ich weiß es nicht, Gilban. Niemand weiß es. Vielleicht kann Gilmerrit es dir sagen, wenn sie wieder zu sich kommt. In der Zwischenzeit schicke ich ein Biologenteam *in Raumanzügen* dort hinauf. Sie sollen sich umsehen und versuchen herauszufinden, wer oder was für den Angriff verantwortlich ist. Da gibt es offensichtlich etwas, wovon niemand etwas gewußt hat.“ Er warf einen letzten sehnsüchtigen Blick auf Gilmerrit und ging hinaus, um die Befehle zu erteilen.

Er zögerte keine Sekunde, alle Kinder aus der Kinderstation auf die *Samtfalter* hinaufzuschicken, bis der wahre Hintergrund für den Zwischenfall bekannt war. Die Kinder waren ihre Zukunft, und sie durften nicht gefährdet werden. Die Mannschaft der *Samtfalter* war nun definitiv zahlenmäßig zu knapp, besonders deshalb, weil jemand Tag und Nacht für die Pflege der Opfer dazusein hatte. Giltaro betrauerte er tief und voller Schmerz. Das war eines von seinen Kindern. Mit ihnen hatte er den Sprung von der Brutstation durch die Galaxis gemacht. Nach den Operationen hatte er sie gepflegt, und er war dabeigewesen, wie zwei von ihnen gestorben waren, noch bevor sie einen Namen erhalten hatten. Jetzt war Taro tot, und die kleine Gilmarina war zwar mit dem Leben davongekommen, würde aber vielleicht ihr Leben lang ein Krüppel bleiben. Er hatte die Puhbären mit hinaufgeschickt. Er war sich völlig sicher: Was auch immer für den Tod von Gilhart und Gilharrad verantwortlich war, hatte auch den Puhbär niedergestreckt. Wahrscheinlich lag er im Sterben. Die anderen würde er nicht riskieren.

Er wartete noch immer auf die angeforderten Raumanzüge – Transmitter vom Schiff auf den Planeten wären hier *tatsächlich* eine Hilfe gewesen – als Gilraban hereinkam, um ihm mitzuteilen, daß der Testtransmitter aufgebaut sei, und um seine Anwesenheit bat.

„Wartet damit noch ein wenig", sagte er hölzern. „Wir können nicht einschalten, bevor wir nicht wissen, was für die Verletzungen verantwortlich ist. Wir können es uns nicht leisten, noch jemanden zu verlieren."

Raban brummte zwar etwas in sich hinein, war aber einverstanden. Er erklärte sich außerdem dazu bereit, alle aus den Wäldern zurückzurufen und dafür zu sorgen, daß sie innerhalb der abgebrannten Fläche blieben, bis Klarheit darüber herrschte, welche Lebensform die Mannschaft angegriffen hatte. Während des ganzen restlichen Tages lastete eine schockierte, brütende Stille über der Lichtung. Die Arbeit war unterbrochen, außer für das Biologenteam, das in Raumanzügen die Lichtung hinter dem Kinderlager absuchte, in der sich der Unfall abgespielt hatte. Gildoran hätte am liebsten einen Raumanzug angezogen und wäre mit ihnen dort hinausgegangen, um die Stelle in Stücke zu reißen und herauszufinden, was sich dort abgespielt hatte, aber noch nicht einmal diese Befriedigung war ihm vergönnt. Er war der Kapitän. Er gehörte an eine Stelle, an der die Mannschaftsmitglieder ihn finden und ihm Bericht erstatten konnten.

Immer wieder fand er sich in der Medizinerkuppel ein, in der Gilmerrit noch immer betäubt dalag und der Puhbär zuckte, vor sich hinmurmelte und in Abständen von wenigen Sekunden in heftigen Krämpfen erstarrte. Gilban sah übernächtigt aus, und sein Gesicht war fast grau.

„Kannst du nichts gegen die Krämpfe tun?" Gildoran hob die Hand. „Ich stelle nicht deine Kompetenz in Frage, Ban, ich frage dich nur."

Der Mann schüttelte mit einem Gesicht aus Stein den Kopf. „Wir wissen so wenig über die Puhbären, selbst nach all den Jahrhunderten. Sie werden nie krank. Sie haben uns den größten Teil von dem beigebracht, was *wir* über Medizin wissen, aber über *ihre* Biologie haben wir kaum eine Ahnung. Wenn ich ihm genug Sedative gebe, um die Krämpfe zu stoppen, verfällt er in Cheyne-Stokes-Atmung – sein Herz hat schon zweimal aufgehört zu schlagen, und ich mußte den Neurostimulator einsetzen. Ich kann nur mit den offensichtlichen Stützmaßnahmen versuchen, ihn am Leben zu erhalten, und die nützen auch nicht viel. Lange wird es nicht dauern. Höchstens ein paar Stunden, vielleicht nur ein paar Minuten.“

Gildoran sagte nüchtern: „Sollten wir nicht die anderen Puhbären herholen? Sollten sie nicht darüber informiert werden, daß er stirbt?“

„Was würde das nützen? Sie sollten bei den Kindern bleiben.“

Gildoran sagte langsam: „Meiner Meinung nach haben sie ein Recht darauf, sich zu verabschieden. Stell jemand aus der Mannschaft der *Samtfalter* ab, der sich in der Zwischenzeit um die Kinder kümmert. Sende einen Transporter für die Puhbären hoch, es sei denn, du hältst es für besser, ihn von hier mit dem Landungsboot hochschaffen zu lassen.“

Gilban schüttelte den Kopf. „In dem Augenblick, in dem wir ihn bewegen, stirbt er. Keine Frage.“

Gildoran ging hinüber und stand bei dem großen sterbenden Wesen. Er wurde von Trauer und Zorn zerrissen. Er sah auf das pelzbewachsene freundliche Gesicht, das nun verzerrt und unkenntlich war. Ein solches Gesicht erhob sich als erstes aus seinen verschwommenen Kindheitserinnerungen auf der *Samtfalter.*

Unsere Mütter. Meine Mutter stirbt, und ich kann daran nichts ändern. Diese Welt soll verdammt sein!

Er sah Gilbans gebeugte Schuter, und mit einem plötzlichen Schmerz fiel ihm ein, daß auch er seine Mutter war. Er folgte einem Impuls von Schmerz, Mitleid und den Erinnerungen eines ganzen Lebens und legte dem älteren Mann seinen Arm um die Schulter, und einen Augenblick lang standen sie beieinander.

Er haßt mich, aber jetzt sind wir Brüder. Das werden wir immer sein. Keiner von uns hat eine andere Welt als diese hier oder irgendwelche anderen Angehörigen als uns.

Er wollte weiter dort stehenbleiben, wie ein Kind weinen, toben und den Kosmos fragen, warum dies alles mit ihnen geschehen war, aber er hatte Arbeit zu erledigen. Er seufzte schwer und machte sich daran.

Der Puhbär, der in der Lichtung gewesen war, starb zwei Stunden später. Gildoran war nicht dabei; er warf einen Blick in die Medizinerkuppel und sah den großen, stillen braunen Körper von einem undruchdringlichen Kreis von fünf anderen großen, braunen, pelzbewachsenen Rücken umgeben. Die dichte Mauer um den sterbenden Artgenossen schloß selbst Gilban aus. Sie sangen leise in einer unbekannten Sprache.

Seit Jahrhunderten ein Teil von uns, und wir wissen nichts, nichts über sie. Sie schienen so ewig wie der Kosmos, so unsterblich wie die Sterne selbst zu sein.

Gilmarina war, unter einem starken Beruhigungsmittel stehend, mit den anderen Kindern zum Schiff hochgebracht worden. Gildoran, der keine Ruhe finden konnte, ging zu seinem eigenen Hauptquartier in einem der Labors auf der Planetenoberfläche, und dort fand Gilraban ihn.

„Für die Verletzten können wir nichts tun, Kapitän. Können wir jetzt mit dem Transmittertest weitermachen?"

Gildoran hatte ihnen vorher gesagt, sie sollten das noch zurückstellen, aber jetzt zuckte er die Achseln. „Macht weiter. Bringt es hinter euch. Wenigstens etwas, das uns nicht mehr aufhält, wenn wir herausbekommen, was das Problem ist. Seid aber vorsichtig, Raban, wir können es uns nicht leisten, noch jemanden zu verlieren. Was brauchst du?"

„Gewichte und einige Versuchstiere. Das ist schon in Ordnung, wir haben sie vorher angefordert, aber die Versuchstiere, die wir auf der Oberfläche freigelassen haben, verhalten sich seltsam."

Gildoran sagte geistesabwesend: „Vielleicht hätten wir Versuchstiere aussetzen sollen, bevor wir selbst heruntergekommen sind. Mach mit deinem Test weiter, Raban."

Gilraban zögerte. „Wie geht es Merrit? Kommt sie wieder in Ordnung?"

„Ich weiß es nicht. Ich gehe jetzt und sehe nach ihr. Gilban meint, daß sie es überstehen wird, aber ihre Hand sieht übel aus, und als ich das letztemal bei ihr war, stand sie noch unter Schock."

Raban sagte schwer: „Ich würde sie ja besuchen, aber ich könnte doch nichts machen – ich wäre nur Gilban im Weg. Grüße sie schön von mir, wenn sie wieder zu sich kommt, Doran."

„Das werde ich." Als der gedrungene Mann gegangen war, ging Gildoran geistesabwesend zur Medizinerkuppel. Das trübe Sonnenlicht verdüsterte sich in dem ewigen Dunst, und Gildoran hatte das Gefühl, daß dieser Tag endlos gewesen war und daß er diesen ganzen langen Nachmittag damit verbracht hatte, ziellos zwischen seinem Labor und der Medizinerkuppel hin und her zu wandern, ohne in beiden etwas tun zu können.

Er wünschte, Gilmerrit würde wieder zu sich kommen, ihre grünen Augen öffnen und ihn ansehen, damit er sicher sein konnte, daß er nicht auch sie auf dieser Welt in den Tod geschickt hatte. Er wünschte, er könnte zur *Samtfalter* fliegen, dort in der Krankenstation sitzen und Gilmarina im Arm halten, wie er das früher getan hatte, und versuchen, ihre Schmerzen und ihre Krankheit mit der Wärme seiner Liebe zu mildern. Er wünschte, er könnte Gilrae von ihrer Arbeit wegrufen, sie bei sich behalten und all seinen Kummer und sein Elend vor ihren mitleidigen Ohren ausschütten. Er wünschte, er könnte sich hinsetzen und um den kleinen Taro trauern, ein Teil jener Zukunft, die sie nie erleben würden. Nichts von alledem konnte er tun. Er war der Kapitän der *Samtfalter,* und er war für seinen eigenen Planeten verantwortlich, der sich als die Welt entpuppt hatte, die zurückbiß. Er konnte nur versuchen, hilflos weiter dagegen anzukämpfen.

7

Mit einem schmerzhaften Gefühl von déjà vu – wie oft war er heute schon in die Medizinerkuppel gekommen – schob Gildoran die Hängetür zur Seite und trat ein. Doch dann schreckte er zurück, denn eine tiefe Dunkelheit schirmte das Licht ab und hielt ihn davon ab einzutreten. Nach einem kurzen Augenblick des Schocks, fast der Angst, sah er, daß die fünf lebenden Puhbären vor ihm massiert waren und über ihm aufragten. Sie versperrten ihm den Zugang zu der Medizinerkuppel.

„Darf ich bitte hereinkommen?"

„Nein", antwortete einer von ihnen, „das darfst du nicht. E-teragh-o-mana, unsere Schwester, ist von uns gegangen, sie hat uns auf dieser Welt der Hölle und Finsternis zurückgelassen, und wir sind verloren, wir sind allein und verzweifelt."

Er sah in die undurchdringlichen Gesichter hoch. Mit einem abrupten Schock wurde ihm bewußt, daß er nach all den Jahren unter Fremden stand. Er hatte sie alle austauschbar Puhbär genannt. Nun hörte er zum erstenmal den seltsamen fremden Namen, den sie – nicht einmal ihr Geschlecht hatte er gekannt – getragen hatte. Er fragte sich, ob sie zu den Völkern gehörten, die erst nach dem Tod den wahren Namen bekanntwerden ließen.

Zu Lebzeiten der Besatzung war keiner von ihnen gestorben.

Er versuchte, sie zu trösten, und sagte hilflos: „Ihr Puhbären, auch wir haben unsere Brüder verloren. Gilhart hat uns ohne Führung zurückgelassen. Gilharrad ist mit seiner ganzen Weisheit in den Kosmos gegangen, und Giltaro ist dahingerafft worden, und all die Versprechen seiner Jugend werden wir nie erfahren. Wir teilen euren Kummer – ihr wißt, daß wir alle mit euch trauern –, aber wir sind alle in unserem Unglück vereint."

Die undurchdringlichen braunen Gesichter zeigten keine sichtbare Emotion, aber Gildoran hatte den Eindruck, daß in der sanften Stimme, die ihm antwortete, sowohl Wut als auch Verachtung mitschwang.

„Ihr Menschen habt ein kurzes Leben und ein noch kürzeres Gedächtnis. Alle paar Jahre nehmt ihr Kinder von eurer Art auf, und ihr könnt es ertragen, die Hälfte von ihnen sterben zu sehen wie Blumen, die sich nie öffnen konnten. Ihr wißt, daß ihr mit jedem kurzen Jahrhundert eure Brüder und Schwestern verlieren werdet. Der Tod ist für euch nur ein Augenblick, jemand anders nimmt den Platz des Toten ein, und es ist so, als hätte er oder sie nie gelebt. Ich habe gesehen, wie hundert von euch gekommen und gegangen sind, wie sie starben und vergessen wurden. Wage nicht, euren Schmerz mit dem unseren zu vergleichen, der endlos und ewig ist. Wir haben einen Teil von uns selbst verloren, und wir werden nie mehr so sein wie vorher."

Gildoran senkte unter diesen Worten den Kopf wie vor einem fremden, zwingenden Klagelied. Was konnte er sagen?

Der Mensch ist vom Weib geboren, und seine Tage sind kurz und voller Gram...

Wie, in der Tat, konnte er Vermutungen über die Größe ihres Kummers anstellen? War das der Grund, warum die Späher von der Menschheit auf den Planeten gehaßt wurden – weil sie nach menschlichem Gedächtnis fast unsterblich schienen? Glaubten die Menschen dort unten, sie seien gegen Trauer immun, weil keiner von ihnen sie alt werden und sterben sah?

Er hob jedoch seinen Kopf und sah die Puhbären fest an.

„Unser Kummer ist nicht geringer, weil wir ihn öfter erleben und es lernen müssen, jeden Tag unseres Lebens damit zu leben", sagte er ruhig. „Ihr wißt das vielleicht in eurem Schmerz nicht, Puhbären. Trauert, wie ihr das müßt, wie wir das alle müssen. Vielleicht werdet ihr in eurer Trauer lernen, uns besser zu verstehen, und wir euch. Was können wir jetzt für euch tun? Sollen wir sie hier begraben? Oder sollen wir sie dem Kosmos übergeben, wie wir das bei den Unseren tun?"

Einen langen Augenblick lang herrschte Stille, und die über ihm aufragenden Puhbären schienen sich um ihn zu schließen. Gildoran dachte bereits, sie wollten ihn nun töten, aber sie öffneten ihm einen Weg. Ein dritter sagte, auch er, mit dieser kalten, verachtungsvollen, zornerfüllten Stimme: „Unsere verlorene Schwester hat euch gesagt, daß wir nicht hier sein sollten und eure Kinder auch nicht. Der Verlust eurer Kleinen ist der Preis, den ihr für eure Dummheit gezahlt habt, als ihr auf unsere Weisheit nicht habt hören wollen. Wir werden uns um sie kümmern, wie ihr das zukommt. Laß sie uns hinaustragen."

Gildoran sagte ausdruckslos: „Niemand von euch geht auf diesem Planeten irgendwohin, wenn ihr nicht alle ihr folgen und sterben wollt. Es tut mir leid. Ich werde euch für eure Riten für die Toten so viele Zugeständnisse machen, wie ich kann, aber ich kann es nicht zulassen, daß ihr alle dort hinausgeht, wo ihr umkommen könnt. Ich kann eine von den Kuppeln oder ein Labor räumen lassen, das ihr dann für euch haben könnt, oder ich kann dafür sorgen, daß ihr alle zur *Samtfalter* geschafft werdet. Was auch immer ihr wollt. Aber auf dieser Welt geht niemand von der *Samtfalter* außer Sichtweite, bis wir den Grund für die Todesfälle genau kennen und wissen, was wir tun können, um zu verhindern, daß davon noch mehr vorkommen."

Wieder schienen sich ihre riesigen Gestalten um ihn zu schließen, ihn zum Zwerg zu machen und ihn hoch zu überragen, und Gildoran fühlte sich eingeschlossen. Jähe Angst überfiel ihn. Dann zogen sich die großen pelzbewachsenen Gestalten zurück, öffneten ihm einen Weg, und eine von ihnen sagte: „Es soll so geschehen, wie du es wünschst, aber wir müssen allein sein. Wir werden zum Schiff gehen und dort lernen, mit unserem unendlichen Kummer zu leben."

Sie drehten ihm wie auf ein Kommando hin den Rücken zu, hoben den Körper ihrer Toten auf und trugen ihn aus der Kuppel. Gildoran setzte sich im nächsten Labor mit der Funkzentrale in Verbindung und forderte ein Landungsboot an, das sie hinaufbringen sollte. Da er schon dabei war, teilte er vier oder fünf Mitglieder der ohnehin unterbesetzten Mannschaft dazu ein, die Kinderstation zu übernehmen. Er wußte irgendwie, wußte es sicher, ohne daß es ihm jemand sagen mußte, daß die Kinderstation eine sehr, sehr lange Zeit von den Puhbären nichts mehr sehen würde.

Als er das Funkgerät endlich zur Seite legte, stützte er seinen schmerzenden Kopf in seine Hände. Was nun? Er hob den Kopf, um Gilmarti vor sich zu sehen. Er sagte müde: „Was gibt es denn jetzt?"

„Die ersten Ergebnisse des Transmittertests", sagte sie formal.

Er zuckte die Achseln. „Nicht jetzt. Ich nehme an, alles ging ziemlich normal über die Bühne, oder?"

„Nein", sagte sie grimmig. „Oh, funktioniert hat es schon, aber die Ergebnisse lagen alle daneben. Bei den Gewichten fehlten einige Mikrogramm, und die Versuchstiere sind alle tot."

Gildoran preßte sich die Hände gegen den Kopf, der ihm schier zerspringen wollte. Natürlich. Murphys Gesetz, das Gesetz, das älter als die Raumfahrt war – alles, was irgendwie schiefgehen kann, wird schiefgehen.

Ein Transmitterversagen. Er hatte es noch nie erlebt, daß ein aufgebauter Transmitter versagte. Er hatte sie schon benutzt, seit er alt genug zum Laufen war, ohne darüber nachzudenken, wenn er auf einem Planeten war, der an das Netz angeschlossen war. Er wußte, daß bei einem Transmitterversagen seine Atome über den gesamten Kosmos verstreut wurden, aber sie versagten nicht. Auf der anderen Seite starben auch die Puhbären nie. Auf dieser Welt war nichts so, wie es sein sollte, und er sollte es am besten auch nicht mehr erwarten.

„Hast du eine Ahnung, woher das kommt, Gilmarti?"

„Wahrscheinlich funktionieren unsere Instrumente nicht richtig. Wir müssen das elektromagnetische Feld des Planeten noch einmal überprüfen – doppelt überprüfen. Strahlung ist es nicht – darauf haben wir geachtet; wenn es hier genug Strahlung geben sollte, um den Transmitter durcheinanderzubringen, wären wir schon alle tot. Sie funktionieren schließlich selbst in massiven kosmischen Strahlenfeldern."

Gildoran aber dachte an den versengten Pelz des Puhbären, den verbrannten und geschwärzten Schuh an Gilmarinas winzigem Fuß, an Gilmerrits zerstörte Hand. Strahlungsverbrennungen? Er sprach mit Gilmarti darüber, aber sie schüttelte den Kopf.

„Strahlungsverbrennungen sehen nicht so aus, und sie verhalten sich anders", sagte sie. „Ich habe jetzt nicht die Zeit dazu, dich über sie aufzuklären, Gildoran, das hast du schon in der Kinderstation gelernt."

„Du hast natürlich recht. Wenn es aber nicht Strahlung ist, was ist es dann? Im Namen des Kosmos, was ist auf diesem Planeten eigentlich *los?*"

Die Frau sagte grimmig: „Sage du es mir, und dann wissen wir beide es. Du bist der Kapitän, und das ist deine Aufgabe. Meine ist es, einen Transmitter in Betrieb zu nehmen. Deine ist es, alles so hinzukriegen, damit ich meine Arbeit tun kann."

Sie hat natürlich recht, aber was kann ich tun? Ich kann nicht sagen, daß jemand anders daran schuld ist. Letzten Endes kommt alles, was auf der Samtfalter *passiert – oder auf jeder Welt, auf der wir gerade sind – zu mir zurück. Kein Wunder, daß wir jedes Jahr den Kapitän wechseln! Wer könnte es mit einer solchen Aufgabe länger aushalten? Kein Wunder, daß sich jeder so anstrengt, um davon ausgenommen zu werden.*

Er sagte: „Also, Gilmarti, alles, was ich tun kann, ist, dir freie Bahn zu geben, damit du jedes Gerät, das du brauchst, anfordern kannst, um das zu überprüfen. Heute aber nicht mehr. Du siehst aus wie tot. Ruh dich aus, und morgen früh fängst du noch einmal an. Raban auch. Der Transmitter kann warten."

„In Ordnung, Kapitän", sagte sie, „obwohl – unterbesetzt wie unsere Mannschaft ist – es wichtig ist, so schnell wie möglich wieder Anschluß an das Netz zu bekommen, um Nachschub und Kinder zu holen."

Sie wollte gehen, aber er winkte sie für einen Augenblick zurück. Er sagte: „Gilmarti. Nur rein theoretisch – was ist, wenn wir diese Welt ganz und gar aufgeben müßten – uns gar nicht einschalten? Nimm doch einmal an, wir schaffen es gar nicht, einen Transmitter hier ordnungsgemäß in Betrieb zu nehmen. Was ist dann?"

Sie dachte darüber nach. „Das ist natürlich schon vorgekommen", sagte sie. „Gewöhnlich merken wir es, bevor wir aufsetzen, daß eine Welt ungeeignet ist. Wir brauchen natürlich noch Treibstoff für die Konverter, wenn nichts anderes da ist. Alles, was bei Fusion zu Wasserstoffatomen zerfällt. Wenn aber unsere Mannschaft zu wenig Hände hat, um einen Transmitter aufzustellen, dann hat sie vielleicht auch zu wenig Hände für den Betrieb des Schiffs."

Er sagte ihr nicht, daß die Puhbären praktisch in den Streik getreten waren und daß ein Teil des kostbaren Personals dazu verwendet werden mußte, um für die Kinder zu sorgen. „Na ja, Marti, behalte das im Kopf, es könnte so kommen. Beschaffe dir an Gerät, was du brauchst, um die Schwierigkeiten mit dem Transmitter zu überprüfen."

„Es wäre einfacher, wenn wir die *Samtfalter* auf dem Planeten aufsetzen könnten, statt zu versuchen, die ganzen Geräte auseinanderzubauen und sie mit dem Landungsboot herunterzuschaffen."

Er nickte. „Ich weiß, aber das können wir noch nicht. Solange einige von uns noch hier oben sind, können wir nicht *alle* Unfälle haben. Versuch dein Bestes, Marti. Schalte dich in den Computer ein, wenn es sein muß, aber ich kann die *Samtfalter* nicht aufsetzen lassen, bis ich sicher bin. Vielleicht nie."

Sie schien einzusehen, daß er zu diesem Thema das letzte Wort gesagt hatte, und wandte sich zum Gehen, sah aber dann abrupt zurück.

„Kapitän", sagte sie, „Gildoran, hast du heute schon etwas gegessen?"

Es ging ihm auf, daß dies nicht der Fall war. Kein Wunder, daß ihm schummrig war.

„Ich habe nicht das Recht dazu, dich daran zu erinnern", sagte Gilmarti. „Das ist nicht meine Aufgabe. Aber zu deiner gehört es, dich so fit zu halten, daß du sie erfüllen kannst."

„Ich wollte mir die Zeit dazu nicht nehmen..."

Sie sagte ruhig: „Wenn du das nicht tust, dann ist das jedermanns Sache. Du entschuldigst vielleicht, wenn ich einen Vorschlag mache..."

„Ich bitte darum." Ich brauche jede Hilfe, die ich bekommen kann, dachte er, aber er sagte es nicht. Ein Teil der Hilfe, die *sie* brauchten, war etwas, das er ihnen nicht geben konnte; das Vertrauen zu ihrem Kapitän. Er *mußte* es ihnen geben, wie auch immer er dies anstellte.

„Unterbesetzte Mannschaft hin, unterbesetzte Mannschaft her – stell jemanden ab, der sich um dich kümmert und dafür sorgt, daß deine Grundbedürfnisse gedeckt sind", sagte Gilmarti. „Kein Späher ist des anderen Diener – das weiß ich. Deine Zeit aber gehört der Mannschaft, und du hast nicht das Recht dazu, sie mit Dingen wie Nahrungssuche oder dem Säubern der Kleidung zu verbringen. Das hat mit Privilegien nichts zu tun. Ich weiß, daß dir das ebensowenig gefallen würde wie einem von uns, aber wenn du für solche Dinge Zeit verschwendest, vernachlässigst du deine eigene Arbeit – und stiehlst uns die Zeit. Hol dir jemanden wie Lori oder Gilbarni, deren Arbeit ersetzbar ist, und stell sie dafür ab."

Sie hatte gesagt, was sie sagen wollte, und ging. Gildoran schaltete wieder das Funkgerät ein und verlangte Rae, die die Personalakten der Mannschaft im Kopf hatte, damit sie ihm jemanden mit etwas zum Essen hochschicken sollte.

Er lernte jeden Tag mehr über sein Amt. Vielleicht war das der Grund, warum es für diese Aufgabe keine Spezialausbildung gab. Hier lernte man durch Erfahrung – und zwar schnell –, oder man überlebte die Sache nicht.

Nachdem er gegessen und sich kurz ausgeruht hatte, ging er zurück – er konnte nicht mehr zählen zum wievielten Male – in die Medizinerkuppel. Der Körper des Puhbären war verschwunden. Gilban schlief in tiefer Erschöpfung auf einem Feldbett; Giltaros Körper war ebenfalls nicht mehr da. Nur Gilnosta saß mit blassem und müdem Gesicht neben der schlafenden Gilmerrit. Draußen war es inzwischen völlig dunkel geworden, und das Gesicht der Frau wurde von einem trüben Licht beleuchtet.

„Wie geht es ihr, Nosta? Ist sie wieder zu sich gekommen?"

„Eigentlich nicht, aber ich erwarte es jetzt jeden Augenblick. Ich habe angenommen, daß du sie sehen willst." Einen Moment lang dachte er, Nosta spreche von ihrer Beziehung, aber die junge Ärztin sagte weiter: „Du mußt sie fragen, was sie von dem Unfall weiß. Sie ist die einzige, die dir vielleicht etwas sagen kann."

Es war ihm also nicht einmal gestattet, normale Besorgnis zu zeigen, Besorgnis um seine Partnerin; nur Information über einen Unfall von Mannschaftskameraden war gefragt! Er ging in die Kuppel und stellte sich neben die bewußtlose Frau. Noch vor ein paar Tagen war sie nichts als ein Mannschaftsmitglied gewesen, und in der Mannschaft hatten sie alle erwartet, daß er sich mit Ramie anfreunden würde. Doch dann hatte sich Gilmerrit plötzlich aus der Mannschaft erhoben und war zu einem Teil seiner privaten Welt geworden, war für seinen Blick sehr deutlich geworden und zum Mittelpunkt seines Lebens vorgedrungen. Er sah mit einer seltsamen Mischung von Zärtlichkeit und Besorgtheit auf sie herab.

Diese Frau ist meine Gefährtin, meine Partnerin, wir haben uns festgelegt und wollen unser Leben gemeinsam verbringen, alles teilen, unsere Körper, unsere Liebe, und doch... und doch...

Im Augenblick jedoch konnte sie für ihn nichts anderes sein als der Schlüssel zu dem Geheimnis, das hinter dem Tod seiner Mannschaftskameraden stand. Er preßte sich die Hände gegen den Kopf und wünschte sich, er könne irgendwie Klarheit in seine verwirrten Gedanken bringen.

Im Schiff herrscht Verwirrung und Chaos, und ich mache mir Gedanken über mein eigenes persönliches Liebesleben?

Gilmerrit rührte sich in ihren Kissen, und er lehnte sich nach vorn und ergriff ihre unbandagierte Hand. Sie öffnete ihre grünen Augen, die vor Schmerz verdunkelt waren.

„Gildoran?" flüsterte sie, und er sah, wie sie sich in der Kuppel umschaute, um sich in Raum und Zeit zu orientieren.

„Ich bin hier, Merrit. Wie geht es dir jetzt?"

Er sah, wie der Schmerz ihr Gesicht überflog. „Meine Hand. Ich habe Schmerzen. Schreckliche Schmerzen. Die Kinder – wie geht es den Kindern? Ich habe Gilmarina schreien gehört..."

„Gilmarinas Fuß geht es genauso wie deiner Hand. Giltaro muß sofort tot gewesen sein“, sagte er und sah, wie ihr Gesicht vor Kummer zusammenfiel. „Der Puhbär ist heute abend gestorben.“

Ihre freie Hand verkrampfte sich in seiner, aber sie schluchzte nicht.

„Merrit – Liebling, kannst du uns sagen, was passiert ist?“

Sie schüttelte langsam den Kopf. „Ich bin nicht sicher“, sagte sie, und er sah, wie es in ihrem Gesicht zuckte, als erinnere sie sich an etwas. „Die Kinder haben Blumen gepflückt, und eine von den Blumen... hat sie verbrannt? Hat mich verbrannt? Da war eine Art Licht – nein, ich habe nichts gesehen. Aber die Pflanze... sie hat geschrien. Sie hat wie Gilmarina geschrien und nach mir geschlagen. Und dann... dann weiß ich nichts mehr, außer daß der Puhbär über mich gefallen ist, und ich habe etwas wie verbranntes Fleisch gerochen.“ Sie runzelte die Stirn und fügte verwirrt noch hinzu: „Das muß meine verbrannte Hand gewesen sein, und dann habe ich dich, glaube ich, ein- oder zweimal rufen hören... an mehr erinnere ich mich nicht.“

Ihre Augen schlossen sich langsam wieder.

Die Pflanze – sie hat geschrien?

Die Pflanzen stellten also die Gefahr dar. Es wurde Gildoran klar, daß er das, ohne es zu wissen, die ganze Zeit schon vermutet hatte. Gilhart war in einer Gruppe von Tassenpflanzen umgekommen. Gilharrad ebenso. Hatte das tragbare Sonargerät sie irgendwie verängstigt? Aber Pflanzen, die verbrennende Strahlen ausschicken konnten? Wie? Verdammt noch mal, *wie?*

Gilmerrits Augen gingen wieder auf.

„Werde ich meine Hand gebrauchen können?“

Gildoran sah Gilnosta an. Die Ärztin sagte ehrlich: „Es ist noch zu früh, um das sagen zu können. Wenn wir dich ein Jahr lang entbehren können, damit du dir in einem Regenerationstank eine neue wachsen lassen kannst – ja, auf jeden Fall. Bis es aber soweit ist, Merrit – nein, ich glaube nicht. Unsere Mannschaft ist zu knapp an Leuten – verzeih mir, meine Liebe –, um dich ein Jahr lang freizustellen.“

Die Frau drückte ihre Augen fest zu. Die Finger ihrer unverletzten Hand klammerten sich krampfhaft an Gildoran fest, aber sie beschwerte sich mit keinem Wort. Auch er wußte nichts zu sagen. Unter den gegebenen Umständen konnten sie Gilmerrit nicht entbehren. Ob mit oder ohne Hände – sie brauchten ihren Verstand, ihre Intelligenz, ihre lenkende Kraft in den Biologie-Labors. Gildoran faßte voller Ingrimm das Wissen ins Auge, daß es vielleicht sehr lange dauern konnte, bis sie es sich leisten konnten, Gilmerrit für das Jahr zu beurlauben, das sie brauchen würde, um sich im Regenerationstank einen Ersatz für die Hand wachsen zu lassen, die praktisch abgebrannt worden war. Eines von den Kindern war tot und ein weiteres schwer behindert – obwohl Gilmarina sofort in den Tank geschickt werden konnte, sobald sich jemand fand, der ihn bediente – und unter diesen Umständen konnte es Jahre um Jahre dauern, bis sie auf ein Mannschaftsmitglied verzichten konnten, selbst wenn es nur eine Hand hatte. Sie hatten auf Gilharad nicht verzichten können – er war zu ihnen zurückgekommen, und jetzt fehlte ihnen sogar seine dürftige Hilfe.

Gilmerrit entzog ihm ihre Hand, wandte ihr Gesicht ab und lag in trotziger, zurückgezogener Isolation auf ihrem Bett, und Gildoran verstand auch das. Er mußte nun die Last von Gilmerrits Behinderung zusammen mit all dem anderen auf seine Schultern nehmen. Mit einemmal wurde er von einem Gefühl von Gebrochenheit und Überlastung überwältigt. Ohne es zu wissen, hatte er den ganzen Tag darauf gewartet, daß Merrit wieder zu sich kam, um den verlorenen Teil seiner Existenz wiederzufinden. Von seinen eigenen Verlusten und Sorgen belastet, überlastet, hatte er doch noch die Hoffnung in sich getragen, daß inmitten von soviel Zusammenbruch wenigstens Merrits Liebe zu ihm unverändert bleiben würde und er zumindest eine kurze Zeit in der Sicherheit Ruhe fand, die ihnen als Paar gehört hatte. Nun gab es auch die nicht mehr.

Doch dann entsetzte Gildoran sein eigener Egoismus. Hatte er erwartet, daß Merrit ihm in ihrem Schmerz und mit ihren Verlusten für die *Seinigen* trösten würde? Er konnte jetzt nur eines für sie tun: ihr seine Liebe geben und damit auch ihren Zorn und ihre Zurückgezogenheit akzeptieren. So kümmerte er sich nicht um ihr abgewandtes Gesicht, sondern nahm ihre unverletzte Hand und hielt sie, bis sie sich wieder entspannt hatte und eingeschlafen war. Vielleicht war das, was zwischen ihnen gewesen war, nicht tief genug gegangen, um den Schock zu überleben. Auf der anderen Seite war es aber auch nicht nur ein oberflächliches Abenteuer gewesen, und er würde zu ihr stehen und für sie tun, was er konnte, auch wenn sie sich von ihm abwandte.

Dieser verdammte Planet! Diese Höllenwelt! Es schien, als sei seit ihrer Landung auf ihm eine Krise pausenlos der anderen gefolgt!

Gildorans Welt! Kosmos, was war *das* für ein erbärmlicher, bitterer Scherz!

8

Gildoran hatte in seinem Labor eine Weile geschlafen, als das Team, das in Raumanzügen die Lichtung untersucht hatte, mit seinem Bericht eintraf. Sie hatten sowohl die Lichtung selbst als auch die Pflanzen nacheinander gründlich geprüft, konnten aber keine Spur von giftigen Pflanzen, von Pflanzen, die zu einem beweglichen Angriff fähig waren, oder solchen finden, die Chemikalien absonderten, die Verbrennungen bewirkten, wie sie Gilmerrit und Gilmarina erlitten hatten. „Wir können die Pflanzen Stück für Stück und Blatt für Blatt untersuchen und analysieren“, bot Gildorric an, „aber das hat Gilmerrit ja schon getan.“

„Ihr versucht mir also zu sagen, daß die Zwischenfälle sich nie ereignet haben?“

„Nein“, sagte Gildorric, „aber wir wissen noch immer nicht, *wie* sie sich ereignet haben oder welcher Mechanismus dahintersteht.“ Sein unbedeckter Kopf ragte aus dem Raumanzug, und er lächelte grimmig. „Vielleicht haben sich die Pflanzen bei uns gerade gut benommen. Wir hatten noch nicht einmal Kopfschmerzen.“ Er sagte noch: „Vielleicht kommt das daher, daß unsere Helme auch Geräusche abschirmen. Ich konnte auch die verdammten Froschkäfer nicht hören.“

„Geräusche...“ Gildoran sprach nicht weiter. Die Puhbären hatten ein außergewöhnlich scharfes Gehör. Das menschliche Gehör war in der Lage, Schallwellen von fünfzehn bis ungefähr zwanzigtausend Schwingungen in der Sekunde aufzunehmen. Die Geräusche, die die Froschkäfer von sich gaben, lagen im subsonischen Bereich mit ungefähr neun Schwingungen pro Sekunde, aber es gab noch mehr Geräusche, die die Menschen nicht aufnehmen konnten. Davon gab es sogar ein ganzes Spektrum, und zwar alles, was über zwanzigtausend Schwingungen pro Sekunde lag. Wenn die Laute der Froschkäfer im subsonischen Bereich lagen, dann gaben vielleicht andere Insekten – oder gar Pflanzen – noch andere Geräusche von sich.

„Wir dürfen Gilmerrit nicht noch einmal stören", sagte er. „Wer ist aus dem biologischen Labor noch hier unten?"

„Ich kenne mich dort aus", sagte der junge Gilbarni.

„Ihr habt doch Versuchstiere hinuntergebracht und sie dort freigelassen. Waren dabei auch Fledermäuse?"

„Fledermäuse?" Gilbarni starrte ihn an, als sei er verrückt geworden. „Ich glaube, in der Überwinterungssektion sind ein paar Fledermäuse, bei der Ausrüstung für ökologische Nischen. Wenn sie wirklich gebraucht werden, kann ich von Gilmarlo von der *Samtfalter* einige auftauen und herunterschicken lassen. Von *Fledermäusen* ist die Rede, Sir? Die Dinger, die fliegen..."

„...und im Dunkeln sehen können und sich durch von ihnen ausgestoßene Ultraschall-Schreie orientieren", bestätigte Gildoran. „Genau die. Laß davon welche herunterschicken und außerdem einige Oszilloskope und ein Standardgerät zur Messung von Vibrationen, das mit einem Zusatzgerät für extrem langsame Schwingungen ausgestattet ist. Besorgt euch in der Zwischenzeit etwas zu essen, denn das wird heute noch ein sehr beschäftigungsreicher Tag werden."

Gilraban sagte: „Wir haben jetzt die Meßgeräte für den Transmitter installiert, Kapitän. Sollen wir weitermachen?"

Gildoran schüttelte den Kopf. „Niemand verläßt die abgebrannte Fläche ohne Raumanzug", sagte er. „Zuerst müssen wir meine Theorie überprüfen. Niemand nähert sich *irgendeiner* Pflanze auf diesem Planeten und Insekten genausowenig."

Gildorric runzelte die Stirn und versuchte, dem, was er da sagte, zu folgen. „Denkst du an den Ultraschallbereich? Aber... Marina und Merrit haben *Verbrennungen,* Doran. Gilhart und Harrad sind an einer Gehirnblutung gestorben, und Giltaro auch. Willst du sagen..."

„Ich sage noch gar nichts", sagte Gildoran. „Zuerst müssen wir es überprüfen, aber ich hätte es mir denken können, als ich hörte, daß Gilharrad mit dem tragbaren Sonargerät arbeitete – damit werden nämlich Ultraschallimpulse ausgestrahlt, die von massiven

Felsschichten reflektiert werden. Ich habe jetzt die Vermutung, daß davon etwas erschreckt worden ist und zurückgeschlagen hat. Wenn ich recht habe, könnte das alles erklären. In einigen Stunden werden wir es wissen."

Es dämmerte wieder, als sie in Raumanzügen zu der Lichtung hinter dem jetzt verlassenen Kinderlager gingen. Andere waren damit beschäftigt, die bunten Kuppeln zu zerlegen, so daß nur noch ihr Gerüst wie ein Skelett stehenblieb, durch dessen dreieckige Segmente das grüne Gebüsch und die Bäume deutlich sichtbar waren.

Die Helme der Raumanzüge schirmten sie gegen alle Geräusche ab, sogar gegen die unheimlichen, schrillen Schreie der Fledermäuse in ihren Käfigen. In der Lichtung blieb Gildoran stehen und gab den anderen durch Zeichen zu verstehen, sie sollten nun die Tiere freilassen. Diese flatterten nacheinander in den dunklen Himmel und begannen dort zu kreisen. Gildoran stellte sich vor, wie sie ihre hohen Ultraschallimpulse ausschickten...

Und dann hörten sie nacheinander auf zu flattern und begannen, ziellos und verwirrt umherzufliegen. Sie fielen nacheinander wie kleine Steine vor den Füßen der Späher in die Lichtung. Einige von ihnen bewegten sich noch schwach, andere waren bereits tot. Gildorric beugte sich über ein Oszilloskop und nickte grimmig.

„Das dachte ich mir. In dem Augenblick, in dem sie anfingen, ihre Schallimpulse auszusenden, kamen die Schallwellen von überall her – sie sind nacheinander abgeschossen worden. Offensichtlich senden die Pflanzen hier – hauptsächlich die Tassenpflanzen, aber andere auch – ebenso wie einige von den Insekten Schallwellen mit einer Frequenz zwischen 30000 und 100000 Schwingungen pro Sekunde aus. Sie sind zum größten Teil ziemlich schwach, aber diese diamantähnlichen Kristalle in den Tassenpflanzen und wahrscheinlich noch in einigen anderen wirken wie piezoelektrische Kristalle in normalen elektrischen Geräten."

Gilraban sagte: „Das ist wohl auch der Grund dafür, daß der Transmittertest so schlecht ausgefallen ist."

„Ganz richtig. Hier gibt es zuviel freie Energie, von der wir nichts wußten und die wir nicht kompensiert hatten", sagte Gilmarti. „Das ist also der Grund für die Todesfälle..."

„Genau. Und die Gehirnschäden. Und die Verbrennungen. Schallwellen können in verschiedenen Frequenzen tödlich sein – und die hier waren sicher recht scharf gebündelt –, oder sie können Verbrennungen hervorrufen, die so schlimm sind wie von einem Laser", bestätigte Gildoran.

Gilraban sagte voller tiefer Verzweiflung: „Warum hat von uns niemand daran gedacht?"

„Weil wir danach nicht gesucht haben", gab Gildoran mit gequälter Stimme zur Antwort. „Ich vermute, daß das auf diesem Planeten eine einzigartige Entwicklung ist – Ultraschall wird in der Regel nur mit Technologie in Verbindung gebracht. Damit ist die Sache wenigstens auf jeden Fall klar. Niemand geht ohne Raumanzug los, es sei denn in dem abgebrannten Gelände, in dem es keine Pflanzen mehr gibt. Sorgt sofort für den Treibstoff, den wir brauchen. Wir werden eine Entscheidung treffen müssen, was weiter zu tun ist."

Als er jedoch später an diesem Abend wieder zu der *Samtfalter* flog, wußte er, daß es letzten Endes er selbst sein mußte, der die Entscheidung zu treffen hatte. Er, Gildoran. Das war es, was es bedeutete, Kapitän zu sein.

Er hatte die erfahrensten Offiziere der *Samtfalter* zusammengerufen: Gilrae, Gilban, Gilraban für das Transmitterteam und ein halbes Dutzend von den Älteren. Er dachte voller tiefer Bitterkeit an Gilhart und Gilharrad. Sie brauchten sie so sehr. Und an Gilmerrit, die betäubt und verkrüppelt in der Krankenabteilung lag; an Gilnosta, die von all ihren Verpflichtungen befreit worden war, um sie und Gilmarina zu pflegen, bis sie außer Gefahr waren.

„Der Kern unseres Problems", sagte er nach der Einweisung, „ist unser verzweifelter Mangel an Mannschaftsmitgliedern. Wir waren schon vorher dünn besetzt, aber jetzt könnte man fast sagen, daß die *Samtfalter* lahmgelegt ist. Gibt es eine Möglichkeit, diese Welt zu retten? Ich gebe ganz ehrlich zu, daß ich es nicht weiß, weil mir die Erfahrung fehlt. Raban, könnten wir einen Transmitter aufstellen und die Verbindung mit der Zentrale aufnehmen? Wenn wir eine komplette Terraform-Mannschaft hätten, wäre es wahrscheinlich zu schaffen, daß diese Welt einigermaßen sicher wird."

Gilraban sagte: „Ich weiß es nicht. Ich glaube es nicht. Wir würden Monate brauchen, um den Ultraschall auf dem gesamten Planeten zu kompensieren, wenn wir nicht größere Mengen von Pflanzen abbrennen wollen – und diese Welt praktisch kahlbrennen müßten. In der Zwischenzeit müßten wir auf der *Samtfalter* wohnen und zu den Labors nach unten pendeln – aufsetzen könnten wir nicht. Wir müßten in Raumanzügen arbeiten. Wenn wir außerdem den Planeten kahlbrennen..." Er zuckte die Achseln. „Wozu wäre dann hier ein Transmitter gut?"

Das hatte Gildoran befürchtet, aber er stellte seine nächste Frage trotzdem: „Das könnte Gilmerrit uns besser beantworten, aber... Marlo, ist es möglich, genug von den *tödlichen* Pflanzen abzubrennen, damit wir hier arbeiten können?"

Gilmarlo, die zweite Biologin, antwortete: „Nicht ohne eine längere biologische Untersuchung und wahrscheinlich auch dann nicht. Sagen wir es einmal so: Wenn die gefährlichsten Pflanzen ausgerottet werden, dann gedeihen ihre gefährlichsten Feinde – die tödlichsten Insekten –, und eine Insektenplage wäre die Folge. Die Insekten pflanzen sich zu stark fort und vernichten auch die harmlosen Pflanzen. Dann bleibt nur noch der nackte Fels. Selbst wenn wir alle die dreifache Anzahl von Schichten übernehmen – selbst dann würden wir neun oder zehn Jahre Schiffszeit brauchen, bis wir das alles durch einen stabilen ökologischen Kreislauf von harmlosen Pflanzen und Tieren ersetzt hätten. Nein, Gildoran. Ich fürchte, ich bin der gleichen Meinung wie Raban. Diese Welt werden wir abschreiben müssen. Wir haben nicht die Leute, uns fehlen die biologischen Grundlagen, und uns fehlt die *Zeit*. Außerdem", fiel ihr noch ein, „steht uns Gilmerrit nicht zur Verfügung."

Gilban sagte rauh: „Dem Kapitän darfst du nicht die Schuld geben, Marlo. Ich habe ihn übergangen. Glaubt ihr vielleicht, ich wüßte nicht, daß ich daran schuld bin, daß wir so viele..."

„Nein, Ban, das bringt uns nicht weiter", sagte Gildoran. „Wir könnten einander gegenseitig die Schuld geben, den ganzen Tag und die ganze Nacht lang, wenn wir das wollten. Wenn ich mir der Tatsachen sicher gewesen wäre, statt mich auf meinen Instinkt zu verlassen, wenn jemand von uns die Puhbären gefragt hätte, um herauszubekommen, was sie mißtrauisch gemacht hat... Du hast nach der dir zur Verfügung stehenden Information dein Bestes getan; belassen wir es dabei. Deine Aufgabe ist es jetzt, die Verletzten wieder gesund zu machen."

Er wendete sich Gilrae zu. Wenn es irgend jemandem gelingen könnte, aus dieser anscheinend völligen Niederlage noch einen Sieg in irgendeiner Form herauszuholen, dann war sie das. „Rae. Du hast mit scheinbar hoffnungslosen Planeten eine ganze Menge Erfahrung. Jetzt, wo Harrad und Hart nicht mehr bei uns sind, bist du beinahe unser ältester diensttuender Offizier. Siehst du hier die Möglichkeit für irgendeinen Ausweg, außer den Planeten ganz fallenzulassen?"

Gilban brummte: „Ich sehe nicht ein, warum wir das überhaupt versuchen sollten."

Rae sah zuerst zu dem medizinischen Offizier, und dann sagte sie: „Ich weiß, was Doran denkt, Ban, und er hat völlig recht. Wir haben in diesen Planeten schon zuviel investiert und müssen versuchen, wenigstens einen *Teil* unserer Verluste wieder hereinzuholen. Unsere Mannschaft ist verdammt knapp an der Zahl; wir sind gelähmt. Wenn jetzt auch noch die Puhbären streiken, dann sind wir noch *mehr* als gelähmt. Wir werden mit dem Betrieb des Schiffes erhebliche Schwierigkeiten bekommen. Es wird uns aber noch mehr Schwierigkeiten bereiten durchzuhalten, bis wir eine weitere verwendbare Welt gefunden haben oder bis die Kinder erwachsen sind. Wenn uns irgendeine Methode einfallen würde, wie wir aus dem Desaster hier noch etwas herausholen können, dann müßten wir sie ausprobieren." Sie hatte „wenn" und „würde" gesagt und nicht „wenn" und „einfällt", und Gildoran wußte, daß es keine Hoffnung mehr gab, obwohl sie noch weiter sprach. „Ich denke aber noch immer an das, was Gilhart uns kurz vor der Landung gesagt hat: ‚Dann und wann trifft man auf eine Welt, die zurückbeißt, und dann kann man nur noch weglaufen.' Wenn noch etwas da ist, womit man weglaufen kann. Wenn wir weiter hierbleiben, dann riskieren wir weitere Verluste, und eigentlich gibt es keine echte Hoffnung auf Gewinne, die wir dagegen aufwiegen könnten. Ich stimme mit Raban überein, Gildoran. Wir müssen aufgeben."

Gildoran nickte langsam. Sie hatte recht. Es gab nicht die geringste Chance, aus der Katastrophe seines ersten Kapitänsamtes noch etwas herauszuholen. Er konnte die Angelegenheit nur noch offiziell verkünden.

Als er langsam den Gang zur Brücke hinunterging, kam Rae ihm nach und berührte ihn leicht an der Schulter.

„Gildoran..."

„Ich habe uns schön etwas eingebrockt, Rae, nicht wahr? Mein erster Planet, mein erstes Kommando..."

Er hatte halbwegs Trost erwartet, aber sie sah ihn an und runzelte die Stirn. „Das ist reines Selbstmitleid, und das weißt du auch," sagte sie. „Schmeichle dir bloß nicht mit dem Gedanken, daß dir ein Ausweg hätte einfallen *können.* Es gab einfach keinen. Manchmal *gibt* es kein Happy-End, Gildoran. Es liegt in der menschlichen Natur, sich danach zu sehnen. Wenn das dir ein Trost ist: Ich glaube nicht, daß Gilhart das hier besser gemacht hätte, aber das werden wir nie wissen. Wir haben getan, was wir konnten, und was uns jetzt noch bleibt ist, es hinter uns zu lassen und uns unserer nächsten Aufgabe zuzuwenden. Wenn du jemanden zum Ausweinen suchst, dann probiere es doch mal mit Ramie!"

Es war wie eine Dusche mit Eiswasser. Er schmeckte den Adrenalinstoß wie Metall in seinem Mund, und da ihm vor Wut die Worte fehlten, drehte er sich abrupt auf seinem Absatz um und wandte sich zur Brücke.

Er sah nicht, wie hinter ihm Gilraes Gesicht weicher wurde und daß Tränen in ihren Augen standen. Er stürmte wütend und ohne nachzudenken auf die Brücke und ging zu dem Platz, an dem er Gilhart zum letztenmal gesehen hatte.

Langsam zog er das Funkgerät für den Schiff-Boden-Kontakt zu sich heran. Lori sah voller Erwartung von ihrem Schirm auf, aber er kümmerte sich nicht um das Mädchen.

„An alle Besatzungsmitglieder, an Bord und auf dem Planeten, hier spricht der Kapitän", sagte er mit schwerer Stimme. Er wußte, daß er auf der gesamten *Samtfalter* zu hören war – eine Seltenheit – und daß dies offiziellen Bekanntmachungen wie in diesem Fall vorbehalten war. „Es ist gemeinsam beschlossen worden, diesen Planeten aufzugeben. Geodätisches Team, jegliche Forschungsarbeiten sofort einstellen. Es wird ein Team zusammengestellt, das in Raumanzügen arbeitet und Treibstoff und Metall als Reserve für das Schiff sowie Rohmaterial für den Schiffskonverter einlädt. Die Labors und der Testtransmitter werden zerlegt. Nach Abschluß dieser Aufgaben kehren alle Mannschaftsmitglieder zur *Samtfalter* zurück. Sämtliche Aufträge, die diesem Befehl zuwiderlaufen, sind hiermit widerrufen. Wir werden den Orbit dieses Planeten in einem Tag Schiffszeit, von diesem Augenblick an gerechnet, verlassen."

Damit war es offiziell. Er hatte die Befehle erteilt, die das Fiasko seines ersten Kommandos verewigen würden. Langsam schob er das Funkgerät wieder von sich und sah auf den großen Schirm. Es war ein schöner Planet, der dort unter ihm lag, umhüllt von blaugrünen Schleiern, leicht glänzend wie ein schimmerndes Juwel in seiner eigenen Sonne – aber er war so tödlich wie Gift.

Er dachte an Gilmerrit, die hier eine herrliche Ferienwelt hatte aufbauen wollen; an Marina mit dem juwelenbesetzten Schmetterling auf ihrer Schulter. Ihre Probleme wurden dadurch nicht gelöst, daß sie den Planeten hinter sich ließen. Wir werden bald Zeit für Gilmerrit opfern müssen, sie in den Tank legen, damit sie eine neue Hand bekommt, dachte er. Aber wann? Die Puhbären streikten, sie hatten drei Tote, und sie brauchten jedes Mannschaftsmitglied. Die Probleme hatten erst angefangen, und dies war erst der Beginn seiner Amtszeit als Kapitän. Da waren auch noch zwei schwerverletzte Mannschaftsmitglieder, die geheilt werden mußten. Gilbans Selbstvertrauen mußte wieder aufgerichtet werden. Er mußte versuchen, einige von den Alten dazu zu überreden, wieder in den aktiven Dienst zu treten, vielleicht mit Einschränkungen. Die Puhbären mußten irgendwie wieder besänftigt werden. Ramie allein war in der Kinderstation überfordert... Er sah auf den riesigen blaugrünen Planeten herab.

Du hast uns trotz allem nicht erwischt. Du bist genau wie jeder andere Planet, du bist zum Weggehen, wie alle anderen.

„Kapitän..." sagte Lori schüchtern. Er seufzte und riß seinen Blick von dem verzaubernden Ball aus grünblauen Wolken unter sich los. Er sagte: „Was gibt's Lori?"

„Wie soll ich ihn in das Logbuch aufnehmen? Der Planet hat im Archiv keinen Namen, und wir sollten ihn an die Zentrale durchgeben, sobald wir können."

Gildoran fiel schockartig ein, daß es sein Privileg war, dem Planeten den Namen zu verleihen.

Gilhart, dachte er. Ein ewiges Andenken an die Welt, die letztendlich – wie die Späher es ausdrückten – seinen Namen getragen hatte.

Ekel überfiel ihn. Er konnte sich Gilraes anklagende Augen vorstellen, wenn er dieser höllischen Welt den Namen ihres Geliebten verleihen würde. Er sollte besser die Schuld selbst übernehmen. Gildorans Welt? Nein, beim Kosmos!

„Trage sie als Höllenwelt in das Logbuch ein", sagte er und

schob seinen Sitz zur Seite, um einen letzten Blick auf die Welt unter sich zu werfen. „Ich gehe hinunter in die Kinderstation und schaue, wie es Marina geht und was die Puhbären vorhaben.“

Um die Details, wie die Teams und die Labors hochgeholt, wie das Rohmaterial für die Konverter und für die Reserven eingeladen werden sollten sowie um die Navigationsvorbereitungen für den Start sollten sich andere kümmern.

Seine Welt war nur die *Samtfalter,* und für jedes lebende Wesen an Bord trug er persönliche Verantwortung. Ramie, die mit acht Kindern fertig zu werden hatte, von denen eines schwerverletzt war, würde Hilfe benötigen, und er mußte sie fragen, was sie benötigte und wünschte. Sie würde keine Fragen außer den allernotwendigsten haben, und sie würde es verstehen, daß er sein möglichstes getan hatte, wie sie ihn immer verstand. Raes spöttischer Satz kam ihm in den Sinn: „Wenn du dich ausweinen willst, dann versuch es doch mit Ramie.“ Vielleicht mache ich genau das eines Tages, dachte er.

Er sagte förmlich: „Lori, ich übergebe dir die Brücke.“ Dann kehrte er dem Schauplatz seines ersten Kommandos den Rücken zu.

Vierter Teil

Kalter Tod

1

„Dürftig“, sagte Gilmarlo, die Jahreskapitän war, „äußerst dürftig. Ich glaube nicht, daß der die Mühe wert ist. Wir können mit unserer unterbesetzten Mannschaft die Leute nicht entbehren, um ihn zu erforschen. Und was ist, wenn wir tatsächlich dort hinuntergehen und uns in das Transmitternetz einschalten – und das mit diesem öden, kahlen Felsblock? Was ist dann? Eine Belohnung gäbe es – aber nur sehr wenig. Das kann man ja kaum als Planeten bezeichnen. Das ist eher ein Asteroid, ein Felsbrocken, der zufällig irgendwie eine Atmosphäre behalten hat.“

„So schlimm ist es auch wieder nicht“, sagte Gilrae. „Es gibt Lebenszeichen, einige wenige jedenfalls. Wahrscheinlich war er früher einmal bewohnt, aber das ist schon Millionen Jahre her. Wie Ozymandias. Vielleicht von der gleichen katzenartigen Rasse.“

„Das versuche ich ja gerade zu sagen“, meinte Gilmarlo. „Die Zeit für Leben auf diesem Planeten ist vorbei – schon sehr, sehr lange vorbei. Wir kommen zu spät.“ Sie sah sich noch einmal die Daten auf dem Computerausdruck an und schaute sich dann bei dem im Versammlungsraum zusammengerufenen Stab um. „Wir können es uns meiner Ansicht nach einfach nicht leisten, diesen Planeten zu erschließen. Wir sollten uns unsere Mittel für den nächsten guten Planeten sparen, den wir finden. Ich glaube, dort unten gibt es noch nicht einmal Insekten.“

„Das“, sagte Gildoran und hob abrupt den Kopf, „könnte nach Höllenwelt sogar für ihn sprechen. Wo es kein Leben mehr gibt, da gibt es wahrscheinlich auch keine Gefahr, und du hast selbst darauf hingewiesen, wie unterbesetzt unsere Mannschaft ist. Kapitän, du sagst, wir können es uns nicht leisten, uns mit dem Planeten hier näher zu befassen – aber können wir es uns leisten, es nicht zu tun? Wir können nicht sicher sein, daß der nächste auch nur im geringsten besser ist, oder der danach. Schaut euch doch Ozymandias an; das war der letzte gute Planet, den wir hatten, und selbst der war alt. Ich glaube, wir kommen jetzt in einen Teil der Galaxe, in dem das Leben vor sehr langer Zeit gekommen und dann einfach ausgestorben ist. Der älteste Teil – und wir kolonisieren nicht neu, wir kolonisieren wieder."

Sie lag verborgen jenseits ihrer blinden Sichtschirme – die Welt, die der alte Gilmarti vor drei Tagen Schiffszeit entdeckt hatte, und um die sie sich seitdem stritten.

„Die Frage ist nicht, ob wir es uns leisten können, ihn zu erforschen, Gildoran", sagte Raban, „sondern die Frage ist, ob wir es uns leisten können weiterzufliegen. Es ist keine besonders attraktive Welt, jedenfalls nicht nach meiner Beurteilung. Wir werden aber aufsetzen müssen, ob wir wollen oder nicht; wir brauchen Treibstoff, Gestein für die Konverter, selbst wenn gar nichts anderes da ist, und da wir sowieso aufsetzen müssen, sollten wir ihn uns auch genau daraufhin ansehen, ob wir ihn erschließen wollen. Wir brauchen einen Finderlohn, selbst wenn das alles ist, was wir herausholen, und wir brauchen Transmitterkontakt mit anderen Welten. Ich sehe keine Möglichkeit, wie wir es uns leisten können, diesen Planeten links liegenzulassen. Es kann zwei oder drei Jahre dauern, bis wir einen anderen guten Planeten finden."

„Wir können es uns nicht leisten, ihn zu öffnen, wenn er nicht gut ist", sagte Gilrae. „Knapp mit Leuten, wie wir nun mal sind, können wir ein großes Transmitterteam für die erste Verbindung nicht entbehren. In fünf Jahren werden die älteren Kinder soweit sein, echte Schichten zu übernehmen, und dann könnten wir es riskieren. Wenn wir Felsen für die Konverter haben, hält sich das Schiff selbst in Betrieb, und die finden wir in jedem Asteroidengürtel. Ich bin dafür, daß wir warten, bis die älteren Kinder in der Lage sind, ihre Aufgaben zu übernehmen, und *dann* nach einer Welt suchen, die eine Erschließung lohnt."

„Wir sind knapp an Leuten, das ist richtig", stimmte Gilban düster zu, „aber das ist nur noch ein Grund mehr, warum wir wieder mit dem Rest der zivilisierten Galaxis in Verbindung treten müssen. Wir benötigen Kinder. Es war ein Fehler, daß wir uns nicht Kinder geholt haben, als wir auf Ozymandias waren..."

„Damals waren die Kleinsten in der Kinderstation erst ein Jahr alt", sagte Gilnosta und hob ihren Kopf, „und wir sind zu dem Schluß gekommen, daß sie sich an Neuzugänge nicht angepaßt hätten. Das war auch unser Glück, denn wer hätte sich nach dem Debakel auf Höllenwelt, als die Puhbären in den Streik getreten sind, um eine Gruppe Kleinkinder gekümmert? Wir hätten die halbe Mannschaft in die Kinderstation schicken müssen. Selbst jetzt, wenn wir eine Zuschaltung schaffen – und wer wollte überhaupt eine solche Welt besuchen, wenn sie nicht aus massivem Anthrazit oder aus Diamanten besteht? – und uns sechs Kinder holen, dann frage ich euch, wer sie versorgen soll. Die Puhbären sicherlich nicht."

Stille senkte sich über den Raum. Alle dachten an die Puhbären, die sich auf einem unbenutzen Deck verbarrikadiert hatten – ein Wohndeck, das nicht mehr benutzt worden war, seit die Mannschaft der *Samtfalter* weniger als hundert Mitglieder hatte – , den Synthesizer benutzten, um zu ihren Rationen zu kommen, ansonsten aber mit der Schiffsmannschaft keinerlei Kontakt mehr hatte. Seit Höllenwelt nicht mehr. Kein einziges Mal.

„Du hast recht", sagte Gildoran. „Die Puhbären haben uns mit zwei Vierjährigen und einem weiteren im Regenerationstank sitzenlassen. Und vier siebenjährigen Kindern. Seit dieser Zeit mußten wir mehr Leute von dem Schiff in die Kinderstation schicken, als wir uns das leisten konnten. Nehmen wir nur einmal an, wir hätten ein halbes Dutzend Neugeborene oder Kinder, die noch nicht kriechen können? Wie zum Kosmos hätten wir denn das geschafft?"

Gilban sagte: „Ich kann es einfach nicht glauben, daß die Puhbären uns verlassen hätten, wenn wirklich kleine Kinder dagewesen wären. Babys, die sie *gebraucht* hätten. Sie wären der Verantwortung nicht entflohen."

Gilrushka von der Psychologieabteilung, eine schlanke Frau ohne Alter – Gildoran aber wußte, daß sie eine der ältesten im Stab war, älter als Rae – sagte: „Vielleicht hast du recht. Eine Verantwortung, die ihnen hilft, ihren Verlust zu vergessen. Vielleicht hätten sie dann das Gefühl gehabt..."

„Ich glaube, keiner von uns, selbst du nicht, weiß gut genug über die Psychologie der Puhbären bescheid, um das sicher sagen zu können", sagte Gilnosta mit einer gewissen Schärfe. „Höllenwelt war für uns alle eine Tragödie, nicht nur für die Puhbären. Wir haben sie damals gebraucht – und *wie* wir sie gebraucht haben! Ich war die ersten vier Monate voll damit beschäftigt, den Regenerationstank zu bedienen – ich habe nie mehr als zwei Stunden hintereinander geschlafen. Normalerweise bin ich alle fünfundvierzig

Minuten aufgewacht, um mich darum zu kümmern. Glaubst du vielleicht, wir haben die Puhbären damals nicht gebraucht?"

„Trotzdem, hilflose Babys..." begann Gilrushka, und Gilnosta gab wütend zurück: „Gilmarina war in dem Tank hilfloser als jedes Neugeborene, und was das bei den anderen Kindern in der Station für eine Wirkung gehabt hat, welches Trauma sie davongetragen haben, das werden wir nie wissen! Wenn wir uns damals nicht auf die Puhbären verlassen konnten, dann können wir uns in Zukunft nie mehr auf sie verlassen. Nie mehr. Was mich anbetrifft, können sie alle durch die Luftschleuse hinausspazieren!"

Gilrushka sagte glatt: „Deine Bitterkeit ist sicherlich berechtigt, Nosta, aber ich denke nicht..."

„Genau das ist das Problem: Du denkst nicht!" fuhr Nosta sie an. „Was hätte es damals für uns bedeutet, wenn wir die Puhbären gehabt hätten? Nur noch ein weiteres Paar von gesunden Händen..." Sie sah Gilmerrit an, wandte aber ihren Blick sofort unruhig wieder in eine andere Richtung. Für einen kurzen Augenblick herrschte Stille im Raum, und Gildoran merkte, wie sich sein Blick wieder mit den alten Schuldgefühlen auf Gilmerrit richtete. Sie saß wie immer – wie immer seit Höllenwelt – bei einem der geschwungenen Schotten und versteckte ihre verkrüppelte und nutzlose Hand zwischen ihrem Körper und der Wand.

Sie war für uns so sehr wichtig, daß wir es uns nicht leisten konnten, sie für ein Jahr vom Dienst freizustellen, damit sie sich eine neue Hand wachsen lassen konnte; besonders dann nicht, wenn dies bedeutet hätte, daß wir noch jemand anders aus dem Dienstplan hätten herausnehmen müssen, der voll mit dem Tank beschäftigt gewesen wäre. Es mußte meine Entscheidung sein, und ich war ihr Liebhaber, aber ich war auch Kapitän und mußte an alle denken, nicht nur an Gilmerrit.

Gildorans Gedanken liefen immer wieder in den alten Bahnen. Es war seine Schuld. Ihm hatte es als Kapitän an Erfahrung gefehlt. Er hatte es nicht gewagt, dem Schiff noch einen erfahrenen Offizier zu entziehen.

Gilmerrit spürte die Blicke. Sie zuckte zusammen, und Gildoran hatte den Eindruck, daß sie sich zurückzog und noch enger an die Wand drückte.

Gilban sagte mit harscher, herrischer Stimme: „Wenn es um Schuld geht, dann will ich meinen Teil auf mich nehmen, aber es hat keinen Zweck, wenn wir uns ständig weiter um die gleichen Fehler Gedanken machen. Die Frage ist doch, was wir *jetzt* tun können. Wenn wir ein Jahr auf einem Planeten bleiben, könnten wir jemanden, vielleicht einen von den Alten – jemanden, der noch rüstig ist, aber mit der Gravitation auf einem Planeten nicht mehr fertig wird –, dazu einteilen, sich um den Tank zu kümmern, während wir im Orbit kreisen. Damit wäre eines von unseren Problemen aus der Welt geschafft..."

„Wir können unmöglich ein Jahr auf *diesem* Planeten bleiben", unterbrach Gilmarlo und lenkte die Aufmerksamkeit wieder auf sich. „Da unten gibt es nichts, was wir entwickeln könnten."

„Wir könnten vielleicht Bergbau betreiben oder zumindest die Abbaurechte verkaufen", sagte Gilraban. „Kapitän, ich erinnere noch einmal daran, daß wir es uns nicht leisten können, irgend etwas unversucht zu lassen. Wir können nicht sicher sein, ob es in diesem Sektor noch einen guten Planeten gibt. Die Sonnen scheinen immer älter zu werden, und ich komme langsam zu der Überzeugung, daß die Evolutionswelle hier schon vor Millionen von Jahren zu Ende war. Ich bin dafür, daß wir runtergehen und uns die Welt auf jeden Fall einmal genauer ansehen."

„Aber da ist nichts..." begann Gilrae, hörte dann aber auf zu sprechen. Gilmarlo sagte: „Wie wäre es damit: Wir schicken morgen ein Landungsteam hinunter. Wir müssen sowieso den besten Fels für den Konverter suchen. Wenn die Mitglieder des Teams die Sache aus der Nähe sehen, können sie alles auswerten, und dann wissen wir, ob der Planet eine Erschließung und den Anschluß an das Transmitternetz lohnt."

„Was außerdem noch zu bedenken ist..." sagte Gilraban. „Ein Planet wie dieser hier erfordert nicht viel Mittel für die Erschließung. Eigentlich nur ein Transmitterteam. Wenn es sich um eine wirklich gute Welt handeln würde, wären wir ein Jahr lang oder länger da, weil wir verschiedene Anschlüsse aufbauen und alles untersuchen müßten. Bei dem hier müssen wir nur den Anschluß herstellen und die Gebühr dafür kassieren. Danach können wir sofort wieder abheben und eine bessere Welt suchen. Die Puhbären können wir vielleicht absetzen, wenn sie wirklich von uns weg wollen. Vielleicht können wir uns mit einem anderen Späherschiff in Verbindung setzen und einen Austausch aushandeln. Auf einem anderen Schiff würden sie sich vielleicht wieder wohlfühlen, und wir hätten eine andere Gruppe – ohne einen persönlichen Groll gegen uns. Vielleicht ist das die Anwort auf das Puhbärenproblem."

Es gab noch immer einige Gegenstimmen. Einige Mannschaftsmitglieder der *Samtfalter* waren scharf dagegen, selbst die Zeit und Energie für ein Landungsteam zu verschwenden. „Schickt doch einfach nur ein oder zwei Leute mit den Geräten hinunter, die sie für den Abbau der Steine benötigen", war ihr Vorschlag.

„Genau das ist es, was wir nach meiner persönlichen Meinung tun sollten", war die Einschätzung des Kapitäns, „aber unter euch sind so viele, die das Gefühl haben, wir sollten dem Planeten eine Chance geben. Wir schicken morgen ein Landungsteam hinunter, und wenn wir wirklich genauere Daten haben, treffen wir eine endgültige Entscheidung. Wie hört sich das an?"

Es gab noch immer einige Proteste, aber der Vorschlag wurde akzeptiert. Der Kapitän hatte entschieden, und sie wußten, daß sie zum Landungsteam gehören würde und sich so der Gefahr, wenn sie vorhanden war, ebenfalls aussetzte. Der größte Teil der Mannschaft aber hatte das Bild des Planeten im Kopf, das sie auf den Schirmen gesehen hatten – eine kahle Welt mit einer Durchschnittstemperatur, die in der Nähe des Gefrierpunkts von Wasser lag – und dachte so eher an die Zeitverschwendung als an die Gefahr. Was konnte ihnen schließlich auf einer öden Welt gefährlich werden, die durch ständig aufeinanderfolgende Eiszeiten von allem Leben entblößt worden war?

Als sie den Versammlungsraum verließen, schloß Gildoran sich Gilmerrit an. Sie gingen wortlos auf das Quartier zu, das sie noch immer teilten. Er hatte zunächst, Kapitän oder nicht, einen Teil der Aufgabe ihrer Pflege übernommen. Es hatte zu wenig andere dafür gegeben, und sie hatte ständige Pflege gebraucht, und außerdem teilten sie sowieso schon das Quartier. Trotz ihrer Bitterkeit war er auch später noch geblieben, weil er befürchtet hatte, sie würde jeden Rückzug als persönliche Ablehnung interpretieren. Sie war durch ihre Verletzung hypersensibel geworden.

„Was meinst du dazu?" fragte sie ihn. „Könnten wir die Puhbären mit einem anderen Schiff tauschen?"

„Ich weiß es nicht." Er sah zum Aufzug hinüber, der bei Wohndeck vier nicht mehr anhielt. Die Puhbären hatten den Lift so umgeschaltet, daß kein Mannschaftsmitglied der *Samtfalter* zu ihnen gelangen konnte. „Wir müßten uns erst mit ihnen in Verbindung setzen, und sie haben die Verbindung abgeschnitten. Ich bin noch nicht einmal sicher, ob wir mit Deck vier noch in Funkkontakt stehen. Wenn sie die Fahrstuhlschaltung umbauen können, dann können sie auch das Funkgerät umbauen."

Sie lachte. „Vielleicht hätten wir einen Transmitter auf Deck vier installieren sollen. Dann könnten wir hingehen und sie dazu *bringen,* mit uns zu reden."

Er sah in ihr lachendes Gesicht. *Ich liebe sie,* dachte er. *Ich würde es ihr nicht verübeln, wenn sie mich haßt, und vielleicht tut sie das auch. Aber ich liebe sie.*

„Meinst du, sie wären mit einem anderen Schiff einverstanden, wenn sie mit anderen tauschen würden, die bereit wären, mit uns zusammenzuarbeiten? Und wenn sie das nicht wollten – könnten wir sie zum Gehen zwingen, Merrit?"

„Ich weiß es nicht", sagte sie besorgt. „Ich weiß noch nicht einmal, ob wir das tun sollten. Sie sind unsere Mütter, Doran. Du bist genau wie ich in der Tasche eines Puhbärs aufgewachsen. Man wirft seine Mutter nicht aus dem Haus, auch dann nicht, wenn sie wütend auf dich ist, auch dann nicht, wenn sie nutzlos für dich ist." Sie warf einen einzigen kalten Blick auf ihre entstellte Hand und sagte mit gekünstelter Abgeklärtheit: „Denn was Nutzlosigkeit betrifft..."

„Du bist nicht nutzlos", protestierte er, wußte aber zur gleichen Zeit, daß sie ihn nicht einmal hörte. Sie sagte abrupt: „Hast du nicht jetzt Dienst in der Kinderstation?"

Er sah auf die Uhr. „Stimmt." Seit dem Auszug der Puhbären machte jedes Mannschaftsmiglied der *Samtfalter* jeden zweiten Tag zwei Stunden Dienst in der Kinderstation. Das war die einzige Methode, den Kindern die enge persönliche Zuwendung zukommen zu lassen, die sie brauchten. Intelligenz bei Kindern schien in engem Zusammenhang mit direkter und ständiger Stimulation während der Kindheit und ständiger persönlicher Interaktion mit Erwachsenen zu stehen. Er zögerte jedoch, da er Gilmerrit nur ungern allein ließ. Versank sie wieder in eine ihrer immer wiederkehrenden Depressionen, in denen sie außerhalb ihrer regulären Dienststunden auf dem Schiff stundenlang in ihrer Hängematte lag, nicht las, nicht einmal meditierte, sondern nur dumpf brütend die Wand anstarrte?

„Warum kommst du nicht mit in die Kinderstation? Eine Person mehr ist da immer willkommen", schlug er vor, und sie drehte sich zu ihm um.

„Verdammt noch mal, nein! Ich bekomme auf der Brücke schon genug Liebe und Freundlichkeit! Jeder findet für mich Arbeit, die mich physisch nicht anstrengt! Und wenn ich Gilmarina noch einmal ansehe, werde ich verrückt, glaube ich! Habe doch einmal ein wenig Mitleid mit mir, Doran!"

Er protestierte wieder. „Merrit, bleib nicht allein – das ist nicht gut für dich..."

„Für mich ist nichts gut", sagte sie und warf wieder den zwanghaften, bitteren, unpersönlichen Blick auf die häßliche, nutzlose Klaue, zu der, trotz ihrer heftigsten Bemühungen, ihre Hand verheilt war.

Wir hätten sie sofort in den Regenerationstank stecken sollen. Gilmarinas Fuß ist so gut wie neu, und sie weiß ganz genau, daß ihre Hand ebensogut aussehen könnte. Es war mein Fehler. Ich habe ihr das angetan. Ich kann es ihr nicht verdenken, wenn sie mich wirklich haßt. Ich würde an ihrer Stelle genauso empfinden.

„Merrit... Liebling..." begann er, aber sie unterbrach ihn ungeduldig. „Kosmos! Gildoran, hör auf, mich zu bemuttern!"

„Ich will doch nur..."

Ihr Gesicht wurde sanfter. „Ach, ich weiß. Ich bin nichts für dich, Gildoran. Ich bin für niemanden gut. Ich bin schlimmer als die Puhbären! Eigentlich haßt du mich, nicht wahr, Doran?

„Dich hassen? Wie kannst du nur so etwas fragen?" sagte er bestürzt und streckte die Hand nach ihr aus.

Sie aber schob ihn weg. „Deine Schuldgefühle und deine Freundlichkeit habe ich verdammt satt", sagte sie mit sich überschlagender Stimme und rannte durch den Gang zu dem Aufzug.

Gildoran wollte ihr nachgehen, scheute aber bei dem Gedanken an eine weitere Szene zurück und wandte sich der Kinderstation zu. Er konnte nichts für sie tun, nicht im Augenblick. Später würde sie sich wieder beruhigen, wie sie das immer tat, und dann würde sie voller Schuldgefühle und unterwürfig zu ihm kommen, weil sie ihn belästigt hatte, ihn um Verzeihung bitten und insgeheim von der

Angst verzehrt werden, er wolle sie verlassen. Er kannte den Kreislauf inzwischen, aber er liebte sie trotzdem.

Er versuchte ärgerlich die Gedanken abzustellen, die sich in seinem Kopf drehten, und ging zur Kinderstation hinunter.

2

Aus der Kinderstation erklang Musik. Rae saß an dem einen Ende und spielte auf ihrer Harfe, und Gilmarina saß mit einer etwas kleineren Harfe neben ihr und holperte mühsam durch eine Arpeggio-Übung für Anfänger. Sie sah auf und lächelte Gildoran strahlend zu, aber sie rührte sich nicht und wandte sofort wieder ihre gesamte Aufmerksamkeit den Saiten zu.

Sie hat etwas gefunden, was sie liebt, sogar noch mehr als mich. Ein Teil Gildorans war voll Kummer – das war das erstemal, seit Gilmarina wieder aus dem Regenerationstank herausgekommen war, daß sie nicht sofort alles, womit sie gerade beschäftigt war, fallen gelassen hatte, um sich von ihm umarmen und liebkosen zu lassen – aber ein anderer Teil war hocherfreut. Gilmarina wurde größer und fing nun an, Dinge zu finden, die sie beschäftigten und an denen sie Freude hatte. Sie begann, ihre Energie für das zu verwenden, was sie tun wollte, und brauchte die ständige Bestätigung nicht mehr. Sie war im Grunde jetzt ein Jahr jünger als ihre Spielkameraden in der Station, da sie ein Jahr mit reduzierten Vitalfunktionen im Tank verbracht hatte.

Trotzdem ist sie noch die intelligenteste von ihnen allen. Außerdem hatte sie glücklicherweise keinen bleibenden emotionellen Schaden davongetragen. In den ersten Monaten nach Abschluß der Behandlung war sie übellaunig gewesen und hatte dazu geneigt, sich anzuklammern und den Puhbären nachzuweinen – ihren Altersgenossen war es schon lange vorher gelungen, mit dem Bewußtsein des Verlustes fertig zu werden –, und hatte immer wieder Bestätigung und Aufmerksamkeit verlangt. Ihr Fuß aber war perfekt nachgewachsen. Sie war barfuß, und er konnte sehen, daß ihr linker Fuß zwar noch stärker rosa gefärbt war als der Rest ihres Körpers (er war noch nicht von der harten Strahlung des tiefen Weltraums gebleicht), sonst aber nicht von ihrem rechten Fuß zu unterscheiden war.

In einer Ecke der Station hatte Gilbeth, die gerade für Navigation ausgebildet wurde, die vier Achtjährigen um sich versammelt und gab ihnen eine Lektion in elementarer Mathematik und Gleichungen. Sie waren umgeben von Linealen und geometrischen Gerätschaften. In einer anderen Ecke beaufsichtigte Ramie die beiden Fünfjährigen, die Gilmarinas Altersgenossen waren. Sie waren damit beschäftigt, mit Stäben und Platten komplizierte Konstruktionen herzustellen. Ein Kind hatte ein Modell eines Sonnensystems gebaut und es an eine kleine elektronische Batterie angeschlossen, die es langsam und schwerfällig in Bewegung versetzte. Gilrita zupfte Gildoran am Ärmel.

„Komm, sieh mal! Wie gefällt dir mein Planetarium?“

„Interessant“, sagte er und kauerte sich auf seine Fersen nieder, um es aus der Nähe anzusehen. „Aber meinst du nicht, daß du zu viele Planeten mit mehreren Monden hast? Fünf ist eine mittelgroße Zahl, und, schau mal, dort hast du einen inneren Planeten mit sieben Monden, was sehr selten ist. Kleine Monde innerhalb der richtigen Grenze neigen dazu, in die Sonne zu stürzen. In stabilen Umlaufbahnen sind es die äußeren Planeten, die mehrere Monde haben.“

Gilrita runzelte die Stirn und sagte: „Ich mag es, wenn Planeten eine Menge Monde haben, weil man ihnen dann interessantere Umlaufbahnen geben kann. Sieh mal, ich habe einen Planeten mit einer Umlaufbahn, die in entgegengesetzter Richtung verläuft, und einen anderen auf nicht-ekliptischer Ebene.“

„Zwei Anomalien in einem System?“ fragte Gildoran mit hochgezogenen Augenbrauen.

„Es ist eben ein anomales System“, beharrte sie, und Gildoran lachte. „Es ist dein System. Bau es so, wie du es haben willst. Was hast du denn da, Tallen?“ fragte er das andere Kind, und der kleine Junge antwortete: „Ein Schiffsmodell. Siehst du das hier? Es hat einen Synthesizer auf der Brücke, damit der Kapitän etwas dort essen kann, wenn er Hunger hat. Außerdem gibt es da *zwanzig* Puhbären, damit sie nicht alle auf einmal wütend werden und uns zur gleichen Zeit verlassen.“

Gildoran sah Ramie über den Kopf des Kindes mit einem verzweifelten Blick an. Trauerten die Kinder noch immer? Gilramie sagte sanft: „Ihr vermißt die Puhbären, nicht wahr, Tallen?“

Seine Augen füllten sich mit Tränen. „Warum haben sie uns

nicht mehr lieb? Haben sie Giltaro mitgenommen, als sie weggegangen sind?“

„Nein“, sagte Ramie mit zärtlicher Stimme. „Giltaro ist verletzt worden, wie Gilmarina, nur viel schlimmer – es war so schlimm, daß wir ihn sogar im Regenerationstank nicht wieder gesund machen konnten. Wir haben ihn deshalb in den Kosmos gehen lassen müssen, und den Körper, den er getragen hat, haben wir auf dem Planeten begraben, auf dem er gestorben ist.“

Wieder staunte Gildoran darüber, daß Kinder diese einfachen Dinge immmer wieder hören mußten. Im intellektuellen Bereich lernten sie so schnell, aber mit Kummer und Verlust wurden sie nicht fertig und brauchten ständig Bestätigung. Würde es ihnen jemals gelingen, das Trauma zu überwinden, daß sie Giltaro so jung verloren hatten, daß ihre andere Spielkameradin Gilmarina ein Jahr lang verschwunden war und nun, da sie wieder bei ihnen war, ein Jahr jünger war, weil sie in der Zwischenzeit ihr Wachstum unterbrochen hatte?

Vielleicht war es in gewisser Weise gut für sie, daß sie die Puhbären verloren haben, dachte er. *Sie sehen mehr von uns. Bevor das alles passiert ist, haben sie nur das Personal der Kinderstation und Leute von der Krankenabteilung und aus der Psychologie gesehen und sonst nur speziell eingeteilte Erzieher. Jetzt wechseln wir uns bei ihnen ab, und sie lernen uns alle besser kennen.*

Ramie sagte: „Giltallen, möchtest du gern, daß Rushka herunterkommt, damit du dich noch mehr darüber unterhalten kannst, wie sehr dir Taro fehlt?“

Er nickte schluchzend, und sie sagte: „Ich rufe sie gleich an und frage sie, wie bald sie dich besuchen kommen kann. Oder willst du vielleicht selbst zu den Decks hochgehen und sie besuchen?“

„Ich bin ein *großer* Junge“, sagte Giltallen. „Ich kann selbst zu den Decks hinaufgehen.“

Ramie ging zur Sprechanlage hinüber. Sie kam kurz darauf zurück und sagte Giltallen, daß er allein mit dem Fahrstuhl zu Rushkas Quartier kommen könne. Als er aus der Kinderstation hinausging, sagte Ramie: „Du hattest recht, Doran, und ich hatte unrecht. Ich hatte mir Gedanken gemacht, als du sie Gilmarina und Giltallen nanntest. Ich dachte, das würde mich zu sehr an den armen Gilmarin erinnern und es sei für Rae zu schmerzhaft, die ganze Zeit über, ‚Giltallen' zu hören. Wenn ich aber jetzt ‚Tallen' höre, denke ich an den Kleinen, und ich weiß, daß es Rae genauso geht. Eine gute Erinnerung verjagt eine schlechte. Wenn ich heute Marina ansehe, denke ich nie an Gilmarin."

„Sie ist auf jeden Fall eine eigenständige Persönlichkeit", meinte auch Gildoran und sah zu der großen, weißharigen Frau an der Harfe hinüber, die Gilmarinas Hand führte. Rae lächelte ihnen zu und sagte mit leiser Stimme etwas zu Gilmarina. Sie stellte ihre Harfe ab, deckte sie zu und kam zu Gildoran, vor dem sie sich auf die Zehenspitzen aufrichtete, um ihn zu umarmen.

„Ich habe auch schon auf der großen Harfe gespielt", sagte sie. „Rae hat es mir erlaubt."

„Ich hab's gehört, Kleine", sagte er und strich ihr über das seidenweiche Haar.

„Doran, nimmst du uns mit auf die Brücke? Wo wir den neuen Planeten sehen können? Ist es ein guter Planet?"

„Ja, ich nehme euch mit, und nein, ich glaube nicht, daß es ein guter Planet ist", sagte Gildoran. „Da gibt es nichts als alte Felsen, aber wir brauchen Steine, um den Konverter in Gang zu halten, damit das Schiff angetrieben wird und damit Atome zu anderer Materie aufgebrochen werden."

„Darf ich auch mit?" fragte der achtjährige Giljodek, und auch die anderen Kinder umringten ihn und bettelten darum, ihn bei dem Ausflug begleiten zu dürfen.

„Ich muß erst mit der Sprechanlage die Brücke anrufen", sagte Gildoran, „um herauszubekommen, wie viele von euch sie auf einmal verkraften können."

Gilmarlo teilte ihnen über den Lautsprecher mit, sie könnten alle kommen, wenn sie wollten. Im Augenblick waren sie dort nicht sonderlich beschäftigt. Gildoran führte also die Kinder mit dem Fahrstuhl zur Brücke, wo Gilmarlo, die gerade nicht sehr viel zu tun hatte, sie nacheinander auf ihrem Sessel sitzen ließ, damit sie sich auf dem Bildschirm den Planeten ansehen konnten, der unter ihnen lag.

„Hat er einen Namen?" fragte Gilmarina.

„Noch nicht, Kind", antwortete der junge Kapitän. „Gewöhnlich versuchen wir herauszubekommen, wie ein Planet aus der Nähe aussieht, bevor wir ihm einen Namen geben. Ich habe aber schon gedacht, wir könnten ihn Sturm nennen. Nach unseren meteorologischen Studien von hier oben sieht es so aus, als würde es unten starke Winde und ausgeprägte Zyklonmuster geben."

„Sturm", wiederholte Gilmarina nachdenklich. „Ist es ein schöner Planet?"

„Ich weiß es nicht. Ich hoffe es." Gilmarlo hob lächelnd Gilmarina aus ihrem Stuhl, um das nächste Kind in den Schirm sehen zu lassen. „Na, Giljodek, möchtest du gern im Kapitänssessel sitzen?"

Er runzelte die Stirn und kletterte hoch. „Ich wünschte, ich könnte auch eines Tages einmal Kapitän werden."

„Sicher kannst du das", sagte Marlo. „Jeder Späher kann Kapitän werden, wenn er sich in drei Spezialgebieten der Klasse A qualifiziert hat. Wenn du dir nicht die Medizin aussuchst, dann brauchst du sogar nur zwei Spezialgebiete. Die Mediziner wollen allerdings gewöhnlich nicht Kapitän werden, weil sie zu sehr damit beschäftigt sind, kranke Leute zu heilen. Eines Tages wirst du Kapitän sein."

„Wirklich?" Der kleine Junge starrte sie an. „Ich habe gedacht, Kapitän könnten nur Mädchen werden. Wie du. Und Gilrae – jemand hat mir gesagt, daß sie schon viermal Kapitän war."

„Aber Gildoran war auch schon Kapitän", versicherte Marlo ihm lächelnd.

„Gilban aber noch nie. Das hat er mir gesagt."

„Gilban ist zu sehr mit den Kranken beschäftigt. Wenn er damit aufhören würde, um Kapitän zu werden und die Entscheidung zu treffen, wie ein neuer Planet erschlossen werden soll, dann hätte er keine Zeit mehr, sich um die Kranken zu kümmern", erklärte ihm Marlo. „Natürlich kannst du Kapitän werden, wenn du groß bist. Gilvarth genauso und Giltallen – wo ist er denn, Doran?"

„Oben in der Psychologie bei Rushka", sagte Gildoran ihr. „Hör mal, Giljodek, wenn du auf den Knopf dort drückst, dann wird der Sichtschirm aktiviert, und du kannst den Planeten vom Kapitänssessel aus sehen."

„Wozu sind die anderen Knöpfe?"

„Damit kann ich sehen, was sich im Schiff abspielt", erklärte Marlo. „Schau, mit dem kann ich in die Krankenabteilung sehen, und mit dem in die Kinderstation und mit dem hier in das Transmitterzentrum."

„Kannst du auch den Platz sehen, an dem ich schlafe?"

„Nein, Jodek, wo Leute schlafen, wollen sie für sich sein", sagte der Kapitän. „Wenn du von mir an deinem Schlafplatz gesehen werden willst, mußt du in den Spielbereich herauskommen, wo ihr gemeinsam etwas macht. Oder in einen von den öffentlichen Bereichen... schau, dort ist Gilban in der Krankenabteilung beschäftigt. Wir haben zur Zeit auf der *Samtfalter* keine Kranken, dem Kosmos sei Dank. Und hier ist der Außenbereich, wo es keine Schwerkraft gibt und wo die Alten leben. Wenn du sehr alt bist und sehr brüchige Knochen hast, dann kannst du auch dort draußen wohnen, aber das dauert noch Hundert und aber Hunderte von Jahren. Da ist die alte Gilrimin in einer Spezialhängematte – sie ist nach Schiffszeit fünfhundertsiebzig Jahre alt. Eines Tages wirst du auch so alt sein."

Giljodek drückte einen Knopf nach dem anderen. Bei einem blieb der Schirm leer. „Was ist dort?" fragte er.

Gilmarlo seufzte. Sie sagte: „Dort sind die Puhbären. Sie haben die Verbindung zum Schirm unterbrochen, damit wir sie nicht sehen können. Du weißt ja, daß sie böse auf uns sind."

Giljodek machte ein finsteres Gesicht und sagte: „Ich bin böse auf *sie*. Sie sollten nicht weggehen."

„Sie haben es aber getan, und daran können wir nichts ändern", sagte Gilmarlo. „Und jetzt ist Gilrita an der Reihe, in meinem Stuhl zu sitzen und sich alles anzusehen."

Als Gildoran die Kinder zurück in ihre Station brachte, blieb er noch eine kleine Weile, um sich mit Ramie zu unterhalten.

„Ich frage mich, ob die Puhbären je zurückkommen werden."

„Ich weiß es nicht", sagte Ramie. „Ich habe es mir auch schon überlegt."

„Das wirkt sich für die Kinder schlecht aus. Sie wissen, daß jemand, den sie geliebt haben, sie im Stich gelassen hat. Selbst wenn sie jetzt zurückkämen – würden die Kinder ihnen je wieder auch nur vertrauen, je wieder glauben können, sie würden nicht von neuem verlassen werden?"

„Wäre irgend jemand von uns in der Lage, ihnen je wieder Vertrauen schenken zu können?" fragte Ramie. „Das ist meiner Ansicht nach die zentrale Frage. Wir hatten sie für einen Teil von uns gehalten, und dann haben sie es fertiggebracht, uns so etwas anzutun."

Er erzählte ihr zögernd von dem Vorschlag, den Raban vorgebracht hatte: die Puhbären gegen die eines anderen Späherschiffs auszutauschen, wenn der Transmitterkontakt mit den bewohnten Welten wieder hergestellt war.

„Vorausgesetzt, daß zur gleichen Zeit ein anderes Späherschiff auf einem Planeten steht, der an das Transmitternetz angeschlossen ist", sagte Ramie, „und vorausgesetzt, *ihre* Puhbären und *unsere* Puhbären sind mit dem Tausch einverstanden."

„Gilmerrit hielt es nicht für eine gute Idee. Sie sagte: ‚Man wirft seine Mutter nicht aus dem Haus, auch dann nicht, wenn sie wütend auf dich ist...'"

„Gilmerrit ist gutmütiger als ich", sagte Ramie, „und sie ist eher bereit, jemandem zu vergeben. Ich könnte es nicht. Ich kann es nicht. Es hat eine Zeit gegeben, da wollte ich sie umbringen. Das war, als ich sah, was das bei den Kindern anrichtete, und als ich sah, was das bei ihnen ein zweites Mal anrichtete, als Gilmarina aus dem Tank kam..." In ihren Augen standen Tränen.

Gilmarina kam zu ihnen gerannt, da sie ihren Namen gehört hatte. „Geh nicht weg, Doran", bettelte sie. „Bleib hier. Du kannst bei mir in meiner Hängematte schlafen."

Gildoran lachte. Die Mannschaft wechselte sich inzwischen damit ab, in der Kinderstation zu schlafen, immer einer oder zwei zur gleichen Zeit, aber heute abend war er nicht an der Reihe. „Deine Hängematte würde für mich nicht passen, Kleine."

„Dann kannst du bei Ramie in ihrer Hängematte schlafen", sagte Gilmarina. Gildoran sah zu Boden und wurde rot, und Ramie sagte lachend: „Das macht man nicht, Gilmarina. Erwachsene entscheiden selbst, wer bei ihnen schlafen soll."

„Schläfst du nicht bei Gildoran?" fragte Gilmarina beharrlich. Ramie brach in schallendes Gelächter aus.

„Solche Fragen stellt man nicht, Kleine."

„Ich schon", sagte Gilmarina. „Du hast es ja gehört."

„Dann will ich es anders sagen", sagte Gilramie. „Solche Fragen werden von Erwachsenen nicht *beantwortet,* wenn sie das nicht wollen, und ich will nicht. Verstehst du das, Kleine? Wenn außerdem Gildoran hier unten bei mir schlafen würde, obwohl er nicht an der Reihe ist, dann wäre Gilmerrit allein, weil Doran nämlich in *ihrem* Zimmer schläft."

„Die arme Gilmerrit", sagte Marina, vom Thema abgelenkt. „Ihre Hand tut weh, nicht?"

„Manchmal, vielleicht. Nicht besonders. Sie denkt aber, daß die Leute die ganze Zeit nur ihre Hand ansehen, und das macht sie unglücklich“, sagte Gilramie.

Gilmarina sagte: „Die arme Merrit. Gib ihr einen Kuß von mir, Doran, und sag ihr, sie soll nicht traurig sein, weil ich sie nämlich liebhabe.“

„Ich auch, Kleine“, sagte Gildoran, hob das Kind auf und küßte es. „Ich auch.“

Und doch ging Gildoran ungern weg. Nachdem er sich von Gilmarina verabschiedet hatte, lief er nur schleppend durch den Gang zum Fahrstuhl, da er eine weitere Szene befürchtete. Als er in ihr gemeinsames Quartier kam und im Halbdunkel erkannte, daß Gilmerrit schlief, war er dankbar und lief leise auf Zehenspitzen, weil er fürchtete, sie aufzuwecken.

Doch dann sah er in einem Lichtschein vom Gang her das Blut. Er rannte zu ihr und drehte sie um. Sie hatte sich direkt über der verbrannten, nutzlosen Klaue tief das Handgelenk zerschnitten, und das Bett, das sie teilten, war blutgetränkt.

Während des Jahres, in dem er Kapitän gewesen war, hatte er gelernt, schnelle Entscheidungen zu treffen. Er brauchte nur Sekunden, um festzustellen, daß sie zwar bewußtlos, aber noch am Leben war. Sekunden später hatte er sich über die Gegensprechanlage mit Gilnosta und Gilban in Verbindung gesetzt, die in wenigen Augenblicken bei ihm waren. Gilrushka von der Psychologie folgte ihnen wenig später.

„Wenn sie beide Hände hätte gebrauchen können, wäre sie tot“, sagte Gilnosta und band den Arm fester ab. „Sie konnte nicht tief genug schneiden, um eine Arterie zu erreichen. Es geht ihr ganz gut, Doran. Sie hat nicht soviel Blut verloren, daß man sich darüber Gedanken machen müßte, aber es muß genäht werden. Wir müssen eine Bahre herschaffen und sie in die Krankenabteilung bringen.“

Gildoran ging hinter ihnen her und dachte grimmig, daß es nicht soweit gekommen wäre, wenn sie beide Hände gebrauchen könnte.

„Wenn überhaupt jemand daran schuld ist, dann bin ich das in gewissem Sinn“, sagte Gilrushka, die neben Gildoran stand, während die Ärzte Merrits Arm vernähten. „Ich hätte mich mehr um sie kümmern müssen, mir darüber klarwerden sollen, in welchem Zustand sie sich befand. Es ist ihr gelungen, ihren Pflichten so gut nachzukommen, daß ich dachte, sie würde nur wild daherreden, um deine Aufmerksamkeit auf sich zu lenken, da sie befürchtete, du würdest sie wegen Gilramie verlassen. Ich hätte trotzdem merken müssen, wie verzweifelt sie war." Sie sah, selbst voller Verzweiflung, auf die bewußtlose Frau herab. „Das schlimmste ist ja, daß wir jetzt, da ein Planet erschlossen werden soll, die eine volle Arbeitskraft nicht entbehren können, die für den Tank notwendig ist. Es wäre für sie jetzt am besten, wenn wir sie in den Regenerationstank stecken würden, bevor sie das Bewußtsein wiedererlangt. Wenn sie ein Jahr in elektronischem Schlaf liegen würde, könnte es ihr gelingen, all ihre emotionellen Probleme in ihrem Unterbewußtsein zu integrieren – von der Tatsache ganz zu schweigen, daß mit einer neuen Hand ihr schwerstes Problem gelöst wäre. Sogar unser Nachschub ist knapp, bis der Konverter wieder voll beschickt ist. Wenn das Landungsteam aber runtergeht, bekommen wir für den Tank Nachschub. Vielleicht sollten wir sie freistellen – wenn sie tot wäre, müßten wir auch ohne sie auskommen." Wieder lächelte sie bitter und sagte: „Vielleicht wollte sie uns genau das demonstrieren – wenn sie tot wäre, stünde uns ihre Arbeitskraft *tatsächlich* nicht mehr zur Verfügung... also können wir auch ohne sie auskommen, während sie im Tank liegt." Sie sah auf und sagte: „Sie ist wieder wach. Geh zu ihr und sprich mit ihr, Gildoran."

Gilmerrit aber fing nur an zu weinen, hilflos zu weinen, und lehnte es völlig ab, mit Gildoran zu sprechen.

Ich nehme es ihr nicht übel, dachte er. *Ich nehme es ihr nicht übel.*

„Warum hast du uns das angetan, Liebste? Weißt du nicht, wie sehr wir dich brauchen?"

Es brach in einem Wutschrei aus ihr heraus: „Ihr empfindet nicht das Geringste für mich! Euch interessiert doch nur, was ich für euch *tun* kann, meine Arbeit hier! Euch ist es egal, *wie* ich hier leben muß, mit *dem* hier..." Sie versuchte, ihre deformierte Hand zu heben, aber sie war noch an den Operationstisch geschnallt. „Euch ist doch nur ein lebender, atmender Körper wichtig, der die Arbeit in seiner Schicht tut..."

„Das ist nicht wahr, Liebling, das ist nicht wahr", beruhigte sie Gildoran und streichelte ihr Haar, als sei sie so alt wie Gilmarina. Sie schloß die Augen unter seiner Hand und begann zu weinen.

„Du liebst mich nicht. Das kannst du einfach nicht, so jemanden wie mich zu lieben..."

„Sie bestraft uns“, sagte Rushka später unter einem Seufzer, nachdem die Patientin eingeschlafen war. „Sie bestraft uns dafür, daß wir sie zwingen, so zu leben, und sie hat natürlich recht. Wir werden sie in den Tank bringen müssen, oder wir verlieren sie auf jeden Fall. Oh, so etwas versucht sie vielleicht nicht wieder, aber die erste kleine Infektion oder ein harmloser Unfall wird sie dahinraffen, weil sie den Lebenswillen verloren hat.“ Sie schüttelte den Kopf. „Ich war dagegen, daß die Welt da draußen erschlossen wird“, sagte sie. „Ich dachte, das würde sich auch dann nicht lohnen, wenn wir an das Transmitternetz angeschlossen werden. Jetzt aber hoffe ich – Kosmos, *wie* ich das hoffe –, daß es uns gelingen wird, sie zu öffnen. Wir müssen einen Weg finden, wie wir Gilmerrit für ein Jahr vom Dienst freistellen können, damit wir der armen Frau ihre Hand wiedergeben können. So kann sie nicht endlos weitermachen.“ Das glatte, alterslose Gesicht der Psychologin wirkte zusammengezogen und sorgenvoll. „Wenn wir ihr dieses Jahr für die Heilung nicht zugestehen, nach alldem, was sie uns gegeben hat, dann wird sie sterben. Irgendwie, irgendwie müssen wir es schaffen. Gilnosta hat es geschafft, während Gilmarina im Tank lag. Wir hätten Merrit zur gleichen Zeit hineinlegen sollen. Mit der Gebühr für die Welt dort unten – wie nennt Marlo sie, Sturm? – können wir es vielleicht eher früher als später erreichen.“

3

Das Team war gelandet. Gildoran hatte gehofft, daß auch er dazu eingeteilt werden würde, aber das Team war kleiner als gewöhnlich, da sie zu wenig Leute hatten, und Gilraban, der sich sowieso für den Planeten ausgesprochen hatte, wollte dabeisein. Gildoran saß im Meditationszentrum und versuchte, Ruhe in seine Gedanken zu bringen, über die unendliche Größe des Kosmos zu meditieren. So sehr er sich aber auch anstrengte, alles andere aus seinen Gedanken zu verscheuchen, gelang es ihm doch nicht, in seinem Innern einen ruhenden Pol zu schaffen. Gilmerrit, Ramie und alle seine anderen Sorgen rasten in seinem Kopf umher. Schließlich gab er es auf, ging auf Zehenspitzen an den anderen Besuchern des Meditationszentrums vorbei und hinaus. Er sah Rae dort, friedvoll in ihren Gedanken versunken, und wußte, daß sie selbst dann, wenn er ihren Namen sagen oder sich durch andere Geräusche bemerkbar machen würde, nicht aus der friedlichen Abgeklärtheit in ihrem Innern zurückkehren würde, die sie erreicht hatte. Er beneidete sie.

Das Landungsteam kam voller Jubel zurück. Gildoran war mit ungefähr der Hälfte der Mannschaft im großen Saal versammelt, voller ungeduldiger Neugier, was die neue Welt ihnen bringen würde.

„Kein Leben", sagte Gilmarlo, „nicht das geringste Anzeichen dafür. Der Planet ist älter als Ozymandias, wahrscheinlich ungefähr zwei Millionen Jahre, aber die Sonne ist noch für einige tausend Jahre gut. Es gibt also kein Problem, was den Transmitter betrifft. Dort sind Fossilien – die werden für die Archäologen und Paläontologen interessant sein, denn wie die dominante Lebensform hier auch ausgesehen hat, von den Primaten stammt sie jedenfalls nicht ab. Vielleicht von katzenartigen Tieren, Kohle spielt eine zentrale Rolle. Es gibt große Mengen von fossilen Brennstoffen, und die werden von vielen halbindustrialisierten Planeten noch immer benutzt. Sie werden also mit dem Transmitter hierherkommen, um sie abzubauen."

„Ich habe eine Frage", sagte Gilrae. „Warum sind die fossilen Brennstoffe von der Zivilisation, die sich hier befand und ausgestorben ist, nicht aufgebraucht worden?"

„Ich habe keine Ahnung", sagte Gilraban. „Es ist aber durchaus möglich, daß sie ohne Industrialisierung aufgeblüht und ausgestorben ist, oder vielleicht haben sich seit ihrem Aussterben neue gebildet. Auf jeden Fall gibt es Massen von Anthrazit, flüssiges Hydrokarbon in Riesenmengen und wahrscheinlich auch Diamanten, weil Kohle hier so verbreitet ist. Der Planet ist vielleicht keine Goldmine, aber eine Mine ist er trotzdem. Ich halte es aber für unwahrscheinlich, daß hier einmal jemand leben will." Er schüttelte sich. „Ich friere immer noch."

„Eine Erkältung kannst du dir auf jeden Fall nicht geholt haben", sagte Gilban. „Irgendwelche Viren, von denen man eine Erkältungskrankheit bekommen könnte, sind sicherlich schon seit Tausenden von Jahren ausgestorben, und daß es auf der *Samtfalter* keine gibt, das garantiere ich. Was ist mit den Bodenproben? Gibt es da Anzeichen von Leben? Ich habe noch keine Zeit gehabt, mich darum zu kümmern. Sie liegen abgeschirmt im Labor, aber ich möchte wetten, daß ihr keine Spur von Bakterien oder Viren finden werdet."

„Nein, alles scheint völlig steril zu sein", sagte Gilmarlo. „Die Leute von den Transmitterteams, die die Geräte aufbauen werden, beneide ich nicht. Ich friere auch." Sie holte tief Luft und sagte: „Wir können mit der Aufstellung der Dienstpläne bis morgen warten. Ich mache jetzt Schluß und versuche, mich wieder aufzuwärmen. Hat jemand noch eine Decke für mich?"

Gilraban lachte. „Mich darfst du nicht fragen. Meine brauche ich selbst."

„Ich auch", sagte die junge Gilbeth mit leiser Stimme. „Ich suche mir jemanden, der mich aufwärmen will." Darauf folgte allgemeines Gelächter und eine Flut von Vorschlägen, von denen manche eindeutig genug waren, um das Mädchen rot werden zu lassen. Die Gruppe verteilte sich unter Gelächter, und Gildoran ging voller Hoffnung zu Bett. Gilmerrit, ihr Handgelenk noch immer bandagiert, war still und niedergeschlagen, und Gilban sprach sich dafür aus, daß sie noch eine Nacht in der Krankenabteilung blieb. Gildoran lag noch lange wach, dachte an die Zuschaltung an das Transmitternetz, den Kontakt mit dem Rest der Galaxis und die Aufregungen, die die Erforschung einer neuen Welt mit sich bringen würden.

Er würde ohne Zweifel für das Transmitterteam eingeteilt werden, das heute hinabgeschickt werden sollte. Voller Hoffnung, für die er sich ein wenig schämte, daß Gilraban seine Erkältung noch nicht los war und daher keine Lust haben würde, ging er auf die Brücke. Er hatte Spaß an dieser Art Arbeit, wurde aber nach seiner Meinung viel zu selten dafür eingeteilt.

Gilmarlo aber war nicht auf der Brücke, und Gildoran fragte den Navigator, was denn los sei.

„Ich glaube, sie ist krank", sagte Gilmarti. „Heute morgen lag sie zitternd im Bett, als ich bei ihr vorbeikam. Sie hat gesagt, sie würde es heute nicht bis zur Brücke schaffen. Vielleicht hat sie ein wenig Fieber. Ich werde sie anrufen und fragen, ob ihr danach ist, hierherzukommen, wenn du die Brücke eine Minute übernimmst." Die alte Frau drückte auf die Knöpfe und verzog ihr Gesicht. „Was ist denn mit der Sprechanlage los? Die Wartung sollte sich darum kümmern; ich höre nur Rauschen. Soll ich hinuntergehen und nachsehen, was da nicht stimmt, Doran?"

„Ja. Ich übernehme die Brücke." Er gab die formale Bestätigung, trat an den Sichtschirm und schaute mit gerunzelter Stirn auf die öde Kugel von Sturm unter ihnen, die dünnen Polkappen aus Eis und die kahle, sturmgepeitschte Oberfläche. Er spürte ein Gefühl in sich, das zu formlos für Angst war.

Die Zeit verging, aber Gilmarti kam nicht zurück. Andere Mannschaftsmitglieder der *Samtfalter* kamen und gingen, aber weder der Kapitän noch Gilraban, noch, wie sich Gildoran plötzlich klarmachte, irgendein anderes Mitglied der Landungsmannschaft ließen sich blicken. Plötzlich ertönte ein Summen, und eine Stimme meldete sich vor einem Hintergrund von statischem Rauschen:

„Gilban... Arzt... Brücke..."

„Wir können dich nicht verstehen, Gilban", sagte Gildoran, ging zum Kapitänssessel und legte den Hauptschalter für die Sprechanlage um. „Kannst du deinen Spruch noch einmal deutlicher wiederholen?"

Heftiges Rauschen. „Hier unten... Merrit..."

Gildoran sah sich hastig um. Er war im Augenblick der älteste Offizier auf der Brücke. „Lori..."

Gilori sagte schnell: „Ich übernehme die Brücke", und Gildoran hastete zur Krankenabteilung hinunter. Gilban kam ihm mit einem Atemgerät vor dem Gesicht entgegengerannt und bedeutete ihm mit Handbewegungen, er solle nicht zu nahe kommen.

„Du mußt Gilmerrit hier herausholen. Sofort. Sie darf sich nicht anstecken."

Schrecken überflutete Gildoran. Der Fall, den jedes Mannschaftsmitglied der *Samtfalter* – jedes Mitglied jedes Späherschiffs – mehr als alles andere fürchtete, war eingetreten: eine unbekannte Seuche. Er verstand schon, bevor Gilban zu ihm sagte: „Das habe ich befürchtet, als ich Gilmarlo heute morgen gesehen habe. Sie lag zitternd in ihrer Koje, und ich dachte, sie hätte sich vielleicht eine Lungenentzündung durch die Kälte gestern geholt und habe sie deshalb hierherschaffen lassen. Dann kam Gilraban bei mir hereingestolpert. Er hat mir gesagt, daß ihm kalt sei und sterbenselend. Dann sind sie nacheinander alle hergekommen, und was das schlimmste ist: Gilbarni hat es auch, was auch immer es ist. Sie hat in der letzten Nacht mit Gilbeth im gleichen Bett geschlafen, also muß es ansteckend sein. Vielleicht nicht sehr stark, sonst hätten sich alle angesteckt, die gestern den Bericht gehört haben, darunter auch du und ich. Das erste Symptom scheint ein Gefühl unüberwindlicher Kälte zu sein. Mir scheint es gutzugehen, aber ich gehe kein Risiko ein, bevor ich nicht weiß, wie es sich ausbreitet." Er berührte sein Atemgerät. „Wie geht es dir, Doran?"

„Mir geht es gut", sagte Gildoran, und es war nicht Kälte, die ihm Schauer über den Rücken jagte. Der hochgewachsene Arzt sagte ruhig: „Wir müssen Gilmerrit hier herausschaffen. Wenn sie sich damit infiziert, dann überlebt sie es nicht. Ihr Lebenswille ist jetzt schon zu schwach. Möchtest du sie mit in dein Quartier nehmen? Bleib bei ihr, wenn du willst, oder hole Gilrushka, aber allein sollte sie nicht bleiben." Er drückte auf den Knopf der Gegensprechanlage, hörte aber nichts als Rauschen. „Ausgerechnet jetzt muß die Sprechanlage ausfallen! Doran, wenn du Merrit versorgt hast, geh zur Kinderstation hoch. Geh nicht hinein – du hast Berührung mit der Sache gehabt. Unterrichte Ramie und..." – er runzelte die Stirn – „...alle, die gestern *nicht* im großen Saal waren, sie sollen sich in der Kinderstation mit den Kleinen verbarrikadieren, und sie sollen dort *bleiben.* Geh auf keinen Fall hinein, laß niemanden *sonst* hinein und laß sie nicht heraus – bis wir sicher sind, daß wir diese Angelegenheit unter Kontrolle oder eine Heilung gefunden haben."

Gildoran gehorchte mit ernstem Gesicht. Das waren die Standardanweisungen für den Seuchenfall. Solange er oder irgendein anderes Mannschaftsmitglied der *Samtfalter* lebte, war dieser Fall noch nicht eingetreten, aber vor einigen tausend Jahren Schiffszeit hatte sich so etwas ereignet. Die Kinder waren in ihrer Station verbarrikadiert worden, und als an Bord alle tot waren, hatten die Kinder, die wenigen Überlebenden in der Kinderstation und die Puhbären in Raumanzügen die Leichen zusammengetragen, sie in den Konverter gesteckt und noch einmal ganz von vorn angefangen.

Sie wußten bereits, daß die Inkubationszeit sehr kurz war. Beim Landungsteam hatten sich die ersten Symptome innerhalb von zwei Stunden nach der Rückkehr vom Planeten eingestellt, und nach zwölf Stunden waren sie alle sterbenskrank und zitterten vor Kälte. Weitere Fälle jedoch waren nicht aufgetreten. Die Mannschaftsmitglieder, die im großen Saal gewesen waren, hatten sich der Infektionsquelle nicht genug ausgesetzt, von Gilbarni mal abgesehen. Für eine Übertragung war also enger und direkter Kontakt notwendig. Es bedeutete, daß die Befallenen ohne Gefahr gepflegt werden konnten. Gilrushka blieb bei Gilmerrit, aber da dies die erste Gelegenheit seit zwei Jahren war, daß mehr als eine Person in der Krankenabteilung lag, waren die Ärzte und das Pflegepersonal überlastet, und auch Gildoran wurde dorthin als Krankenpfleger abkommandiert.

„Aber was fehlt ihnen denn?" fragte er. „Angeblich soll es doch dort unten keine Bakterien geben und Viren wahrscheinlich auch nicht."

„Ich weiß es nicht", sagte Gilban. „Ich muß die Bodenproben noch genauer analysieren, aber auf den ersten Blick war nichts zu finden. Keine Bakterien, obwohl manche Bakterien Temperaturen unter null Grad überstehen können. Es ist unwahrscheinlich, daß Viren in unfruchtbarem Boden lange überleben würden. Wenn wir es allerdings mit subviralen Partikeln zu tun haben..." Er schüttelte den Kopf. „Es wird lange dauern, bis wir das getestet haben. Würdest du bitte hineingehen und Gilnosta helfen? Ich weiß, daß du keine medizinische Ausbildung hast, aber du kannst ihnen Essen geben und Decken holen." Er berührte Gildorans Schulter. „Setz ein Atmungsgerät auf. Wo ist Merrit?"

„In der Kinderstation bei den Babys. Sie war bei dem Bericht im großen Saal nicht dabei." Gilmerrit war in eine solche Apathie versunken, daß es ihr vollkommen gleichgültig zu sein schien, wo sie war. Außerdem schien sie nicht zu erfassen, daß die gesamte Mannschaft der *Samtfalter* in tödlicher Gefahr schwebte. Er hegte nicht mehr die Befürchtung, daß Gilmarinas Anblick sie zu sehr berühren würde. Er hoffte inzwischen vielmehr, er würde sie berühren – ganz gleich, in welcher Art. Er hatte jedoch keine Zeit dafür, sich um sie Gedanken zu machen. Jetzt nicht.

„Ich muß gehen und die Tests zu Ende führen, damit wir herausbekommen, womit wir es hier zu tun haben", sagte Gilban und ging eilig zu den Labors. Gildoran begab sich in die Krankenabteilung, wo er Gilnosta vorfand. Die junge Ärztin sah überanstrengt und erschöpft aus.

„Gildoran, dem Kosmos sei Dank!"

„Wie geht es ihnen?" fragte er und sah zu den neun deckenumhüllten Gestalten hinüber.

„Gilbeth, der Kapitän und Gilbandel sind bewußtlos", sagte Gilnosta. „Ich glaube, Gilbeth liegt im Sterben. Was auch immer das ist, es wirkt sehr schnell." Ihr Mund verhärtete sich. „Selbst wenn wir jetzt nur hinuntergehen, um Felsen für den Konverter zu holen, müssen wir das in Raumanzügen tun. Dieser Krankheit setzt sich in Zukunft niemand mehr aus."

„Was meinst du denn, daß es ist?"

„Ich habe keine Ahnung", Gilnosta holte tief Luft. „Gewöhnlich denkt man bei Schüttelfrost zuerst an Fieber, und anfänglich ist auch dann und wann Fieber aufgetreten. Nach den Blutproben, die wir entnommen haben, sind in ihren Körpern sämtliche Immunreaktionen stimuliert worden, und sie brannten förmlich innerlich, obwohl sie sich praktisch zu Tode zitterten. Die Standard-Antibiotika haben keine Wirkung gehabt. Wir haben es mit Eisbädern versucht, und die Temperatur hat sich tatsächlich auch gesenkt, aber das war für die Patienten so unangenehm, daß wir diese Behandlung wieder eingestellt haben. Wir haben sie statt dessen in Decken eingewickelt und versucht, sie aufzuwärmen. Je mehr warme Decken wir aber um sie gewickelt und je mehr heiße Getränke wir ihnen gegeben haben, desto mehr schienen sie zu frieren. Und inzwischen..." – sie schüttelte den Kopf – „...scheinen sie Symptome von – es hört sich verrückt an, ich weiß – Unterkühlung zu zeigen. Gilbeths Körpertemperatur hat sich auf 35 Grad gesenkt, und das ist gefährlich tief. Geh selbst rüber und überprüfe es. Miß unter dem Arm oder rektal – sie ist bewußtlos. Was auch immer du tust, sie darf nicht noch kälter werden. Laß also alle Decken auf ihr. Wenn sich ihre Temperatur um weitere vier Grad senkt – na ja, du weißt so gut wie ich, was das heißt."

Gildoran wußte es. Er ging zu der jungen Navigatorin hin und beugte sich über sie. Als er sie berührte, fühlte sie sich kalt an wie eine Leiche, aber der Monitor, der auf ihrem Brustkorb befestigt war, zeigte noch eine schwache Herztätigkeit. Ihre Körpertemperatur lag inzwischen bei 34,78 Grad und senkte sich weiter.

„Solange sie noch schlucken konnten, habe ich ihnen ständig heiße Getränke eingeflößt", sagte Gilnosta. „Gilbeth kann nicht schlucken, aber vielleicht heißen Kaffee oder Milch mit einem Schlauch..." Wieder seufzte sie. „Raban ist noch bei Bewußtsein. Das darf er nicht verlieren. Doran, geh hin zu ihm und versuche, ihn dazu zu bringen, noch etwas Heißes zu sich zu nehmen."

Der große Techniker lag unter einem Berg von Elektrothermal-Decken, zitterte aber trotzdem. Er flüsterte Gildoran heiser zu:

„Ich habe ein Gefühl, als hätte ich einen Spaziergang im Weltraum ohne Raumanzug gemacht – beim absoluten Nullpunkt."

„Die Thermaldecken sind so hochgedreht, daß sie dir fast die Haut verbrennen, Raban", sagte Gildoran voller Sorge, überprüfte sie und zog seine Hand in automatischem Reflex zurück. „Es wäre eigentlich sicherer, wenn wir sie ein wenig kleiner stellen würden. Deine Haut rötet sich schon. Tut dir das nicht weh?"

„Weh? Nein, ich spüre sie überhaupt nicht. Ich habe ein Gefühl, als würde ich im Freien liegen..." Er klapperte mit den Zähnen. „Ich mußte hier hochkriechen – der Sprechanlage konnte ich keinen Ton entlocken..."

„Hier", sagte Doran und hielt ihm ein heißes, gezuckertes Getränk an die Lippen. „Der Zucker wird dich aufwärmen, selbst wenn es die Decken nicht schaffen."

Raban machte ein angeekeltes Gesicht, tat das aber so schwächlich, daß Gildoran davon geängstigt war. Der Techniker war so ein energischer, vitaler Mann, und da lag er nun und zitterte, hilflos wie ein Baby. „Das Zeug schlucke ich schon so lange, daß es mir aus den Ohren wieder herausläuft und ich schaffe es nicht einmal, meine Blase zum Urinieren zu bringen, so sehr friere ich! Wenn ich noch mehr trinke, dann platze ich!"

Gildoran biß die Zähne zusammen und versuchte, seine Besorgnis nicht zu zeigen. Das war ein weiteres Symptom, das sehr ernst war.

„Versuche, dir darüber keine Gedanken zu machen. Trink das, Raban – du brauchst die Körperwärme dieser Kalorien", ermahnte er ihn, „und wenn es dir zu sehr zu schaffen macht, können wir dir mit einem Katheder Erleichterung verschaffen – aber die Wärme brauchst du."

Raban brummelte zwar weiter in sich hinein, schluckte aber gehorsam das heiße Getränk. „Es fühlt sich warm an, während es hinunterläuft", beklagt er sich, „aber im Magen liegt es wie ein Eisklumpen. Außerdem ist mir ganz schwindlig, als hätte ich nichts verdaut, als sei bei mir der Stoffwechsel völlig zum Stillstand gekommen." Nach einer Pause beklagte er sich wieder: „Kannst du die Decken nicht ein wenig höher einstellen? Nur ein wenig? Ich erfriere – ich *sterbe* an der Kälte!"

Das war das Problem, dachte Gildoran besorgt, während er die Tasse an ihren Platz zurückstellte. Als er Gilnosta von der Unterhaltung berichtete, seufzte sie und schüttelte den Kopf.

„Gilmarlo beschwerte sich über die gleichen Symptome, bevor sie das Bewußtsein verlor“, sagte sie und sah zu der reglosen Gestalt des Kapitäns hinüber. „Ich habe es bei ihr mit einem Katheder versucht. Doran, du wirst es nicht glauben, aber als wir ihr den Urin abgezogen haben, *war er kalt. Kalt, in ihrem Körper!*“

„Es ist so, als würde etwas in ihrem Körper die Wärme herausziehen“, sagte Gildoran. Gilnosta nickte. „Es hat auf jeden Fall den Anschein. Irgend etwas scheint ihnen die Körperwärme direkt aus den Zellen abzuziehen.“

Gilbeth starb eine Stunde später. Sie rührte sich nicht, aber nach dem Monitor hörte ihr Herz einfach auf zu schlagen, und ihre Hirnwellen verflachten sich. Gilnosta verordnete Quarantänemaßnahmen für ihren Körper für den Fall, daß sich die Ansteckungsgefahr nach dem Tod steigern sollte. Bevor dieser Tag auf dem Schiff zu Ende war, starb der Kapitän. Gilraban versank in Bewußtlosigkeit, seine Körpertemperatur senkte sich langsam und stetig, um ein Zehntelgrad nach dem anderen, aber unaufhaltsam. Er starb im Verlauf der Nacht.

4

„Nach Höllenwelt hatte ich schon gedacht, wir seien gelähmt“, sagte Gilban und warf einen schnellen Blick durch den Raum, in dem sie sich versammelt hatten. „Ich hatte keine Ahnung, was das Wort bedeutete. Wir sind hier sechzehn; Gilnosta ist in der Krankenabteilung und Merrit in der Kinderstation bei den Kleinen. Das ist im Augenblick unsere gesamte Schiffsbesatzung. Drei Babys noch...“

„Nicht Babys“, unterbrach Gilramie. „Zwei Fünfjährige und eine Vierjährige, die ein biologisches Jahr jünger als die anderen ist.“

Gilban wischte den Einwand mit einer ungeduldigen Handbewegung zur Seite. „Außerdem noch vier Kinder. Wie alt sind sie, sieben oder acht? Dazu kommen noch vier Alte im Außenbereich. Sie sind zum Arbeiten zu alt, drei von ihnen sind senil und der vierte ist zwar noch klar im Kopf, aber nicht mehr in der Lage, aufzustehen oder mehr als ein halbes Grav auszuhalten. Dann haben wir noch fünf Puhbären, die sich auf Deck vier verschanzt haben und die wir nicht erreichen können. Damit hätten wir tatäschlich die gesamte Besatzung der *Samtfalter.* Rae, du bist als Offizier die Dienstälteste hier. Da der Kapitän tot ist…“

Sie schüttelte den Kopf. „Gildorric ist älter als ich, ein paar Jahre.“

„Sind sie *alle* tot?“ fragte Gilramie mit zitternder Stimme. „Wirklich *alle?*“

Gilban holte tief Luft und seufzte. „Jeder, der auf Sturm gelandet ist. Gilnadir ist, technisch gesehen, noch am Leben, aber die anderen sieben haben wir verloren, und meiner Ansicht nach stehen die Chancen eins zu zwanzigtausend dagegen, daß er die Nacht übersteht. Er ist bewußtlos, und seine Körpertemperatur ist auf 31 Grad gefallen.“

„Aber woran sind sie gestorben?“ fragte Rae. „Wissen wir das wenigstens?“

„Ich kann dir keinen Namen nennen, wenn du das hören willst“, sagte Gilban und verzog den Mund. „Es ist subvirul. Unsichtbar, nur unter dem Elektronenmikroskop auszumachen und selbst damit nicht sehr deutlich. Wir haben es aufgespürt, als die Nährkultur, auf der es hätte wachsen sollen, ihre normale Wärme verlor. Wir haben es selbstverständlich nicht berührt, sondern mit Sensoren gearbeitet, aber als wir auf der Außenseite der Reagenzgläser mit der Nährkultur Frostbildung beobachtet haben…“

„Es mag also Kälte?“

„Nein“, widersprach Gilban, „im Gegenteil. Es entzieht jeder organischen Substanz die Wärme. Offensichtlich hat es Sturm dort unten seine gesamte Wärme entzogen…“ Er machte eine vage Handbewegung, die sich offensichtlich auf die unsichtbare Oberfläche des Planeten unter ihnen beziehen sollte. „Jedes organische Leben, bis hinunter zu den Bakterien und den Protozoen, fiel ihm zum Opfer – bis wir schön warm und *lebendig* angekommen sind. Es ist kalorotrop und wird von jeglicher organischen Wärme angezogen, die es auf irgendeine Art und Weise den Zellen entzieht, aber den genauen Mechanismus dieses Prozesses verstehe ich noch nicht.“ Er fügte entschuldigend hinzu: „Ein ganzes Institut von Wissenschaftlern und Chirurgen, das sich nur mit dieser Aufgabe beschäftigt, würde zwei Jahre brauchen, um hinter so etwas wie das hier zu kommen, und ich bin nur ein Mensch – und ich habe dieses gottverdammte Ding vor drei Tagen zum erstenmal in Aktion erlebt!“

„Keiner erwartet von dir, daß du mehr weißt, Ban“, beruhigte Gilrae ihn und sah sich hilflos um. „Ich bin nicht Kapitän. Ich verfüge über keine Autorität – und da jetzt Gilmarlo tot ist...“

„Ich habe die Autorität“, sagte Gilban grimmig, „und ich beabsichtige, sie einzusetzen. Nach den Schiffsstatuten hat der höchste medizinische Offizier in einer extremen Notlage – und daß die jetzt eingetreten ist, wird wohl niemand abstreiten – die Autorität, selbst den Jahreskapitän zu übergehen. Ich warne euch davor, daß ich die volle Absicht habe, den Kapitän, wer auch immer dazu gewählt wird, jedesmal zu übergehen, wenn ich das aus Sicherheitsgründen für notwendig halte, bis wir diese kalte Todesfalle dort unten überwunden haben.“

„Ich darf also davon ausgehen“, sagte Rae, „daß niemand von euch die Notwendigkeit in Frage stellt, Sturm als unerschließbar aufzugeben?“

Gildorric sagte heftig: „Ich würde diesen Planeten nicht einmal mit einem Sensor berühren, der so lang ist wie eine halbe Galaxis!“

Rae fragte: „Gilban, möchtest du die formale Autorität des Kapitäns haben? Ich glaube nicht, daß jemand etwas dagegen hätte, und es gibt einen Präzedenzfall dafür, den Kapitän im Notfall durch Mehrheitsbeschluß zu bestimmen. Das ist zwar nicht mehr vorgekommen, seit ich aus der Kinderstation heraus bin, aber es ist schon vorgekommen.“

„Kosmos, nein!“ schnaubte der Arzt. „Ich habe keine Ahnung von den Pflichten eines Kapitäns, und ich will es auch nicht wissen. Ein Jahr lang von meiner Aufgabe weg auf der Brücke festgenagelt zu sein, das ist das *letzte,* was ich will! Sucht euch zum Kapitän aus, wen ihr wollt – mir ist das gleich –, aber ich warne euch! Wenn es irgendeinen Grünschnabel erwischt, der keine Ahnung hat, was er tut, und wieder dort hinuntergehen will...“ Er starrte Gildoran voller Abneigung an. Der junge Mann erinnerte sich an ihre zahlreichen Zusammenstöße auf Höllenwelt und zog den Kopf ein. Er hatte damals recht gehabt und Gilban unrecht, und das mußte der alte Arzt auch noch wissen, aber es war ihm auf irgendeine Art und Weise gelungen, die Sache so umzudrehen, als sei er, Gilban, gegen seinen Willen überredet worden, es mit der Höllenwelt zu versuchen.

Nun aber meldete er sich zu Wort und sagte: „Rae, wie sieht unsere Situation im Augenblick *tatsächlich* aus? Haben wir genug Leute, die – physisch – in der Lage sind, das Schiff in Betrieb zu halten?"

„In gewisser Weise schon", sagte Rae. „Ohne viel Reserven allerdings. Draußen im Raum wird es schon gehen, aber wir können unsere Umlaufbahn nicht verlassen, bis wir Treibstoff für den Konverter haben. Den müssen wir uns irgendwie beschaffen."

„Können wir nicht warten, bis wir irgendwo einen Asteroidengürtel finden?"

Rae schüttelte den Kopf. „Asteroiden sind zu oft einfach nur Eisbrocken, also minderwertiger Treibstoff. Wir brauchen für den Synthesizer Schwerelemente, selbst wenn wir nur zu einem bewohnteren Teil der Galaxis zurückfliegen wollen. Wenn es sein muß, können wir in Raumanzügen landen und Treibstoff holen, aber einmal müssen wir noch dort hinunter. Das *müssen* wir, Gilban – oder wir hängen hier in unserer Umlaufbahn fest. Wir sind tot, bevor wir ein anderes System erreichen, um dort Treibstoff zu holen."

Gilban schüttelte den Kopf. „Müssen wir uns also im Raum treiben lassen? Wir können nicht noch einmal hinunter, das ist ausgeschlossen."

„Bist du also bereit, hier zu sterben?" fragte Rae. „Wir haben sonst keine Wahl. Vier, fünf Leute könnten es schaffen, und sie könnten Raumanzüge tragen. Nicht einmal die winzigsten Viren kommen in die geschlossenen Systeme unserer Raumanzüge hinein."

„Hier haben wir es mit subvirulen Partikeln zu tun", sagte Gilban. „Ich weiß es nicht, vielleicht kommt etwas durch..."

„Nach den Berichten von Gilmarlo", sagte Gildorric ruhig, „haben sie die Raumanzüge geöffnet. Sie hatten alles überprüft und keine Bakterien – noch nicht einmal einzellige Lebewesen – gefunden und haben deshalb ohne Helm gearbeitet. Was dieses Kalorotrop auch immer ist, es muß auf jeden Fall in Sporenform existieren, weil es nämlich noch aktiv war, obwohl es dort seit Tausenden von Jahren kein organisches Leben mehr gibt."

„Es kann aber ohne Kontakt nicht übertragen werden", sagte Gilban. „Beweis: Nur Gilbarni hat sich angesteckt, und er hat die Nacht mit der armen Beth verbracht. Auf dem Schiff kann es nichts mehr davon geben. Bei dieser Virulenz und der kurzen Inkubationszeit wäre sonst noch jemand erkrankt. Wahrscheinlich ich oder Gilnosta oder Merrit, weil sie im Krankenbereich lag, als die anderen eingeliefert wurden. Und wir haben die... die Körper berührt. Wir haben Masken getragen und Handschuhe, zugegeben, aber an den Körpern hat sich niemand angesteckt, selbst als das Kalorotrop – oder was es auch immer ist – das extreme Bedürfnis gehabt haben muß, sie zu verlassen. Wenn es also die Möglichkeit hatte, Sporen zu bilden, dann hat sie der Konverter vernichtet, kann ich mir vorstellen. Wenn es etwas ist, das fähig ist, in einem Nuklearkonverter zu überleben, dann sind wir zum Tode verurteilt", sagte er brutal, als er die plötzliche Angst auf den Gesichtern des kläglichen Restes der Mannschaft erkannte. „Wir können meiner Meinung nach davon ausgehen, daß der absolute Nullpunkt oder das Innere eines Nuklearkonverters in der Lage ist, dieses Ding abzutöten. Von weiteren Voraussetzungen können wir nicht ausgehen. Es dürfte aber einigermaßen sicher sein, wegen Brennstoff dort hinunterzugehen, wenn in Raumanzügen gearbeitet wird. Wenn du es befiehlst, werde ich mich nicht dagegen aussprechen. Aber mit Raumanzügen – *geschlossenen* Raumanzügen. Und wer will den Befehl geben, wenn wir keinen Kapitän haben?"

Alle sahen auf Rae. Gildoran bemerkte dies und dachte, daß sie sich in dieser Notlage alle ihr zuwandten. Dann war also nicht nur für ihn Rae eine zentrale Figur auf dem Schiff, sondern für alle. Auch Rae fiel es auf, und sie wurde ein wenig rot. Sie sagte: „Wir sollten Identitätsscheiben ziehen, wer Kapitän werden wird..."

„Nein." Gildorric sprach das aus, was sie alle dachten. „Wir können es nicht riskieren, das Schiff jemandem ohne Erfahrung anzuvertrauen, wenn wir in einer so schwierigen Situation sind. Rae, übernimm du auf allgemeinen Wunsch. Ich glaube, daß alle dies wollen."

Sie sah sich hilflos um, aber keine Gegenmeinung wurde geäußert.

„Wollen das also alle? Ich möchte euch aber warnen. Ich beanspruche ganz genau die gleiche Autorität, als hätte ich das Los gezogen, und zwar für den Rest von Gilmarlos Amtszeit. Danach verlange ich die gleiche siebenjährige Ausnahme von der Wahl. Geht das in Ordnung?"

„Ich akzeptiere", sagte Gildoran. Gilramie und Gilban schlossen sich seiner Meinung sofort an. Gilban drückte auf den Knopf der Sprechanlage und schimpfte dann bitter.

„Ist von der Wartung noch jemand am Leben? Was ist denn mit der Sprechanlage los, zum Kosmos? Ich meine, wir sollten noch die Zustimmung von Nosta und Merrit einholen..."

Der große, hagere und schweigsame Gilredic stand auf und sagte: „Ich habe sie schon ein dutzendmal überprüft. Die einzige Erklärung, die ich mir vorstellen kann, ist die, daß dort unten auf dem Planeten etwas stört. Laß mich mal ran... Hallo", sagte er mit gerunzelter Stirn. „Es funktioniert wieder. Versuch's mal..."

Gilnostas Stimme kam aus dem kleinen Lautsprecher.

„Ich dachte, das solltet ihr wissen: Gilnadir ist gerade gestorben. Damit beträgt die Sterblichkeitsrate hundert Prozent."

„Ich muß zurück", sagte Gilban und stand auf. „Rae, du hast die Autorität. Ich behalte mir das Recht vor, dich in Fragen der medizinischen Sicherheit zu übergehen. Davon abgesehen hast du die Leitung, Kapitän."

„Der arme Gilnadir", sagte Rae und schüttelte den Kopf. „Ist noch jemand da, der für geologische Arbeit qualifiziert ist?"

„Ich", sagte Gildoran.

„Ich habe auf Höllenwelt mit dem geodätischen Team zusammengearbeitet", sagte Gillori. „Ich bin allerdings noch nicht für die Klasse A qualifiziert."

„Der Transmitter ist jetzt, da Gilraban tot ist, ebenfalls unterbesetzt", sagte Rae. „Doran, du solltest besser bei den Jungen mit Intensivkursen anfangen. Wenn wir noch mehr Verluste haben... Nein. Ich weigere mich, das in Betracht zu ziehen. Also, zum Brennstoff. Ich kann keinem befehlen hinunterzugehen. Nicht, wenn das möglicherweise ein Selbstmordauftrag sein wird." Sie schüttelte besorgt langsam den Kopf. „Ich nehme freiwillige Meldungen an, aber nicht, wenn jemand in seinem Spezialgebiet allein ist. Ich schaue da nicht durch..."

„Nein", sagte Gilrushka. Die Psychologin sah übernächtigt und erschöpft aus. „Versuche erst gar nicht, diese Verantwortung auf dich zu nehmen. Du bist nicht Gott. Gebe von allen die vollen Qualifikationen und Spezialgebiete in den Computer ein und frage, wer am entbehrlichsten ist."

„Ich würde meinen, das bin ich", sagte Gilmerrit, die leise hereingekommen war. „Ich bin noch nicht einmal physisch voll funktionsfähig. Ich melde mich hier und jetzt freiwillig."

Gilrae starrte sie konsterniert an, aber Gilrushka sagte hart: „Rae sucht niemanden, der eine Selbstmordmission auf sich nehmen will. Zumindest nicht bewußt. Du wärst mehr daran interessiert, getötet zu werden, als daran, den Brennstoff zu beschaffen, damit unser Schiff gerettet wird. Außerdem bist du die einzige voll qualifizierte Biologin an Bord, wenn wir von den beiden Ärzten einmal absehen. Setz dich hin, Gilmerrit, und überlasse die Angelegenheit dem Computer."

Endlich nickte Rae. „Ich werde es so veranlassen. Rushka, du mußt die Spezialitäten in ihrer Priorität für uns festhalten. Welche wir am ehesten entbehren können oder welche von den Ausbildungsbändern nachgelernt werden können, falls sich niemand findet, auf den wir ganz verzichten können."

Gildoran schüttelte sich. Er beneidete den Kapitän und die Psychologin nicht um ihre Aufgabe. Er wußte, daß sie sie fair ausführen würden – sie würden ihr Bestes geben, um völlig fair zu sein –, aber der Auftrag bedeutete, daß ihre Entscheidung jemanden buchstäblich dazu verurteilen würde, sich auf Sturm in eine tödliche Gefahr zu begeben, um das Leben der anderen zu retten. Er wußte auf jeden Fall, daß er davor zurückgeschreckt wäre, eine Person auf der *Samtfalter* mit ihrer tragisch reduzierten Mannschaft als „entbehrlich" zu erklären.

Würde ich gehen? Wäre ich bereit zu gehen, falls der Computer meinen Namen ausspuckt?

Das wird nicht geschehen. Ich bin die einzige Person, die noch voll für geodätische Aufgaben qualifiziert ist, und einer von zweien oder dreien, die für den Transmitter voll qualifiziert sind. Ich bin so sicher wie Gilban, ich brauche mir keine Gedanken zu machen...

Aber würde ich gehen? Hätte ich den Mut, einen tödlichen Auftrag zu akzeptieren?

Ich werde es nie wissen. Und vielleicht will ich es auch nicht...

Seine Schicht war zu Ende. Er ging zum Meditationszentrum und versuchte, Klarheit in seine Gedanken zu bringen und sie frei schweben zu lassen. Nach einiger Zeit gelang es ihm, seine Gedanken auf einen zentralen Lichtpunkt zu lenken, eine universelle Sonne im Zentrum des Universums, eine Reflexion des universellen Lichtpunkts in ihm selbst, und die Sterne, die Planeten, die Sonne, Galaxis und Atomkerne drehten sich um dieses unsichtbare Zentrum in Strömung und Gegenströmung, Gewalt und Frieden in ewiger Ebbe und Flut; Tod und Leben als ein Teil des großen Kontinuums. Als er aus dem Meditationszentrum hinausging, hatte er seinen Frieden gefunden.

Er blieb zwei Stunden in der Kinderstation und baute mit Gilmarina und Gilrita Sonnensystem-Modelle, bereitete die älteren Kinder darauf vor, daß sie vielleicht schon bald immer wieder für eine Stunde auf die Brücke würden kommen müssen, um zu lernen, wie die Schirme bedient und wie Botschaften entgegengenommen wurden. Der Gedanke an neue Aufgaben versetzte sie in Aufregung, da sie die Tragödie noch nicht ermessen konnten, der sie sie verdankten. Jemand würde es ihnen sagen müssen, in nächster Zukunft. Er wollte es nicht sein.

Sein Frieden verschwand jedoch abrupt, als er hörte, daß der Computer seinen Namen ausgespuckt hatte und daß er dazu ausersehen war, auf Sturm hinabzufliegen, um Brennstoff zu holen.

Raes Gesicht war ernst, und sie konnte ihm nicht in die Augen sehen. „So sieht es aus, Gildoran. Du kannst mir glauben..." Sie konnte nicht zu Ende sprechen.

„Nein", schluchzte Gilmerrit und klammerte sich mit beiden Händen an ihm fest. „Nein, nicht Gildoran. Nehmt mich an seiner Stelle – ich kann euch nicht soviel nützen wie er..."

„Glaubst du vielleicht, das würde ich nicht lieber tun?" fragte Gilrae kalt. „Du bist aber nicht kompetent und aus medizinischen Gründen disqualifiziert. Bei einem Selbstmordversuch ist der oder die Betreffende für drei Jahre disqualifiziert. Geh von der Brücke, oder ich lasse dich in die Krankenabteilung hinuntertragen."

Gilmerrit holte schockiert tief Luft und beruhigte sich nach einem einzigen Blick. „Ich bleibe – und *versuche* es nur, mich wegtragen zu lassen."

Gildorric sagte zögernd: „Laß mich an Stelle von Gildoran gehen, Rae. Er ist noch ein Junge."

„Er steht auf der Kapitänsliste", sagte Gilrae unbeugsam, doch dann brach es in ihrem Gesicht durch. „Ich habe es versucht. Ich habe alles dreimal durch den Computer geschickt. Gildoran, Gilredic, Gilrannock. Gilnosta war die vierte Wahl, aber sie ist unsere einzige verbleibende Ärztin. Gilban ist alt genug, um sich zurückzuziehen – älter als ich. Deine Kenntnisse sind für uns mehr wert als Gildorans Jugend, Dorric. Das ist alles in Erwägung gezogen worden."

Gildoran hatte sich gefragt, wie er sich mit dem Tod vor Augen fühlen würde. Nun wußte er es: wie betäubt und ungläubig. Gab es jemanden, der um Gilredic und Gilrannock so wie Rae und Gilmerrit um ihn weinen würde, jemand, der der Entscheidung des Computers mit wilder Ablehnung und Verzweiflung widersprechen würde? Er hoffte es, und zur gleichen Zeit hoffte er, daß es nicht so war. Gilmarina würde denken, er habe sie verlassen, wie die Puhbären sie verlassen hatten, wie die anderen, die gestorben waren, sie verlassen hatten. Er konnte es nicht ertragen, daß Gilmarina vielleicht denken könnte, er habe sie verlassen.

Was hieße das schon, wenn ich tot wäre? Warum soll ich mir darüber Gedanken machen, was sie von mir denkt? Wenn es soweit ist, werde ich mir keine Gedanken mehr machen. Es wird nichts mehr da sein, das sich Gedanken machen kann.

Das aber wies er von sich. Er glaubte nicht an ein persönliches Überleben nach dem Tode, aber er war überzeugt, daß es Dinge gab, die nach dem Tod weiterlebten, und, tot oder lebendig, Gilmarinas Vertrauen zu ihm war etwas, das er nicht enttäuschen wollte, selbst nach seinem Tod nicht. Er sagte ruhig zu Rae: „Ich werde gehen. Weine nicht – es hätte jeden von uns treffen können." Er war dankbar dafür, daß es nicht Rae war, die ihn dort hinabbefehlen mußte, und er wußte in seinem Innern, daß Rae genauso fühlte. Er war, das wußte er jetzt, eines ihrer Babys. Er kannte seine eigenen Gefühle für Marina – *könnte er sie dort hinab in den fast sicheren Tod schicken?* –, und er wußte, wie Rae fühlen mußte.

Bevor er sich jedoch auf den Weg machte, ging er noch einmal in die Kinderstation hinunter, suchte sich eine stille Ecke bei der Hängematte, setzte sich auf einen weichen Schemel und zog Gilmarina auf seinen Schoß.

„Ich habe etwas mit dir zu besprechen, Kleine", sagte er. „Du mußt jetzt ein großes Mädchen sein, und du darfst nicht weinen, wenn du mich nicht mehr wiedersiehst. Ich muß weggehen. Ich werde zurückkommen, wenn ich kann. Ich verspreche dir, daß ich zu dir zurückkommen werde. Ich werde es auf jeden Fall versuchen. Ich muß aber mit Gilredic und Gilrannock dort hinab, um Brennstoff für den Konverter zu holen, und dort unten ist etwas sehr Gefährliches, das uns alle töten kann. Wenn ich nicht zurückkomme, mußt du immer daran denken, warum ich gegangen bin." Er berührte ihren Augenwinkel. „Ich tue das nur, weil ich dich liebe, Gilmarina. Denk bitte nicht, ich gehe, weil ich dich nicht liebe. Ich gehe, denn wenn ich das nicht mache, dann sterben die *Samtfalter* und alle Leute in ihr, und ich liebe euch und möchte, daß ihr alle lebt."

Ihre großen braunen Augen starrten ihn an und füllten sich langsam mit Tränen. „Kann das nicht jemand anders machen, Doran? Warum mußt du das sein?"

Die alte Frage. Warum ich? Er sagte: „Ich kann dir das nicht erkären, Kleine, aber die anderen Leute auf dem Schiff wollen auch nicht, daß *sie* es sind, und irgend jemand muß es ja sein. Nicht weinen", sagte er noch, berührte noch einmal ihre seidenen Wimpern und strich ihr über das Haar. „Wenn alles gutgeht, siehst du mich vielleicht schon heute abend wieder. Dann komme ich her und verstaue dich in deiner Hängematte. Wenn ich aber nicht komme, dann mußt du daran denken, daß das daher kommt, weil ich dich liebe, und nicht, weil ich nicht kommen wollte. Es wird so sein, weil ich euch *alle* liebe."

Wenn wir nämlich alle drei ablehnen würden, dort hinunterzugehen, dann müßten auf der *Samtfalter* alle sterben. Auch in der Kinderstation. Die Alten im Außenbereich. Gilmerrit, die noch lange genug zu leben hat, um zu erfahren, was das Leben wert ist. Gilrae, weil ein Universum ohne Gilrae es nicht wert ist, darin zu leben. Gilmarina...

Plötzlich und ohne einen Moment zu zögern wußte er, daß er gern sterben würde, wenn die Alternative dazu war, die *Samtfalter,* kalt und ohne Brennstoff, langsam sterben zu sehen, wenn die Alternative dazu war, Gilmarina dabei zuzusehen, wie sie litt und zugrunde ging.

„Gib mir noch einen Kuß, Kleine", sagte er und beugte sich herab, um seine Lippen gegen die blasse Wange zu drücken. Da war nun keine Spur von der rosa Haut mehr zu sehen; sie war blaß, ausgebleicht; eine Späherin, die auf die *Samtfalter* gehörte, die auf jeder Welt, die sie besuchte, als Fremde kenntlich sein würde. „Gib mir einen Kuß, aber sag nicht adieu. Ich komme zu dir zurück, wenn ich kann."

Sie schluckte schwer, weinte aber nicht. Sie sagte mit ruhiger Stimme: „Gute Nacht, Gildoran", und er fragte sich, ob sie ihn verstanden hatte. Wie auch immer, er hatte sein Bestes getan. Nun würde sie nicht darunter leiden, daß er sie willentlich verlassen hatte. Vielleicht würde sie es behalten, daß er nicht wie die Puhbären ihr Vertrauen enttäuscht hatte.

5

„Ich weiß nicht, was los ist", sagte Gilrae. „Die Sprechgeräte sind alle wieder in Ordnung. Deck vier ist auch wieder offen. Wir können die Puhbären sehen. Ich weiß nicht, ob sie uns hören können, und sie haben nicht versucht, sich mit uns in Verbindung zu setzen. Der Fahrstuhl geht immer noch nicht auf Deck vier auf. *Irgend etwas* ist los."

„Vielleicht kommen sie zurück, wenn sie wissen, was sich hier bei uns abspielt", sagte Gilrushka. „Sie haben uns verlassen, weil sie es nicht ertragen konnten, einen von ihren Freunden zu verlieren. Wenn sie wissen, wie viele von uns gestorben sind..."

„Der Teufel soll sie holen", sagte Gilramie mit hartem Gesicht. „Ich werde ihnen nie mehr vertrauen; sie haben uns im Stich gelassen, als wir sie am nötigsten brauchten."

Gilrae seufzte. „Wir brauchen sie jetzt dringender, als wir sie damals gebraucht haben. Wie sollen wir jemals wieder Kinder aufziehen, wenn wir die Puhbären nicht haben?" Gildoran, der in dem Raum vor den Luftschleusen wartete, war es klar, daß sie nur das Unvermeidliche hinauszögerte. Er sagte sanft: „Wir sollten besser hinunterfliegen, während wir noch über der Tagseite sind, Rae", und sie nickte. Ihr Gesicht war jetzt ruhig, wie eingefroren. Plötzlich lehnte sie sich nach vorn, und schloß ihn fest in die Arme und küßte ihn auf die Wange – etwas, das sie nicht mehr getan hatte, seit sie ihn auf Lassellis Welt verloren geglaubt hatte. „Sei vorsichtig, Gildoran. Wirf dein Leben nicht weg. Gilban wird die ganze Zeit, während du fort bist, arbeiten, um…“ Sie führte den Satz nicht zu Ende. Sie konnte es nicht, aber er tat es in Gedanken: um ein Gegenmittel zu finden, falls ihr drei euch ansteckt.

Er kletterte in das Landungsboot. Er dachte vage, am Rande seiner Gedanken, daß er bisher noch nie eines von diesen Booten allein gelandet hatte. Unter anderen Umständen hätte er daran sogar Freude haben können. Er verschloß seinen Helm – dieses Mal würden sie alles mitnehmen, was sie brauchten, unter anderem auch die Luft; sie konnten die Luft auf Sturm zwar atmen, aber sie war wahrscheinlich von den Sporen des tödlichen Kalorotrops verseucht – und begann mit dem routinemäßigen Betriebs-Check des Landungsboots.

„Helme vor Abflug von der *Samtfalter* verschließen“, sagte er und achtete darauf, daß der Befehl ausgeführt wurde.

Sie hoben von der *Samtfalter* ab. Gildoran beobachtete das große Schiff, wie es in der Ferne verschwand, und fragte sich, ob er es jemals so wiedersehen würde. Es hatte aber keinen Sinn, derartige Überlegungen anzustellen und jede Handlung so zu verrichten, als sei sie die letzte. Die einzige Möglichkeit, die er jetzt hatte, war, konzentriert und ruhig der Routine zu folgen und nicht darüber nachzudenken, ob er das noch einmal tun würde oder nicht.

„Auf Atmosphäre vorbereiten“, gab er durch und schaltete die entsprechenden Triebwerke ein. Sofort spürte er den harten Zug der Gravitation an dem Gurt, der seine Hüfte umschloß.

Vor der Landung ließ er noch einmal alle Verschlüsse überprüfen, als würden sie das Schiff im freien Raum verlassen, was sonst nur Wartungstrupps gestattet wurde. „Die Oberfläche hier könnte für uns so gefährlich sein wie der interstellare Raum“, warnte er die anderen mit angespannter Stimme. „Entspannt euch nie, auch nicht für eine Minute. Gilredic, sind die Maschinen bereit?“

„Alles in Ordnung – zum Entladen werden Rampen ausgefahren“, sagte der hagere Techniker. „Funkgeräte überprüfen. Kosmos, haben wir ein Glück! Sie funktionieren wieder! Es ist tatsächlich Glück – wir haben nichts an ihnen verstellt.“

Sie landeten auf der öden Oberfläche. Kahl, leer, unfruchtbar; all diese Begriffe gingen Gildoran durch den Kopf, während er durch das bruchsichere Glas die Oberfläche von Sturm ansah.

Überall lagen rötlich-schwarze, nackte Felsbrocken, und über dem Boden erhoben sich kleine Staubwolken, die hin und her rasten. Bei all den Stürmen, die hier tobten, hatte Gilmarlo dem Planeten den richtigen Namen gegeben. *Sturm.* Sie hatten sich sogar noch eine ruhige Stelle ausgesucht, an der es keine Zyklone oder Winde von Hurrikanstärke gab.

Sturm. Ein guter Name. Aber Todesfalle wäre noch besser.

Die arme Gilmarlo hat mit ihrem ersten Kommando nicht mehr Glück gehabt als ich. Weniger. Ich habe meines überlebt. Ich habe zwei Männer, ein Kind und sieben Puhbären verloren. Gilmarlos Verlust war…

Das reicht jetzt. Kein Selbstmitleid mehr. Hier ist ein Auftrag durchzuführen.

Für Gilmarina. Für Rae und Merrit und für alle anderen. Sogar für die Puhbären. Vielleicht ist es ihnen gleichgültig, ob wir leben oder sterben. Uns sind sie nicht gleichgültig…

Genug!

„Rampen ausfahren", befahl er trocken. „Die Maschinen müssen raus."

Die Maschinen rollten ohne mechanische Probleme leicht auf der Oberfläche. Er überprüfte noch kurz mit seinen Raumhandschuhen die Bodenproben (und achtete dabei sorgfältig auf den kleinsten Riß, der das Kalorotrop einlassen könnte), suchte einen Standort aus und stellte die Maschinen dafür ein, große Brocken von erzreichen Felsen auszugraben. Sie enthielten genug Schwerelemente, um es dem Konverter zu gestatten, genug Rohstoffe für alle vorhersehbaren Bedürfnisse der nächsten Jahre zu synthetisieren, und sie würden in dieser Zeit sicherlich ein Sonnensystem finden.

Wir müssen aber zurück in den zivilisierten Teil der Galaxis. Wir brauchen Kontakte, wir brauchen Kinder. Wir brauchen eine Zukunft…

Ihm kam der düstere Gedanke, daß er wahrscheinlich an dieser Zukunft keinen Anteil haben würde. Nun, die Entscheidung darüber würden andere treffen. „Wie klappt es mit den Maschinen", wollte er gerade fragen, merkte aber dann, daß seine eigene Stimme in seinen Ohren durch Statik auf der Funkfrequenz erstickt wurde. Verdammte Funkgeräte – sie streikten wieder. Wenn sie zurückkamen, würde sich Gilredic von der Wartung darum kümmern müssen, um herauszubekommen, was zum Kosmos mit ihnen nicht stimmte! Auf diesem Planeten gab es keine Energiequellen, die Statik produzieren könnten – das mußte ein rein mechanischer Fehler sein. Und wenn die Wartung damit nicht fertig wurde, wer sonst? Den Gedanken, daß Gilredic vielleicht nicht mehr lange genug am Leben war, um die Funkgeräte oder sonst etwas zu Überprüfen, schob er weit von sich.

Sie brauchten vielleicht eine Stunde oder zwei – er hatte das Zeitgefühl verloren, und bisher war es noch niemandem gelungen, eine Uhr durch den Ärmel des Raumanzuges sichtbar zu machen –, und die Maschinen liefen heiß, so daß in der kalten Luft kleine Dampfwölkchen von ihnen hochstiegen. Gildoran atmete nur die abgestandene Luft aus dem Raumanzug und sehnte sich nach einem Atemzug kühler, frischer Luft... aber auch der geringste Hauch konnte das tödliche Kalorotrop oder seine Sporen enthalten. Entzog es nur den Zellen organische Wärme? War es selbst überhaupt organischer Natur? Oder bildete es ein seltsames Zwischending zwischen organischem und anorganischem Leben? War es bis zum Mittelpunkt von Sturm vorgedrungen, um dem vulkanischen Kern die Hitze zu entziehen, obwohl er in Abkühlung begriffen war? War *das* vielleicht der Grund für die Abkühlung? War es möglich, der Funktionsweise des Kalorotrops auf die Spur zu kommen? Das könnte eine Aufgabe für Gilmerrit sein – sie war die Biologin. Gilban war mit den medizinischen Implikationen so beschäftigt, daß ihm für die theoretische Erkenntnis darüber, welche Prozesse hier abliefen, keine Zeit blieb. Wie er selbst sagte, würde eine ganze Heerschar von Wissenschaftlern dazu ein Jahr brauchen, und er war nur ein einzelner Arzt. Würde er morgen abend noch drei weitere sterbende Menschen betreuen müssen?

Solche Gedanken führten zu nichts. „Eigentlich könnten wir wieder starten“, sagte er, aber dann fiel ihm ein, daß sie ihn wegen der verrückt machenden statischen Geräusche nicht hören konnten, und bedeutete ihnen durch Zeichensprache, was er sagen wollte. Sie verluden die schweren Maschinen und überprüften ein letztes Mal, ob der Brennstoff gut verstaut war. Als sie in dem Landungsboot saßen, das mit reiner Luft von der *Samtfalter* versorgt wurde, überlegte sich Gildoran, ob er seinen Helm öffnen sollte. Nein. Sie waren zwar wahrscheinlich sowieso alle zum Tod verurteilt – alle drei –, aber es hatte keinen Sinn, unnötige Risiken einzugehen. Hinter ihnen im Laderaum des Landungsbootes lag der Fels von Sturm, der wahrscheinlich von dem tödlichen Kalorotrop gesättigt oder zumindest verseucht war. Bis das nicht im Konverter war – und zwar alles –, würde er seinen Helm nicht öffnen und es auch den anderen nicht gestatten.

Zunächst langsam und dann mit wachsender Geschwindigkeit hob das kleine Landungsboot zum letztenmal von der Oberfläche von Sturm ab. Gildoran sah zurück und hoffte, daß dort nie wieder etwas landen würde, das Leben in sich trug.

Jetzt werden wir uns mit dem zivilisierten Teil der Galaxis in Verbindung setzen müssen. Wir müssen andere Späher hiervor warnen. Es könnte einem anderen Schiff das Leben kosten.

Er unterdrückte den Gedanken, daß das bei dem ihrigen vielleicht schon geschehen war. In wenigen Stunden würden sie es wissen, aber er, Gildoran, würde es vielleicht nicht mehr erleben.

Er fragte sich beim Anflug auf die *Samtfalter,* ob er das komplizierte Anlegemanöver an die Docks des Schiffs auch mit Zeichensprache würde durchführen müssen, aber das Funkgerät, das anscheinend machte, was es wollte, begann wieder mit nicht mehr als den normalen statischen Hintergrundgeräuschen in Planetennähe zu funktionieren. Vielleicht hatte dieser Planet ein anomales Magnetfeld, das die Funkgeräte störte. Das spielte jetzt keine Rolle mehr. In weniger als einer Stunde würden sie ihn hinter sich gelassen haben, und man konnte nur hoffen, daß nie wieder ein menschlicher Fuß ihn berührte.

Während er zusah, wie sich die großen Luken schlossen, fiel ihm die Theorie des alten Gilharrad wieder ein, daß Planeten nur Löcher im Raum seien, Unterbrechungen in der Unendlichkeit des Alls. Na gut, aber der hier war jedenfalls ein Krebsgeschwür am Leib der Galaxis! Ein Quarantänegürtel mit einer Temperatur am absoluten Nullpunkt mußte darum gelegt werden, oder dieses Kalorotrop könnte sich am Ende von einer Welt zur anderen ausbreiten...

„Fertigmachen zum Öffnen des Landungsboots“, befahl er und

sah zu der Gestalt im Raumanzug hinaus, die im Anlegebereich beschäftigt war. Er spürte, wie eine Woge der Erleichterung seinen Körper überschwemmte, als ihm klarwurde, daß sie wieder sicher im Bauch der *Samtfalter* lagen. *So sicher wie in der Tasche eines Puhbärs,* dachte er und spürte bei dem Gedanken an das Bild wieder einen scharfen, schmerzhaften Stich von Verlust und Bedauern.

„Negativ", sagte eine Stimme aus dem Funkgerät. „Wir riskieren nichts. Alles wird entseucht. Bleibt im Landungsboot, bis der Entseuchungsprozeß abgeschlossen ist."

Oben im Anlegebereich sah er den feinen Nebel der Entseuchungssprays und wußte, daß sie das gesamte Landungsboot mit einem starken Ätzmittel überfluteten, das jede Art von bekanntem organischem Leben vernichten würde.

„Brennstoffsteine in den Fülltrichter auswerfen", lautete der nächste Befehl, und es war Gildoran klar, daß die Brennstoffsteine, die wahrscheinlich mit dem tödlichen Kalorotrop gesättigt waren, entseucht werden sollten, noch bevor sie in den Konverter geschickt wurden. Er erkannte die Stimme – was machte denn der alte Gilmarti vom Transmitterteam hier im Landebereich? Das war eine dumme Frage. Unterbesetzt wie sie waren, würde wahrscheinlich im Verlauf der nächsten Jahre jeder auf der *Samtfalter* für alle Aufgaben eingesetzt werden, und er würde sich an diese Vorstellung am besten gleich gewöhnen.

Falls er lange genug lebte, um sich an etwas zu gewöhnen... Er unterbrach sich in diesen morbiden Überlegungen und folgte Gilmartis Anweisung, das Landungsboot zu verlassen.

Noch immer im Raumanzug, ging er durch die Luftschleuse in das Schiff. Ein weiterer Techniker schob die schweren Maschinen weg. Gilmarti lächelte ihm verlegen zu, konnte ihm aber nicht in die Augen sehen.

„Gilban läßt ausrichten, ihr sollt euch alle drei heute abend in der Krankenabteilung melden. Für den Fall, daß bei euch die Symptome einsetzen."

Gilban und Gilnosta begrüßten sie in der Krankenabteilung und untersuchten sie sorgfältig. Gilredic fragte: „Solltet ihr dafür nicht Raumanzüge tragen?"

Gilnosta schüttelte den Kopf. „Wir haben die akutesten Fälle gepflegt. Es wird offensichtlich nicht durch die Luft, sondern nur durch Berührung übertragen. Gilbarni hat sich bei Gilbeth angesteckt, aber so eng werden wir mit *keinem* von euch in Kontakt treten – zumindest nicht, bis ihr als unverseucht erklärt worden seid. Vielleicht hat man mit der Entseuchung den letzten Rest erwischt, aber wir wollen sichergehen. Ihr schlaft heute nacht hier, und wenn es jemandem von euch kalt wird oder wenn er dieses hohe Fieber bekommt – also, wir haben uns einen neuen Angriffsplan zurechtgelegt", berichtete sie, während Doran seine Kleider ablegte und eines von den langen Gewändern anzog, die man hier trug. „Gilnadir hat am längsten gelebt: er war derjenige, den wir auf Eis gepackt hatten. Wir werden eure Körpertemperatur senken, als bekämt ihr Kryogenische Anästhesie für eine große Operation. Damit werden diese Hitzetierchen zurückgehalten, was immer sie auch sind. Nach meiner Theorie sieht es so aus, daß sie sich bei stärkerer Wärmezufuhr verstärkt vermehrt und den Körper überschwemmt haben. Wir haben also in unserer Unkenntnis genau das Verkehrteste gemacht, was wir tun konnten. Wir haben die Opfer in Thermaldecken eingewickelt und die Temperatur hochgedreht, und dabei sind die Kalorotropen gediehen. Wir haben den Patienten heiße Getränke eingeflößt, und ihnen wurde die Wärme direkt aus den Körperflüssigkeiten entzogen – ich erinnere mich, daß wir Urin entnommen haben, der noch in der Blase kalt war. Dieses Mal wird jeder, den es erwischt, auf Eis gelegt und dann so weit unterkühlt, wie uns das möglich ist. Vielleicht werden sie davon entmutigt."

Gildoran war ebenfalls der Meinung, daß dies einen Versuch wert sei.

Der Tag und die Nacht vergingen jedoch, ohne daß die drei, die unten auf der Oberfläche gewesen waren, auch nur die leichtesten Symptome gezeigt hätten. Zu dieser Zeit hatten sie ihre Umlaufbahn verlassen, und Sturm lag weit hinter ihnen. Gildoran hatte schon angefangen zu denken, sie hätten die Kalorotropen besiegt und mit den Sicherheitsvorkehrungen der Raumanzüge die Gefahr gemeistert, als Gilzand, ein Techniker, den Gildoran nicht sehr gut kannte, in die Krankenabteilung kam. Seine Augen waren vor Schreck aufgerissen, der an Terror grenzte.

„Ich friere", flüsterte er. „Mir wird einfach nicht warm, ganz gleich, was ich auch tue."

Gilnosta flüsterte laut: „O nein! Kosmos, nein!"

Es ließ sich jedoch nicht abstreiten. Zitternd und unter Protesten wurde Gilzand auf Eis gelegt. Er war in so großer Not, daß Gilban Elektroden holte und ihn in tiefen Hyperschlaf versetzte. „So stehen seine Chancen auf Heilung besser, und außerdem helfen ihm Angst und emotioneller Streß auch nicht weiter", erklärte er und sah auf den schlafenden Techniker herab.

Gilnosta fragte: „Künstliche Ernährung mit dem Schlauch oder intravenöse Glukose?"

„Keines von beiden", sagte Gilban. „Die Kalorien selbst, die wir ihm geben, ernähren diese Dinger. Wir werden sie aushungern. Wenn er daran stirbt... na ja, er stirbt sowieso daran, weil wir dafür keine Heilung kennen. Er kann es sich aber leisten, bis zu zwanzig Prozent seines Körpergewichts zu verlieren, bis wir uns um dieses Problem Gedanken machen müssen."

„Was war Gilzands letzter Auftrag?" fragte Gilnosta. „Hat er irgend etwas von Sturm berührt?"

„Ich weiß es nicht", gestand Gilban ein. „Ich werde auf der Brücke nachfragen. Verdammt!" Er verzog wütend sein Gesicht. „Die Sprechanlage ist wieder außer Betrieb. Doran, sage Gilredic, er soll sich das ansehen, und dann geh auf die Brücke hoch und erkundige dich, womit Gilzand beschäftigt war, bevor er krank geworden ist."

Als Gildoran auf die Brücke kam, weiteten sich Gilraes Augen, und er sah, daß Tränen darin standen. War es ihr also so wichtig gewesen? Sie sagte jedoch nur: „Gott sei Dank bist du in Sicherheit, Gildoran. Ihr alle."

„Nicht alle", sagte Gildoran widerwillig. „Zand liegt in der Krankenabteilung, und was immer es auch ist, es hat ihn erwischt, und er war nicht mit uns unten. Ich hoffe, er hat etwas von Sturm berührt." Die Alternative – daß das Kalorotrop im Schiff war und sie damit alle dem Tod geweiht waren – war zu schrecklich, um sie in Betracht zu ziehen.

Ihre Augen weiteten sich. „Ja", sagte sie. „Er hat die Maschinen, die ihr unten auf Sturm benutzt habt, gereinigt und verstaut."

Gildoran erinnerte sich an die Maschinen, wie sie in Betrieb gewesen waren und den Felsen aufgewühlt hatten. Hitze hatte sich wie Dampf von ihnen erhoben. Ja, das würde die Kalorotropen anziehen. Und sie hatten wie verdammte Narren die Außenseite des Landungsboots entseucht, ebenso die Außenseite der Raumanzüge und sogar die Steine, die sie in den Konverter gebracht hatten. Die Maschinen aber, die von ihnen in dem relativ warmen Inneren des Landungsboots zur *Samtfalter* zurückgebracht wurden, hatten sie nicht entseucht.

Gilrae sagte: „Wir sollten diese verdammten Maschinen direkt in den Konverter stecken, bevor noch jemand sie berührt."

„Das können wir nicht", sagte Gilmarti. „Die haben wir nicht in doppelter Ausführung, und sie sind für die *Samtfalter* lebenswichtig. Ohne sie – kein Brennstoff mehr, und wir sterben."

„Wir sterben wahrscheinlich sowieso", sagte Gilrae, „aber wir könnten es doch mit einer Entseuchung versuchen. In Raumanzügen. In der Zwischenzeit..." – sie sah Gildoran an – „...da dich Gilban jetzt offiziell als frei von Ansteckung erklärt hat, solltest du in die Kinderstation hinuntergehen und Gilmarina von ihrer Qual erlösen. Und Gilmerrit."

„Bin schon unterwegs", sagte er. „Zuerst soll sich aber Gilredic um die Sprechanlage kümmern. Gilban wird funktionierende Kommunikation nötig haben..."

„Ist sie in der Krankenabteilung wieder ausgefallen?" fragte Rae. „Meine hier funktioniert auf jeden Fall. Sieh mal, ich kann sogar Deck vier erreichen. Es ist offen, das Mikrophon arbeitet, und ich kann hören, wie die Puhbären sich in ihrer eigenen Sprache unterhalten, obwohl noch niemand von ihnen versucht hat, sich mit uns in Verbindung zu setzen." Sie berührte ihn leicht an der Wange. „Ich bin froh, daß du wieder da bist, Gildoran. Jetzt geh hoch zu Marina und sage ihr, daß du noch am Leben bist."

6

„Du lebst noch", wiederholte Gilmarina immer wieder und klammerte sich an ihm fest. Sie wollte ihn nicht loslassen. „Du bist zurückgekommen, Doran. Du bist zurückgekommen!"

„Das habe ich dir doch gesagt", beruhigte Gildoran das schluchzende Mädchen auf seinem Schoß. „Ich habe dir doch gesagt, ich würde zurückkommen, wenn ich kann, Marina, Liebling. Nicht weinen. Sei doch ein tapferes Mädchen und weine nicht. Jetzt ist es wieder gut."

„Als du weggegangen bist, habe ich nicht geweint. Kein einziges Mal. Nicht wahr, Merrit? Jetzt weine ich nur, weil ich so froh bin, so glücklich, daß du auf dem scheußlichen Planeten da unten nicht umgekommen bist…“ sagte sie und vergrub ihr Gesicht an seiner Brust.

Auch Merrit blinzelte und legte ihre gesunde Hand um ihn. „Ich war so sicher, daß ich dich nie wiedersehen würde…“ sagte sie. Er zog sie eng an sich und an das Kind auf seinem Schoß. „Wir haben Glück gehabt“, sagte er nüchtern, „aber es ist noch nicht vorbei. Gilzand liegt im Sterben. Er hat die Maschinen berührt, mit denen wir auf Sturm gearbeitet haben, und offensichtlich hat ihn das Kalorotrop erwischt.“

„Es ist also kein lebender Träger notwendig? Auch mit Gestein oder Erde ist eine Ansteckung möglich?“ fragte Gilmerrit und runzelte die Stirn. „Das bedeutet doch, daß organische Entseuchung wirkungslos ist. Mir kommt da eine Idee…“ Sie stand hastig auf und ging zum Sprechgerät hinüber.

„Anlegebereich“, sagte sie eindringlich. „Wer ist im Anlegebereich? Kosmos, wahrscheinlich ist es zu spät. Das Landungsboot ist sauber, weil es auf seinem Rückflug hierher durch den Weltraum mit seiner Temperatur am absoluten Nullpunkt mußte, aber alles *darin* – was ihr mit der Außenseite eurer Raumanzüge berührt habt…“ Sie unterbrach ihre Erklärung. „Hallo, Gilmack? Hör mir genau zu, hier spricht der biologische Offizier. Versiegelt den Anlegebereich. Niemand darf dort hinein, wenn er nicht einen Raumanzug trägt, und niemand soll das Landungsboot berühren. Wer hat die Raumanzüge weggepackt, die unten auf Sturm getragen worden sind?“ Sie lauschte einen Augenblick. „Sag mal, ist er… *oh nein!*“ Sie drehte sich wieder zu Doran um und schüttelte den Kopf. „Mack sagt, daß Gilrannock für die Raumanzüge verantwortlich war, und er hat sich gerade in der Krankenabteilung gemeldet und über ein Kältegefühl geklagt. Außerdem rauscht dort die Sprechanlage immer wieder stark…“

„Merrit, was meinst du damit?“

„Ich meine, daß dieses Ding nach meiner Ansicht überhaupt nicht organischer Natur ist“, sagte sie. „Ich gehe jetzt hinunter in das Labor und bringe Gilbans Kulturen in den Konverter, bevor jemand sie für tot hält und den Nährboden noch einmal verwenden will.“ Sie schob Gildoran mit ihrer benutzbaren Hand zur Seite, als er versuchte, sie aufzuhalten. „Nein. Du hast dein Risiko auf dich genommen, und ich muß für die *Samtfalter* das gleiche tun. Mein Leben ist nichts wert, aber deines ist es. Bleib hier bei den Kinder, Gildoran."

„Du meinst damit, du weißt, wie das zu erklären ist..."

„Ja", sagte Gilmerrit knapp. „Es nimmt Wärmeenergie auf und scheidet Statik aus. Jeder Organismus wandelt Energie um. Das Kalorotrop nimmt Energie in Form von Hitzewellen auf und scheidet Radiowellen aus. Unsere Schwierigkeiten mit dem Funkgerät haben im großen Versammlungssaal angefangen, als die acht, die sich damit infiziert hatten, dort waren. Sie haben sich im ganzen Schiff verbreitet, als die acht im Sterben lagen. Als sie tot waren, haben sie aufgehört, weil das Kalorotrop inaktiv wurde, nachdem es ihre gesamte organische Wärme aufgenommen hatte. Wir hatten nur Glück, daß wir die Körper so bald nach ihrem Tod in den Konverter gebracht haben. Sag mal, hattet ihr wieder Schwierigkeiten mit dem Sprechgerät, als Gilzand krank hochkam?"

Gildoran starrte Gilmerrit an; es wurde ihm klar, daß sie das Rätsel gelöst hatte. Er saß da mit Gilmarina auf dem Schoß und sah Merrit nach, als sie hinausging. Sie hatte darauf bestanden, selbst das Risiko auf sich zu nehmen, aber vielleicht hatte sie sie damit alle gerettet. War das eine besonders schlaue Art von Selbstmord? Würde sie es auf irgendeine Art und Weise schaffen, sich an den Kulturen anzustecken? Er mußte von der Voraussetzung ausgehen, daß sie die Gefahr nicht in die *Samtfalter* zurückbringen wollte. Nachdem sie sich über die Hintergründe der Ansteckung klargeworden war, war ihre erste Handlung schließlich die Versiegelung des Anlegebereichs und der Raumanzüge gewesen, die auf Sturm benutzt worden waren. Es handelte sich also nicht um kopflosen Selbstmord, der die anderen in Gefahr bringen würde, und wenn sie sich selbst, ihren Körper, anstecken würde, so würde das die gesamte *Samtfalter* in Gefahr bringen.

„Sieh mal", rief Gilmarina in wilder Aufregung und sah zu dem Sichtschirm, der plötzlich zum Leben erwacht war. „Es ist ein Puhbär! Puh! Puh! Wo bist du?"

Das Gesicht des großen pelzigen Wesens füllte den Sichtschirm. Die Stimme, leicht und klar und geliebt, hob sich von einem Hintergrund statischen Rauschens ab. Sie erfüllte Gildoran mit einer schmerzhaften Sehnsucht, aber die Stimme des Puhbärs klang aggressiv.

„Gildoran! Was ist da unten los? Was macht ihr? Wir haben euch zugehört, und wir wissen nicht Bescheid. Was macht ihr?“

All der Zorn, den Gildoran auf die großen Wesen empfand, die sie geliebt hatten und die sie in der Stunde ihrer größten Not im Stich gelassen hatten, machte sich Luft.

„Wir sterben – das machen wir“, sagte er bitter. „Acht von uns sind schon tot, zwei weitere liegen im Sterben, und der Rest von uns kann ihnen folgen. Nicht daß dies für euch viel bedeuten würde. Eine von euch ist gestorben, und da habt ihr uns ganz klar gesagt, daß wir es nicht wagen dürften, unseren Kummer mit eurem zu vergleichen. Zur Zeit haben wir selbst genug Kummer, um uns um euren zu kümmern. Bleibt ihr nur da oben auf Deck vier und suhlt euch in ihm bis zum Ende eures Lebens, bis wir hier alle tot sind. Dann habt ihr die *Samtfalter* für euch allein, und ihr könnt ein riesiges fliegendes Grab daraus machen, wenn ihr wollt!“ Er hörte konsterniert auf zu sprechen, als er hörte, was er da sagte. Es war ungefragt aus einem Winkel tief in seinem Innern herausgesprudelt, in dem er seinen eigenen Kampf mit seiner Todesangst ausgefochten hatte. Der Puhbär sagte nichts, sondern starrte ihn nur an. Dann wurde der Schirm wieder leer, und das Gesicht des Puhbären war verschwunden.

Das hat uns gerade noch gefehlt. Sie zu verärgern, wenn sie zum erstenmal seit zwei Jahren das leiseste Interesse darüber an den Tag legen, was mit uns geschieht. Ich hätte höflich sein müssen, sie vielleicht darum bitten sollen, zu uns zurückzukommen.

Nein. Wir sind ohne sie ausgekommen, und wenn sie bei uns geblieben wären, dann wäre unsere Mannschaft nicht so unterbesetzt gewesen, und wir wären dieses schreckliche Risiko nicht eingegangen.

Wir hätten Sturm ignorieren können, den Planeten links liegenlassen und nach einem besseren suchen können. Dann hätten wir höchstens zwei oder drei Leute riskiert, die hinuntergeflogen wärem, um Brennstoff zu holen. Die Puhbären haben sich um uns keine Gedanken gemacht; warum sollten wir uns jetzt um sie Gedanken machen?

Als er jedoch zu dem leeren Schirm hochsah, kamen ihm versöhnlichere Gedanken. Vielleicht war genau das die Schwierigkeit gewesen. *Wir haben uns nie wirklich Gedanken um sie gemacht. Wir haben sie als gegeben hingenommen.*

Aus dem Sprechgerät ertönte leises statisches Rauschen, und Gildoran schüttelte sich. Wäre er nun jemals wieder in der Lage, statische Geräusche zu hören, ohne sich vor dem kalten Tod zu fürchten, der in so rasender Geschwindigkeit über sie hergefallen war?

Gilmerrits Stimme kam aus dem kleinen Lautsprecher. „Doran, würdest du auf die Brücke kommen? Wir müssen möglicherweise etwas versuchen..."

Er setzte Gilmarina ab.

Gilrae hatte die Konferenz in dem kleineren Versammlungsraum einberufen, und als Gildoran sich umsah, erkannte er, warum. So viele Gesichter waren nicht mehr da. Bei der letzten Konferenz war die Rede davon gewesen, wie verzweifelt klein die Mannschaft war. Nun waren acht von denen tot, die dort versammelt gewesen waren und zu der erbärmlich kleinen Mannschaft der *Samtfalter* gehört hatten, und zwei weitere lagen mit einer Körpertemperatur fast tot im Kälteschlaf, die bis an die Schwelle des Todes abgesenkt worden war. Niemand sprach von ihrem verzweifelt gelähmten Zustand.

Gilmerrit berichtete knapp, was ihrer Meinung nach geschehen war.

„Wir haben die Außenseite des Landungsbootes entseucht, aber die war sauber – das Boot war durch Temperaturen am absoluten Nullpunkt geflogen und kam außen als Träger für das Kalorotrop nicht in Frage. Es hängte sich an die Maschinen, weil es die Wärme aufnahm, die in dem Gestein und den Maschinen durch den Abbau erzeugt worden ist. Die Maschinen sind also verseucht, aber kalt. Hier kann das Kalorotrop wahrscheinlich nicht übertragen werden, bis sie wieder angewärmt sind, aber wir können es nie wieder wagen, sie zu berühren, wenn wir keine Raumanzüge oder Handschuhe tragen, bis sie durch Kälte am absoluten Nullpunkt sterilisiert worden sind. Das gleiche gilt für die drei Raumanzüge, die auf Sturm getragen worden sind. Und..." – hier legte sie eine Pause ein – „...für das *Innere* des Landungsboots, für alles, was ihr mit euren verseuchten Raumanzügen berührt habt."

„Was also ist die Antwort?" wollte Gilmarti wissen.

„Sollen wir die Maschinen, die Raumanzüge und das Landungsboot ohne Ausnahme in den Konverter stecken und neues Material herstellen?"

„Das ist eine Antwort“, sagte Gilmerrit, „aber mit der dürftigen Mannschaft, die wir haben, würde das bedeuten, daß wir auf all dies verzichten müssen, bis die Kinder groß sind und sie nachbauen können. Ich möchte nicht warten, bis Giljodek und Gilvirga dazu qualifiziert sind, ein Landungsboot zu bauen. Wir könnten aber in der Zwischenzeit einen guten Planeten finden, den wir erschließen wollen.“

„In unserer gegenwärtigen Stärke können wir keinen Planeten erschließen“, sagte Gilmarti düster. „Damit müssen wir warten, bis die Kinder groß sind. Wir könnten aber einen guten Planeten finden, den wir an das Transmitternetz anschließen. Wir *müssen* einen Transmitteranschluß bekommen, damit wir das alles den anderen Spähern melden können. Wir müssen sie vor dem Kalorotrop warnen. Das war vielleicht der Grund dafür, daß die anderen Rassen in diesem Teil der Galaxis ausgestorben sind.“

Sie hatte damit Gildorans eigenen Gedanken Ausdruck verliehen. Das Kalorotrop war auf jeden Fall die größte Gefahr, auf die sie bisher gestoßen waren. Es war sogar ein Glücksfall gewesen, daß sie personell so unterbesetzt waren, als die landeten, denn sonst hätte das Landungsteam seine volle Stärke von zwölf oder vierzehn Mitgliedern gehabt, statt der acht, die sie tatsächlich hinuntergeschickt hatten.

„Wir können uns aber niemandem in der Galaxis nähern, solange die *Samtfalter* mit dem Kalorotrop verseucht ist“, sagte Gilmerrit. „Wir können unser Landungsboot auf keinen Planeten hinunterschicken, solange wir den Erreger noch mit uns herumtragen, ganz zu schweigen von der Tatsache, daß wir uns sofort anstecken, wenn wir das Landungsboot ohne Raumanzüge betreten. Nach allem, was wir wissen, können die Erreger auch im Antrieb des Landungsboots sitzen. Der Materie-Antimaterie-Antrieb der *Samtfalter* entwickelt keine Wärme, aber die Atmosphäretriebwerke des Landungsboots arbeiten mit fossilem Brennstoff, und diese widerlichen kleinen Hitzetierchen wachsen wahrscheinlich genau dort. Sie benötigen eine Dosis von Kälte am absolutem Nullpunkt, um einzugehen.“

„Wir könnten den Treibstoff direkt in den Konverter leiten“, schlug Gilmarti vor. „Wer auch immer das macht, könnte ja einen Raumanzug tragen. Der Techniker, der das Gestein in den Konverter geschafft hat, hat sich nicht angesteckt. Der Kältetod hat ihn nicht erwischt.“

„Und dann haben wir wieder einen verseuchten Raumanzug", erinnerte Gilrae sie.

„Wir könnten die Raumanzüge in den Konverter stecken", sagte Gildorric. „Wir haben fünfzig oder mehr Raumanzüge. Wie unsere Besatzung zur Zeit aussieht, brauchen wir so viele nicht. Wenn wir sie zur Umwandlung in den Konverter bringen würden, dann hätten wir jede Menge Schwermetalle und einen Sicherheitsspielraum für den Nachschub."

„Das könnten wir tun", sagte Gilmerrit. „Wer das aber ausführt, verseucht *seinen* Raumanzug, und so weiter *ad infinitum.* Gar so ansteckend scheint es aber nicht zu sein... wenn es das wäre, müßte jede Decke und jedes Bettuch der Kranken in den Konverter..."

„Das hat Gilban schon erledigt", sagte Gilnosta. „Ich dachte, er sei verrückt. Die Laken und die Handtücher und so fort sind aber *tatsächlich* aus organischem Gewebe hergestellt. Er hat also aus dem falschen Grund das Richtige getan."

„Sind die körperlichen Abfallprodukte ebenfalls im Konverter?" fragte Gilmerrit und seufzte erleichtert, als Gilnosta nickte.

Gilmarti sagte: „Steckt alle verseuchten Raumanzüge in den Konverter, und der letzte macht einen Spaziergang im Raum außerhalb der *Samtfalter,* um den letzten Raumanzug zu sterilisieren."

„Ungefähr das wollte ich auch vorschlagen", sagte Gilmerrit, „nur gründlicher. So können wir auch das Landungsboot retten. Ich schlage vor, wir schaffen alle verseuchten Maschinen in das Landungsboot und zurren sie dort fest. Dann legen ich, Gilmarti, die vielleicht verseucht ist, aber wahrscheinlich nicht, und eine weitere Person die Raumanzüge an und fliegen mit dem Landungsboot ab – und wenn wir uns in einer Umlaufbahn um die *Samtfalter* befinden, lassen wir die Luft ab... und öffnen die Türen. Die Kälte wird alle im Landungsboot sterilisieren... und unsere Raumanzüge... und die Maschinen. Dann verschließen wir die Türen wieder, fluten das Landungsboot mit Luft und kommen zurück an Bord."

Gildoran sah die jüngere Biologin konsterniert an. Sie sagte: „Gilmerrit, ist dir klar, wie gefährlich das ist? Wenn ihr außerhalb der *Samtfalter* in einen Gravitationssturm geratet, werdet ihr davongeweht und treibt für immer im Raum."

„Das ist ein schnellerer Tod als der Kältetod", sagte Gilmerrit. „Ich habe seine ersten Symptome bei Gilmarlo und der armen kleinen Gilbeth gesehen. Da ist mir doch ein schöner, schneller Tod im Raum allemal lieber!"

„Ich glaube, das ist die einzige Methode, um absolut sicherzugehen", sagte Gilmarti nüchtern. „Ihr *wißt* doch, daß Gilzand soeben gestorben ist?"

Rae nickte langsam. „Ich wollte es nicht erwähnen. Wir haben schon genug, worüber wir uns Gedanken machen und worum wir trauern", sagte sie. „Gilzand ist gerade gestorben, und Gilrannock liegt im Sterben, wenn Gilbans drastische Kältetherapie nicht wirkt. Meiner Ansicht nach ist es nicht möglich, seine Körpertemperatur so weit zu senken, daß dies die Kalorotropen umbringt, ohne daß er vorher daran stirbt."

Gilmerrit sagte hart: „Ich gehe. Nein, das ist nicht selbstmörderisch. Wenn ich aber tatsächlich umkomme – was mir eigentlich ziemlich gleichgültig ist –, könnt ihr ohne mich leichter auskommen als ohne jemanden mit zwei Händen. Nein..." – sie hob die Hand – „... ich bin nicht die einzige Biologin. Rae ist auf diesem Gebiet besser, als ich es je sein werde, und eine Biologin ist mehr wert als ein Kapitän. Sie kann die älteste und nutzloseste Person auf dem Schiff zum Kapitän ernennen. Ich bin im Augenblick die Person auf dem Schiff, auf die ihr am leichtesten verzichten könnt."

Stille senkte sich über den Raum. Gilmerrit hatte mit ihren Worten auf so tragische Weise recht, daß es eigentlich unmöglich war, dies in Frage zu stellen. Selbst wenn sie einen selbstmörderischen Drang in sich trug, der sie dazu anhielt, ihren Status auf dem Schiff zu durchschauen, so änderte dies nichts an der Wahrheit dessen, was sie gesagt hatte. Die emotionelle Instabilität, die sich in dieser Todessehnsucht äußerte, machte es noch leichter, auf sie zu verzichten.

Und doch wußte Gildoran, daß er sie nicht allein in den kalten Tod gehen lassen konnte. Dort draußen konnte sie, mit dem Wissen darum, daß sie die Person auf der *Samtfalter* war, auf die man am leichtesten verzichten konnte, ihr eigenes vermindertes Selbstwertgefühl in einen weiteren Akt selbstmörderischer Verzweiflung stürzen. Was würde sie tun? Ihren Raumanzug öffnen, so daß sie den Tod fand, ohne andere zu gefährden? Er sagte: „Du kannst gehen, Gilmerrit. Ich glaube nicht, daß dich hier jemand aufhalten wird, aber ich gehe mit dir, um auf dich aufzupassen. Auch ich bin zum Tode verurteilt, wenn wir diese Krankheit nicht aufhalten können."

„Du? Gildoran, nein..." protestierte Gilramie. Er aber drehte sich ihr unbeugsam zu. „Ich muß das für Gilmerrit tun – und für mich auch."

„Seht", sagte Gilramie voller Staunen in ihrer Stimme. „Die Puhbären beobachten uns." Jedes Gesicht in dem Raum wandte sich dem Bildschirm zu, auf dem die zusammengedrängten Gestalten der sechs überlebenden Puhbären sie wortlos und unter den Masken ihres Fells und ihrer langen Zähne beobachteten.

„Die Puhbären soll der Teufel holen!" sagte Gildoran rauh. „Laßt uns die Sache hier zu Ende bringen."

7

Schließlich lehnten sie es endgültig und rundheraus ab, Gilmarti mitzunehmen. Die Chancen standen eins zu einer Million oder mehr dagegen, daß sie sich angsteckt hatte; weit mehr als bei Gilban, bei dem die Möglichkeit einer Infektion weit größer war, weil er die Kranken gepflegt hatte. Es hatte den Anschein, als wechsle das Kalorotrop erst dann zum nächsten Träger über, wenn der erste völlig ausgesaugt war, und die Leichen waren nur mit chirurgischen Handschuhen berührt worden, die mit ihnen in den Konverter gesteckt worden waren. Sie bestand darauf, daß sie dafür benötigt werde, den dritten Raumanzug zu tragen, aber der wurde statt dessen in den Laderaum gebracht und dort festgezurrt.

Gildoran lenkte das Landungsboot. Er hatte sein Mitkommen (obwohl Gilmerrit auch ihn dazu bewegen wollte zu bleiben) durch die richtige Feststellung begründet, daß Gilmerrit im Umgang mit dem Fahrzeug nicht geübt sei.

Er sah die *Samtfalter* in der Ferne verschwinden. Falls der Plan nicht wirken sollte, so waren sie doch auf jeden Fall sicher davor, die anderen anzustecken. Diese würden zwar das Landungsboot verlieren, aber sie kamen auch ohne es durch, bis sie einen bewohnten Planeten gefunden hatten, von dem aus sie ein Rettungsmanöver durchführen lassen konnten. Der Rest der Mannschaft war also sicher, was immer auch geschah. Gilmarina. Rae. Ramie. Selbst die zähe alte Gilmarti und die Puhbären, wozu *sie* sich auch immer entschlossen. Die Statik in ihrem Funkgerät war für die beiden eine ständige Erinnerung an den Ernst der Situation – als ob sie das nötig hätten, dachte Gildoran trocken.

Gilmerrit fragte mit zitternder Stimme: „Bereit zum Öffnen der Türen?"

„Nicht ganz." Er beugte sich zu Gilmerrit hinüber und band sie mit geschickten Bewegungen der mechanischen Hände seines Raumanzugs sicher an ihrem Sitz fest.

„Das ist nicht nötig", sagte sie sanft. „Ich mache schon keine Dummheiten. Ich habe nicht mehr das Bedürfnis zu sterben. Wenn ihr alle mit dem leben könnt, womit wir alle gelebt haben, dann kann auch ich leben, bis wir etwas mit meiner Hand unternehmen können. Das hier..." – sie gestikulierte schwach und unbeholfen mit dem Arm ihres Raumanzugs, was Gildoran richtig als *dieser Auftrag* interpretierte – „...hat mir gezeigt, daß ich selbst... selbst so verkrüppelt noch etwas für euch wert bin. Und für mich selbst..."

„Für mich auch, Gilmerrit", sagte Gildoran ebenso sanft. „Ich werde es nicht riskieren, dich zu verlieren. Jetzt nicht mehr. Ich weiß, daß du nichts Leichtsinniges tun würdest, nicht mehr, aber du könntest herausrutschen. Unfälle passieren manchmal, und ich gehe kein Risiko mehr ein."

Danach band er auch sich selbst an seinem Sitz fest und drückte auf den Knopf, der die Luken öffnete und die sterilisierende Kälte des Weltraums einließ, um dem Kalorotrop, das der *Samtfalter* den kalten Tod gebracht hatte, selbst einen eiskalten Tod zu bringen.

„Luken öffnen", kam die Anweisung von Gildoran, der wußte, daß sie dieses Mal sicher waren.

Alle drängten sich auf der Brücke um ihn und Gilmerrit und umarmten sie. Es hatte den Anschein, als wolle jeder sie berühren, um sich zu versichern, daß die beiden noch am Leben waren und die bereits stark dezimierte Mannschaft keine weiteren Verluste hinzunehmen hatte. Dann aber traten sie zur Seite, um die riesige, dunkle Gestalt eines Puhbären durchzulassen und dann noch einen.

„Dies muß Gildoran gesagt werden“, sagte der Puhbär, „weil er es war, der unseren Rückzug unmittelbar ertragen mußte. Wir sagten ihm, daß wir unseren Kummer nie mit dem euren vergleichen könnten. In der kurzen Zeit, die seitdem vergangen ist...“ – Gildoran wurde klar, daß für eine Rasse wie die Puhbären, die den natürlichen Tod nicht kannten, die Zeit zwischen den Ereignissen auf Höllenwelt und der Gegenwart wie im Flug vergangen sein mußte – „...haben wir uns von euch ferngehalten, aber nachdem der erste Biß unserer Trauer vorbei war, haben wir zugehört und gelernt. Wir haben erfahren, daß ihr nicht, wie wir gedacht hatten, gegen Trauer immun seid, sondern daß ihr es in eurer Kurzlebigkeit gelernt habt – und das ist uns nie gelungen –, mit eurem Wissen um Trauer, Tod und Verlust zu leben und eure Liebe damit zu vertiefen. Wir haben zwar noch nicht erfahren, wie ihr das macht, aber wir haben entdeckt, daß auch wir es versuchen müssen. Auf unserem Leben wird für immer ein Schatten durch den Verlust unserer Schwester sein, und wir können nie mehr ihren Namen aussprechen. Vielleicht aber wird es euch gelingen, uns die Fähigkeit beizubringen, mit dem Wissen um den Tod zu leben, wie ihr das in all den Jahren getan habt, als wir euch liebten, davon aber nichts wußten.“ Die Puhbären umgaben ihn in einem engen Kreis und streckten bittend die Arme aus. „Seid ihr bereit, die Liebe wieder anzunehmen, die wir in unserem Kummer nicht mehr zu geben wußten?“

Das war keine Frage. Die Puhbären waren in Sekunden von den Spähern umringt, die sich in ihre Arme warfen und die einzigen Mütter umarmten, die jeder der Späher jemals gekannt hatte.

Erst später – sehr viel später – fiel Gildoran wieder die Frage ein. „Gilrannock?“ fragte er Gilnosta und bereitete sich bereits innerlich auf die Nachricht von noch mehr Sterben vor. Wie er jedoch erfuhr, war es vorbei. Alle Sicherheitsvorkehrungen waren getroffen worden, und er konnte sicher sein, daß der Kältetod nicht noch einmal aus dem Grab zuschlagen würde.

„Ach, der ist am Leben“, sagte Gilnosta, „und bei Bewußtsein. Das Kalorotrop geht nicht eher auf einen neuen Träger über, bevor der erste nicht ausgesaugt ist. Wir haben also Gilrannocks Körpertemperatur gesenkt – er lag natürlich in elektronischem Schlaf und war bewußtlos –, bis wir annahmen, daß diese Hitzetierchen sich nicht mehr so recht wohlfühlten. Dann haben wir ihnen einen schönen, warmen neuen Träger gegeben, auf den sie sich übertragen konnten."

Gildoran starrte sie schockiert an. „Ein Versuchstier?"

„O nein", sagte Gilnosta. „Eine schöne warme Kultur, die in einer soliden, durchlässigen Membrane eingeschlossen war. Als *die* anfing, sich abzukühlen, haben wir angenommen, daß alle Kalorotropen darauf übergegangen waren. Wir haben einen Radiomonitor angeschlossen, und während sie die Wärme des Gels aufgenommen haben, haben sie unaufhörlich Statik von sich gegeben. Das Gel haben wir in Handschuhen hochgebracht... und dem Konverter übergeben. Als wir Gilrannock wieder auftauten, waren wir sehr vorsichtig – weil wir fürchteten, es sei vielleicht noch etwas übrig. Seine Temperatur ist aber normal angestiegen, und es ist noch nicht lange her, daß er eiskalten Fruchtsaft verlangt hat, weil es ihm zu warm war." Sie holte erleichtert tief Luft. „Die letzten Kalorotropen sind also im Konverter, und sie sollen zur Hölle fahren. Eigentlich", sagte sie schließlich, „könnte man sagen, daß ich sie genau dahin geschickt habe. Das Innere eines Nuklearkonverters kommt der Hölle wohl am nächsten."

„Na ja, Hitze mögen sie ja", sagte Gildoran. „Du hast ihnen nur mehr davon gegeben, als sie absorbieren konnten. Sie sind auf jeden Fall glücklich gestorben."

Gilnosta schüttelte sich. „Darüber", sagte sie bestimmt, „habe ich mir keinerlei Gedanken gemacht."

Und weiter flog die *Samtfalter* durch den Kosmos und wandte sich wieder dem bewohnten Zentrum der Galaxis zu.

Fünfter Teil

Eine Welt, die deinen Namen trägt

1

„Niemand redet von *Schuld*“, sagte Rae müde. „Es war einfach Pech, das ist alles. Zwei unmögliche Planeten hintereinander. Ich rede hier von *Tatsachen,* Gilban. Es ist eine Tatsache, daß wir gelähmt sind. Es ist eine Tatsache, daß wir keinen voll funktionsfähigen biologischen Offizier haben. Marlo ist auf Sturm umgekommen, und Merrit kann nur Anweisungen erteilen. Es ist eine Tatsache, daß unsere Mannschaft zu klein ist, um das Schiff in Betrieb zu halten, selbst wenn Rita und Gilmarina und die anderen Kinder zwei Stunden am Tag Botengänge und anderes erledigen, statt Unterricht zu bekommen.“

Gildorric lächelte freudlos und sagte: „Ich habe dir einmal gesagt, das könne nicht zweimal in einem Leben passieren. Jetzt ist es zweimal in sieben Jahren passiert. Beim nächstenmal sind wir erledigt.“

Gildoran sah sich in dem kleinen Versammlungsraum um. Sie hatten in gemeinsamer Übereinstimmung seit Sturm den größeren nicht mehr benutzt, weil er einfach zu leer wirkte. Es war ihnen in den Jahren seit Sturm gelungen, das Schiff in Betrieb zu halten. Die Puhbären – das war die einzige gute Folge von Sturm gewesen – hatten die Verantwortung für die jüngsten Kinder wieder übernommen, und die älteren Kinder waren schichtweise als Boten auf der Brücke beschäftigt. So waren sie irgendwie durchgekommen, aber viel länger konnte es so nicht weitergehen. Nun befanden sie sich wieder in bekannten Bereichen. Sie hatten ihren Pfad in jenen Teil der Galaxis zurückverfolgt, aus dem sie gekommen waren.

„Wir müssen landen, sobald es geht“, sagte Rae. „Wir brauchen Kinder. Wenn es sein muß, können wir das über die Zentrale finanzieren. Wir brauchen Nachschub. Und wir brauchen...“ Sie sah zu Merrit, die mit ihrer alten Geste zusammenzuckte und ihre verkrüppelte Hand verbarg.

Sie hat recht, dachte Gildoran. Wir sollten landen und Merrit ihre Chance geben. Wenn wir ihr das Jahr nicht gönnen können, das sie im Tank für ihre neue Hand benötigt, dann sollten wir ihr die Chance geben, zum Erdwurm zu werden, wenn sie das will, und sich die Hand auf einem Planeten zu holen.

Ich möchte sie nicht verlieren, aber ich kann es auch nicht ertragen, sie so zu sehen. Es war sein Fehler auf Höllenwelt gewesen, der sie verkrüppelt hatte, und sein zweiter Fehler, daß er es nicht gewagt hatte, dem Schiff einen geübten Offizier zu entziehen, wenn er selbst als Kapitän so ungeübt war. Nach Sturm konnten sie es sich nicht mehr leisten, auf Merrit zu verzichten, weil sie zu elend knapp an Besatzungsmitgliedern waren.

Ich hätte darauf bestehen sollen. Sie hätten sie ja auch entbehren müssen, wenn sie am Kalorotrop gestorben wäre – und sie hat uns davor gerettet.

Jetzt würde es jedenfalls nicht mehr lange dauern, bis sie eine wie auch immer geartete Welt gefunden hatten. Sie waren in Bereiche zurückgekehrt, wo Sonnen so häufig wie Elektronen in einem transuranischen Metallatom waren, und sie hatten nur noch Treibstoff für einige Wochen Flug. Die Entscheidung konnte nicht mehr viel länger hinausgeschoben werden.

Rae sagte: „Wir können uns einfach das Risiko nicht leisten, auf einem weiteren Planeten zu landen, der sich vielleicht nicht für eine Erschließung eignet. Wir brauchen Kinder. Wir brauchen Nachschub und Brennstoff. Wir brauchen Nachrichten aus dem Kosmos und vom Weltennetz…"

„Warum?" fragte Gildorric verächtlich. „Was haben sie mit den Spähern zu tun?"

Gilrae sagte: „Glaubst du, wir existieren unabhängig vom Weltennetz? Meinst du, wir könnten auf Dauer ohne Kontakt mit ihnen auskommen?"

„Wenn es sein muß", sagte Gildorric. „Wir sind Späher. Unser Reisen und unsere Suche macht uns zu Spähern – nicht die Welten, die wir finden."

„Er hat recht", sagte Gilnosta. „Wir können doch nicht verkrüppelt bei irgendeiner Welt angekrochen kommen, die uns aufnimmt, und bei der Zentrale um Nachschub und Hilfe betteln, damit wir durchkommen, bis wir eine neue Welt gefunden haben! Wir sind

Späher“, wiederholte sie stolz. „Wir kommen als Eroberer oder gar nicht!“

„Das ist ein attraktiver Mythos“, sagte Gilrae. „Unglücklicherweise ist es nur ein Mythos und wie alle solche Mythen weit von der Wahrheit entfernt. Wir brauchen unter anderem dafür Kontakt mit dem Weltennetz und den Verbindungen des Transmitters, um die Zentrale wissen zu lassen, daß wir noch am Leben und auf der Suche sind. Wie viele Späherschiffe sind einfach spurlos verschwunden? Sollen wir auch abgeschrieben werden?“

Gildoran fühlte sich ein wenig schockiert. Davon sprach man unter Spähern nicht. Plötzlich fragte er sich, ob die anderen Schiffe wohl zerstört worden waren. Oder hatte jene Verschollenen ihr Leben im Kosmos so ausgefüllt und war ihnen eine Unterbrechung ihrer ewigen Reise mit kurzen Landungen so zuwider, daß sie sich in den endlosen Weiten des Weltraums verloren, jeden Sinn ihres Reisens aufgaben, sich für immer von den Planeten und ihren Bewohnern trennten und sich in grenzenloser Hybris nur noch um ihre eigene Achse drehten...

Gilrae sagte eindringlich: „Nein! Wir brauchen die Planeten ebenso, wie die Planeten uns brauchen! Wir brauchen den Kontakt mit anderen Spähern. Wir brauchen den Kontakt mit Planetenbewohnern, wir brauchen *Kinder* – das alles brauchen wir, damit wir Menschen bleiben! Das hält uns davon ab, daß wir vergessen, *warum* wir Späher sind!“ Ihr Gesicht war grimmig und entschlossen. „Ich erteile der Brücke den Befehl, einen Kurs anzusteuern, der uns zu der nächsten verzeichneten bewohnten Welt führt. Auf der landen wir für eine Überholung und um herauszubekommen, wo die anderen Späherschiffe sich zur Zeit befinden.

Sie entließ sie und sagte nichts mehr, aber Gildoran konnte raten, was sie im Sinn hatte. Mit ihrer zu kleinen Mannschaft lag ihre einzige Hoffnung darin, ein anderes Späherschiff zu finden und mit ihm Mannschaft und Mittel zu teilen.

War das die letzte Fahrt, die die *Samtfalter* selbständig zu Ende brachte? Waren sie einfach zu wenige, um weiterzumachen? Was geschah mit einem Späher ohne Schiff, wenn seine lange, lange Reise zu Ende war?

Wäre es nicht besser, im Kosmos zu sterben und für ewig in einem unberührten, unvergänglichen Grab zwischen den Sternen zu kreisen, als das Leben an die Zeit eines Planeten, an ihn selbst, gefesselt zu beenden?

Gildoran hatte im Augenblick dienstfrei. Er hatte jedoch keine Lust, in seine Kabine zurückzugehen, die er noch immer mit Gilmerrit teilte – er war dort nur geblieben, weil er befürchtete, daß er sie in tiefe Depressionen stürzen würde, falls er den Versuch machen sollte, sich zurückzuziehen. Die Regelung war nicht gänzlich unwillkommen. Zwischen ihren depressiven Momenten war Gilmerrit eine nette, freundliche Partnerin, und auch sexuell verstanden sie sich noch recht gut.

Es gibt niemanden, den ich lieber will als Merrit. Ich vermute, daß nur die Tatsache mich zur Auflehnung gegen sie treibt, daß ich an sie gebunden bin.

Alte Gewohnheit trieb seine Füße in das hintere Ende der Wohnquartiere, und er fand sich in einem leeren Zimmer wieder. Dort konnte er sich entspannen, von Ramies vertrauten Dingen umgeben, und darauf warten, daß ihre Schicht zu Ende war. Er sagte sich selbst, daß er nicht auf sie warten würde. Das war nicht nötig, und während des schlimmen Jahres seiner Kapitänswürde hatte er sie oft genug als Vertraute und Taschentuch zum Ausweinen benutzt. Wie üblich entspannte die lockere Atmosphäre in dem Zimmer ihn so sehr, daß er einschlief. Erst das leise Surren der sich öffnenden Tür weckte ihn, um ihm zu sagen, daß Ramie zurückgekehrt war.

Noch etwas benommen richtete er sich auf.

„Tut mir leid, Ramie, ich wollte nicht... Ich gehe sofort.“

Sie lachte. „Warum? Mir bist du nicht im Weg, und Merrit habe ich auf der Brücke gesehen. Sie wird dich also nicht vermissen. Worüber machst du dir Gedanken, Gildoran?“

„Über Raes Entscheidung zu landen“, sagte Gildoran. „Wir heben vielleicht nie mehr ab, das weißt du. Was würden wir dann tun? Ramie, was würde mit uns geschehen, wenn die *Samtfalter* nie wieder abfliegt?“

Sie kam und setzte sich nahe zu ihm auf die Couch. Sie sah noch immer wie ein Kind aus – schlank, und mit großen, dunklen Augen, die ihn ernst und unverwandt ansahen. Sie sagte: „Das wäre natürlich traurig, aber das Ende der Welt wäre es auch nicht. Das ist eine große Galaxis dort draußen. Sicher gibt es da einen Platz, zu dem ich gehen könnte, etwas, mit dem ich mich beschäftigen könnte.“

„Aber... ein Erdenwurm zu sein... nie wieder Späher...“

Ramie sagte: „Es gibt noch mehr Späherschiffe. Wenn ich so denken würde, dann wäre es der Kosmos – und nicht die *Samtfalter* – der mir etwas bedeutet.“ Ihr Lächeln zitterte ein wenig. „Es würde mich allerdings sehr verletzen, dich zu verlieren – euch alle“, verbesserte sie hastig. „Aber darüber können wir uns Gedanken machen, wenn es soweit ist. Wahrscheinlicher ist wohl, daß wir den Computer und die gesamte Technologie des Schiffs so umbauen werden, daß alles mit einer kleineren Mannschaft betrieben werden kann, wenn wir erst einmal unten sind. Im schlimmsten Fall können wir abwarten, bis die Kinder etwas größer sind – Gilmarina und Rita sind in zwei Jahren in der Klasse B –, und alles ist in Ordnung.“

Gildoran sagte ein wenig säuerlich: „Du bist einfach eine geborene Optimistin, nicht wahr?“

Ramie zuckte die Achseln. „Was soll ich denn machen? Soll ich dir sagen, wie hoffnungslos alles ist? Ich denke doch, davon hörst du von Gilmerrit genug.“

„Du kannst sie nicht leiden, oder? Oder ist es immer noch nur Eifersucht?“

„Es ist nicht so, daß ich sie nicht leiden kann. Ich *bewundere* sie sogar dafür, daß sie weitermacht – und dazu noch so gut, wie sie das fertiggebracht hat. Es ist empörend, was sie alles mitmachen mußte. Wenn ich so verkrüppelt wäre... Ich glaube nicht, daß ich das überhaupt fertigbringen würde“, sagte Ramie. „Wenn jemals jemand das Recht dazu gehabt hat, sich zu beklagen, dann ist sie das, aber für dich war es auch schwer. Was die Eifersucht anbetrifft...“ Wieder zuckte sie leicht mit den Achseln. „Daran habe ich mich inzwischen gewöhnt. Vielleicht ist das nur Querköpfigkeit von mir. Ich will nur das, was ich nicht bekommen kann.“

Es ist wirklich sehr merkwürdig. Ramie steht mir näher als jede andere lebende Person. Warum liebe ich sie dann nicht, wie sie das von mir erhofft? Warum? Stimmt etwas mit mir nicht? Sie ist auf jeden Fall so attraktiv wie Gilmerrit. Vielleicht sogar attraktiver. Und doch... und doch...

Auf dem Schiff vergingen mehrere Wochen, bis die Schiffsleitung alle zusammenrief, um ihnen mitzuteilen, daß sie sich in einer Umlaufbahn um eine große blauweiße Sonne mit drei bewohnbaren Planeten befanden, von denen zumindest einer kolonisiert war.

„Dort ist ein Transmitter in Betrieb“, sagte Gilrae. „Das zeigen unsere Instrumente. Wir werden uns mit den Leuten dort unten in Verbindung setzen und um Landeerlaubnis bitten. Von dort aus können wir mit dem Transmitter zur Zentrale und zur Basis gehen und weitere Pläne schmieden.“

Gildoran bediente das Funkgerät, als der erste Kontakt hergestellt wurde.

Die Stimme aus dem Lautsprecher klang aufgeregt.

„Das Späherschiff *Samtfalter?* Wir haben seit zwölf Jahren von keinem Späherschiff etwas gehört, aber Sie sind mehr als willkommen, wenn sie hier landen und Reparaturen durchführen möchten. Es ist uns ein Vergnügen, Ihnen unsere Gastfreundschaft anzubieten. Wenn bei Ihnen kein konkreter Notfall vorliegt und Sie es sich leisten können, ein paar Stunden zu warten, wird Ihnen vom Ratsvorsitzenden eine förmliche Einladung zugehen. Ich habe gehört, daß der Ratsvorsitzende ein tiefes persönliches Interesse an den Späherschiffen hat. Wenn Ihnen das aber nicht gefällt, bin ich ermächtigt, Ihnen Landeerlaubnis zu erteilen.“

Gildoran gab zurück, daß die *Samtfalter* zwar unter Personalmangel litt, aber nicht in arger Bedrängnis sei und daß sie gern auf die förmliche Einladung des Ratsvorsitzenden warten würden.

„Das ist eine Erleichterung“, sagte Gillori. Sie war zur Zeit gerade als Lehrling in der Navigation beschäftigt. „Nimm doch nur einmal an, wir würden irgendwo landen, wo sie die Späher hassen, wie die Welt, auf der sie Gilmarin getötet haben und dich auch beinahe...“

„Lassellis Welt? In dem Fall“, sagte Gildoran, „würden wir wahrscheinlich einfach zum nächsten Sonnensystem weiterfliegen. Ich bin auch froh, daß wir einen Platz für uns gefunden haben.“ Er lächelte dem Mädchen zu. Sie war in Wirklichkeit inzwischen eine junge Frau, dachte er. Sie mußte jetzt mindestens neunzehn sein und war dazu befähigt, jedes Amt auf der *Samtfalter* zu ergreifen, den Dienst in den Mediziner- und Transmitterteams ausgenommen. Wenn wir das nächstemal den Jahreskapitän auslosen, wird Lori auf der Liste stehen. Das gab Doran ein Gefühl, als sei er sehr alt.

Weniger als eine Stunde Schiffszeit war vergangen, bevor sich der Planet wieder meldete. Dieses Mal wurde eine förmliche Einladung des Ratsvorsitzenden von Laszlo (das war die größte Annäherung in Universalphonetik, die Gildoran an den Namen erreichte) verlesen, wonach eine Landung der *Samtfalter* willkommen sei. Eine Auswahl von Raumhäfen wurde genannt, deren Anlagen für sie geeignet waren, und eine Einladung zu einem formalen Empfang für bis zu drei Dutzend Mitglieder der Schiffsbesatzung wurde ausgesprochen. Gildoran antwortete mit der üblichen Höflichkeitsfloskel und schaltete ab. Er lachte leicht in sich hinein und dachte, wenn wir drei Dutzend Leute für den formalen Empfang zusammenbekommen wollen, müssen wir die Kleinen von der Kinderstation und zwei Puhbären mitnehmen!

Sie *hatten* die Puhbären zumindest. Zwischen Höllenwelt und Sturm hatten sie ohne sie auskommen müssen. Jeder, vom Kapitän bis zu den Kindern, hatte nach den brutalen, zermürbenden Sieben-Stunden-Schichten noch eine zusätzliche Schicht in der Kinderstation für Babypflege und am Regenerationstank einlegen müssen, um auf Gilmarina aufzupassen. Zivilisierte Menschen konnten unter dieser Belastung nicht leben, aber sie hatten es irgendwie geschafft, bis nach den Ereignissen im Orbit von Sturm die Puhbären – ohne daß sie darum gebeten worden waren – zu ihnen zurückgekehrt waren.

Vielleicht können wir auf dieser Welt Kinder bekommen. Es ist allerdings nicht sicher, daß wir die Fachleute für die notwendigen ONS-Operationen noch in der Besatzung haben.

Es war das erstemal, daß er bei einer Landung auf der Brücke stand. Als die *Samtfalter* das letztemal auf einem Planeten aufgesetzt hatte, war er noch in der Klasse B gewesen und für Botengänge zuständig gewesen. Er war mit einem Landungsboot auf Höllenwelt und Sturm gelandet, aber das war nicht das gleiche. Als er mit Lori das gigantische Schiff nach den Anweisungen von Gildorric zum Raumhafen herablenkte, dachte er, daß es nur noch einige wenige Jahre dauern würde, bis jeder, der tatsächlich die Erfahrung gemacht und ein Späherschiff zur Landung gebracht hatte, tot war oder sich auf das Altenteil zurückgezogen hatte. Späher konnten auf fremden Planeten Computer nur beschränkt einsetzen, und die

Computer auf den Planeten speicherten keine Daten für Sternenschifflandungen. Die Späherschiffe waren die einzigen Schiffe, die es noch gab – die kolonisierten Welten benutzten den Transmitter und brauchten keine Programme für Raumschifflandungen.

Ramie, die gerade schichtfrei hatte, hatte Rita und Gilmarina mit auf die Brücke gebracht, damit sie bei der Landung zusehen konnten, weil sie so etwas vielleicht für Jahre nicht mehr zu sehen bekommen würden. Es fiel ihm auf, wie sehr Gilmarina Ramie ähnlich sah, wo jetzt ihre Haut und ihre Haare völlig weiß gebleicht waren. Sie hatten beide die gleichen dunklen Augen mit der Mongolenfalte, die ihnen ein langes, schräges Aussehen verlieh, das gleiche glatte, runde Gesicht, den zarten Körperbau und die gleichen schlanken Hände. Ramie kam an Gildorans Seite und sagte: „Weißt du noch, was der gute alte Gilharrad von Planeten gesagt hat – daß die besten Welten durch PSI und Ahnungen gefunden werden? Ich weiß nicht, warum, aber bei dem hier habe ich ein *gutes* Gefühl. Ich glaube, hier werden wir finden, was wir brauchen."

Er lächelte der jungen Frau zu und sagte: „Hoffentlich hast du recht. Wir sind auf jeden Fall willkommen. Was den Rest anbetrifft, so müssen wir abwarten."

2

Als sie gelandet waren, öffneten sie die Türen, stellten eine Treppe auf und sahen sich um. Sie entdeckten, daß man sie zu einem Landeplatz in einer großen flachen Ebene dirigiert hatte, die in der Entfernung von einem Ring von Bergen umgeben war. Sie waren nicht hoch, bestanden aus roten Felsen und hatten flache Gipfel. Die Sonne strahlte in einem blendenden Blauweiß, und überall war üppiger Pflanzenwuchs zu sehen.

„Ich hatte eine Wüste erwartet", sagte Gildoran, und Merrit antwortete: „Ausgeschlossen. Der enorme Anteil von ultravioletten Strahlen bei blauweißen Sonnen bewirkt starkes Pflanzenwachstum."

Das erinnerte Gildoran an etwas, an etwas Fremdes, das sehr lange zurücklag. Der letzte Planet, den er gesehen hatte, war Höllenwelt gewesen, und das konnte es auf keinen Fall sein. Die Bevölkerung von Laszlo war, wie bei allen Welten, die an das Transmitternetz angeschlossen waren, äußerst heterogen und enthielt alle Typen, Größen und Farben, aber der vorherrschende Typ, und daher wahrscheinlich der ursprüngliche Typ der Kolonisatoren, entstammte einer einzigen Rasse. Er war groß, außergewöhnlich dunkelhäutig, und mehrheitlich waren selbst die Frauen weit über einen Meter achtzig groß...

Lassellis Welt! Laszlo.

War der Name nur Zufall?

Aus irgendeinem Grund hielt er das für unwahrscheinlich. Umgeben von dem fürstlichen Empfang, den die Bewohner von Laszlo der *Samtfalter* und ihrer Mannschaft bereiteten, schien das nicht wichtig zu sein. Wenn Lassellis Welt und Laszlo die gleichen waren, dann hatte sich zumindest das politische Klima geändert, und hier waren sie in Sicherheit. Sicherheit? Die Bewohner von Laszlo konnten nicht genug für sie tun!

In den ersten Tagen machte niemand von ihnen viel anderes, als sich auszuruhen. Die lange Reise mit der unterbesetzten Mannschaft hatte sie alle mitgenommen. Gildoran spürte oft eine unerklärliche Müdigkeit, und die Belastung durch die Gravitation war größer, als er dies in Erinnerung hatte. Die Schwerkraft im Schiff, die gerade stark genug war, um ihnen die Orientierung zu erlauben und Schwindelgefühle zu verhindern, war eine völlig andere Sache.

Einige Tage später kam Gilrae in sein Quartier und sagte: „Jemand muß einen Ausflug zur Basis machen und herausbekommen, was mit dem Rest der Späherflotte los ist. Ich habe nicht den Mut dazu, jemand anders damit zu beauftragen. Gehst du mit mir hin, Gildoran?"

„Nimmst du den Transmitter?"

Rae sagte schnippisch: „Also die *Samtfalter* nehme ich jedenfalls nicht."

„In Ordnung, ich komme." Es war lange her, seit Gildoran den Transmitter benutzt hatte. Seit dieser merkwürdigen Reise mit Ramie nicht mehr – wie lange war das her? Wie alt war Gilmarina jetzt? Nach biologischer Berechnung zwölf Jahre, aber sie hatte im Tank ein Jahr verloren. Ihre Spielkameraden in der Kinderstation waren dreizehn. Es war also dreizehn Jahre her, daß er einen Fuß auf einen Planeten gesetzt hatte, abgesehen von jenen unheilvollen Tagen auf Höllenwelt und den nervenzerfetzenden Stunden seines Auftrags auf Sturm.

Als sie über den riesigen, offenen Landeplatz gingen, spürte er auf seinem Rücken die herrliche Wärme der großen Sonne.

Es ist ein gutes Gefühl, wieder festen Boden unter den Füßen zu haben. Das Gefühl dieser Sonne. Ich frage mich, wie wir das so lange im Weltraum ohne Sonne oder Wind oder das Gefühl von Schwerkraft unter den Füßen aushalten... Der Mensch ist nicht dafür geschaffen, im Weltraum zu leben.

Er befahl sich selbst streng, nicht sentimental zu werden. Gravitation war für ihn nicht einmal eine Kindheitserinnerung. Er war für ein Späherschiff ausgesucht worden, bevor er einen Monat alt war, und die Veränderung der Baupläne für die Zellen seines Körpers, des innersten Kerns seiner Zellen, war dafür – genau dafür – vorgenommen worden, um ihm ein Leben im Weltraum zu gestatten. Er war kein Planetenmensch, kein Erdwurm. Die Unterschiede zu ihnen lagen tief in seinen Zellen, in seinen Atomen selbst. Und doch... und doch, diese Sonne, der kühle, scharfe Wind, der um sein Gesicht wehte...

Er fragte Gilrae: „Macht es dir Spaß, wieder auf einem Planeten zu gehen? Oder sind die Planeten noch immer – wie hat Gilharrad sie doch genannt? – nur Unterbrechnungen, Löcher im Kosmos?"

„Der gute, gute alte Gilharrad", sagte sie mit einem Lächeln voller Zuneigung. „Nein, es macht Spaß, aber größtenteils deshalb, weil ich weiß, daß ihr jetzt alle sicher seid."

„Also, wenn wir uns einen Planeten für die Landung hätten aussuchen dürfen, dann hätten wir auch keinen besseren finden können", sagte er und fragte sich sofort, warum er es gesagt hatte, als sie ihn erschreckt ansah. Hatte er damit gemeint... hatte er den Wunsch, für immer hierzubleiben?

Irgendwo gibt es einen Planeten, der deinen Namen trägt...

Er hatte das ungute Gefühl, daß Gilrae seinen Gedanken folgen konnte, aber sie sagte nichts dazu, sondern fragte ihn nur, als sie auf die Transmitterstation zukamen: „Warst du schon einmal auf

Basis? Ich wünsche, wir hätten direkt hinfliegen können, aber das ist fast fünfzig Lichtjahre von hier entfernt. Ich glaube nicht, daß die *Samtfalter* das noch geschafft hätte."

„Wenn ich jemals dort war, dann war ich noch zu jung, um mich daran zu erinnern", sagte Gildoran.

„Das ist die Heimatwelt der Späher", sagte Gilrae, „oder zumindest das, was einer Heimatwelt am nächsten kommt. Dort sind unsere gesamten Daten gespeichert. Ich habe eine Abschrift des Logbuchs der *Samtfalter* bei mir, die kommt in das Archiv." Als sie in die Transmitterkabine traten, sagte sie: „Es ist gut, daß wir gelandet sind. Unsere Transmitter sind veraltet. Ich muß Gilmarti zu einem Lehrgang abkommandieren, damit sie die Technik der neuen Modelle beherrschen lernt. Es sieht so aus, als sei die Vier-Lichtjahre-Grenze von früher erweitert worden. Die hier werden ohne Schäden oder Desorientierung mit zwölf Lichtjahren fertig."

Sie wählte einen Koordinatensatz, darauf folgte ein kurzer, deutlicher Eindruck von wirbelnder Dunkelheit, ein leises elektrisches Schnappen, und die Konsole vor ihnen hatte sich von Blau zu Grün verändert. Nach zwei Wiederholungen dieses Manövers waren sie auf Basis.

Es war ein kleiner Planet, so klein, daß Gildoran den Eindruck hatte, als könne er die schnelle Drehung und die Bewegung des kleinen Planetoiden um seine düstere und weit entfernte Sonne spüren, als er unter dem grauen Zeltdach stand, welches der Himmel von Basis war. Oder war das nur eine Illusion, die auf dem schnellen Vorbeiflug einiger Himmelskörper beruhte, die vielleicht Monde oder komplizierte künstliche Satelliten waren? Sie spürten die Kälte selbst durch die dicken Reisecapes, die sie sich auf Laszlo besorgt hatten. Als sie aus der Transmitterstation kamen – sie war nur klein, Basis hatte offensichtlich nur wenig Durchgangsverkehr –, trat eine Reihe von verschiedenen Humanoiden vor den Spähern zurück.

Gezeichnet. Fremd. Es wäre nur aufgefallen, wenn sie das nicht getan hätten.

Dann aber sah er den Ausdruck auf ihren Gesichtern. Dieses Mal war es nicht Angst oder Haß – es war Respekt, der an Bewunderung grenzte. Und dann sagte die große Frau in einer Art Uniform an der Spitze der Schlange, in der sie standen, in einer deutlichen, lauten Stimme, die vielleicht mechanisch verstärkt war: „Bilden Sie bitte eine ordentliche Reihe. Wir beginnen dann unsere Tour mit einer Besichtigung des Spähermuseums…“ Und er verstand.

Gilrae sah ihn an, zog eine Augenbraue hoch und sagte: „Das ist neu. Als ich das letztemal hier war, hatten wir Mühe damit, unser Grundstück vor einem Widerruf der Genehmigung zu retten. Jahrhundertelang erhielten wir von der Zentrale eine kleine Unterstützung, wenn wir neue Planeten fanden – schon seit der Zeit vor meiner Geburt. Ich erinnere mich aber, daß die Zentrale versucht hat, das einzuschränken – man sagte uns, wenn wir mit den Gebühren nicht genug verdienten, dann sollen wir die Sache aufgeben. Zwei oder drei Schiffe sind tatsächlich Pleite gegangen und mußten aufgeben.“ Sie lächelte ein wenig unsicher. „Ich war schon darauf vorbereitet, daß die Genehmigung futsch wäre, wenn ich wieder landen sollte, und daß Basis den Laden dichtgemacht hätte. Damals war die Rede davon – ich weiß nicht, vor wie vielen Jahrhunderten nach Planetenzeit das war –, daß für die voraussehbare Zukunft genug Planeten endeckt seien und daß die Späher ein Luxus seien, den die Galaxis sich nicht mehr leisten könne. Geld und Energie wurde über Gebühr abgezogen. Es ist an der Zeit, daß wir uns zur Ruhe setzen, sagten sie, und lernen, auf den Welten zu leben, die wir haben.“

Sie blieb einen Augenblick vor einem kleinen Denkmal stehen. Zwei Gestalten aus einem alabasterweißen Metall, blaß und hochgewachsen, offensichtlich vom Typ der Späher, standen triumphierend auf einem kleinen jadegrünen Planeten. Es war das erstemal, daß Gildoran eine Inschrift in der Sprache sah, die die Späher unter sich benutzten.

Darunter stand eine Übersetzung in Universal-Ideographen. Beide Inschriften lauteten:

GEWIDMET DER BESATZUNG DER SEEWOLF
VERSCHOLLEN IN DER UMGEBUNG DES ORION-NEBELS
„Zu streben, zu suchen, zu finden, und nicht nachzulassen“

„Das ist auch neu“, sagte Rae, „oder sollte ich vielleicht sagen – seit meiner Zeit. Ich habe keine Ahnung, wie lange es nach Planetenzeit her ist, seit ich das letztemal hier war.“

Sie kamen zu einem kleinen Gebäude, über dessen Eingang eine Inschrift stand – wieder in der Sprache, die die Späher benutzten: *Zutritt nur für Befugte und für Schiffsbesatzungen.* Gilrae drückte ihre Identitätsscheibe gegen die Sensorplatte in der Tür, und sie sprang auf.

Ein großer, blasser Späher saß vor einer Computerkonsole. Als sie hereinkamen, drehte er sich um. „Gilrae von der *Samtfalter*", sagte er. „Wir haben Berichte gehört, daß ihr wieder aufgetaucht seid. Wir hatten schon gefürchtet, ihr wäret im Raum verloren, meine Liebe." Seine Stimme war voller Wärme.

„Sarndall von der *Wellenkrone*", sagte Gilrae und umarmte den Fremden herzlich. Sie stellte ihm Gildoran vor, der sich merkwürdig unwohl fühlte. Das war das erstemal, daß er jemanden traf, der so offensichtlich einer der ihren war, ein Späher, und doch nicht zu ihnen gehörte. Er wußte nicht, wie er sich dem Fremden gegenüber verhalten sollte, der kein Fremder war.

Gilrae fragte ihn: „Wo ist die *Wellenkrone* jetzt, Dall? Oder sollte ich das nicht fragen?"

„Gelandet und außer Betrieb", sagte Sarndall. „Drei Gruppen von Kindern sind nacheinander ohne Ausnahme gestorben, und unsere Mannschaft wurde zu klein. Wir konnten nicht mehr weitermachen. Unsere Puhbären haben wir in einer Epidemie verloren. Sieben von ihnen sind in einer Nacht gestorben. Wir waren zu niedergeschlagen, um noch einen neuen Start zu versuchen. Glücklicherweise haben wir fast alle hier auf Basis Arbeit gefunden."

„Gibt es nur schlechte Nachrichten?"

„Nicht nur, obwohl sie auch nicht gut sind. Hast du das Denkmal für die *Seewolf* gesehen? Die *Vagabundenkönigin* ist aber gerade wieder aufgetaucht – sie haben vier neue Planeten geöffnet und acht gesunde Vierjährige, die groß werden. Wie steht es bei euch, Rae?"

„Nicht gut", sagte Gilrae und gab dem alten Späher die Logbuch-Abschrift. „Da stehen die Einzelheiten drin." Sie berichtete ihm kurz von den Katastrophen auf Höllenwelt und Sturm.

„Tödliche Schallwellen von Pflanzen, was? Das ist etwas Neues", sagte Sarndall. „Das muß ich auf die Gefahrenliste setzen."

„Ich glaube, in dem gleichen Sektor sind wir schon einmal auf den Kältetod gestoßen. Vielleicht sollten Schiffe davor gewarnt werden, damit sie einige Jahrtausende diesen Sektor meiden, bis alle möglichen Träger erschöpft sind und das Kalorotrop ausstirbt. Auf lange Sicht treffen natürlich die Computerfachleute diese Entscheidung, aber das wäre zu prüfen. Ihr erschließt also zur Zeit keinen Planeten?"

„Nein, wir waren zu einer Landung gezwungen. Wir stehen auf Laszlo."

„Das ist ein guter Standort für Späher", sagte Sarndall. „Mit Laszlo ist das eine merkwürdige Angelegenheit. Die Welt stand sechzig Jahre lang auf der Liste der Planeten, vor denen gewarnt wurde und die zu meiden sind. Vor ungefähr hundertneunzehn Jahren hat es Berichte gegeben, daß dort ein Späher vom Mob gelyncht worden ist. Deshalb sind die Warnungen ausgesprochen worden. Doch dann ist vor ungefähr dreißig Jahren eine neue Regierung gewählt worden... ein Präsident oder ein König... ich habe vergessen, welchen blödsinnigen Namen sie ihrem Anführer gegeben haben..."

„Ratsvorsitzender", murmelte Gildoran.

„Ja, so etwas Ähnliches. Na egal, auf jeden Fall war seine erste offizielle Handlung, sich mit Basis hier in Verbindung zu setzen und Laszlo offiziell für Späher zu öffnen. Sie haben dort ein paar spezielle Projekte, die euch wahrscheinlich interessieren würden."

„Ich denke, darüber werden wir informiert werden", sagte Gilrae. „Wir sind dort zu einem formellen Empfang eingeladen. Bis zu drei Dutzend von uns. Wir werden alle, die Puhbären eingeschlossen, mitnehmen müssen, wenn wir diese Anzahl erreichen wollen!"

„So schlimm?" antwortete Sarndall.

„Wir denken daran, völlig aufzugeben", sagte Rae offen. „So schlimm steht es."

In Sarndalls Augen trat plötzlich ein gieriger Ausdruck. „Das dürft ihr nicht tun", bat er sie. „Wenn es nur ein Problem der Mannschaftsstärke ist, können wir uns doch zusammentun. Wir sind neunundzwanzig, und wir können es alle kaum erwarten, wieder in den Kosmos hinauszukommen..."

„Das wäre eine Idee", sagte Gilrae, „aber die Entscheidung kann natürlich nicht ich allein treffen. Das wäre die Sache der gesamten Mannschaft."

Als sie Basis wieder den Rücken kehrten und sich in der Schlange hinter den Touristen anstellten, die ihre Besichtigung des Spähermuseums abgeschlossen hatten und vor der einzigen Transmitterkabine warteten, sagte Gildoran: „Das könnte die Lösung für das Personalproblem sein, Rae."

„Vielleicht", sagte sie, aber ihr Gesicht war ernst. „Das klappt fast nie", meinte sie weiter. „Es ist schon versucht worden, aber dann bilden sich zwei Parteien auf dem Schiff; *wir* und *sie*. Dann sind wir keine Familie mehr, keine geschlossene Mannschaft, die die *Samtfalter* als ihre eigene, spezielle Heimat betrachten, sondern zwei Mannschaften, die beide versuchen, das Schiff nach ihrer eigenen Methode zu führen! Es ist als letzte Zuflucht vielleicht besser als aufzugeben, aber nicht viel besser."

Auch Gildoran hatte das Gefühl von Fremdheit gespürt und die Empfindung gehabt, mit einem Späher zusammenzusein, der einerseits zu ihnen gehörte, andererseits aber nicht. In seinem ganzen Leben, seit er sprechen gelernt hatte, hatte jeder Späher, den er kannte, zu seiner Mannschaft gehört, war sein Schiffskamerad, sein Freund in der Kinderstation gewesen und hatte zu seiner Familie gehört, die er liebte und die zu schützen war. Sie war gegen den gesamten Kosmos und jedes Wesen darin zu verteidigen, und jeder, der nicht zur Mannschaft der *Samtfalter* gehörte, war ein Fremder, ein Außenstehender, dem es nie gelingen würde, sie zu verstehen... Selbst diejenigen, die man zu lieben glaubte, wie Janni, kannten sie nie wirklich, und sie wollten es auch nicht.

Außer diesem jungen Mann – wie hieß er? Merrik – damals auf Lassellis Welt. Er war plötzlich zum Freund geworden... und dann hatte er sich wieder verabschieden müssen.

Doch dann erschien vor seinem geistigen Auge plötzlich ein Bild der vertrauten Gänge, Räume und Decks der *Samtfalter,* die voller Fremde waren. Späher, ja. Mannschaftsangehörige. Unbekannt, ungeliebt. Zu ihnen gehörig und doch Eindringlinge. Fremde und doch keine Fremden. Teil ihres Alltags, und doch nicht vertraut. Gildoran schüttelte sich.

Nie und nimmer, beim Kosmos!

Er sah Rae dabei zu, wie sie die Koordinaten für Laszlo in den Transmitter eingab. Plötzlich erhob sich eine Erinnerung aus seinem Unterbewußtsein, eine Erinnerung an fremde Koordinaten, die sich über ein Überbrückungssignal schoben... an einen unvergeßlichen Tag in seiner Jugend.

Laszlo. Lassellis Welt. Vertraute Bilder, aber bis zur Unkenntlichkeit verändert. Als sie in das grellweiße Tageslicht hinaustraten und zum Himmel aufsahen, wo farblose Wolken von Stürmen gejagt wurden und wo in der oberen Atmosphäre Blitze zuckten, hörte er sich selbst sagen: „Wieder zu Hause." Er verbesserte sich hastig und sagte: „Wieder auf der *Samtfalter*", die ihre Heimat war, aber Raes überraschter Blick verriet ihm, daß sie es bemerkt hatte.

Er sagte: „Wußtest du, daß das hier Lassellis Welt ist, Rae?"

„Ja, ich wußte es. Es war mir aber nicht klar, daß du es auch wußtest."

„Gilmarin ist hier umgekommen."

Und ich nenne es ein Zuhause!

„Ich weiß", sagte Rae leise. „Und ich bin hier geboren. Niemand außer Gilharrad wußte das, und er ist tot. Er hat seinen Finger verloren, als er mich – und drei andere – von hier geraubt hat, und ich habe die Vermutung, daß Gilmarin wegen der Erinnerung an diesen Überfall gestorben ist." Sie zog ihr Reisecape eng um sich. „Das alles hier läßt es mir kalt den Rücken hinunterlaufen. Hast du etwas dagegen, wenn wir sofort zurück zur *Samtfalter* gehen?"

3

Im Verlauf der nächsten Tage erkundete Gildoran mit Gilmarina die Welt und erfreute sich mit ihr an ihrem ersten Geschmack von direktem Sonnenlicht und Freiheit. Ramie und dann und wann Gilmerrit begleiteten sie manchmal auf diesen Ausflügen, und als er Familien sah, die sich in den grünen Parks von Laszlo erholten, kam ihm die Erkenntnis, daß eine Familie weniger eine biologische als eine funktionelle Einheit war. Er und Ramie waren in jeder Beziehung, auf die es ankam, Gilmarinas Eltern.

Gilmerrit schreckte ein wenig davor zurück, sich auf dem Planeten zu zeigen. In dieser Zeit war eine Mißbildung wie ihre verkrüppelte Hand wirklich erstaunlich, und manchmal starrten die Leute sie an. Sie war in dieser Beziehung schrecklich empfindlich, was Gildoran ihr nicht verübeln konnte.

Eines Abends sprach er das Thema in ihrem gemeinsamen Quartier auf der *Samtfalter* an. „Es gibt keinen Grund, warum du jetzt nicht jederzeit in einen Regenerationstank gehen könntest, Merrit. Hier gibt es ein ausgezeichnetes Regenerationszentrum, und wir werden mindestens ein Jahr lang hierbleiben und darauf warten, daß die Kinder größer werden. Außerdem würden wir dich sowieso nicht hierlassen."

„Ich weiß", sagte Merrit. „Ich war vorgestern im Regenerationszentrum."

„Sollen wir das also bald veranlassen?"

Merrit schüttelte den Kopf. „Noch nicht", sagte sie. „Ich habe zu arbeiten. Ich möchte dort etwas Forschung betreiben."

Er sah sie erstaunt an. Sie sagte ernst: „Hast du etwas dagegen, Gildoran? Ich... erstens möchte ich nicht so lange von dir weg sein. Und außerdem... ich habe etwas Besonderes vor. Du mußt mir ehrlich sagen, ob dir das etwas ausmacht. Schämst du dich... mit... damit gesehen zu werden?" Sie hob die geschwärzte, nutzlose Klaue hoch.

Gildoran zog sie an sich. „Liebling, so etwas darfst du nicht einmal denken. Ich würde dich auch lieben, wenn du überhaupt keine Hände hättest. Aber..." Er schüttelte in leichter Verwirrung den Kopf. „Das war doch so lange das einzige Ziel deiner Wünsche..."

„Manchmal verschieben sich die Perspektiven bei Menschen", sagte Merrit langsam. „Im Augenblick gibt es etwas, das ich für wichtiger halte. Hast du etwas dagegen, Doran?

Er schloß sie fest in die Arme und sagte: „Du mußt das tun, was du für das beste hältst, Liebling." Hier auf dieser unbekannten Welt, auf der alles frisch und unverbraucht wirkte und sich die Umwelt ihnen realer als in ihrer geschlossenen Welt zwischen den Sternen darstellte, wurde ihm wieder deutlich bewußt, wie teuer sie ihm war, wie gern er sie hatte und wie sehr sie ihm fehlen würde, wenn sie so lange von ihm weg war. Er verspürte eine fast egoistische Feude bei der Nachricht, daß sie sich nicht zu trennen brauchten. Auf der andern Seite fragte er sich aber auch, was das für eine Angelegenheit war, die ihr so wichtig erschien, daß sie dafür die Regeneration ihrer verstümmelten Hand weiter hinausschob. Sie machte keinen Ansatz, es ihm zu erzählen, und er fragte sie nicht.

Er sah, wie sie technologische und medizinische Zeitschriften wälzte; darüber hinaus verbrachte sie viel Zeit im Regenerationszentrum, aber er wußte nicht, warum sie das tat. Sie hatte schon immer viel Zeit für Lektüre und intensive Beschäftigung mit ihren ausgewählten Spezialgebieten verwendet – er vermutete, daß sie im Lauf der Zeit von der Biologie zur Medizin überwechseln würde –, aber bis sie hier gelandet waren, hatte er irgendwie immer das Gefühl gehabt, daß ihr übermäßiges Interesse an der Regenerationstechnik zumindest zum Teil eine Methode gewesen war, ihm Schuldgefühle für die Verzögerung bei der Rettung ihrer Hand einzuflößen. Nun wußte er, daß das nicht der Fall war – was aber konnte sonst dahinterstecken?

Einmal hatte er sie fast scherzhaft gefragt: „Ich habe den Verdacht, daß du hinter Gilbans Job her bist. Chefärztin Gilmerrit?" Sie hatte gelacht und es nicht abgestritten, aber das war alles.

Auch sie nahm an der Konferenz teil, in der die Leitung des Schiffs den Kauf weiterer Kinder diskutierte. Die Puhbären waren ohne Ausnahme dafür, da in der Kinderstation keine Kleinen mehr zu betreuen waren. Gilmerrit war die erste, die sich dagegen aussprach.

„Meiner Ansicht nach sollten wir damit warten", sagte sie. „Wir werden für mindestens ein Jahr, vielleicht sogar mehr, hierbleiben. Die DNS-Modifikationen können erst kurz nach dem Abflug vorgenommen werden. Für die Techniken, die wir zur Zeit einsetzen, muß das Kind in freiem Fall und im Weltraum aufwachsen, wenn es voll zum Späher mutieren soll. Wenn wir uns jetzt neugeborene oder... gebrütete Kinder holen, sind sie für die DNS-Modifikationen zu alt, wenn wir diese Welt hier hinter uns lassen."

Gilrae sah zum Chefarzt hinüber. „Gilban?"

„Beim Stand der gegenwärtigen Technologie hat Merrit recht", sagte er. „Auf Basis habe ich gehört, daß die *Wellenkrone* eine Gruppe von Fünfjährigen aufgenommen hat, weil ihre Mannschaft zu knapp war. Sie hatten gehofft, sie könnten so die Zeit verkürzen, bis sie das nötige Alter für den Dienst auf dem Schiff erreicht hatten. Kein einziges von den Kindern hat überlebt."

Gilrae sagte ruhig: „Wir brauchen nicht zu warten. Die Mannschaft der *Wellenkrone* will sich mit uns zusammentun – und sie ist neunundzwanzig Leute stark. Damit hätten wir eine Mannschaftsstärke von mehr als sechzig. Wir könnten im Verlauf des nächsten Monats abheben, wenn wir das wollten – mit einer Gruppe von Kindern für die Kinderstation. Damit hätten wir zum erstenmal seit Jahren unsere volle Sollstärke."

Ein Gewirr von Stimmen – teils ablehnende, teils zustimmende – erhob sich. Sie hob die Hand. „Wir brauchen die Entscheidung nicht sofort zu treffen", sagte sie. „Darüber müssen wir abstimmen. Denkt darüber nach. Wir berufen später noch eine weitere Konferenz ein und entscheiden uns dann. Bevor ihr eure Entscheidung fällt, denkt aber daran, daß die Alternative dazu wahrscheinlich die völlig Aufgabe ist. Heute abend findet der förmliche Empfang beim Ratsvorsitzenden statt. Die Teilnahme daran ist nicht Pflicht, aber die Leute von Laszlo hier waren sehr freundlich zu uns, und deshalb finde ich, niemand sollte ohne einen guten Grund fehlen."

Ramie holte ihn im Gang ein. „Doran, hast du das mit der *Wellenkrone* gehört? Du warst anscheinend nicht besonders überrascht, als Rae das vorgebracht hat."

„Ich habe schon auf Basis davon gehört", sagte Gildoran.

„Das könnte die Antwort sein", sagte Ramie. „So könnten wir alle zusammenbleiben."

„Aber Fremde... auf der *Samtfalter*..."

„Das wären keine Fremden. Das sind Späher. Wie wir."

„Es wäre besser, wenn es Fremde *wären*", sagte Gildoran hilflos. „Wir könnten es lernen, uns an sie anzupassen – und sie sich an uns –, wie wir das auf Planeten bei Fremden tun. Aber die Mannschaft eines fremden Späherschiffs... mit ihren eigenen Traditionen... wie wir und doch nicht wie wir – ehrlich gesagt glaube ich nicht, daß das funktionieren könnte, Ramie."

„Wenn uns das in feindliche Parteien aufspaltet, dann sicher nicht", sagte Ramie. „Ich verstehe, was du meinst. Ich habe schon oft gedacht, es wäre die perfekte Lösung, wenn wir erwachsene Freiwillige anheuern könnten, wann immer wir sie brauchen. Dann gäbe es auch nicht so viele *Unterschiede* zwischen den Spähern und den Menschen auf den Planeten. Wir wären für sie nicht mehr Monster, und sie wären für uns nicht mehr eine fremde Rasse. Der Unterschied zwischen uns wäre nicht größer als der zwischen den Insassen der Kinderstation und der regulären Mannschaft. Wir wären alle zusammen nur noch *Menschen.*" Sie überlegte einen Moment, und ihr hübsches, blasses Gesicht nahm einen nachdenklichen Ausdruck an. „Vielleicht wäre das mit jeder Spähermannschaft möglich, aber es wäre schwierig, weil wir von ihnen erwarten würden, daß sie genauso wie wir sind, und das *könnten* sie nicht." Sie seufzte und schüttelte den Kopf. „Na ja, vielleicht findet sich ja die richtige Antwort."

„Wenn wir die Leute von der *Wellenkrone* bei uns in die Mannschaft aufnehmen müssen", sagte Gildoran rau, „dann werde ich lieber zum Erdenwurm! Besser hier unter Fremden leben, von denen ich *weiß,* daß es Fremde sind, als zu versuchen, so zu tun, als wären sie es nicht."

Ramie sah ihn verblüfft und schockiert an. „Das könntest du uns antun, Gildoran?"

Er wandte sich von ihr ab und sagte rauh: „Ich wäre nicht der erste, und ich wäre nicht der letzte."

Er dachte darüber nach, während er sich übellaunig den Ausgehanzug für den formalen Empfang durch den Ratsvorsitzenden anzog.

Vielleicht wäre ich der letzte. Was haben sie auf Basis gesagt – daß die Späherschiffe vielleicht aufgegeben werden sollten? Na ja, ich bin sicher, daß der Kosmos auch ohne sie wunderbar überleben würde, zumindest für die nächsten Millionen Jahre. Vielleicht gibt es etwas Besseres, wenn sie herum sind.

Gilmerrit trat mit einer engen grünen Robe in der Farbe ihrer Augen hinter ihn. „Gehst du auch zum Empfang des Ratsvorsitzenden?"

„Wahrscheinlich komme ich darum nicht herum", sagte Gildoran. „Rae hat verlangt, daß wir alle gehen. Gehst du etwa nicht?"

„Ich würde es lieber lassen, aber wenn du gehst, dann gehe ich auch", sagte sie. „Wer ist denn dieser Ratsvorsitzende?"

„Woher soll ich das denn wissen? Ich nehme an, irgendein wichtiger Politiker mit einer Schwäche für Späher. Ich habe keine Ahnung, ob er uns nur in einem romantischen Licht sieht oder sich davon überzeugen will, ob wir die Kinder, die wir stehlen oder kaufen, wirklich umbringen und auffressen."

Gilmerrit drückte mit ihrem Gesicht deutlich ihren Ekel aus. „Gibt es wirklich noch Leute, die das glauben?"

„Merrit, es gibt Leute, die *alles* glauben", sagte Gildoran.

„Dann sollten wir vielleicht Gilmarina mitnehmen, um ihnen das Gegenteil zu beweisen“, sagte Gilmerrit, und Gildoran zuckte die Achseln. „Wenn sie das will, nehme ich sie gern mit, aber eigentlich ist es eine Schande. Sie ist einfach noch zu jung für diese elenden formellen Angelegenheiten.“

Gildoran fand Gilmarina bei Rae. Sie spielte in einem der Freizeiträume auf einer großen elektronischen Harfe. Marina war kürzlich offiziell aus der Kinderstation entlassen worden und hatte ein eigenes Zimmer, das sie mit Gilrita teilte.

Die Kinderstation ist jetzt leer. Es ist seltsam, wie tot das Schiff ohne Kinder an Bord erscheint. Und die Kinder sind die einzige Zukunft, die wir haben.

Gildoran stand still und unbeweglich und hörte der Frau und dem Mädchen zu, wie sie ein kompliziertes Duett spielten. Gilrae bemerkte ihn zuerst und unterbrach sich mitten in einem Arpeggio.

„Wie ich sehe, habt ihr euch schon für den Empfang des Ratsvorsitzenden umgezogen. Gehen wir also alle zusammen.“

Gilmarina sah sie erstaunt und hocherfreut an. „Darf ich wirklich mitkommen, Rae?“

„Natürlich, Liebling, wenn du willst“, sagte Rae. Gilmarina lächelte mit tiefen Grübchen in jeder Wange. „Dann muß ich mich wohl besser umziehen gehen! Ich könnte mir vorstellen, daß es kaum im Protokoll vorgesehen ist, daß wir in Schiffsuniform dort auftauchen!“

Gilmerrit lachte. „Ich bezeifle, daß die Laszlaner den Unterschied bemerken würden“, sagte sie. „Sie erwarten doch sicherlich nicht von uns, daß wir ihre Kleiderordnung kennen oder uns danach richten. Bei der Bekleidung geht es sowieso um ganz minimale Signale. Ich bezweifle, daß sich die Menschen auf Welten im Transmitternetz noch viel darum kümmern. Früher einmal muß das eine wichtige und langwierige Angelegenheit gewesen sein, immer zu jeder Gelegenheit die richtige Kleidung zu tragen.“

„Da hast du recht“, sagte Gilrae. „Ich habe meine zwanziger Jahre damit verbracht, eine Welt zu öffnen, die zu einem Vergnügungszentrum ausgebaut worden ist. Es war amüsant, etwas über die Psychologie der korrekten Kleidung zu erfahren und das dann später mit anderen Welten zu vergleichen, die ich besucht habe. In einer Vergnügungswelt ist das natürlich geplant – und völlig gekünstelt."

„Ist das nicht überall gekünstelt?" fragte Merrit. „Außer natürlich auf Welten mit extrem klimatischen Bedingungen, auf denen man mit den falschen Kleidern erfrieren oder einen Hitzschlag bekommen würde?"

„Ich weiß es nicht", sagte Gilrae. „Das ist eine Frage von subtilen Signalen, die ausgeschickt und empfangen werden, und wenn man für die betreffende Gesellschaft die falschen Signale schickt, kann man dadurch in Schwierigkeiten kommen."

„Ich kann mir vorstellen, daß das der Grund dafür ist, daß Reiseumhänge erfunden worden sind", sagte Gildoran. „Stellt euch doch einmal vor, auf irgendeinem Planeten geht eine ganz normale Frau zum Einkaufen und will sich auf einem anderen Planeten einmal etwas holen, das ein wenig anders aussieht. Der Planet ist vielleicht nur ein paar Lichtjahre entfernt, und sie entdeckt plötzlich, daß sie in ihrem ganz normalen Hauskleid sexuell angemacht wird."

Gilmerrit zuckte die Achseln. „Sicher kommt so etwas vor", sagte sie, „aber wenn sie nicht hoffnungslos neurotisch ist, dann wird ihr das doch höchstwahrscheinlich nichts ausmachen. Sie kann ja immer nein sagen oder so tun, als würde sie die Sprache nicht verstehen."

Gilmarina kam in einem hautengen Trikotanzug und einem kurzen Cape in grellem Purpurrot zurück. Sie hatte ihr Haar mit einem glitzernden Tuch hochgebunden.

Sie ist eine Frau, und eine hübsche dazu, aber für mich ist sie noch ein Baby. Das wird sie immer bleiben.

Die Frauen bewunderten Gilmarinas Kleidung, und sie gingen alle hinunter zum Transmitter. Gildoran trug die normale Ausgehuniform in Silber und Blau – der Ratsvorsitzende, der Teufel sollte ihn holen, hatte sie schließlich nicht als einfache Gäste, sondern als Späher eingeladen, warum also nicht? Rae trug blasse Farben, wie das ihrem Alter zukam, mit künstlichen Schneeflocken im Haar. Gilmerrit in ihrem grünen Kleid und Gilmarina in ihrem leuchtenden Cape waren hübsche Frauen, die von irgendeiner der Millionen Welten hätten stammen können, die sie umgaben.

„Ich nehme an, daß das Interesse an der Bekleidung in einigen

Jahren nachlassen wird", sagte Gilrae, als sie die Koordinaten für ihren Bestimmungsort, den Sitz des Ratsvorsitzenden, in den Transmitter einspeiste. „Kein lebender Mensch könnte es schaffen, all die subtilen Signale für mehr als einen oder zwei Planeten zu lernen – vielleicht vier oder fünf, wenn er sich sein Leben lang um nichts anderes kümmert und dazu zu seiner Spezialität macht."

„Das wäre wirklich Zeitverschwendung", lachte Gilmerrit, als die kurze, leuchtende Dunkelheit sie umgab.

Gehen wir alle zusammen durch den Transmitter? Vermischen wir uns dabei irgendwie, fliegen unsere Atome in dem Zwischenraum zwischen den Planeten durcheinander? Woher wissen wir, ob es unser eigenes Fleisch und Blut ist, das wir zurückbekommen? Bin ich ein Teil von allen, die jemals den Transmitter benutzt haben?

Er überlegte sich kurz, ob er sich auf dem nächsten Flug für das Transmitterteam verpflichten sollte. Die Möglichkeit aber, daß die *Samtfalter* nie wieder zu einem Flug starten könnte, legte eine schwarze Depression wie eine Decke um ihn.

„Sehr festlich gestimmt siehst du ja nicht aus, Gildoran." Gilrae hakte sich bei ihm unter. „Das ist eine Party. Mach ein fröhliches Gesicht."

Er war nicht im geringsten festlich gestimmt, aber Gilrae zuliebe legte er ein Lächeln wie eine Maske über sein Gesicht.

„Ich werde mein Bestes tun", sagte er. „Ich nehme an, das dort drüben ist der Sitz unseres Gastgebers, dort, wo es so hell erleuchtet ist und wo die Ballons sind. Ich bin froh, daß es nicht weit ist – das muß hier in der Polargegend sein!"

Sie überquerten den mit Platten ausgelegten Platz bei leichtem Schneefall und traten in die hell erleuchtete offizielle Residenz.

4

Was Gilrae über Kleider gesagt hatte, ließ sich ebensogut auf soziale Funktionen anwenden, dachte Gildoran, während sie in der mit Marmor verkleideten Eingangshalle standen und warteten, bis Servos mit lautlosen Bewegungen ihnen allen aus ihren Reiseumhängen geholfen hatten. Was an einer Stelle als formal galt, war anderswo lockere Informalität. Es war möglich, daß man bei einem Emfpang auf einem Planeten still in einer Reihe stand und sich Reden von Würdenträgern anhörte, während man auf einem anderen auf Kissen herumlag und Trinklieder sang. Es war Jahre her, daß Gildoran an einer formalen Einladung beteiligt gewesen war – oder sich auch nur unter größere Gruppen außer denen seine Schiffskameraden gemischt hatte.

Die förmlichsten Angelegenheiten, an denen ich in den letzten dreizehn Jahren teilgenommen habe, waren die jährlichen Kapitänswahlen.

Er murmelte Rae diese Gedanken zu, während sie unter einer Reihe von Kristalleuchtern dahingingen, die an der Decke hingen. Sie nickte. „Eines Tages", sagte sie, „das kann jetzt praktisch jedes Jahrtausend kommen, wird die eine oder andere Gruppe versuchen, Leitfäden für interstellare Etikette herauszugeben. Ich glaube, so etwas gibt es sogar schon, allerdings nur für hohe interstellare Diplomatie und Politik. Wenn sich die Sitten und Gebräuche auch in den niedrigeren sozialen Kreisen einander angleichen, setzt die Dekadenz ein." Sie lachte leise. „Solange die Späher aber immer weiter neue Welten eröffnen, läßt sich die Dekadenz unendlich lange hinausschieben. Vielleicht sind wir das Bröckchen Hefe, das die gesamte Galaxis in Gärung hält."

„Bürger von Laszlo, hochverehrte Gäste", verkündete die unnormal süße Stimme eines Servos, „die Schiffsoffiziere des Späherschiffs *Samtfalter.* Gildoran. Gilrae. Gilmarina. Gilmerrit."

In ihrer Nähe stand eine fette kleine Frau, die hörbar flüsterte: „Oh, das sind die Späher! Ratsvorsitzender Marik ist auf diesen ganzen Bereich einfach versessen, wissen Sie!" Sie lächelte süß zu Gildoran hoch und fragte: „Können Sie mir sagen, warum Ihre Namen einander so ähnlich sind?"

Gildoran fand keineswegs, daß sich ihre Namen ähnelten, aber er antwortete ihr höflich und erklärte ihr, daß jedes Späherschiff einen spezifischen Identifikationskode hatte, der aus einer Silbe bestand – und *Gil* war der Kode für die *Samtfalter.* Diese Silbe bildete die erste Silbe des Namens jeder Person auf dem Schiff, so daß jeder Späher – denn natürlich war allen der Kode vertraut –

immer sofort wußte, von welchem Schiff der Flotte der Träger dieses Namens kam.

„Und wie viele Schiffe gibt es in der Späherflotte?“ fragte die Frau.

„Das kann ich Ihnen wirklich nicht sagen. Vielleicht weiß es Gilrae“, sagte Gildoran und gab sich Mühe, die andere Frau nicht anzusehen.

Ein anderer Mann aus der sie umgebenden Menge sagte: „Die Schiffe haben alle so fremde und romantische Namen. Woher kommen Sie?“

„Die Schiffe? Die werden zum größten Teil auf Basis gebaut“, gab Gildoran zurück.

„Nein, die Namen! Woher kommen die Namen?“

„Das sind die Namen, die die Schiffe der Erforscher des Heimatplaneten der Menschheit getragen haben“, erklärte Gildoran. „So heißt es zumindest in der Legende. Ich glaube, früher waren Schiffe eine Art Verkehrsmittel auf Planeten. Damit haben sich die damaligen Späher, wenn ich sie so nennen darf, aufgemacht, um ihre eigene Welt zu erkunden, bevor der Weltraum erobert wurde. Der Name dieser Schiffe hat sich in Legenden erhalten, soweit wir das wissen. Genau kann das natürlich nach so langer Zeit niemand mehr wissen.“

Ein Servo erschien an seiner Seite und zupfte ihn diskret am Ärmel, um seine Aufmerksamkeit zu erregen.

„Gildoran von der *Samtfalter?* Ratsvorsitzender Marik möchte persönlich mit Ihnen sprechen, wenn sie so freundlich wären“, murmelte er.

Eine belanglose Unterhaltung mit einem einflußreichen Politiker mit romantischen Vorstellungen von den Spähern war so ziemlich das letzte, was Gildoran sich wünschte, aber ihm fiel keine einzige höfliche Entschuldigung ein. Er ging hinter dem Servo her zu dem erhöhten, thronähnlichen Stuhl des Ratsvorsitzenden.

Ratsvorsitzender Marik war eine zusammengeschrumpfte, kleine Gestalt mit dunkler Haut. Sein Haar aber war so weiß wie das von Gildoran. Als Gildoran näher kam, sah er auf und sagte:

„Du erinnerst dich wohl nicht mehr an mich, Gildoran? Nein, wie könntest du auch, nach... wie viele Jahre ist es her? Für mich mehr als hundert. Du hast gesagt, du würdest nie zurückkommen, weil ich dich dann sicherlich hassen würde...“

Etwas in der Stimme weckte eine dunkle Erinnerung in Gildoran. Er sagte mit einem seltsamen Gefühl von Wärme: „Merik!"

Ist das der Grund dafür, daß ich diese Welt wie meine Heimat empfunden habe? Weil ich hier einen Freund gefunden habe, den ich nie vergessen werde?

„Du schießt also jetzt keine ausgerückten Schlangen aus dem Reservat mehr?"

Der Alte lachte. „Du erinnerst dich also doch noch. Was dich betrifft – es ist wahr, du siehst keinen Tag älter aus. Nein, das nehme ich zurück", sagte er und schaute dem anderen prüfend in das Gesicht. „Was ist passiert? Soweit ich gehört habe, ist euer Schiff in Schwierigkeiten. Es ist aber trotzdem schön, dich als Gast hier zu haben."

Gildoran hatte das merkwürdige Gefühl, als passe hier alles in ein großes Bild, als er sich neben den Ratsvorsitzenden setzte und ihm berichtete, was der *Samtfalter* in den inzwischen verstrichenen Jahren zugestoßen war.

Falls ich mich dazu entschließen sollte, zum Erdenwurm zu werden, fange ich zumindest mit einem Freund an. Also nicht ganz als Fremder. Und dazu noch mit einem Freund in einer wichtigen Stellung. Hier finde ich auf jeden Fall eine Beschäftigung, die für mich angemessen ist.

Marik hörte sich wortlos Gildorans Bericht an. Er schien fasziniert davon zu sein. Als er schließlich von der Wahl hörte, vor der sie standen – mit einem anderen Späherschiff eine gemischte Mannschaft zu bilden oder aufzugeben –, sagte er ernst: „Aber das ist ja schrecklich! Nicht, daß ihr hier nicht alle willkommen wärt, ihr alle. Aber jedes Späherschiff, das wir verlieren..."

„Selbst die Zentrale scheint zu denken, daß wir ein Luxus sind, auf den die Galaxis verzichten kann", sagte Gildoran.

„Die Zentrale spielt gern Gott", sagte Marik, „aber hier steht zuviel auf dem Spiel, um es Politikern auf dieser Ebene zu überlassen. Ich glaube nicht, daß du dir darüber im klaren bist, was die Späher für uns bedeuten, Gildoran. Ihr steht zu dicht vor dem Problem – wie heißt das alte Sprichwort... ihr seht das Meer vor lauter Wellen nicht?“

Gildoran sagte: „Es würde mich interessieren, welche Bedeutung die Späher deiner Meinung nach haben. Wir sind für die meisten Menschen auf den meisten Planeten entweder Wundertiere oder gefährliche Fremde, eine Legende, die die Menschen hassen.“

„Ihr seid unser Sicherheitsventil“, sagte Marik. „Unsere ewige Grenze, unser immer offener Ausgang. Solange die Späher neue Welten finden und sie öffnen, können wir alle verschieden bleiben und unsere Individualität bewahren. Wenn die Entdeckung neuer Welten einmal aufhört und alles bekannt ist, fangen wir an zu stagnieren – wir fangen an zu sterben. Es ist wie ein Rennen ohne Ziel. Wenn nichts Neues mehr anfängt, dann setzt der Tod für dieses Rennen oder diese Welt ein. Wenn das Leben nur noch aus einer ständigen Wiederholung des Bekannten besteht und in der Gleichung keine neuen Unbekannten auftauchen, dann gehen uns zuerst die neuen Ideen aus, dann stirbt die Kreativität allgemein aus, und schließlich setzt der allgemeine Niedergang ein. Historisch gesehen ist das mit jedem neuen Planeten geschehen, der völlig erforscht und kartographiert war. Das ist der Augenblick, in dem er zu sterben beginnt und dekadent wird. Der Mensch kann, psychologisch gesehen, nicht ohne eine Grenze existieren. Selbst wenn wir, wir alle, nicht ausnahmslos auf Forschungsreisen gehen können, so können wir doch psychologisch mit dem Wissen überleben, *daß* neue Welten gefunden werden, daß da jemand ist, der auf Forschungsreisen gehen *kann.*“

Das erinnerte ihn ein wenig an Gilraes These, daß die Homogenisierung der Bräuche der Beginn der Dekadenz sei, aber er fragte voller Bitterkeit: „Warum verbannen uns dann so viele Menschen von ihren Planeten? Warum weigern sie sich, uns Kinder zu geben?“

„Weil sie nichts verstehen“, sagte Marik still. „Gildoran, ich habe mein ganzes Leben damit verbracht sicherzustellen, daß die Laszler euch verstehen. Ich glaube, du wirst merken, daß du hier so viele Kinder bekommen kannst, wie du willst.“ Er lächelte ein wenig traurig und sagte: „Ich selbst wäre froh, wenn ich wüßte, daß jemand von meinem Fleisch und Blut die Sterne erforscht, wenn meine alten Knochen schon Tausende von Jahren Staub sind, und ich bin sicher, daß es Millionen von Menschen gibt, die genau wie ich fühlen. Hier und auf anderen Welten.“

Das war vielleicht die Antwort, dachte Gildoran, als die Mannschaft der *Samtfalter* sehr viel später am Abend der Residenz den Rücken kehrte und zur Transmitterstation ging. Eine Welt, auf der die Späher nicht Monster und verhaßte Fremde waren, zu der sie jedesmal zurückkommen konnten, wenn sie eine neue Welt erschlossen hatten; zu der sie gehen konnten, um sich ihre Kinder zu holen, anstatt sie zu kaufen oder zu stehlen; wo jede Familie auf dem Planeten ein Kind auf einem Späherschiff hatte – und falls sich die Zentrale dazu entschließen sollte, Basis dichtzumachen und den Spähern ihre Unterstützung zu entziehen, dann bliebe ihnen immer noch Laszlo als Heimathafen...

Als die jedoch den Transmitter betraten, drehte er sich um und sagte zu Gilrae: „Bringst du bitte die beiden nach Haus? Ich gehe noch ein wenig aus..."

„Ich komme mit", sagte Gilmerrit, „es sei denn, du willst wirklich allein sein."

„Ich glaube, das will ich. Vielen Dank, Liebling, aber geh du nur mit Gilmarina heim. Wir sehen uns morgen."

Er trat in eine Kabine und drückte die Koordinaten für die zentrale Transmitterstation Laszlos. Dort, in dieser Station, waren er und Ramie beinahe umgekommen, und nun waren sie hochgeehrte Gäste.

Er trat aus der Station in die kühle, sanfte Nacht hinaus. Laszlo lag mitten in der Galaxis, und die Nacht wurde von Tausenden und Abertausenden von Sternen in nächster Nähe erhellt. Ihm schien es so, als wirkten die Sterne von der Oberfläche dieses Planeten aus heller als im Weltraum, und die leisen Winde und die Wolken erfüllten ihn mit einer Wärme, wie er sie noch nie erfahren hatte.

Ich möchte diese Welt nie wieder verlassen. Ganz gleich, wie viele Welten ich noch sehen werde, ich werde nie wieder eine Welt finden, die auf diese merkwürdig unerklärliche Weise die meine ist. Wenn ich Laszlo verlasse, reiße ich mich selbst mit den Wurzeln aus dem Boden und werde nie wieder einen Halt finden.

Gildoran verbrachte die gesamte Nacht und den nächsten Tag damit, von Transmitter zu Transmitter zu springen. Er sah die Tag- und die Nachtseite, ging in Sonne und Regen durch Parks und Wüsten, besuchte die Aussichtspunkte und die stinkenden Elendsviertel in dem Versuch, einen Teil Laszlos zu finden, von dem er ehrlich sagen konnte, er wolle ihn zurücklassen.

Es war wieder Abend, als er unausgeschlafen, hungrig, mit brennenden Augen und mit schwerem Herzen zur *Samtfalter* zurückkehrte. Als er an Bord kam und seine Identitätsscheibe gegen das Schloß drückte, sagte der Computer: „Gildoran, du sollst dich dringend im Freizeitbereich eins melden. Der Schiffsrat tritt gleich zusammen, und Gilrae versucht schon seit Stunden, dich zu finden."

Als er zum Freizeitbereich hochkam, hatte er halb erwartet, die gesamte Besatzung des Schiffs dort versammelt zu finden, und war daher überrascht, nur Gilrae vorzufinden.

Sie hob ihre Augen und sah ihn so erleichtert an, daß er einen Augenblick lang dachte, sie würde in Tränen ausbrechen.

„Gildoran", sagte sie. „Ich hatte schon befürchtet, du seist für immer fort..."

„Wenn ich gehen würde, wäre es nicht für immer", sagte Gildoran.

„Wie auch immer", sagte Gilrae müde. „Du denkst daran, uns zu verlassen, nicht wahr?"

„So genau kann ich das selbst nicht sagen, aber ich bin mir über die Zukunft nicht sicher. Ich habe ein ungutes Gefühl."

Woher hatte sie es gewußt?

Wie so oft schien Gilrae seine Gedanken lesen zu können. Sie hob den Kopf und sagte: „Wenn ein Planet jemanden erwischt, dann hat er einen bestimmten Ausdruck, den auch du trägst. Einen Grund dafür kann ich mir nicht vorstellen – eine Welt wie die hier macht mich krank. Auf der anderen Seite kann das immer nur derjenige erklären, dem es passiert. Bei Giltallen habe ich es schon Monate vor seiner Desertion gesehen. Und jetzt du..." Ihr Gesicht verzog sich, als wolle sie anfangen zu weinen.

„Nicht, Rae. Ich bin hier."

„Aber wie lange noch?"

Er wollte ihr ein schnelles Versprechen geben, aber als sein Blick auf Raes Augen traf, wußte er, daß er zumindest bei ihr nur völlig ehrlich sein konnte. Er sagte: „Das hängt hauptsächlich davon ab, welche Entscheidung der Schiffsrat trifft. Ich kann nicht damit leben, wenn wir mit der *Wellenkrone* eine Mannschaft bilden."

„Ramie hat mir schon erzählt, daß du so denkst", sagte Rae ruhig. „Lehnst du sie denn so sehr ab?"

„Es ist nicht so, daß ich sie ablehne. Ich *kenne* sie nicht", sagte Gildoran. „Besser eine fremde Welt als meine eigene Welt, die mir plötzlich fremd wird."

„Selbst wenn das heißt, daß du uns alle verläßt?" fragte Rae. „Ich kann mir einfach nicht vorstellen, was Ramie – oder Marina – ohne dich anfangen würden. Und was mich betrifft..." Sie lehnte sich tief seufzend an ihn. „Aber ich brauche dir ja wohl nicht zu sagen, wieviel du mir bedeutest, Doran, denn das weißt du ganz sicher. Ich weiß auch, daß du das nicht machst, weil du uns in Schwierigkeiten bringen willst. Ich weiß, was in dir vorgehen muß. Ich weiß es nur zu gut..."

Er nahm sie in die Arme. Rae stand ihm näher als irgendeine andere Person, aber sie verstand ihn und würde nicht gegen ihn kämpfen, ganz gleich, was er tat...

Er ließ sie los, als die anderen Mannschaftsmitglieder der *Samtfalter* nacheinander hereinkamen, Als Ramie den Raum betrat, warf sie ihm einen bitteren Blick zu. Sie sagte: „Du bist also wieder zurückgekommen? Hast du das getan, um uns zu erpressen, in deinem Sinn zu entscheiden? Du weißt, daß wir dich nicht verlieren und trotzdem weitermachen können."

Gildoran sagte ruhig: „Das ist nicht fair, Ramie. Jeder von uns hat das Recht, sich frei zu entscheiden. Du wirst deine Entscheidung treffen, wie auch immer ich mich verhalte. Ich könnte auch versuchen, dich dazu zu überreden, zusammen mit mir zu bleiben."

Ramie explodierte: „Und wenn du das tun würdest – wäre das nicht auch eine Art Erpressung? Du versuchst, mich dazu zu bringen, deine Meinung zu übernehmen, bloß weil du weißt, wie lange ich dich schon liebe. Ist es etwa nicht so? Ja, ich liebe dich. Niemand anders hat mir je etwas bedeutet. Für mich gibt es keinen anderen, und es wird auch nie einen anderen geben."

„Wer versucht es jetzt mit Erpressung?" gab Gildoran hitzig zurück. Er wußte nicht, ob die plötzliche Gefühlsaufwallung, die er verspürte, Liebe, Verlangen oder reiner Haß war. „Du hättest jeden haben können, den du gewollt hättest!"

„Das brauchst du mir nicht auch noch zu sagen. Ich weiß, daß ich dir nichts bedeute!" Ramie schrie ihn fast an.

Gilrae sagte müde: „Ramie, Doran. Das ist... das gehört sich nicht."

„Wir sind hier nicht in der Kinderstation, und wir streiten uns nicht wie Babys", sagte Ramie heftig und wandte sich der älteren Frau zu. „Dazu hast du nicht das Recht, Rae! Du hast leicht reden, wenn du weißt, daß jeder Mann auf der *Samtfalter* zuerst dich liebt und ihm danach keine Frau mehr wirklich etwas bedeutet..."

„Ramie! Ramie!" sagte Gilrae, nun wirklich schockiert. „Wie kannst du so etwas sagen?"

„Frag doch Gildoran, ob es nicht stimmt! Frag ihn doch, ob er jemals wirklich jemand anders geliebt hat..."

Gildoran sprang zornig auf und drehte sich den beiden Frauen zu. Er sagte brutal: „Der Teufel soll die Frauen holen! Ich wünsche, ich wäre nie zurückgekommen, um mir das anzuhören! Ihr seid ja wie ein Rudel Schakale!"

Ramie starrte ihn zornerfüllt an. Tränen liefen über ihre Wangen herab. Gilrae vergrub mit zuckenden Schultern ihr Gesicht in den Händen. Gildoran war entsetzt, aber nach einer Minute wurde ihm klar, daß sie lachte. Er war schockiert darüber.

Als Gilrae den Kopf hob, war auch Ramie wie vor den Kopf geschlagen, als sie sah, daß die ältere Frau lachte. Gilrae sagte: „Ich scheine wirklich alt zu werden. Das kommt mir einfach lustig vor. Ihr beiden aber..." Sie streckte ihre Hände zu ihnen aus, und Gildoran bemerkte verblüfft, daß sie zwar lachte, daß ihre dünnen, faltigen Hände aber zitterten.

„Doran. Ramie. Was auch immer mit euch beiden geschieht – so dürft ihr die Sache nicht anpacken. Ihr könnt das nicht mit einem Sturm von Gefühlen lösen. Was hier geschieht, ist vielleicht unser letztes gemeinsames Erlebnis. Wenn der Tag heute vorbei ist, kann es zu spät sein, und davon sind alle Späher betroffen – nicht nur die *Samtfalter,* sondern alle, die es noch gibt. Ihr dürft es nicht zulassen, daß ein... ein Gefühlsausbruch uns alle zugrunde richtet. Denkt darüber nach und versucht, eure Entscheidung..." Sie brach kurz ab. „Ich will nicht sagen, *entscheidet ohne Gefühle.* Das hier ist eine emotionelle Entscheidung. Ich weiß das vielleicht besser als ihr alle. Meine Gefühle sind, weiß Gott, beteiligt. Ihr müßt aber versuchen, eine Entscheidung zu treffen, die euren tatsächlichen Wünschen entspricht – denkt nicht an das, was ihr heute, sondern an das, was ihr in Monaten wollt. In Jahren. Und dann entscheidet euch, bevor es zu spät ist."

Die anderen Mannschaftsmitglieder kamen nun herein und verteilten sich auf den Sitzen in dem Raum. Gildoran glitt in einen Sessel und bemerkte plötzlich, daß er auf genau dem gleichen Platz saß, auf dem er vor sieben oder acht Jahren gesessen hatte, als er zum Kapitän gewählt worden war. Ein ganzes Leben schien inzwischen vergangen zu sein. Ein ganzes Leben *war* vergangen. Ramie wollte sich gerade neben ihn setzen, sah ihn aber wütend an und setzte sich auf einen anderen Platz. Hatte Rae auch versucht, sie zu finden?

Rae stellte noch einmal kurz die Wahl vor, vor der sie standen. Die Mannschaft war zu klein, um das Schiff weitere dreizehn oder vierzehn Jahre in Betrieb zu halten, bis die nächste Gruppe von Kindern alt genug war, um ihnen helfen zu können. Sie konnten nun zwischen der Aufgabe der *Samtfalter* und der Auflösung der Mannschaft einerseits und einer Verbindung mit der Mannschaft der *Wellenkrone* andererseits wählen, durch die eine Schiffsmannschaft aus zweien geschaffen würde.

„Jeder von euch, vom ältesten Besatzungsmitglied bis zu dem jüngsten Kind, hat eine Stimme", erklärte Rae ruhig. „Die Zukunft betrifft alle. Die Mehrheit wird entscheiden. Ich möchte hier noch hinzufügen, daß die Wahl auch dann für die Minderheit bindend ist, wenn sich eine Mehrheit für Auflösung oder für Fusionierung mit der *Wellenkrone* entscheidet. Die Wahl beginnt bei dem Ältesten und endet beim Jüngsten. Gildorric?"

„Verbindung mit der *Wellenkrone*", sagte der Alte kurz. „Bei voller Gravitation würde ich keine drei Planetenjahre mehr leben. Ich hoffe nur, ich lebe noch lange genug, um den Abflug von diesem Planeten hier zu erleben."

„Gilmarti?"

„Auflösung", sagte sie. „Lieber ein Erdenwurm als den Versuch, Mannschaften zu mischen."

„Gilban?"

Der ranghöchste Arzt runzelte die Stirn und sagte: „Stimmenthaltung. Ich schließe mich der Mehrheit an, wie immer sie auch entscheidet."

Die Abstimmung ging weiter. Gildoran versuchte mitzuzählen, schaffte es aber nicht. Als Gilramies Name genannt wurde, sagte sie: „Verbindung mit der *Wellenkrone.* Vielleicht wird der Tag kommen, an dem wir uns wieder trennen wollen, wenn wir eines Tages wieder zahlreich genug sind, aber so machen die Späher wenigstens weiter."

Gildoran wußte, daß er als nächster aufgerufen werden würde. Gilraes Gesicht war voller Kummer, fast verzweifelt, als es soweit war. „Gildoran?"

Mein Leben ist hier.

Der Ruf einer Welt, die ich zu meiner eigenen gemacht habe. Und doch... wie könnte ich mich von Ramie trennen, selbst wenn wir uns die ganze Zeit nur streiten? Sie ist ein Teil meiner Existenz. Von Merrit, die so sehr zu mir gehört, die mich so sehr braucht – von Marina, die mir ihr Leben verdankt...

„Gildoran?"

Die Samtfalter *Tag um Tag, Jahr um Jahr, Welt um Welt, jahrhundertelang mit Fremden zu teilen... mit Fremden, die versuchen, zu uns zu gehören...*

Er sah Ramies blasses, angstverzerrtes Gesicht. Er öffnete den Mund, um „Auflösung" zu sagen, aber die Worte wollten nicht kommen. Schließlich zwang er die Laute durch die ausgedörrte Kehle und sagte: „Stimmenthaltung. Ich schließe mich der Mehrheit an. Es ist in beiden Fällen eine Frage des kleineren Übels."

Raes Brust hob und senkte sich, als bekäme sie keine Luft.

Er wollte sprechen, eine Flut von Erklärungen abgeben, aber Rae rief den nächsten Namen auf.

„Gilbarni?"

„Verbindung mit der *Wellenkrone*", sagte der Junge. „Späher sind Späher. Kein Planet ist es wert, auf ihm zu bleiben."

So habe ich auch einmal gedacht...

„Gillori?"

Loris rundes Gesicht war blaß und voller Angst. Sie sagte: „Ich stimme für Auflösung."

„Gilrita?"

Das eine von den „Babys“ sagte so leise, daß es kaum zu hören war: „Ich stimme für eine Verbindung mit der *Wellenkrone.* Wir könnten ein paar neue Freunde gebrauchen.“

„Gilmarina?“

Gilmarina murmelte: „Ich...“ Sie sah flehentlich zu Gildoran hinüber und sagte leise: „Ich enthalte mich der Stimme. Ich weiß wirklich nicht genug darüber, um wählen zu können. Ich schließe mich der Mehrheit an.“

Gilrae senkte den Kopf, um die Stimmen zu zählen. Gildoran wartete mit angehaltenem Atem. In den nächsten Augenblicken würde sich ihrer aller Schicksal entscheiden. Vielleicht hatten es manche geschafft, genau mitzuzählen. Er beneidete sie. Sie wußten schon Bescheid und brauchten diese mörderische Spannung nicht auszuhalten... Er wünschte, er hätte den Mut, aufzustehen und hinauszugehen, hinaus in den Sonnenschein von Laszlo, in die Welt, von der er geschworen hatte, sie solle die seine werden, die Welt, die seinen Namen trug, seine eigene Insel...

Gilmerrit stand auf und sagte: „Rae, das ist nicht nötig. Darf ich etwas sagen...“

Jemand brüllte: „Das Ergebnis der Abstimmung!“

Gilmerrit sagte: „Ich habe mitgezählt. Zehn haben dafür gestimmt, eine Verbindung mit der *Wellenkrone* einzugehen, zehn waren für Auflösung, und es gab drei Enthaltungen. Es gibt keine Entscheidung, und wir brauchen keine Entscheidung.“ Sie war blaß und hielt ihre nutzlose, krallenartige Hand hoch. „Ich habe mich eingehend mit Regenerations- und DNS-Techniken beschäftigt“, sagte sie. „Die Gründe dafür sind offensichtlich. Unsere Techniken sind veraltet. Mit den neuen medizinischen Verfahren, wie sie den Laszlanern zur Verfügung stehen, gibt es keinen Grund, warum wir nicht erwachsene Freiwillige verpflichten könnten. Die näheren Einzelheiten brauche ich hier nicht auszuführen, weil das außer Gilban und Gilnosta niemand verstehen würde. In groben Umrissen gesagt, ist es eine Frage der Knochenmarksregeneration, von Transplantationen und DNS-Übertragungen. Das bedeutet, daß jeder vor einer bestimmten Altersstufe – der Altersstufe, in der das Knochenwachstum abgeschlossen und die Epiphyse geschlossen ist – sich für ein Späherschiff verpflichten kann. Es ist nicht mehr notwendig, Kinder in sehr frühem Alter aufzunehmen – obwohl wir das vielleicht noch wollen, weil es zu unseren größten Freuden gehört, sie als Teil unserer Welt aufwachsen zu sehen –, sondern erwachsene Freiwillige stehen zur Verfügung. Sie können mit kleineren chirurgischen Veränderungen und einigen Aufenthalten im Regenerationstank – die aber nur Wochen zu dauern brauchen – Flüge in den interstellaren Raum ausgezeichnet aushalten. Wir könnten uns trotzdem noch dazu entschließen, für eine begrenzte Zeit eine Verbindung mit den Leuten von der *Wellenkrone* einzugehen", fügte sie noch hinzu, „aber das ist keine Frage von verschiedenen Parteien mehr. Wir wären alle verschieden – und gleich. Wir werden Zeit dazu brauchen, die Neulinge auf dem Schiff einzuweisen, aber Ratsvorsitzender Marik hat für uns auf Laszlo schon drei Dutzend Freiwillige gefunden. Wir können abfliegen, wann immer wir wollen", schloß sie, „und wir werden hier auf Laszlo immer eine Heimatbasis haben. Welche neue Welt wir auch finden werden, wir werden hierher zurückkommen, um neue Mannschaftsmitglieder anzuheuern, Kinder zu holen, was auch immer wir brauchen. Wir werden zu einer Welt zurückkommen, die immer unsere Heimatwelt sein wird", sagte sie noch, bevor ihre Stimme von einem Ausbruch wilder Begeisterung erstickt wurde.

5

„Wenn dieses Jahr vorbei ist", sagte Rae, „beantrage ich Altenstatus. Ob das aber genehmigt wird oder nicht – meine Zeit ist auf jeden Fall um. Das ist das letztemal, daß ich Kapitän bin."

Ramie lachte und sagte: „Das habe ich *auch* schon einmal gehört."

Rae sagte: „Warte nur, bis du ein- oder zweimal Kapitän warst. Dann wirst du schon merken, wie du darüber denkst."

Gilmerrit sagte: „Ich habe Besseres zu tun. Da wir gerade davon sprechen: Ich gehe wohl besser hinunter in den Krankenbereich und sehe nach, ob die Tanks für Nullgravitation vorbereitet sind. Wie kommen die Freiwilligen auf der Brücke klar, Rae?"

Sie sah sich um. „So gut, wie man das von der Klasse B erwarten kann", sagte sie. „Was erwartest du denn nach sechs Monaten Intensivschulung?" Sie lächelte Gilmarina liebevoll zu, die sich angespannt und ein wenig ängstlich über die Kommunikationskonsole beugte. Sie sagte: „Schalte mich bitte auf das ganze Schiff, Marina... Achtung, an alle Besatzungsmitglieder! Hier spricht der Kapitän. Die *Samtfalter* hebt in fünfundvierzig Minuten Universalzeit von Laszlo ab. Die Uhren überprüfen. Universal-Zeitsignal in dreißig Sekunden..."

Als das wiederholte Klicken und Piepsen des Signals ertönte, überprüfte Gildoran automatisch seine Uhr.

Als die Uhrenüberprüfung beendet war, sprach Rae weiter: „Die *Samtfalter* hebt in genau achtunddreißig Minuten und zwanzig Sekunden ab. Alle Besucher bitte von Bord. Mannschaften bitte zu den Abflugpositionen. Schiffskommunikation, Morgan, bitte."

Morgan, ein Laszlaner in der Klasse B, sagte: „Hergestellt, Kapitän."

Gildoran sah sich auf der Brücke um, die von vier Mitgliedern der Mannschaft der *Samtfalter,* drei der Mannschaft der *Wellenkrone* und sechs Laszlanern besetzt war. Es war ein seltsames Gefühl, nur Minuten vor dem Start dunkles Haar und pigmentierte Haut auf der Brücke zu sehen. Gilrae holte Berichte aus der Kinderstation ein, und fragte, wie es den zwölf laszlanischen Babys ging, die dort der Obhut der Puhbären anvertraut waren.

Gilrae legte das Sprechgerät zur Seite und sagte: „Ihr drei geht wohl besser auf eure Abflugpositionen." Sie stand auf und umarmte Gilmerrit kurz. Sie sagte: „Dich sehe ich ja eine Zeitlang nicht, Merrit. Wenn meine Schicht um ist, bist du im Tank, nehme ich an."

Merrit nickte. „Ich hatte ja das Angebot gemacht, zu bleiben und die Mediziner zu überwachen, aber von den Klasse-B-Laszlanern sind fünf DNS-Techniker und Chirurgen. Sie brauchen mich also nicht." Sie küßte die ältere Frau auf die Wange. „Wir sehen uns in einem Jahr, wo – und wann – wir dann auch immer sind."

Gilmarina erbat sich von Gilrae durch einen Blick die Erlaubnis, ging von ihrer Konsole weg und warf sich Gilmerrit in die Arme. Sie sagte: „Viel Glück, Liebling. Ich weiß ganz genau, daß es uns viel schlechter ginge, wenn du nicht gewesen wärst – und mir ganz besonders. Gilban hat mir gesagt, daß es um meinen Fuß schlimmer als um deine Hand bestellt war. Wenn es möglich gewesen wäre, wäre ich an deine Stelle getreten, um dir die Möglichkeit zu geben..."

Gildoran fragte: „Brauchst du mich auf der Brücke, Rae?"

„Wirklich nicht. Kosmos! Es ist eine derartige Erleichterung, genug Leute zu haben", sagte Rae. „Bring Merrit hinunter und steck sie in den Tank, wenn du willst."

Auf dem Weg zur Krankenabteilung sagte Gildoran: „Es ist ein seltsames Gefühl, Leute auf der Brücke zu haben, die nicht wie Späher *aussehen.*"

Merrit lächelte leicht. „Laß die erst einmal vier Jahre lang im Weltraum bleiben, dann sind sie so blaß wie wir. Es sollte uns außerdem nichts ausmachen, Babys mit dunklen Haaren und dunkler Haut zu haben, und wenn bei dem einen oder anderen Freiwilligen nicht alles restlos ausbleicht, dann werden wir uns daran schon gewöhnen, denke ich. Das kann sogar eine angenehme Abwechslung sein. Habe ich nicht einmal gesagt, daß Homogenität der Beginn der Dekadenz ist? Wenn es den Spähern zu lange zu gutgeht, könnten sie auch dekadent werden, nehme ich an."

„Das will ich sehen!" sagte er. „Was werden wir ohne Rae anfangen, wenn sie ihre Drohung wahrmacht und sich zurückzieht?"

Gilmerrit lächelte wieder. „Das dauert noch lange", sagte sie. „Rae ist für uns alle der gute Geist der *Samtfalter,* und ich glaube, das weiß sie auch. Und wenn die Zeit einmal kommt und sie sich tatsächlich aufs Altenteil zurückzieht – na, dann wird es eben jemand anders sein. Du vielleicht." Als sie in die Krankenabteilung kamen, hakte sie sich mit ihrer gesunden Hand bei ihm unter.

Gilban wartete bereits auf sie, während Assistenzärzte aus Laszlo alles vorbereiteten. Als Gildoran ihnen dabei zur Hand gehen wollte, bemerkte er die vertraute schlanke Gestalt mit dem fahlen, glatten Haar und den seltsamen schrägstehenden Augen.

„Ramie, das ist ein neues Gebiet für dich", sagte Gildoran.

„Ich brauchte mal Abwechslung", sagte Ramie. „Ich bin also hier, damit ich mich um dich kümmern kann, Merrit. Bist du soweit?"

„Noch ein paar Minuten." Ohne falsches Schamgefühl begann Gilmerrit sich auszuziehen, um sich für den Regenerationstank bereitzumachen. Ramie nahm eine Schere und einen Rasierapparat und entfernte Gilmerrits schweres Haar. „Das macht uns die Sache leichter", sagte sie, „und wenn du soweit bist und wieder herauskommst, ist es wieder gewachsen."

Gilmerrit senkte ihre Augen. Sie sagte: „Schau mich nicht an, Gildoran."

Gildoran schloß die Frau in die Arme. „Spiel nicht verrückt, Liebling“, sagte er. „Glaubst du, es macht mir nach all den Jahren noch etwas aus, wie du aussiehst? Beeile dich und werde wieder gesund.“ Er nahm die häßliche, klauenartige Mißbildung, die ihre Hand war, streichelte sie sanft und drückte seine Lippen darauf.

Kosmos! Sie wird mir so sehr fehlen...

Sie klammerte sich einen Augenblick lang an ihm fest und sagte: „Du darfst nicht einsam sein. Das ist nicht fair. Du weißt, daß ich nichts merken oder fühlen werde. Wage es ja nicht, mich zu vermissen, wenn ich dich nicht vermissen kann.“ Sie ergriff Ramies Hand, sah mit ihren großen grünen Augen ernst zu ihr auf und sagte bestimmt: „Ramie. Du darfst es nicht zulassen, daß Gildoran mich vermißt oder einsam ist. Versprich mir das.“

Ramie gab Gilmerrit einen schnellen Kuß auf die Stirn und sagte: „Ich verspreche es. Ich werde mich gut um ihn kümmern.“

Merrit streckte sich auf einer Liege aus; Ramie deckte sie mit einem Laken zu, und Gildoran hielt ihre Hand, während die ersten Nadeln sich in ihre Handgelenke senkten. Sie würden sie einschlafen lassen, und dann würde ihre Körpertemperatur auf Kälteschlafniveau gesenkt. Später würde die nutzlose Hand dann amputiert und das Handgelenk in die Regenerationslösung gesenkt werden, so daß sie in einem Jahr nur mit dem Gefühl aus dem Tank kommen würde, sie habe lange geträumt – und mit einer Hand, die mit jener identisch war, mit der sie geboren war.

Aus dem Sprechgerät ertönte Raes Stimme: „Die *Samtfalter* startet in genau vier Minuten und achtzehn Sekunden. Fertigmachen für den Dreißig-Sekunden-Countdown. Vier Minuten... Drei Minuten und dreißig Sekunden...“

Ein erstes Röhren erschütterte die *Samtfalter*. Der Lautsprecher gab laute Statik von sich, und der Boden und die Wände um sie herum begannen zu vibrieren. Ramie sagte: „Wir sollten uns besser anschnallen, Doran.“

Im Krankenbereich waren bereits alle in den Startsitzen festgeschnallt. Die beiden Späher gingen zu nebeneinanderliegenden Sitzen und befestigten die Startgurte um Hüfte und Schultern. Über dem wachsenden Geräusch des Starts und der zum Leben erwachten Motoren hörte Gildoran immer wieder die Abschiedsworte von Gilmerrit: „Ramie. Du darfst es nicht zulassen, daß Gildoran mich vermißt oder einsam ist. Versprich mir das."

Gildoran streckte seine Hand zwischen die Sitze und spürte, wie Ramies schlanke Finger sich darum schlossen. Ja, sie gehörten zusammen. Das wußte auch Merrit. Er wußte nicht, wie sich alles entwickeln würde. Es würde nicht eine Beziehung werden, wie er sie zu Merrit gehabt hatte. Das spielte keine Rolle. Was auch immer daraus werden würde, für sie beide war es das richtige.

„Dreißig Sekunden… zwanzig… zehn… sieben, sechs, fünf…"

Mit einem Zittern, einem Brüllen und einem machtvollen Röhren hob die *Samtfalter* von der Oberfläche ihrer Heimatwelt ab und brach zu einer weiteren Etappe ihrer endlosen Reise durch den Kosmos.

Nachwort

Marion Zimmer Bradley wurde am 3. Juni 1930 in Albany, New York, als Marion Eleanor Zimmer geboren. Ihr Vater war als Handwerker (Zimmermann) und als Farmer tätig, ihre Mutter war Historikerin. 1949 heiratete sie Robert Alden Bradley, von dem sie 1964 geschieden wurde. In zweiter Ehe ist sie verheiratet mit Walter Henry Breen. Sie hat einen Sohn aus erster Ehe sowie einen Sohn und eine Tochter aus zweiter Ehe. Soviel zum privaten Hintergrund der Autorin, die 1953 ihre erste SF-Story in dem Magazin *Vortex* veröffentlichte und seither mehr als zwei Dutzend Romane geschrieben hat. Darunter war zwar auch mal ein Roman über Zirkusartisten, aber im wesentlichen konzentrierte sie sich auf Science Fiction, auf eine abenteuerliche Science Fiction mit Fantasy-Einschlag, um genau zu sein.

Schon während der Schulzeit hatte sie erste Bekanntschaft mit Werken der phantastischen Literatur gemacht, so mit *The King in Yellow* von Robert W. Chambers, und war sofort davon begeistert. Später entdeckte sie die Welt der SF-Magazine und wurde das, was man einen SF-Fan nennen kann: Sie schrieb Leserbriefe an die Redaktionen von SF-Magazinen, kommunizierte mit anderen Fans, gab ein Fan-Magazin heraus, schrieb erste eigene Kurzgeschichten. Diese Phase schien beendet zu sein, als sie ihren ersten Mann – der dreißig Jahre älter war als sie – heiratete. Bald jedoch versuchte sie den Alltag der Ehe ein wenig bunter zu gestalten, indem sie an ihre früheren Interessen anknüpfte. Sie schrieb Kurzgeschichten und Romane, verkaufte diese auch, und allmählich wucherte das „Hobby“, sehr zum Mißvergnügen des Ehemannes, zum Beruf aus.

Sie war in den fünfziger und sechziger Jahren eine der wenigen Frauen, die Science Fiction schrieben und sich nicht hinter einem männlich klingenden Pseudonym versteckten. Und sie fand sehr schnell Zugang zu den Sympathien der SF-Leser, und zwar vor allem mit einem großen Thema, einer imaginären Welt der Zukunft, in der sie mit den Jahren eine Reihe von Romanen ansiedelte. Gemeint ist der Darkover-Zyklus. Hier wird der Planet Darkover geschildert, der einst von den Männern und Frauen eines Kolonistenschiffs besiedelt wurde, das auf diesem Planeten unter einer blutroten Sonne notlandet. Darkover bleibt lange Zeit auf sich allein gestellt, bevor der Planet eines Tages von den Terranern wiederentdeckt wird. Man stößt auf eine Kultur, die feudalistisch geprägt ist und auf Psi-Kräften beruht, die bei den sieben herrschenden Familien auftreten. Die einzelnen Romane sind häufig dem Gegensatz zwischen einer mittelalterlich anmutenden Kultur auf der einen Seite und der hochtechnisierten, irdischen Enklave auf der anderen Seite verpflichtet, bemühen daneben aber auch andere Gegensatzpaare: Ratio / Intuition, Alter / Jugend, Heterosexualität / Homosexualität, Technologie / Instinkt, Mann / Frau, Establishment / Counter-Establishment, Bürgertum / Feudalismus, Künstlichkeit / Natur usw. Der Darkover-Zyklus – nicht eigentlich eine Serie, weil die einzelnen Romane nicht zwingend aufeinander aufbauen – ist bei amerikanischen SF-Lesern so populär, daß sich sogar eine eigene Darkover-Fan-Fraktion unter den amerikanischen SF-Fans gebildet hat. Waren die ersten Romane von Marion Zimmer Bradley vor allem spannender Unterhaltung verpflichtet, nutzte die Autorin in der Folge jene Freiräume, die ihr insbesondere der amerikanische SF-Verleger Donald A. Wollheim bot: Sie durfte ohne Längenbegrenzung und ohne redaktionelle Eingriffe ihre Romane zur Veröffentlichung bringen, eine selbst heute noch nicht selbstverständliche Voraussetzung für SF-Autoren. Ihre Romane wurden fortan nicht nur voluminöser, sondern auch gehaltvoller. Unaufdringlich und ohne ihre Leser mit langatmigen Traktaten zu plagen und ihnen die erwartete abenteuerliche Unterhaltung zu versagen, gestaltete sie ihre Romane zu Entwicklungsromanen ihrer Protagonisten, versagte sich nicht den einen oder anderen philosophischen Gedanken, sparte Sexualität nicht aus und setzte sich vor allem immer wieder – versöhnlich, wie es ihre Art ist – für die Gleichberechtigung der Frau ein.

Neben den Darkover-Romanen* veröffentlichte Marion Zim-

*Aus dem Darkover-Zyklus erschien in der Reihe Moewig Science Fiction: *Hasturs Erbe (The Heritage of Hastur)*. Weitere Romane – *The Bloody Sun, The Forbidden Tower, Two to Conquer* u.a. befinden sich in Vorbereitung.

mer Bradley immer wieder mal einen Roman, der nicht vom Licht der blutroten Sonne beschienen wurde.

Hierzu gehören die beiden in dieser Reihe veröffentlichten Romane *Die Jäger des Roten Mondes (Hunters of the Red Moon)* und *Die Flüchtlinge des Roten Mondes (The Survivors),* die in Zusammenarbeit mit ihrem Bruder Paul Edwin Zimmer entstanden. Und hierzu gehört der vorliegende Roman *Reise ohne Ende (Endless Universe),* der durch starke emotionale Szenen beeindruckt. Marion Zimmer Bradley, lange Zeit von vielen etwas herablassend als eine Autorin gesehen, die „nur" abenteuerliche Unterhaltungsromane schreibt, erweist sich mit ihrer stark ausgeprägten humanistischen Grundeinstellung und ihrer Bereitschaft, Gefühlen Ausdruck zu geben, immer mehr als eine wichtige Gestalt unter den weiblichen SF-Autoren.

Hans Joachim Alpers

Marion
Zimmer Bradley
DAS SCHWERT
DES ALDONES

MOEWIG-Science Fiction

Marion Zimmer Bradley
Die Schwarze Schwesternschaft
Verfolgt von mysteriösen Gestalten, versucht Magdalen Lorne eine vergessene Stadt zu finden. Doch zwischen ihr und dem fernen Ziel steht die Magie der Schwarzen Schwesternschaft . . .
3726-5